A ROSA BRANCA

GLEN COOK
A ROSA BRANCA

Tradução de
DOMINGOS DEMASI

3ª edição

EDITORA RECORD
RIO DE JANEIRO • SÃO PAULO
2021

CIP-BRASIL. CATALOGAÇÃO NA FONTE
SINDICATO NACIONAL DOS EDITORES DE LIVROS, RJ

C787r
3ª ed.
    Cook, Glen, 1944-
    A rosa branca / Glen Cook; tradução de Domingos Demasi. – 3ª ed. –
Rio de Janeiro: Record, 2021.
      (Companhia negra; v.3)

      Tradução de: The White Rose
      Sequência de: Sombras eternas
      ISBN 978-85-01-10236-2

      1. Ficção americana. I. Demasi, Domingos, 1944-. II. Título. III. Série.

14-11295

CDD: 813
CDU: 821.111(73)-3

Título original em inglês:
THE WHITE ROSE

Copyright © 1985 by Glen Cook

Texto revisado segundo o novo Acordo Ortográfico da Língua Portuguesa.

Todos os direitos reservados. Proibida a reprodução, no todo ou em parte, através de quaisquer meios. Os direitos morais do autor foram assegurados.

Direitos exclusivos de publicação em língua portuguesa somente para o Brasil adquiridos pela
EDITORA RECORD LTDA.
Rua Argentina, 171 – Rio de Janeiro, RJ – 20921-380 – Tel.: 2585-2000, que se reserva a propriedade literária desta tradução.

Impresso no Brasil

ISBN 978-85-01-10236-2

Seja um leitor preferencial Record.
Cadastre-se e receba informações sobre nossos lançamentos e nossas promoções.

EDITORA AFILIADA

Atendimento e venda direta ao leitor:
sac@record.com.br

Para Nancy Edwards, porque sim.

Capítulo Um

O VALE DO MEDO

O ar parado do deserto parecia visto através de uma lente. Os cavaleiros davam a impressão de estar congelados no tempo, movendo-se sem se aproximar. Revezamo-nos para contá-los. Não consegui chegar ao mesmo número duas vezes consecutivas.

Um sopro de brisa gemeu no coral, agitou as folhas da Velha Árvore Pai. Elas tilintaram umas contra as outras com a canção dos carrilhões do vento. Ao norte, o brilho da mudança da luz realçava o horizonte como um distante combate entre deuses guerreiros.

Um pé esmagou a areia. Virei-me. Calado olhava boquiaberto para um menir falante que havia aparecido segundos antes, assustando-o. Rochas furtivas. Gostam de joguinhos.

— Há estranhos no Vale — anunciou ele.

Dei um salto. Ele soltou uma risadinha. Menires têm a risada mais malévola deste lado dos contos de fadas. Rosnando, enfiei-me em sua sombra.

— Já está quente aqui. — E: — São Caolho e Duende voltando de Cortume.

Ele estava certo; e eu, errado. Eu não conseguia me concentrar. A patrulha estivera fora um mês além do planejado. Estávamos preocupados. As tropas da Dama estavam mais ativas ao longo dos limites do Vale do Medo nos últimos tempos.

Outra risadinha do bloco de pedra.

Ele tinha 4 metros a mais que eu: uma altura mediana. Aqueles acima de 5 metros mal se movem.

Os cavaleiros estavam mais próximos, porém não pareciam mais perto. Malditos nervos. São tempos terríveis para a Companhia Negra. Não podemos nos dar ao luxo de ter baixas. Qualquer homem perdido seria um amigo de muitos anos. Contei novamente. Pareceu certo dessa vez. Mas havia uma montaria sem cavaleiro... Senti um calafrio, apesar do calor.

Estavam na trilha abaixo, seguindo para um riacho a 300 metros de onde observávamos, ocultos em meio a um grande recife. As árvores errantes junto ao vau agitaram-se, embora não houvesse mais brisa.

Os cavaleiros instaram suas montarias para se apressarem. Os animais estavam cansados. Relutavam, embora soubessem que estavam quase em casa. Entraram no riacho. Água espirrando. Sorri, bati nas costas de Calado. Estavam todos lá. Cada homem, acompanhado por mais um.

Calado irradiou sua costumeira tranquilidade, retribuindo o sorriso. Elmo deslizou para fora do coral e foi encontrar nossos irmãos. Otto, Calado e eu corremos na direção dele.

Atrás de nós, o sol matinal era uma grande bola fervilhante de sangue.

Homens desmontaram dos cavalos, sorrindo. Mas pareciam mal. Duende e Caolho eram os piores. Contudo, haviam retornado ao território onde sua magia era inútil. Perto de Lindinha não eram maiores que o restante de nós.

Olhei para trás. Lindinha surgira na entrada do túnel, parada como um fantasma em sua sombra, toda de branco.

Homens se abraçaram; então o velho costume assumiu o controle. Todos fingiram ser apenas mais um dia qualquer.

— Foi difícil lá? — perguntei a Caolho. Observei o homem que os acompanhava. Ele não era familiar.

— Foi. — O encolhido homenzinho negro estava mais reduzido do que eu havia imaginado.

— Você está bem?

— Levei uma flechada. — Esfregou o flanco do corpo. — Ferimento leve.

Atrás de Caolho, Duende guinchou:

— Quase nos pegaram. Perseguiram a gente durante um mês. Não conseguíamos despistá-los.

— Vamos levar você para o Buraco — falei para Caolho.

— Não estamos contaminados. Limpei tudo.

— Ainda assim, quero dar uma olhada.

Ele é meu assistente desde que entrei para a Companhia com Sua opinião é segura. Mas, no fim das contas, saúde é minha rico. bilidade.

— Estavam nos esperando, Chagas.

Lindinha havia sumido da boca do túnel, de volta ao estômago de no fortaleza subterrânea. O sol permanecia sangrento no leste, um legado qu a tempestade mutacional trouxera. A memória de algo grande percorreu seu rosto. Baleia do vento?

— Emboscada? — Olhei de volta para a patrulha.

— Não contra nós, especificamente. Mas causaram problemas. Estavam bem-informados.

A patrulha tivera uma missão dupla: entrar em contato com nossos simpatizantes em Cortume para descobrir se o pessoal da Dama estava de volta após um longo intervalo e atacar a guarnição de lá para provar que poderíamos ferir um império que abarcava meio mundo.

Ao passarmos, o menir avisou:

— Há estranhos no Vale, Chagas.

or que essas coisas acontecem comigo? As pedras grandes falam comigo do que com qualquer um.

ncanto pela segunda vez? Prestei atenção. Para um menir se repetir ava que ele considerava a mensagem crítica.

homens o caçaram? — indaguei a Caolho.

u de ombros.

não iam desistir.

e aconteceu lá fora? — Escondido no Vale, eu poderia muito enterrado vivo.

Caolho permanecia ilegível.

ro lhe dirá.

o? O sujeito que trouxeram? — Eu conhecia o nome, mas Era um de nossos melhores informantes.

ão são boas, então?

— Nós no túnel que descia até onde vivíamos, a fedorenta, mofada, apertada toca de coelho que chamamos de fortaleza. É nojenta, é o coração e a alma da Nova Rebelião da Rosa Branca. A Nova Esperança, como é sussurrada entre as nações cativas. A Idiota Esperança, para aqueles de nós que vivemos aqui. É tão terrível quanto qualquer masmorra infestada de ratos — embora qualquer homem *possa* ir embora. Caso ele não se importe em se arriscar num mundo no qual todo o poder de um império está voltado contra ele.

Capítulo Dois

O VALE DO MEDO

Cordoeiro era nossos olhos e ouvidos em Cortume. Tinha contatos em toda parte. Seu trabalho contra a Dama já soma décadas. É um dos poucos que escapou de sua ira em Talismã, quando ela eliminou os antigos rebeldes. Em grande parte, a Companhia foi a responsável. Naquela época, éramos seu forte braço direito. Atraímos seus inimigos para a armadilha.

Duzentos e cinquenta mil morreram em Talismã. Nunca houve uma batalha tão grande ou cruel, e nenhuma jamais teve um resultado tão definitivo. Mesmo o sangrento fracasso do Dominador na Floresta Velha consumiu apenas a metade do número de vidas.

O destino nos obrigou a trocar de lado — assim que não restou ninguém para nos ajudar em nossa luta.

O ferimento de Caolho estava limpo, conforme ele havia alegado. Liberei-o e segui para meus aposentos. Lindinha queria que a patrulha descansasse antes de aceitar seu relatório. Arrepiei-me com o agouro, receoso de ouvir as notícias.

Um homem velho e cansado. É isso que sou. No que se tornaram o fogo, o ímpeto, e a ambição de antigamente? Era uma vez meus sonhos, sonhos agora esquecidos. Em dias tristes, tiro a poeira deles e os acaricio nostalgicamente, com uma condescendente admiração pela ingenuidade do jovem que os sonhou.

O velho infesta meus aposentos. Meu grande projeto. Trinta e cinco quilos de documentos antigos, capturados da general Sussurro na época em que servimos à Dama e ela aos rebeldes. Supostamente, eles contêm a chave para despedaçar a Dama e os Tomados. Eu os tenho há seis anos. E, em seis anos, nada descobri. Apenas muito fracasso. Depressão. Hoje em dia, em geral, apenas os embaralho, então volto para estes Anais.

Desde nossa fuga de Zimbro, eles têm sido um pouco mais do que um diário pessoal. O remanescente da Companhia gera pouca emoção. As notícias externas que recebemos são tão escassas e pouco confiáveis que raramente me dou ao trabalho de registrá-las. Além do mais, desde a vitória da Dama sobre o marido em Zimbro, ela parece estar muito mais estática do que nós, agindo por inércia.

As aparências enganam, é claro. E a ilusão é a essência da Dama.

— Chagas.

Ergui a vista de uma página do TelleKurre Antigo já estudado uma centena de vezes. Duende estava à porta. Parecia um sapo velho.

— Sim?

— Aconteceu alguma coisa lá em cima. Pegue uma espada.

Agarrei meu arco e uma couraça de couro. Estou velho demais para combate corpo a corpo. Prefiro me manter na retaguarda fazendo disparos, se tiver mesmo de lutar. Pensei no arco enquanto seguia Duende. Ele fora um presente da própria Dama, durante a batalha em Talismã. Ah, as lembranças. Com ele, ajudei a liquidar Apanhador de Almas, a Tomada que havia levado a Companhia a servir à Dama. Essa época, agora, parece quase pré-histórica.

Galopamos na direção da luz do sol. Outros nos seguiram, dispersos entre cactos e corais. O cavaleiro que descia a trilha — o único caminho na região — não nos veria.

Ele cavalgava sozinho numa mula decrépita. Não estava armado.

— Tudo isso por causa de um velho numa mula? — indaguei. Homens saíram em disparada através dos cactos e entre os corais, fazendo uma barulheira dos diabos. O velhote com certeza saberia que estávamos ali.

— É melhor pensarmos em sair daqui mais silenciosamente.

— É.

Girei sobressaltado. Elmo estava atrás de mim, uma das mãos protegendo a vista do sol. Parecia tão velho e cansado quanto eu achava que era.

A cada dia algo novo me lembra de que todos nós já não somos jovens. Maldição, nenhum de nós era jovem quando veio para o norte pelo Mar das Tormentas.

— Precisamos de sangue novo, Elmo.

Ele escarneceu.

De fato. Seremos bem mais velhos antes que isso acabe. Se durarmos. Pois estamos apenas fazendo hora. Décadas, espero.

O cavaleiro atravessou o riacho e parou. Ergueu as mãos. Homens se materializaram, as armas seguradas com negligência. Um velho sozinho, no coração do vazio da Lindinha, não representava perigo.

Elmo, Duende e eu descemos. No caminho, perguntei a Duende:

— Você e Caolho se divertiram enquanto estiveram fora?

Eles brigam há séculos. Mas aqui, onde a presença de Lindinha proíbe isso, não podem fazer seus truques com feitiçaria.

Duende sorriu. Quando isso acontece, sua boca se abre de orelha a orelha.

— Eu o fiz relaxar.

Chegamos ao cavaleiro.

— Me conte depois.

Duende deu uma risadinha, um guincho que lembrava água borbulhando numa chaleira.

— Tá.

— Quem é você? — perguntou Elmo ao sujeito montado na mula.

— Penhor.

Não era seu nome. Era uma senha de um mensageiro do oeste distante. Havia muito tempo que não a ouvíamos. Mensageiros do oeste precisavam alcançar o Vale através das províncias mais subjugadas da Dama.

— É? — disse Elmo. — Vejam só! Quer desmontar?

O velho desceu da montaria, citando suas credenciais. Elmo as julgou aceitáveis. Em seguida, ele anunciou:

— Tenho 10 quilos de coisas aqui. — Bateu num malote atrás da sela. — Cada maldita cidade contribuiu.

— Você fez a viagem inteira sozinho? — perguntei.

— Cada metro, desde Remo.

— Remo? Isso fica...

A mais de 1.500 quilômetros. Eu não sabia que tínhamos alguém lá. No entanto desconheço grande parte da organização montada por Lindinha. Passo meu tempo tentando fazer com que aqueles malditos papéis me digam alguma coisa que talvez não esteja lá.

O velho me olhou como se avaliasse minha alma.

— Você é o médico? Chagas?

— Sou. Por quê?

— Tenho algo para você. Pessoal. — Ele abriu o malote de mensageiro. Por um momento, todos ficaram em alerta. Nunca se sabe. Mas ele tirou um pacote envolto em papel oleado, como uma proteção contra o fim do mundo. — Chove o tempo inteiro lá em cima — explicou, e me deu o pacote.

Avaliei o peso. Não era tão pesado, sem o oleado.

— Quem mandou isto?

O velho deu de ombros.

— Onde o conseguiu?

— Do capitão de minha célula.

Claro. Lindinha havia montado tudo com cuidado, estruturando sua organização de modo a ser quase impossível para a Dama esmagar mais do que uma fração dela. A menina é genial.

Elmo aceitou o restante, então declarou a Otto:

— Leve-o e consiga um catre. Descanse um pouco, velhote. A Rosa Branca vai interrogá-lo mais tarde.

Teremos adiante uma tarde interessante, talvez, com o que esse homem e o Cordoeiro têm a informar. Avaliei o misterioso pacote e falei para Elmo:

— Vou dar uma olhada nisto.

Quem o teria enviado? Eu não conhecia ninguém fora do Vale. Bem... Mas a Dama não infiltraria uma carta no movimento subterrâneo. Infiltraria?

Formigamento de medo. Já fazia muito tempo, mas ela *havia* prometido manter contato.

O menir falante que nos avisara a respeito do mensageiro permanecia enraizado ao lado da trilha. Quando passei, ele disse:

— Há estranhos no Vale, Chagas.

Parei.

— O quê? Mais deles?

Ele voltou a ser apenas um marco, de modo que não diria mais nada.

Nunca entenderei aquelas pedras antigas. Maldição, eu ainda não compreendo por que estão do nosso lado. Elas odeiam separadamente mas igualmente todos os estranhos. Eles e cada um dos excêntricos sencientes lá fora.

Corri para meus aposentos, desencordoei o arco e o deixei apoiado na parede de terra. Instalei-me em minha mesa de trabalho e abri o pacote.

Não reconheci a letra. Vi que não estava assinada no final. Comecei a ler.

Capítulo Três

HISTÓRIA DO ANO PASSADO

C*hagas:*
A mulher estava fazendo um sermão de novo. Bomanz massageou as têmporas. A cabeça não parou de latejar. Ele cobriu os olhos.

— Saita, sayta, suta — murmurou, sibilando de maneira raivosa e ofídica.

Ele mordeu a língua. Uma pessoa não deve enviar uma mensagem para a esposa de outra pessoa. É preciso suportar com humilde dignidade as consequências de uma tolice juvenil. Ah, mas que tentação! Que provocação!

Basta, seu idiota! Estude o maldito mapa.

Nem Jasmine nem a dor de cabeça abrandaram.

— Que maldição! — Com um tapa, ele retirou os pesos sobre os cantos do mapa, enrolou a fina seda no pedaço de uma vareta de vidro. Enfiou a vareta na haste de uma falsa lança antiga. Aquela haste brilhava de tanto manuseio. — Besand teria localizado isso num minuto — rosnou.

Ele rangeu os dentes quando sua úlcera deu uma mordida em suas tripas. Quanto mais se aproximava o fim, maior era o perigo. Seus nervos estavam tensos. Ele temia que pudesse falhar na última barreira, que a covardia o devorasse e sua vida tivesse sido em vão.

Trinta e sete anos eram um longo tempo para se viver à sombra do machado do carrasco.

— Jasmine — murmurou. — Vá chamar uma porca de Bela. — Abriu a porta com violência e gritou para o andar de baixo: — O que foi agora?

Era o de sempre. Repreensões sem nenhuma relação com a raiz da insatisfação dela. Uma interrupção dos estudos de Bomanz como retribuição pelo fato de que, na opinião dela, ele havia desperdiçado suas vidas.

Ele poderia ter se tornado um homem importante em Remo. Poderia ter dado a ela uma casa grande repleta de criados bajuladores. Poderia tê-la envolvido em tecido com fios de ouro. Poderia ter alimentado com carne, em todas as refeições, sua gordura deplorável. Em vez disso, escolhera uma vida de erudição, disfarçando seu nome e sua profissão, arrastando-a para aquele assombrado e devastado local na Floresta Velha. Bomanz nada lhe dera, a não ser esquálidos invernos congelantes e indignidades perpetradas pela Guarda Eterna.

Bomanz desceu pesadamente a escada estreita, rangente e traiçoeira. Amaldiçoou a mulher, cuspiu no chão, enfiou uma moeda de prata em sua pata dissecada, mandou-a embora com uma súplica de que o jantar, ao menos uma vez, fosse uma refeição decente. Indignidade?, pensou. Vou dizer a você o que é indignidade, sua gralha velha. Vou contar como é viver com uma constante chorona, uma bruxa velha e nefasta de insípidos sonhos juvenis...

— Pare com isso, Bomanz — murmurou ele. — Ela é a mãe de seu filho. Dê a ela o valor que merece. Ela não o traiu.

No mínimo, ainda compartilhavam a esperança representada pelo mapa de seda. Era difícil para Jasmine esperar, sem consciência do progresso dele, sabendo apenas que quase quatro décadas não renderam nenhum resultado palpável.

A sineta da porta da loja tilintou. Bomanz começou a encenar seu papel de lojista. Apressou-se adiante, um homenzinho gordo, careca, com veias azuis nas mãos cruzadas sobre o peito.

— Tokar. — Curvou-se ligeiramente. — Eu não o esperava tão cedo.

Tokar era um comerciante de Remo, amigo de Stancil, o filho de Bomanz. Ele possuía um modo franco, honesto, irreverente que Bomanz havia se convencido a perceber como a imagem de si mesmo quando jovem.

— Eu não planejava voltar tão cedo, Bo. Mas antiguidades estão na moda. É algo incompreensível.

— Quer outro lote? Já? Você vai me limpar. — Implicitamente, havia a queixa silenciosa: Bomanz, isso significa trabalho de reabastecimento. Tempo de pesquisa perdido.

— A Dominação é o assunto mais quente deste ano. Pare de perder tempo com ninharias, Bo. Aproveite a chance. Ano que vem, o mercado pode estar tão morto quanto os Tomados.

— Eles não estão... Talvez eu esteja velho demais, Tokar. Não aprecio mais a agitação com Besand. Diabos. Há dez anos fui à procura dele. Uma boa briga matava o tédio. A escavação também me esgota. Estou acostumado. E queria apenas me sentar numa varanda e observar a vida passar.

Enquanto tagarelava, Bomanz separava as melhores espadas, armaduras, amuletos de soldados e um escudo quase perfeitamente preservado. Uma caixa de pontas de flecha com rosas entalhadas. Um antigo par de lanças de arremesso de lâmina larga, as pontas montadas sobre réplicas de hastes.

— Posso enviar alguns homens a você. Mostre a eles onde cavar. Pagarei sua comissão. Você não terá de fazer nada. Esse é um excelente machado, Bo. TelleKurre? Eu poderia vender todo um carregamento de armamento TelleKurre.

— Na verdade é UchiTelle. — Uma fisgada de sua úlcera. — Não. Nada de ajudantes. — Só lhe faltava essa. Um bando de jovens sabichões pendurados em seu ombro, enquanto fazia seus cálculos de campo.

— Apenas uma sugestão.

— Me desculpe. Não repare. Jasmine ficou em cima de mim essa manhã.

Suavemente, Tokar perguntou:

— Você descobriu alguma coisa relacionada aos Tomados?

Com décadas de experiência, Bomanz disfarçou, fingindo horror.

— Os Tomados? E eu sou idiota? Eu não tocaria nisso, mesmo se *conseguisse* passar as coisas pelo monitor.

Tokar sorriu conspiratoriamente.

— Claro. Não queremos ofender a Guarda Eterna. Mas... há um homem em Remo que pagaria bem por algo que pudesse ser atribuído a um dos Tomados. Ele venderia a alma por algo que pertencesse à Dama. Está apaixonado por ela.

— Ela é conhecida por isso.

Bomanz evitou o olhar do homem mais jovem. O quanto Stance tinha revelado? Seria esta uma das expedições de investigação de Besand? Quanto mais velho Bomanz ficava, menos gostava do jogo. Seus nervos não aguentavam aquela vida dupla. Sentiu-se tentado a confessar, apenas pelo alívio que isso causaria.

Não, porra! Ele havia investido demais. Trinta e sete anos. Cavando e raspando a cada minuto. Agindo furtivamente, fingindo. A mais abjeta pobreza. Não. Não desistiria. Não agora. Não quando estava tão perto.

— À minha maneira, também a amo — admitiu. — Mas não abandonei o bom senso. Eu gritaria por Besand, se encontrasse alguma coisa. Tão alto que você ouviria em Remo.

— Tudo bem. Como quiser. — Tokar sorriu. — Chega de suspense. — Apanhou uma carteira de couro. — Cartas de Stancil.

Bomanz pegou a carteira.

— Não tenho notícias dele desde a última vez que você esteve aqui.

— Posso começar a carregar, Bo?

— Claro. Vá em frente. — Distraidamente, Bomanz tirou de um escaninho a lista atualizada do estoque. — Marque aí o que pegar.

Tokar riu baixinho.

— Tudo a seu tempo, Bo. Apenas me dê um preço.

— De tudo? Metade é lixo.

— Eu lhe disse, a Dominação é o assunto mais quente.

— Você viu Stance? Como ele está?

Já havia lido metade da primeira carta. Seu filho nada tinha de importante a relatar. Suas cartas estavam repletas de trivialidades do dia a dia. Cartas por obrigação. Cartas de um filho para o pai, incapaz de preencher o abismo eterno.

— Tão saudável que enjoa. Entediado com a universidade. Leia. Há uma surpresa.

— Tokar esteve aqui — informou Bomanz. Ele sorriu, andando pé ante pé.

— Aquele ladrão? — Jasmine olhou zangada. — Você se lembrou de receber o pagamento? — Seu rosto gordo e caído permanecia fixado numa eterna reprimenda. Geralmente, a boca ficava aberta com o mesmo estado de espírito.

— Ele trouxe cartas de Stance. Tome. — Deu-lhe o pacote. Não conseguiu se conter. — Stance vem para casa.

— Para casa? Não pode. Ele tem um emprego na universidade.

— Ele vai tirar uma licença sabática. Vem passar o verão.

— Por quê?

— Para nos ver. Para ajudar na loja. Afastar-se um pouco, para poder terminar uma tese.

Jasmine rosnou. Não leu as cartas. Não havia perdoado o filho por ter compartilhado o interesse do pai pela Dominação.

— Ele está vindo para ajudar você a cutucar onde não deve, não é?

Bomanz lançou olhares furtivos na direção das vitrines da loja. Sua existência era cheia de uma paranoia justificável.

— É o Ano do Cometa. Os fantasmas dos Tomados vão se erguer para prantear o fim da Dominação.

Este verão marcaria o décimo retorno do cometa que apareceu no momento da queda do Dominador. Os Dez Que Foram Tomados se manifestariam mais intensamente.

Bomanz havia presenciado uma dessas passagens no verão em que fora à Floresta Velha, muito antes do nascimento de Stancil. A Terra dos Túmulos se tornara uma visão impressionante, repleta de fantasmas caminhando.

A emoção enrijeceu sua barriga. Jasmine não gostava daquilo, porém o verão mais importante havia chegado. O fim da longa busca. Faltava-lhe apenas uma chave. Encontrando-a, poderia fazer contato, começar a retirar em vez de colocar.

Jasmine desdenhou.

— Por que fui me meter nisso? Minha mãe me alertou.

— É de Stancil que estamos falando, mulher. Nosso único filho.

— Ah, Bo, não me considere uma velha cruel. Claro que darei as boas-vindas a ele. Eu também não sinto carinho por ele?

— Não faria mal demonstrar isso. — Bomanz examinou o restante do inventário. — Não sobrou nada além do pior lixo. Estes ossos velhos doem só de pensar no quanto vou ter de cavar.

Seus ossos doíam, mas seu espírito estava ávido. Renovar o estoque era uma desculpa plausível para perambular pelos limites da Terra dos Túmulos.

— Não há momento melhor para começar do que agora.

— Você está tentando me tirar de casa?

— Isso não iria ferir meus sentimentos.

Suspirando, Bomanz inspecionou a loja. Algumas peças de armadura corroídas pelo tempo, armas quebradas, uma caveira que não podia ser atribuída a ninguém, pois não possuía a inserção triangular característica dos oficiais da Dominação. Colecionadores não estavam interessados em ossos de soldados rasos ou de seguidores da Rosa Branca.

Curioso, pensou ele. Por que nos interessamos tanto pelo mal? A Rosa Branca foi mais heroica do que o Dominador e do que os Tomados. Ela foi esquecida por todos, menos pelos homens do monitor. Qualquer camponês sabe o nome de pelo menos metade dos Tomados. A Terra dos Túmulos, onde o mal permanece indócil, é protegida, e a sepultura da Rosa Branca se perdeu.

— Nem aqui nem lá — murmurou Bomanz. — É hora de sair em campo. Aqui. Aqui. Pá. Varinha divinatória. Sacolas... Talvez Tokar tenha razão. Talvez eu precise arranjar um ajudante. Escovas. Um ajudante pode carregar essas coisas por aí. Trânsito. Mapas. Não posso me esquecer disso. O que mais? Fitas de demarcação. Claro. Aquele patife Men fu.

Ele enfiou objetos num pacote e pendurou equipamentos por todo o corpo. Juntou pá e ancinho e caminhou.

— Jasmine! Jasmine! Abra a maldita porta.

Ela espreitou pelas cortinas que ocultavam os aposentos onde viviam.

— Você deveria ter aberto primeiro a porta, seu idiota. — Ela atravessou a loja. — Qualquer dia desses, Bo, você vai ter de se organizar. Provavelmente no dia seguinte ao meu funeral.

Ele saiu cambaleando para a rua, murmurando:

— Eu vou me organizar no dia em que você morrer. Pode ter certeza disso, maldição. Quero você embaixo da terra antes que mude de ideia.

Capítulo Quatro

O PASSADO RECENTE: GAIO

A Terra dos Túmulos fica muito ao norte de Talismã, na Floresta Velha, célebre nas lendas da Rosa Branca. Gaio chegou à cidade no verão após o Dominador ter fracassado na tentativa de escapar de sua sepultura através de Zimbro. Ele encontrou os subordinados da Dama com o moral alto. O imenso mal no Grande Túmulo já não era temido. A ralé dos rebeldes tinha sido posta para correr. O império não possuía mais inimigos importantes. O Grande Cometa, arauto de todas as catástrofes, não retornaria por décadas.

Um solitário foco de resistência permanecia: uma criança que alegavam ser a reencarnação da Rosa Branca. Ela, porém, era uma fugitiva, correndo com o restante da traidora Companhia Negra. Não havia nada a temer ali. Os recursos esmagadores da Dama iam soterrá-los.

Gaio se aproximou de Remo coxeando pela estrada, sozinho, uma bolsa nas costas, um cajado levemente comprimido. Alegou ser um veterano aleijado nas campanhas do Manco em Forsberg. Queria trabalho. Havia de sobra para um homem que não fosse orgulhoso demais. Os serviços para a Guarda Eterna eram bem-pagos. Muitos empregavam burros de carga para fazer seu trabalho.

Nessa época, um regimento guarnecia a Terra dos Túmulos. Incontáveis civis orbitavam a área. Gaio desapareceu entre eles. Quando companhias e batalhões foram transferidos, ele era parte estabelecida do cenário.

Lavou pratos, banhou cavalos, limpou estábulos, transportou mensagens, lavou chão, descascou legumes, aceitou qualquer fardo pelo qual pudesse ganhar algumas moedas. Era um sujeito calado, alto, sombrio, cismado, que não fez nenhum amigo notável mas que também não fez inimigos. Raramente socializava.

Após alguns meses, pediu e recebeu permissão para ocupar uma casa em ruínas havia muito tempo evitada por ter pertencido a um feiticeiro de Remo. Quando o tempo e os recursos permitiram, restaurou o lugar. E, como o feiticeiro antes dele, prosseguiu com a missão que o tinha levado ao norte.

Dez, doze, quatorze horas por dia, Gaio trabalhava pela cidade, depois ia para casa e trabalhava mais um pouco. As pessoas se perguntavam quando descansava.

Se havia uma coisa que podia ser dita contra Gaio, era que ele se recusava a assumir completamente seu papel. Muitos burros de carga tinham de suportar uma infinidade de abusos pessoais. Gaio não aceitava isso. Caso fosse alvo de algum ataque, seus olhos ficavam frios como aço no inverno. Apenas um homem pressionou Gaio depois que ele exibiu esse olhar. Gaio o derrotou com impiedosa, incansável eficiência.

Ninguém desconfiava de que ele levava uma vida dupla. Fora de casa era nada mais do que Gaio, o pantaneiro. Encarnava o papel ao pé da letra. Quando estava em casa, nas horas mais comuns, era Gaio, o renovador, criando uma nova casa nas ruínas de uma antiga. Apenas durante a madrugada, enquanto todos, com exceção da patrulha noturna, dormiam, ele se tornava Gaio, o homem com uma missão.

Gaio, o renovador, encontrou um tesouro numa parede da cozinha do mago. Levou-o para o andar de cima, onde Gaio, o compulsivo, surgiu das profundezas.

O pedaço de papel continha uma dúzia de palavras rabiscadas por uma mão trêmula. A chave de uma linguagem cifrada.

O rosto magro, sombrio, comprido e sério derreteu seu gelo. Olhos negros cintilaram. Dedos se tornaram uma lâmpada. Gaio se sentou e, por uma hora, olhou para o vazio. Então, ainda sorrindo, foi para o andar de baixo e saiu noite adentro. Erguia a mão, numa gentil saudação, sempre que encontrava um patrulheiro noturno.

Ele agora era conhecido. Ninguém questionava seu direito a coxear por aí e observar as constelações rodando.

Voltou para casa quando seus nervos se acalmaram. Não haveria sono para ele. Espalhou papéis, começou a estudar, a decifrar, a traduzir, a escrever uma carta-história que não chegaria a seu destino durante anos.

Capítulo Cinco

O VALE DO MEDO

Caolho passou para me dizer que Lindinha estava prestes a interrogar Cordoeiro e o mensageiro.

— Ela parece debilitada, Chagas. Você tem cuidado dela?

— Eu cuido. Aconselho. Ela ignora. O que posso fazer?

— Temos vinte e tantos anos até o cometa aparecer. Não faz sentido ela se desgastar até a morte, faz?

— Diga isso a *ela*. Lindinha apenas me responde que essa bagunça será resolvida muito antes de o cometa aparecer novamente. É uma corrida contra o tempo.

Ela acredita nisso. Mas o restante de nós não consegue compartilhar de seu entusiasmo. Isolada no Vale do Medo, isolada do mundo, a luta contra a Dama às vezes perde importância. O próprio Vale geralmente nos preocupa.

Eu me peguei me distanciando de Caolho. Este enterro prematuro não tem feito bem para ele. Sem suas habilidades, tem enfraquecido fisicamente. Está começando a denunciar sua idade. Deixo que ele me alcance.

— Você e Duende gostaram de sua aventura?

Ele não conseguiu se decidir entre mostrar um sorriso amarelo ou fechar a cara.

— Ele pegou você de novo, hein? — A batalha esteve sendo travada desde o amanhecer. Caolho inicia cada escaramuça. Duende normalmente encerra.

Caolho murmurou alguma coisa.

— O quê?

— Ei! — gritou alguém. — Todos para o topo! Alerta! Alerta!

Caolho deu uma cusparada.

— Duas vezes num mesmo dia? Que diabos!

Eu sabia o que ele queria dizer. Não tivemos nem vinte alertas, no total, durante nossos dois anos aqui. Agora, dois num mesmo dia? Improvável.

Corri de volta para pegar meu arco.

Dessa vez, saímos com menos estardalhaço. Elmo havia deixado sua irritação dolorosamente aparente em algumas conversas particulares.

Luz do sol novamente. Como um soco. A entrada do Buraco está voltada para oeste. O sol bate em nossos olhos quando emergimos.

— Maldito idiota! — gritava Elmo. — O que diabos está fazendo? — Um jovem soldado estava parado a céu aberto, apontando. Deixei meu olhar acompanhar.

— Ah, maldição — sussurrei. — Ah, maldição em dobro.

Caolho também viu.

— Tomados.

O ponto no céu sobe mais, circulando nosso esconderijo, espiralando para dentro. Subitamente, vacila.

— Sim. Tomados. Sussurro ou Jornada?

— É bom reencontrar velhos amigos — comentou Duende ao se juntar a nós.

Não víamos os Tomados desde que tínhamos chegado ao Vale. Antes disso, eles ficaram o tempo todo no nosso pé, perseguindo-nos pelos quatro anos que levamos para vir de Zimbro até aqui.

São sátrapas da Dama, seus suplentes no terror. Outrora eram dez. Na época da Dominação, a Dama e seu marido escravizaram os mais importantes de seus contemporâneos, transformando-os em instrumentos: os Dez Que Foram Tomados. Os Tomados foram para baixo da terra com seus amos, quando a Rosa Branca derrotou o Dominador quatro séculos atrás. E se ergueram com a Dama nos dois retornos do cometa. E, quando lutaram entre si — pois alguns permaneceram leais ao Dominador —, a maior parte sucumbiu.

A Dama, porém, obteve novos escravos. Pluma. Sussurro. Jornada. Pluma e o último dos antigos, o Manco, caíram em Zimbro quando contornamos a tentativa do Dominador de ressuscitar. Restaram dois. Sussurro e Jornada.

O tapete voador vacilou porque chegara à fronteira na qual o vazio criado por Lindinha era forte o bastante para dominar sua flutuação. O Tomado fez a volta, afastando-se, indo o mais longe possível para recuperar o controle total.

— Que pena não ter vindo direto — lamentei. — E caído como uma pedra.

— Eles não são burros — observou Duende. — Por ora, é só um reconhecimento. — Balançou a cabeça, tremendo. Ele sabia de alguma coisa que eu desconhecia. Provavelmente algo descoberto durante sua aventura fora do Vale.

— A campanha está esquentando? — perguntei.

— Sim. O que você está fazendo, bafo de morcego? — vociferou Duende para Caolho. — Preste atenção.

O pequenino homem negro estava ignorando o Tomado. Olhava para os selvagens penhascos esculpidos pelo vento ao nosso sul.

— Nossa missão é permanecer vivo — declarou Caolho, tão presunçoso que dava para notar que ele tinha algo para usar contra Duende. — Isso significa não se distrair pelo primeiro clarão que você vê.

— O que diabos isso significa?

— Significa que, enquanto o restante de vocês está olhando fixo para aquela palhaçada lá em cima, uma outra se esgueirou por sobre os rochedos e botou alguém aqui embaixo.

Duende e eu olhamos para os penhascos vermelhos. Não vimos nada.

— Tarde demais — comentou Caolho. — Sumiu. Mas acho que alguém deveria ir pegar o espião.

Acreditei em Caolho.

— Elmo! Venha até aqui. — Expliquei.

— Começando a se mover — murmurou ele. — Justo quando eu estava esperando que tivessem nos esquecido.

— Ah, não esqueceram — observou Duende. — Com toda a certeza não esqueceram. — Novamente, senti que ele tinha algo em mente.

Elmo vasculhou o chão entre nós e os penhascos. Conhecia-o muito bem. Todos conhecíamos. Algum dia nossas vidas poderiam depender de conhecermos melhor o terreno do que alguém que estivesse nos caçando.

— Bem — disse a si mesmo. — Estou vendo. Levarei quatro homens, após falar com o Tenente.

O Tenente não se movia durante os alertas. Ele e dois outros homens acampavam na porta dos aposentos de Lindinha. Se alguma vez o inimigo chegasse até ela, seria passando por cima de seus cadáveres.

O tapete voador sumiu na direção oeste. Fiquei imaginando por que tinha ido embora sem ser desafiado pelas criaturas do Vale. Andei até o menir que havia falado comigo mais cedo. Perguntei. Em vez de responder, ele disse:

— Começou, Chagas. Anote este dia.

— Sim. Certo. — E de fato chamo esse dia de "o começo", embora partes dele tenham se iniciado anos antes. Aquele foi o dia da primeira carta, o dia dos Tomados e o dia do Perseguidor e do Cão Mata-Sapo.

O menir tinha um comentário final para adicionar.

— Há estranhos no Vale. — Isso não justifica os vários voadores não terem reagido aos Tomados.

Elmo retornou. Eu falei:

— O menir diz que talvez tenhamos mais visitantes.

Elmo ergueu a sobrancelha.

— Você e Calado farão os dois próximos turnos de vigília?

— Sim.

— Tome cuidado. Duende, Caolho, venham cá. — Conferenciaram. Então Elmo escolheu quatro jovens e foram caçar.

Capítulo Seis

O VALE DO MEDO

Subi para o meu turno de vigília. Não havia sinal de Elmo e seus homens. O sol estava baixo. O menir sumira. Não havia som algum além da voz do vento.

Calado se sentou à sombra no interior de um recife de milhares de corais, salpicado pela luz do sol que passava pelos galhos retorcidos. Os corais forneciam uma boa sombra. Poucos habitantes do Vale desafiavam seus venenos. A vigília era sempre mais perigosa por causa da planta exótica nativa do que por nossos inimigos.

Retorci-me e me esquivei dos espinhos mortais, juntando-me a Calado. Ele é um homem comprido, magro e envelhecido. Seus olhos negros parecem focalizados em sonhos mortos. Pousei minhas armas.

— Alguma coisa?

Ele balançou a cabeça, apenas uma breve negativa. Arrumei as almofadas que havia trazido. O coral se torceu à nossa volta, galhos e leques se elevando a 7 metros de altura. Conseguíamos enxergar pouco além do vau do riacho, de alguns menires mortos e das árvores errantes na encosta defronte. Uma árvore estava parada junto ao regato, a raiz mestra na água. Como se percebesse minha atenção, ela começou uma lenta retirada.

O Vale visível é árido. A habitual vida do deserto — liquens e mata raquítica, cobras e lagartos, escorpiões e aranhas, cães selvagens e esquilos do solo — está presente, mas escassa. Geralmente é encontrada quando é inconveniente. O que em geral resume a vida no Vale. As coisas realmente estranhas são encontradas apenas nos momentos mais inoportunos.

O Tenente afirma que um homem tentando cometer suicídio aqui poderia passar anos sem se tornar desagradável.

As cores predominantes são o vermelho e o marrom; ferrugem, ocre, arenitos com tons de sangue e vinho, como os penhascos, além de uma camada casual aqui e ali de laranja. Os corais espalham seu branco pelos recifes cor-de-rosa. O verdadeiro verde é ausente. Tanto árvores errantes quanto a vegetação mirrada têm folhas de um empoeirado cinza esverdeado, no qual o verde existe principalmente por aclamação. Os menires, vivos ou mortos, são de um perfeito cinza amarronzado, diferente de qualquer pedra nativa do Vale.

Uma sombra intumescida vagou sobre a agreste ladeira coberta de seixo, ao redor dos rochedos. Cobriu um grande pedaço de terra, escura demais para ser a sombra de uma nuvem.

— Baleia do vento?

Calado confirmou com a cabeça.

Ela atravessou o ar acima, entre nós e o sol, mas não consegui localizá-la. Havia anos que não via uma. Da última vez, Elmo e eu estávamos atravessando o Vale acompanhados por Sussurro, a serviço da Dama... Já fazia tanto tempo assim? O tempo voa, e sem muita diversão.

— Estranhas águas passadas, meu amigo. Estranhas águas passadas.

Ele concordou com a cabeça, mas nada disse. É o Calado.

Não falou nada em todos os anos que o conheço. Nem nos anos que está com a Companhia. Mas tanto Caolho quanto meu antecessor como Analista afirmam que ele pode falar. Pelas pistas acumuladas através dos anos, tornou-se minha firme convicção que, em sua juventude, antes de ter se alistado, ele fez um importante juramento de nunca falar. Como é uma lei férrea da Companhia não se intrometer na vida de um homem antes de seu alistamento, não consegui descobrir nada a respeito do que o levou a fazer isso.

Já o vi bem próximo de falar, quando estava muito chateado ou muito alegre, mas sempre se continha no último momento. Por muito tempo os homens brincaram de atormentá-lo, tentando fazer com que quebrasse o juramento, porém a maioria desistiu rapidamente. Calado tem centenas de maneiras de desencorajar alguém, como encher seu saco de dormir com carrapatos.

As sombras aumentaram. Manchas de escuridão se espalharam. Finalmente, Calado se levantou, passou por cima de mim, retornou ao Buraco, uma escura veste sombria se movimentando pela escuridão. Calado é um homem estranho. Ele não apenas não fala como também não faz fofocas. Como entender um cara assim?

Contudo, é um dos meus amigos mais antigos e próximos. Como explicar isso?

— Bem, Chagas.

A voz era profunda como a de um fantasma. Sobressaltei-me. Uma risada maliciosa ecoou pelo recife de corais. Um menir se aproximara de mim. Virei-me ligeiramente. Ele estava no caminho que Calado havia seguido, feio e com 4 metros de altura. Um anão de sua espécie.

— Olá, pedra.

Tendo se divertido à minha custa, agora me ignorava. Permanecia calado como uma pedra. Ha-ha.

Os menires são nossos principais aliados no Vale. São os interlocutores com as outras espécies sensitivas. Porém, avisam-nos do que está acontecendo somente quando lhes convém.

— O que está acontecendo com Elmo? — perguntei.

Nada.

Eles são mágicos? Acho que não. Caso contrário não sobreviveriam dentro do campo mágico negativo que Lindinha irradia. Mas o que são? Um mistério. Como a maioria das criaturas bizarras daqui.

— Há estranhos no Vale.

— Eu sei. Eu sei.

Criaturas da noite saíram. Pontos luminescentes palpitavam acima e mergulhavam. A baleia do vento, cuja sombra eu vi, aproximou-se o bastante na direção leste para me mostrar seu baixo-ventre luminoso. Ela desceria em breve, cruzando por gavinhas para capturar o que estivesse em seu caminho. Uma brisa surgiu.

Odores de condimentos enganaram minhas narinas. O ar deu risadinhas, sussurrou, murmurou e assobiou no coral. De um ponto mais distante vieram os tinidos repicados pelo vento da Velha Árvore Pai.

Ela é única. Primeira ou última de sua espécie, não sei. E lá está, 7 metros de altura e 3 de largura, ruminando ao lado do riacho, irradiando algo semelhante a terror, as raízes plantadas no centro geográfico do Vale. Calado, Duende e Caolho já tentaram decifrar seu significado. Não chegaram a lugar algum. Os raros selvagens das tribos do Vale a idolatram. Dizem que está aqui desde o alvorecer. Ela passa essa sensação de eternidade.

A lua saiu. Enquanto permanecia apática e grávida no horizonte, pensei ter visto algo atravessá-la. Tomados? Ou uma das criaturas do Vale?

Ergueu-se uma algazarra em torno da entrada do Buraco. Gemi. Era só o que me faltava. Duende e Caolho. Por meio minuto, cruelmente, desejei que não tivessem voltado.

— Parem com isso. Não quero ouvir essa porcaria.

Duende correu para fora do coral, sorriu e me desafiou a fazer alguma coisa. Parecia descansado, recuperado. Caolho perguntou:

— Está mal-humorado, Chagas?

— Acertou em cheio. O que estão fazendo aí?

— Precisávamos de ar puro. — Pendeu a cabeça, olhando para a linha de rochedos. Então era isso. Ele estava preocupado com Elmo.

— Ele vai ficar bem — afirmei.

— Eu sei. — Caolho acrescentou: — Eu menti. Lindinha nos mandou. Ela percebeu algo se mexer na extremidade oeste do campo mágico negativo.

— Como?

— Não sei o que era, Chagas. — Subitamente ele passou à defensiva. Estava aflito. Ele teria percebido se não fosse por Lindinha. Caolho está na mesma posição que eu estaria se tivesse me despojado de meu equipamento médico. Impotente para fazer aquilo para que fora treinado toda a sua vida.

— O que você vai fazer?

— Uma fogueira.

— O quê?

A tal fogueira rugiu. Caolho ficou tão ambicioso que arrastou galhos secos suficientes para suprir meia legião. As chamas afugentaram a escuridão até onde eu conseguia enxergar, 50 metros além do riacho. As últimas árvores errantes haviam partido. Provavelmente farejaram a aproximação de Caolho.

Ele e Duende arrastavam uma árvore morta comum. Deixamos as errantes em paz, exceto as desajeitadas que tropeçam nas próprias raízes. Não que isso aconteça com frequência. Elas não viajam muito.

Os dois brigaram para saber quem faria a parte do trabalho do outro. Largaram a árvore.

— Fui — declarou Duende e, num momento, não havia mais sinal deles. Intrigado, vasculhei a escuridão. Não vi nada, não ouvi nada.

Descobri-me tendo problemas para me manter acordado. Cortei a árvore morta para ter algo para fazer. Então senti a estranheza.

Parei no meio de uma machadada. Há quanto tempo os menires estavam se juntando? Contei 14 no limite da luz. Projetavam longas, profundas sombras.

— O que foi? — perguntei, meus nervos meio em frangalhos.

— Há estranhos no Vale.

Que diabos de cantiga eles entoavam? Fui para perto da fogueira, de costas para ela, joguei lenha por cima do ombro, aumentando as chamas. A luz aumentou. Contei mais dez menires. Depois de algum tempo, falei:

— Não é exatamente novidade.

— Um se aproxima.

Isso *era* novidade. E ele falou com ardor, algo que eu nunca havia presenciado. Uma, duas vezes, pensei ter captado um estremecer momentâneo, mas não podia ter certeza. A luz de uma fogueira é enganadora. Botei mais lenha.

Movimento, com certeza. Mais além do riacho. Uma forma humana andando em minha direção, lentamente. Exaustivamente. Fixei-me numa posição de aparente tédio. Ele se aproximou mais. Sobre o ombro direito carregava sela e manta, que segurava com a mão esquerda. Com a direita, segurava um comprido estojo de madeira, seu polimento reluzindo à luz da fogueira. Tinha 2 metros de comprimento e 10 por 20 centímetros de largura. Curioso.

Notei o cachorro quando eles atravessaram o riacho. Um vira-lata esfarrapado, esquálido, em sua maioria com o pelo branco sujo, mas com um círculo negro em volta de um dos olhos e algumas manchas pretas nos flancos. Mancava, mantendo uma das patas acima do chão. Seus olhos capturaram o fogo. Eles refletiram um vermelho brilhante.

O homem tinha mais de 1,80m de altura, talvez uns 30 anos. Movimentava-se com agilidade, mesmo em sua exaustão. Tinha músculos sobre os músculos. A camisa rasgada revelava braços e peito cobertos de cicatrizes em linhas cruzadas. O rosto era vazio de emoção. Ele fez contato visual comigo ao se aproximar do fogo, sem sorrir nem denunciar alguma hostilidade.

Um calafrio me percorreu ligeiramente. Ele parecia durão, mas não o suficiente para transpor sozinho o Vale do Medo.

A primeira coisa a fazer seria ganhar tempo. Otto deveria chegar para me substituir logo. O fogo o alertaria. Ele veria o estranho, então se esconderia e alertaria o Buraco.

— Olá — falei.

Ele parou, trocando olhares com seu vira-lata. O cachorro se adiantou lentamente, farejando o ar, vasculhando a noite em volta. Parou a alguma distância, sacudiu-se como se estivesse molhado, então se deitou sobre a barriga.

O estranho avançou até ali.

— Alivie sua carga — sugeri.

Ele baixou a sela, pousou o estojo e sentou-se. Estava endurecido. Teve problemas para cruzar as pernas.

— Perdeu seu cavalo?

Ele fez que sim com a cabeça.

— Quebrou a perna. A oeste daqui, 8, 10 quilômetros. Perdi a trilha.

Existem trilhas através do Vale. Algumas o Vale mantém seguras. Às vezes. De acordo com uma fórmula conhecida apenas pelos seus cidadãos. Mas somente alguém desesperado ou estúpido se aventura por elas sozinho. Esse sujeito não parecia um idiota.

O cachorro soltou um alento. O homem coçou as orelhas dele.

— Aonde vai?

— A um lugar chamado Firmeza.

Esse é o nome-fantasia, o nome de propaganda para o Buraco. Um pouco de glamour destinado aos soldados de lugares distantes.

— Nome?
— Perseguidor. Esse é o Cão Mata-Sapo.
— Prazer em conhecê-los. Perseguidor. Mata-Sapo.
O cachorro grunhiu. Perseguidor disse:
— Você tem de usar o nome dele completo. Cão Mata-Sapo.
Mantive a expressão séria apenas porque ele era um homem grande, soturno e parecia durão.
— O que é essa Firmeza? — perguntei. — Nunca ouvi falar.
Ele ergueu os olhos duros, escuros, que pousavam sobre o vira-lata, sorrindo.
— Eu soube que fica perto de Penhor.
Duas vezes num dia? Era o dia do número dois? Não. Porra nenhuma. Também não gostei do olhar do sujeito. Lembrava-me demais de nosso antigo irmão Corvo. Gelo e ferro. Assumi minha expressão desconcertada. Ela é ótima.
— Penhor? Isso é novo para mim. Deve ficar em algum lugar muito a leste. O que vai fazer lá, afinal?
Ele sorriu novamente. Seu cão abriu um olho e me lançou um olhar maldoso. Eles não acreditaram em mim.
— Levo mensagens.
— Entendo.
— Essencialmente, um pacote. Endereçado a alguém chamado Chagas.
Suguei saliva por entre os dentes, vasculhando lentamente a escuridão em volta. O círculo de luz havia encolhido, mas o número de menires não diminuíra. Fiquei pensando em Caolho e Duende.
— Ah, esse nome eu já ouvi — falei. — Um cirurgião. — Novamente, o cachorro me lançou aquele olhar. Dessa vez, concluí, foi sarcástico.
Caolho saiu da escuridão atrás de Perseguidor, a espada pronta para executar o ato indigno. Droga, mas como veio silencioso! Com ou sem feitiçaria.
Eu o denunciei com um estremecer de surpresa. Perseguidor e seu cachorro olharam para trás. Ambos ficaram assustados ao ver alguém ali. O cachorro se levantou. O pelo do pescoço se eriçou. Então baixou novamente até o chão, após girar de maneira que pudesse manter nós dois à vista.
Mas então Duende apareceu, igualmente silencioso. Sorri. Perseguidor olhou adiante. Seus olhos se estreitaram. Parecia pensativo, como um

homem descobrindo que estava num jogo de cartas com trapaceiros mais espertos do que havia esperado. Duende deu uma risadinha.

— Ele quer entrar, Chagas. Vamos levá-lo para baixo.

A mão de Perseguidor deu um puxão no estojo que carregava. Seu animal rosnou. Perseguidor fechou os olhos. Quando se abriram, ele estava no controle. Seu sorriso voltou.

— Chagas, hein? Então encontrei Firmeza.

— Sim, encontrou, amigo.

Lentamente, como se para não assustar ninguém, Perseguidor tirou do alforje um pacote envolto e encerado. Era o gêmeo daquele que eu recebera havia apenas meio dia. Entregou-o a mim. Enfiei-o dentro da camisa.

— Onde conseguiu isso?

— Remo. — Contou-me a mesma história do outro mensageiro.

Fiz que sim.

— Quer dizer que veio de tão longe assim?

— Sim.

— Então *realmente* devemos levá-lo lá para baixo — indiquei a Caolho. Ele entendeu o que eu quis dizer. Colocaríamos esse mensageiro cara a cara com o outro. Ver as faíscas voarem. Caolho sorriu.

Olhei para Duende. Ele aprovou a ideia.

Nenhum de nós tinha muita certeza quanto a Perseguidor. Não sei por quê.

— Vamos — falei. Levantei-me do chão com a ajuda de meu arco.

Perseguidor olhou para a arma. Começou a dizer algo, mas se calou. Como se a tivesse reconhecido. Sorri ao me virar de costas. Talvez ele houvesse pensado que tinha dado de cara com a Dama.

— Siga-me.

Ele me seguiu. E Duende e Caolho o seguiram, sem ajudá-lo com a carga. O cachorro mancava a seu lado, focinho no chão. Antes de entrarmos, olhei para o sul, preocupado. Quando Elmo voltaria para casa?

Colocamos Perseguidor e o vira-lata numa cela vigiada. Não protestaram. Fui para meus aposentos após acordar Otto, que estava atrasado. Tentei dormir, porém o maldito pacote continuava sobre a mesa, gritando.

Não tinha certeza se queria ler seu conteúdo.

A carta venceu a batalha.

Capítulo Sete

A SEGUNDA CARTA

hagas:
Bomanz olhou através de sua luneta meridiana avistando a proa do Grande Túmulo. Recuou, anotou o ângulo, abriu um de seus toscos mapas. Este era o local onde havia desenterrado o machado TelleKurre.

— Gostaria que as descrições das Lentes de Desejo não fossem tão vagas. Este deve ter sido o flanco de sua formação. Portanto, o eixo de sua linha deveria ser paralelo aos outros. Metamorfo e os cavaleiros devem ter se juntado ali. Malditos sejam.

O chão ali arqueava ligeiramente. Ótimo. Menos água do solo para danificar os artefatos enterrados. Mas a vegetação rasteira era densa. Chaparreiro. Rosas selvagens. Sumagre-venenoso. Principalmente sumagre-venenoso. Bomanz detestava essa erva pestilenta. Começou a se coçar só de pensar nela.

— Bomanz.

— O quê? — Virou-se, erguendo o ancinho.

— Opa! Cuidado, Bo.

— O que há com você, se esgueirando desse modo? Não tem graça, Besand. Quer que eu arranque esse sorriso idiota do seu rosto com o ancinho?

— Uau! Estamos malcriados hoje, não é mesmo?

Besand era um velho magro mais ou menos da idade de Bomanz. Seus ombros baixaram, imitando a cabeça, que impeliu adiante como se farejasse uma trilha. Grandes veias azuis percorriam as costas de suas mãos. Manchas senis pontilhavam a pele.

— O que diabos você esperava, saltando de trás dos arbustos para cima de uma pessoa?

— Arbustos? Que arbustos? Sua consciência está deixando você perturbado, Bo?

— Besand, você tenta me pegar desde que a lua era verde. Por que não desiste? Primeiro, Jasmine me enche o saco, depois Tokar compra tudo o que tenho e preciso vir cavar um novo estoque, agora tenho de aguentar você? Vá embora. Não estou com disposição.

Besand abriu um sorriso largo e assimétrico, revelando pontas de dentes podres.

— Eu não peguei você, Bo, mas isso não quer dizer que você seja inocente. Quer dizer apenas que nunca consegui.

— Se não sou inocente, você deve ser um maldito de um idiota por ter passado quarenta anos sem me pegar. Porra, por que diabos não pode tornar a vida fácil para nós dois?

Besand riu.

— Não vai demorar muito para eu largar do seu pé. Estão me colocando para pastar.

Bomanz se apoiou no ancinho, observou o comandante da Guarda. Besand exsudou um acre aroma de dor.

— Verdade? Sinto muito.

— Sinta mesmo. Meu substituto pode ser esperto o bastante para pegar você.

— Esqueça isso. Quer saber o que estou fazendo? Imaginando onde os cavaleiros TelleKurre desceram. Tokar quer algo espetacular. Isso é o melhor que posso fazer. Estou quase indo lá e dando a você uma desculpa para me enforcar. Me dê aquele bastão ali.

Besand lhe passou a vara divinatória.

— Assaltar túmulos, hein? Tokar sugeriu isso?

Agulhas geladas se enterraram na espinha de Bomanz. Aquela era mais do que uma pergunta casual.

— Temos de fazer isso constantemente? Já não nos conhecemos há tempo suficiente para não precisar bancar gato e rato?

— Eu gosto disso, Bo. — Besand o seguiu até o solo mais elevado. — Mas vou ter de abrir mão. Não consigo mais continuar. Não há homens nem dinheiro suficientes.

— Você poderia fazer isso imediatamente? É ali que quero cavar. Eu acho. No sumagre-venenoso.

— Ah, cuidado com o sumagre-venenoso, Bo — recomendou Besand com uma risadinha. A cada verão, Bomanz precisava enfrentar numerosas aflições botânicas em seu caminho. — Quanto a Tokar...

— Não lido com gente que quer infringir a lei. Esta tem sido minha lei desde sempre. Ninguém me incomoda mais.

— Evasivo, mas aceitável.

O bastão de Bomanz vibrou.

— Vou mergulhar em cocô de ovelha. Bem no meio.

— Tem certeza?

— Olhe como o bastão se move. Devem tê-los enterrado num grande buraco.

— Quanto a Tokar...

— O que tem ele, droga? Você quer enforcá-lo, vá em frente. Apenas me dê tempo para conseguir outro que consiga lidar tão bem com meus negócios.

— Não quero enforcar ninguém, Bo. Quero apenas alertar você. Há um boato em Remo de que ele é ressurreicionista.

Bomanz largou o bastão. Engoliu ar.

— É mesmo? Um ressurreicionista?

O monitor o observou atentamente.

— É apenas um boato. Ouço de todos os tipos. Achei que quisesse saber. Somos mais próximos do que é possível entre dois homens por aqui.

Bomanz aceitou o gesto de paz.

— Sim. Honestamente, ele nunca deu nenhum sinal. Ufa! É um fardo muito pesado para descarregar num homem. — Um fardo que merecia ser bastante refletido. — Não conte a ninguém o que descobri. Aquele Men fu ladrão...

Besand riu novamente. Sua explosão de risos tinha uma qualidade sepulcral.

— Você adora seu trabalho, não é mesmo? Quero dizer, atormentar pessoas que não ousam reagir.

— Cuidado, Bo. Posso levar você para interrogatório. — Besand deu meia-volta e se afastou.

Bomanz sorriu com desdém pelas suas costas. Claro que Besand adorava seu trabalho. Ele podia bancar o ditador. Podia fazer qualquer coisa com qualquer um sem ter de responder por isso.

Assim que o Dominador e seus lacaios foram derrotados e enterrados em seus montes de terra atrás de barreiras forjadas pelas melhores magias de sua época, a Rosa Branca decretou que fosse colocada uma Guarda Eterna ali. Uma guarda que não respondesse a ninguém, encarregada de prevenir a ressurreição do mal morto-vivo sob os montes de terra. A Rosa Branca conhecia a natureza humana. Sempre haveria aqueles que veriam lucro em usar ou seguir o Dominador. Sempre haveria adoradores do mal que desejariam alimentar seu defensor.

Os ressurreicionistas surgiram praticamente antes de o capim brotar nos túmulos de terra.

Tokar era um ressurreicionista?, pensou Bomanz. Já não tenho problemas suficientes? Besand agora vai montar sua tenda no meu bolso.

Bomanz não tinha interesse em reviver velhos demônios. Simplesmente queria estabelecer contato com um deles para poder iluminar vários mistérios antigos.

Besand estava fora de vista. Ele pisaria duro pelo caminho de volta aos seus aposentos. Haveria tempo para fazer algumas observações proibidas. Bomanz realinhou sua luneta meridiana.

A Terra dos Túmulos não tinha a aparência de um grande mal, apenas de negligência. Quatrocentos anos de vegetação e exposição ao tempo reestruturaram a outrora obra maravilhosa. Os túmulos e a paisagem mística estavam perdidos em meio ao mato que os cobria. A Guarda Eterna não possuía mais os meios para realizar a manutenção adequada. O monitor Besand realizava uma desesperada batalha na retaguarda contra o próprio tempo.

Nada crescia bem na Terra dos Túmulos. A vegetação era retorcida e acanhada. Entretanto, as formas dos montes de terra, os menires e os fetiches que confinavam os Tomados geralmente ficavam ocultos.

Bomanz levara uma existência classificando qual monte era qual, quem jazia onde, e em que lugar ficavam cada menir e fetiche. Seu mapa principal, seu tesouro de seda, estava perto de ser completado. Bomanz quase era capaz de atravessar o labirinto. Estava tão próximo que se sentia tentado a arriscar antes de estar realmente pronto. Mas não era idiota. Ele pretendia ordenhar leite doce da mais negra das vacas. Não ousava cometer erros. Tinha Besand de um lado e a antiga perversidade venenosa de outro.

Porém se fosse bem-sucedido... Ah, se fosse bem-sucedido! Se fizesse contato e extraísse os segredos... O conhecimento humano seria dramaticamente aumentado. Ele se tornaria o mais poderoso dos magos vivos. Sua fama correria com o vento. Jasmine teria tudo o que se queixava por se sacrificar e não ter. *Se* ele conseguisse fazer contato.

E faria, maldição! Nem o medo nem a doença da velhice o deteriam agora. Em poucos meses, teria a última chave.

Bomanz vivera suas mentiras por tanto tempo que geralmente mentia a si mesmo. Até nos momentos honestos jamais confessou sua mais forte motivação, o caso intelectual com a Dama. Foi ela quem despertara sua curiosidade desde o início, ela, com quem tentava entrar em contato, ela, que tornou a literatura incessantemente fascinante. De todos os senhores da Dominação, era a mais envolta por sombras, a mais cercada por mitos, a menos referenciada em fatos históricos. Alguns estudiosos a chamavam de a maior beldade que já viveu, afirmando que apenas vê-la era se tornar seu escravo. Alguns a consideravam o verdadeiro motivo da força da Dominação. Poucos admitiam que seus relatos eram de fato nada mais que fantasias românticas. Outros nada admitiam ao mesmo tempo que evidenciavam sua beleza. Bomanz, quando estudante, tornara-se perpetuamente deslumbrado.

De volta ao seu sótão, abriu o mapa de seda. Seu dia não fora um desperdício total. Havia localizado um menir anteriormente desconhecido e identificado os encantamentos que ele protegia. E encontrara o local do TelleKurre. Isso pagaria a carne de carneiro com feijão.

Olhou fixamente para o mapa, como se o simples poder de sua vontade conjurasse a informação de que precisava.

Havia dois diagramas. O superior era uma estrela de cinco pontas dentro de um círculo ligeiramente maior. Essa era a forma da Terra dos Túmulos quando recém-construída. A estrela ficava 2 metros acima do terreno circundante, firmada por paredes de calcário. O círculo representava a margem exterior de um fosso, a terra que havia sido usada para construir os túmulos, a estrela e um pentágono dentro da estrela. Naqueles dias, o fosso era pouco mais que um terreno alagadiço. Os predecessores de Besand foram incapazes de preservar a natureza.

Dentro da estrela, recuado dos pontos onde os braços se encontravam, havia um pentágono com mais 2 metros de altura. Ele também fora sustentado, mas as paredes haviam caído e ficado cobertas de vegetação. Centralizado em relação ao pentágono, num eixo norte-sul, havia o Grande Túmulo, onde dormia o Dominador.

Nas pontas de sua estrela do mapa, no sentido horário a partir de cima, Bomanz escrevera os números ímpares de um a nove. Acompanhando cada um deles, havia um nome: Apanhador de Almas, Metamorfo, Rastejador, Arauto da Tempestade, Roedor de Ossos. Os ocupantes dos cinco túmulos externos foram identificados. As cinco pontas internas estavam numeradas normalmente, começando no pé direito do braço da estrela apontando na direção norte. No quatro estava o Uivante, no oito, o Manco. As sepulturas de três dos Dez Que Foram Tomados permaneciam sem identificação.

— Quem está no maldito seis? — murmurou Bomanz. Esmurrou a mesa. — Bosta! — Passados quatro anos e ainda não estava nem perto daquele nome. A máscara que escondia aquela identidade era a única barreira substancial que permanecia. Tudo o mais era simples aplicação técnica, uma questão de anular a proteção de encantos, depois entrar em contato com o maior de todos no monte de terra central.

Os magos da Rosa Branca haviam deixado volumes se gabando do próprio desempenho em sua arte, mas nenhuma palavra quanto a onde jaziam suas vítimas. Assim era a natureza humana. Besand se gabava do peixe que pescava, da isca que usava, no entanto raramente mostrava o verdadeiro troféu na forma do animal.

Embaixo de seu mapa da estrela, Bomanz desenhara um segundo, reproduzindo o monte de terra central. Era um retângulo no eixo norte-sul cercado por símbolos que também ocupavam seu interior enfileirados. Do lado de fora de cada canto, havia a representação de um menir, que, na Terra dos Túmulos, era uma coluna de 4 metros encimada por uma cabeça de coruja com duas faces. Uma face olhava de modo penetrante para dentro; a outra, para fora. Os menires formavam as colunas dos cantos que fixavam a primeira fileira de encantos protegendo o Grande Túmulo.

Ao longo das laterais ficavam as colunas com as fileiras, pequenos círculos representando mastros de fetiche de madeira. A maioria havia apodrecido e caído, junto a seus encantos. A Guarda Eterna não tinha ajudantes magos capazes de restaurá-los ou substituí-los.

No interior do próprio monte havia símbolos ordenados em três retângulos de tamanhos decrescentes. O mais extremo parecia a pata de um animal, o seguinte, um cavaleiro, e o mais interno, um elefante. A cripta do Dominador estava cercada por homens que deram a vida para derrubá-lo. Fantasmas estavam na linha do meio entre o antigo mal e um mundo capaz de recordá-lo. Bomanz não antecipava nenhuma dificuldade em passar por eles. Em sua opinião, os fantasmas estavam lá para desencorajar assaltantes de sepulturas comuns.

No interior dos três retângulos, Bomanz desenhara um dragão com o rabo na boca. Rezava a lenda que um enorme dragão estava enroscado em torno da cripta, mais vivo que a Dama ou o Dominador, cochilando séculos adentro enquanto esperava que alguém tentasse mais uma vez convocar o mal aprisionado.

Bomanz não tinha como lidar com o dragão mas também não precisava. Ele pretendia se comunicar com a cripta, não abri-la.

Maldição! Se ao menos conseguisse colocar as mãos num velho amuleto de soldado da Guarda... Os primeiros guardas usavam amuletos que permitiam entrarem na Terra dos Túmulos para conservá-la. Os amuletos ainda existiam, embora não fossem mais usados. Besand usava um. Os outros ele mantinha escondidos.

Besand. Aquele louco. Aquele sádico.

Bomanz considerava o monitor seu conhecido mais próximo — mas um amigo, jamais. Não, jamais um amigo. Um triste aspecto de sua vida:

o homem mais próximo a ele era alguém que não perderia uma oportunidade de torturá-lo ou de enforcá-lo.

Que história era aquela de aposentadoria? Alguém de fora daquela desvalida floresta havia se lembrado da Terra dos Túmulos?

— Bomanz! Não vai comer?

Bomanz murmurou uns palavrões e enrolou seu mapa.

O sonho veio naquela noite. Um chamado sirênico. Ele era jovem novamente, solteiro, seguindo pela travessa que passava por sua casa. Uma mulher acenou. Quem era ela? Ele não sabia. Não importava. Ele a amava. Rindo, apressou-se até ela... Passos flutuantes. O esforço não o levou para mais perto. O rosto dela se entristeceu. Ela sumiu...

— Não vá — gritou ele. — Por favor! — Mas ela desapareceu e levou consigo o sol dele.

Uma ampla noite sem estrelas devorou seu sonho. Ele flutuava invisível sobre uma clareira no interior de uma floresta. Lentamente, muito lentamente, algo difuso e prateado delineou as árvores. Uma enorme estrela com uma comprida cauda. Ele a observou crescer até a cauda cobrir o céu.

Pontada de incerteza. Sombra de medo.

— Está vindo direto para mim!

Ele se encolheu, cruzando os braços sobre o rosto. A bola de prata preencheu o céu. Tinha um rosto. O rosto de uma mulher...

— Bo! Pare com isso! — Jasmine o socou novamente.

Ele sentou-se.

— Hein? O que foi?

— Você estava berrando. Aquele pesadelo novamente?

Ouviu o próprio coração martelar e suspirar. O órgão aguentaria muito mais? Ele era um velho.

— O mesmo. — Era recorrente e acontecia em intervalos imprevisíveis. — Foi mais forte desta vez.

— Talvez você devesse se consultar com um médico do sono.

— Por esta região? — bufou desgostoso. — De qualquer modo, não preciso de um médico do sono.

— Não. Provavelmente é apenas sua consciência. Perturbando-o por atrair Stancil de volta de Remo.

— Eu não o atraí... Vá dormir. — Para sua surpresa, ela rolou para o lado, pela primeira vez sem vontade de continuar a discussão.

Bomanz olhou para a escuridão. Tinha sido muito mais claro. Quase nítido e óbvio. Haveria um significado oculto por trás do aviso do sonho para que não se intrometesse?

Lentamente, muito lentamente, o estado de espírito do início do sonho retornou. A sensação de ser chamado, de estar a apenas um intuitivo passo de seu maior desejo. A sensação era boa. A tensão se foi. Ele adormeceu sorrindo.

Besand e Bomanz estavam parados olhando os soldados da Guarda limparem o mato do terreno de Bomanz. De repente, ele gritou:

— Não queime isso, seu idiota! Impeça-o, Besand.

Besand balançou a cabeça. Um guarda com uma tocha recuou da pilha de mato.

— Rapaz, não se queima sumagre-venenoso. A fumaça espalha o veneno.

Bomanz estava se coçando. E se perguntando por que seu colega estava sendo tão razoável. Besand arreganhou os dentes.

— Você sente coceira só de pensar nisso, não é mesmo?

— É.

— Eis sua outra comichão. — Apontou.

Bomanz avistou Men fu, seu concorrente, observando-o de uma distância segura. Ele rosnou.

— Nunca odiei ninguém, mas ele me provoca a isso. Não tem ética, escrúpulos nem consciência. É um ladrão e um mentiroso.

— Eu o conheço, Bo. Sorte sua eu conhecê-lo.

— Me deixe lhe perguntar uma coisa, Besand. *Monitor* Besand. Por que não o importuna do mesmo modo que faz comigo? E o que quer dizer com sorte?

— Ele o acusou de tendências ressurreicionistas. Eu não o sigo de perto porque suas muitas virtudes incluem a covardia. Ele não tem peito de recuperar artefatos proibidos.

— E eu tenho? Aquele merdinha me caluniou? Com crimes capitais? Se eu não fosse um velho...

— Ele vai ter sua punição, Bo. E você tem peito. Só nunca peguei você no momento certo.

Bomanz revirou os olhos.

— Lá vamos nós. As acusações veladas...

— Não tão veladas, meu amigo. Há em você uma lassidão moral, uma relutância em aceitar a existência do mal, que fede como um cadáver velho. Faça o que tem vontade de fazer, Bo, e pegarei você. As pessoas más são astutas, mas sempre se traem.

Por um momento, Bo pensou que seu mundo estava se despedaçando. Então compreendeu que Besand estava pescando. Um pescador dedicado, o monitor. Abalado, ele contrapôs:

— Estou farto do seu sadismo. Se suspeitasse realmente de alguma coisa, você iria se banquetear com minha carcaça. A legalidade nunca significou nada para vocês, os guardas. Talvez esteja mentindo sobre Men fu. Você prenderia a própria mãe caso ela fosse acusada por um vilão desprezível como ele. Você é doente, Besand. Sabia disso? Doente. Bem aqui. — Bateu na própria têmpora. — Você não consegue se relacionar sem crueldade.

— Você está novamente abusando da própria sorte, Bo.

Bomanz recuou. Temor e moderação tinham falado. De sua maneira estranha, Besand lhe revelara uma tolerância especial. Era como se ele fosse necessário para o bem-estar emocional do monitor. Besand precisava de uma pessoa fora da Guarda que ele não transformasse em vítima. Alguém cuja imunidade lhe desse uma espécie de legitimação... Sou um símbolo das pessoas que ele defende?, bufou Bomanz. Aquilo era ridículo.

Aquela história de se aposentar. Teria ele dito mais do que ouvi? Está cancelando todas as apostas porque está indo embora? Talvez ele realmente tenha um faro para transgressores da lei. Talvez queira ir embora em glória.

E o novo homem? Outro monstro, não ofuscado pela teia que teci diante dos olhos de Besand? Talvez alguém que surja como um touro numa tourada? E Tokar, o possível ressurreicionista... Onde se encaixa?

— O que foi? — perguntou Besand. A preocupação coloriu suas palavras.

— A úlcera está me incomodando. — Bomanz massageou as têmporas, na esperança de que a dor de cabeça não viesse também.

— Coloque seus marcadores. Men fu talvez o ataque bem aqui.

— É. — Bomanz apanhou meia dúzia de estacas de seu fardo. Cada uma delas arrastava uma tira de pano amarelo. Plantou-as. O costume impunha que aquele terreno cercado era seu espaço para explorações.

Men fu poderia realizar ataques noturnos, ou o que fosse, e Bomanz não poderia recorrer legalmente. Terras demarcadas para garimpagem não tinham amparo na lei, apenas em acordos particulares. Os antigos mineradores praticavam as próprias validações.

A única validação de Men fu era a violência. Nada alterava seus métodos de ladrão.

— Gostaria que Stancil estivesse aqui — comentou Bomanz. — Ele poderia vigiar durante a noite.

— Vou falar rispidamente com ele. Isso sempre funciona por alguns dias. Eu soube que Stance está vindo para casa.

— Sim. Para o verão. Estamos empolgados. Faz quatro anos que não o vemos.

— É amigo de Tokar, não?

Bomanz girou.

— Maldito seja! Você não para nunca, não é mesmo? — Ele falou baixinho, realmente enfurecido, sem os gritos, o praguejar e os gestos dramáticos de sua semirraiva habitual.

— Está bem, Bo. Vou parar.

— É melhor. É melhor mesmo, porra. Não quero ver você sendo a sombra dele durante o verão inteiro. Não quero, ouviu?

— Já disse que vou parar.

Capítulo Oito

A TERRA DOS TÚMULOS

Gaio circulava à vontade em torno do complexo da Guarda. As paredes internas do prédio do quartel-general ostentavam dezenas de pinturas antigas da Terra dos Túmulos. Geralmente ele as examinava enquanto fazia a limpeza, sentindo arrepios. Sua reação não era exclusiva. A tentativa do Dominador de escapar através de Zimbro havia abalado o império da Dama. Histórias de sua crueldade aumentaram de proporção e ganharam força pelos séculos desde que a Rosa Branca o depôs.

A Terra dos Túmulos permaneceu silenciosa. Aqueles que observavam nada viam de desagradável. O moral cresceu. O mal antigo havia esgotado seus recursos.

Mas ele esperava.

Esperaria por toda a eternidade, se fosse necessário. Não podia morrer. Sua aparente última esperança era não ter esperança. A Dama também era imortal. Não permitiria que nada abrisse a sepultura de seu marido.

As pinturas registravam a decadência progressiva. A mais recente datava de pouco depois da ressurreição da Dama. Mesmo naquela época a Terra dos Túmulos estava muito mais inteira.

Às vezes, Gaio ia até os limites da cidade, olhava o Grande Túmulo e balançava a cabeça.

Outrora houvera amuletos que permitiam aos guardas terem segurança no interior dos encantos que tornavam a Terra dos Túmulos letal, permitindo sua manutenção. Mas eles desapareceram. Tudo o que podiam fazer agora era observar e esperar.

O tempo passou. Lento, cinzento e coxeando, Gaio se tornou parte da cidade. Raramente falava, mas ocasionalmente animava as sessões de mentiras da Árvore Azul com uma anedota imoral das campanhas de Forsberg. Nesse momento, o fogo ardia em seus olhos. Ninguém duvidava de que o homem havia estado lá, embora tivesse visto esses dias de maneira um pouco distorcida.

Ele não fazia amigos de verdade. Corriam boatos de que, de vez em quando, em particular, jogava uma partida de xadrez com o monitor, coronel Brando, para quem havia feito alguns servicinhos especiais. E, é claro, havia o recruta Bainha, que devorava suas histórias e o acompanhava em suas claudicantes caminhadas. Diziam que Gaio sabia ler. Bainha esperava aprender.

Ninguém jamais visitou o segundo andar da casa de Gaio. Lá, no coração da noite, ele lentamente desemaranhava uma história traiçoeira e intricada que o tempo e a desonestidade distorceram sem nenhum paralelo com a verdade.

Apenas alguns trechos estavam criptografados. A maior parte fora escrita às pressas em TelleKurre, a principal língua da era da Dominação. Mas passagens dispersas estavam em UchiTelle, uma vulgata regional do TelleKurre. Houve ocasiões, quando lutava com essas passagens, em que Gaio sorriu sombriamente. Talvez fosse o único homem vivo capaz de decifrar aquelas frases por vezes em fragmentos.

— Vantagem da educação clássica — murmurava ele com certo sarcasmo. Então se tornava reflexivo, introspectivo. Dava uma de suas caminhadas noturnas para sacudir uma lembrança espectral. O passado de alguém é um fantasma que não descansaria. A morte é o único exorcismo.

Ele, Gaio, se via como um artesão. Um ferreiro. Um armeiro forjando cautelosamente uma espada mortal. Como seu predecessor naquela casa, dedicara a vida à busca de um fragmento de conhecimento.

O inverno foi espantoso. A primeira neve chegou cedo, após um precoce e incomum outono úmido. Nevou forte e com frequência. A primavera chegou tarde.

Nas florestas ao norte da Terra dos Túmulos, habitadas apenas por clãs dispersos, a vida era difícil. Membros de tribos apareciam carregando peles para trocar por comida. O resultado para os artesãos que preparavam pele de Remo foi extasiante.

Os velhos diziam que o inverno era o arauto de algo pior. Mas os velhos sempre acham que o clima de hoje é mais duro que o de antigamente. Ou mais ameno. Nunca, nunca é igual.

A primavera se espraiou. Um rápido derretimento fez riachos e rios se enraivecerem. O Grande Trágico, que corria dentro de 5 quilômetros da Terra dos Túmulos, espalhou-se quilômetros além de suas margens. Arrastou dezenas e centenas de milhares de árvores. A enchente foi tão espetacular que uma multidão saiu da cidade para vê-la do topo de uma colina.

Para a maioria, a novidade passou. Mas Gaio saía coxeando em qualquer dia que Bainha quisesse acompanhá-lo. Bainha ainda estava possuído por sonhos. Gaio satisfazia sua curiosidade.

— Por que está tão interessado no rio, Gaio?

— Não sei. Talvez por causa de sua importante afirmação.

— O quê?

Gaio abanou a mão num gesto abrangedor.

— A vastidão. A fúria contínua. Vê o quanto somos importantes?

Água marrom corroía a colina, furiosa, remexendo florestas de madeira flutuante. Braços menos turbulentos abraçavam a colina, sondando o mato atrás dela.

Bainha fez que sim.

— Como a sensação que tenho ao olhar para as estrelas.

— Sim. Sim. Porém isso é mais pessoal. Leva você para mais perto de casa. Não é?

— Acho que sim. — Bainha pareceu desconcertado. Gaio sorriu. Legado de um jovem criado em uma fazenda.

— Vamos voltar. Está muito alto. E não confio nele com aquelas nuvens que apareceram.

A chuva ameaçava. Se o rio subisse muito mais, a colina se tornaria uma ilha.

Bainha ajudou Gaio a atravessar as partes enlameadas para subirem até o topo de uma elevação mais baixa que impedia a enchente de atingir o campo aberto. Grande parte dela agora era um lago, raso o suficiente para ser vadeado, se algum idiota ousasse. Debaixo de um céu cinzento, o Grande Túmulo se erguia precariamente, refletindo a água como uma massa escura sem forma definida. Gaio ficou arrepiado.

— Bainha... Ele continua ali.

O jovem se apoiou em sua lança, interessado apenas porque Gaio se interessou. Ele queria sair daquele chuvisco.

— O Dominador, rapaz. Ele não escapou. Está esperando. Se enchendo de mais ódio ainda pelos vivos.

Bainha olhou para Gaio. O homem mais velho estava retesado por causa da tensão. Ele parecia apavorado.

— Se ele se libertar, coitado do mundo.

— Mas a Dama não acabou com ele em Zimbro?

— Ela o deteve, mas não o destruiu. Talvez isso não seja possível... Bem, deve ser. Ele tem que ser vulnerável a alguma coisa. Porém, se a Rosa Branca não conseguiu afetá-lo...

— A Rosa não era tão forte, Gaio. Não conseguiu nem mesmo afetar os Tomados. Ou mesmo os asseclas *deles*. Tudo o que conseguiu foi amarrá-los e enterrá-los. Foi necessário que a Dama e os rebeldes...

— Os rebeldes? Duvido. *Ela* fez aquilo. — Gaio se adiantou, forçando a perna. Caminhou ao longo da margem do lago. Seu olhar continuava fixado no Grande Túmulo.

Bainha temia que Gaio estivesse obcecado pela Terra dos Túmulos. Como guarda, tinha de ficar preocupado. Embora a Dama tivesse exterminado os ressurreicionistas na época de seu avô, aquele monte de terra ainda exercia uma sombria atração. O monitor Brando continuava temeroso de que alguém revivesse aquela idiotice. Queria alertar Gaio, mas não conseguia pensar num modo educado de se expressar.

O vento agitava o lago. Marolas corriam dos montes de terra em direção a eles. Os dois se arrepiaram.

— Gostaria que esse tempo melhorasse — murmurou Gaio. — Vamos tomar um chá?

— Vamos.

O tempo continuou gelado e úmido. O verão chegou atrasado. O outono, mais cedo. Quando o Grande Trágico finalmente se retraiu, deixou uma planície enlameada salpicada por destroços de grandes árvores. Seu canal havia desviado 800 metros a oeste.

As tribos da mata continuavam vendendo peles.

Uma feliz descoberta. Gaio estava fazendo uma obra. Reformava um armário embutido. Ao remover uma haste de madeira para pendurar roupas, ele se atrapalhou. A haste se partiu em duas ao atingir o chão.

Ele se ajoelhou. Olhou. O coração disparou. Um pequeno pedaço de seda branca ficou exposto... Delicadamente, muito delicadamente, ele juntou a haste de volta e a levou para o andar de cima.

Com extremo cuidado, retirou a seda, desenrolando-a. Sentiu um nó no estômago.

Era o mapa de Bomanz da Terra dos Túmulos, completo com anotações explicando onde estavam quais Tomados, em que local estavam localizados os fetiches e o porquê, o poder dos encantos protetores e os locais de descanso conhecidos dos lacaios dos Tomados que sumiram no chão com seus chefes, dispersos pelo terreno. Realmente um mapa repleto de informações. A maior parte das anotações estava em TelleKurre.

Também estavam marcados os locais de sepultura fora da Terra dos Túmulos propriamente dita. A maior parte das baixas entre soldados comuns tinha ido parar em sepulturas coletivas.

A batalha incendiou a imaginação de Gaio. Por um momento, viu as forças do Dominador permanecendo firmes, morrendo até o último homem. Viu onda após onda de hordas da Rosa Branca se renderem para conter a sombra no interior da armadilha. Ouviu o Grande Cometa chamuscar o céu, uma enorme cimitarra flamejante.

Entretanto, conseguia apenas imaginar. Não havia relatos confiáveis.

Ele se compadeceu de Bomanz. Pobre homenzinho insensato, sonhador, procurando a verdade. Não merecia sua lenda sombria.

Gaio permaneceu concentrado sobre o mapa a noite inteira, deixando seus ossos e sua alma o absorverem. Isso ajudou pouco na tradução, mas iluminou um pouco a Terra dos Túmulos. E, mais ainda, iluminou um mago tão dedicado que passou toda a sua vida adulta estudando a Terra dos Túmulos.

A luz da alvorada sacudiu Gaio. Por um momento, ele duvidou de si mesmo. Teria se tornado presa da mesma paixão fatal?

Capítulo Nove

O VALE DO MEDO

O Tenente em pessoa me sacudiu.

— Elmo voltou, Chagas. Tome seu café, depois se apresente na sala de reuniões.

Ele era um homem amargo que se tornava cada dia mais amargo. Às vezes, eu me arrependia de ter votado nele, após o Capitão ter morrido em Zimbro. Mas foi o Capitão quem quis assim. Foi seu último pedido.

— Irei o mais cedo possível — prometi, levantando-me preguiçosamente sem meu costumeiro rosnado. Apanhei as roupas, balancei os papéis, zombando silenciosamente de mim mesmo. Com que frequência me arrependi de ter votado no próprio Capitão? Mas, quando ele quis se demitir, nós não o deixamos.

Meus aposentos em nada se parecem com o recanto de um médico. As paredes são forradas do chão ao teto com livros velhos. Tenho lido mais, após ter estudado as línguas nas quais foram escritos. Alguns são tão antigos quanto a própria Companhia, relatando histórias do passado. Outros são genealogias nobres, furtados de velhos templos e repartições bastante dispersos. Os mais raros, e mais interessantes, narram a ascensão e a expansão da Dominação.

Os mais raros dentre eles são aqueles em TelleKurre. Os seguidores da Rosa Branca não foram vitoriosos generosos. Queimaram livros e cidades, deportaram mulheres e crianças, profanaram antigas obras de arte e santuários famosos. A fúria habitual de uma grande conflagração.

Portanto, resta pouco material capaz de introduzir alguém nas línguas, no pensamento e na história dos derrotados. Alguns dos documentos escritos de forma mais clara que possuo permanecem totalmente inacessíveis.

Como eu gostaria que Corvo ainda estivesse conosco, em vez de habitar entre os mortos. Ele possuía uma fluência natural com a escrita TelleKurre. Poucos fora do círculo íntimo da Dama a possuem.

Duende enfiou a cabeça pela porta.

— Você vem ou não?

Chorei minhas mágoas. O lamento de sempre. Nenhum progresso. Ele riu.

— Vá encher os ouvidos da sua namorada. Talvez ela o ajude.

— Quando vocês vão esquecer isso? — Havia 15 anos desde que escrevera meu último romance simplório sobre a Dama. Isso foi antes da longa retirada que levou os rebeldes à ruína diante da Torre em Talismã. Eles não o deixam esquecer.

— Nunca, Chagas. Nunca. Quem mais passou a noite com ela? Quem mais andou de tapete voador com ela?

Eu preferiria não lembrar. Foi um período de terror, não de romance.

Ela tomou conhecimento de meus esforços analíticos e me pediu que mostrasse seu lado na história. Mais ou menos. A Dama não censurou nem impôs nada, porém insistiu em que eu permanecesse factual e imparcial. Lembro-me de pensar que ela esperava ser derrotada, então queria uma história imparcial registrada em algum lugar.

Duende olhou para o monte de documentos.

— Não consegue tirar nada disso aí?

— Não creio que haja algo a ser tirado. Tudo o que traduzo acaba se revelando um grande nada. Um registro das despesas de alguém. Um calendário de compromissos. Uma lista de promoções. Uma carta de um funcionário para um amigo na corte. Tudo muito mais velho do que aquilo que procuro.

Duende ergueu uma sobrancelha.

— Vou continuar tentando.

Havia *algo* ali. Tomamos aquele material de Sussurro, quando ela ainda era uma rebelde. Significava muito para ela. E nossa mentora na ocasião, Apanhador de Almas, achava que era importante o bastante para derrubar um império.

Pensativamente, Duende declarou:

— Às vezes, o todo é maior que a soma de suas partes. Talvez você deva procurar o que amarra tudo.

A ideia havia me ocorrido. Um nome aqui, ali, mais adiante, revelando o rastro de alguém por meio dos primeiros passos dele ou dela. Talvez eu o encontrasse. O cometa não voltará por um longo tempo.

Mas eu tinha minhas dúvidas.

Lindinha ainda é jovem, com 20 e poucos anos. O vigor da juventude, porém, a abandonou. Anos difíceis se amontoaram sobre anos difíceis. Há pouca coisa feminina nela. Não teve chance de se desenvolver nessa direção. Mesmo após dois anos no Vale nenhum de nós pensa nela como mulher.

É alta, talvez 1,75 metro. Os olhos são de um azul lavado e geralmente parecem vazios, mas se tornam espadas de gelo quando é contrariada. O cabelo é louro, devido a muito tempo passado sob o sol. Sem cuidado contínuo, ele pende desgrenhado e escorrido. Sem vaidade, ela o mantém mais curto do que dita a elegância. Nas roupas, também, ela se inclina para a praticidade. Alguns visitantes se sentem ofendidos na primeira vez por ela se vestir de modo muito masculino. Mas ela os deixa sem dúvidas de que é capaz de cuidar dos negócios.

Seu papel lhe foi dado sem que o desejasse, mas ela o aceitou, assumindo-o com obstinada determinação. Ela demonstra notável sabedoria para a idade e para alguém com sua deficiência. Corvo a instruiu bem durante aqueles poucos anos em que foi seu guardião.

Ela andava de um lado para o outro quando cheguei. A sala de reuniões possui paredes de terra, é fumacenta e apinhada, mesmo quando está vazia. Seu cheiro revela a longa ocupação por muitos homens sujos. O velho mensageiro de Remo estava lá. Assim como Perseguidor, Cordoeiro e vários outros forasteiros. A maior parte da Companhia estava presente. Fiz um cumprimento com o dedo. Lindinha me deu um abraço fraternal e, com sinais, perguntou se eu tinha algum progresso a relatar.

Falei para o grupo e gesticulei para ela.

— Tenho certeza de que não possuímos todos os documentos que encontramos na Floresta da Nuvem. Não apenas porque não consigo identificar o que estou procurando. Tudo o que tenho é antigo demais.

As feições de Lindinha são comuns. Nada se destaca. Mas é possível sentir a personalidade, a força de vontade, que essa mulher não pode ser quebrada. Ela já esteve no inferno. Isso não a afetou quando criança. Não será afetada agora.

Ela não ficou contente. Sinalizou:

— Nós não teremos o tempo que pensávamos.

Minha atenção não estava completamente nela. Havia esperado faíscas entre Perseguidor e o outro mensageiro, do oeste. Com minhas vísceras eu tinha respondido de forma hostil a Perseguidor. Descobri-me com uma esperança irracional por evidências que sustentassem essa reação.

Nada.

Não era de se surpreender. A estrutura em células do movimento mantém nossos simpatizantes isolados uns dos outros.

A seguir, Lindinha quis ouvir Duende e Caolho.

Duende usou sua voz mais esganiçada.

— Tudo o que ouvimos é verdade. Eles estão reforçando as guarnições. Mas Cordoeiro pode falar melhor sobre isso. Para nós, a missão foi um fracasso. Eles estavam prontos. E nos perseguiram por todo o Vale. Tivemos sorte de escapar. Também não conseguimos obter nenhuma ajuda.

Os menires e seus estranhos parceiros estão, supostamente, do nosso lado. Às vezes me espanto. Eles são imprevisíveis. Ajudam ou não, de acordo com uma lógica que somente eles entendem.

Lindinha estava pouco interessada nos detalhes do ataque fracassado. Virou-se para Cordoeiro. Ele declarou:

— Exércitos estão se reunindo em ambos os lados do Vale. Sob o comando dos Tomados.

— Tomados? — perguntei. Eu sabia de apenas dois. Ele parecia se referir a muitos.

Então um calafrio. Há um boato persistente de que a Dama tem estado quieta há muito tempo porque está preparando uma nova safra de Tomados. Esta é uma época pesarosamente desprovida de indivíduos com a vitalidade tão vilanesca quanto aqueles com os quais o Dominador se cercou no passado: Apanhador de Almas, o Enforcado, Rastejador, Metamorfo, Manco e tantos outros. Eram pessoas de grande importância, quase tão violentas e perigosas em sua maldade quanto a própria Dama e o próprio Dominador. Esta é uma era de pessoas fracas, com exceção de Lindinha e Sussurro.

Cordoeiro respondeu timidamente.

— Os rumores são verdadeiros, senhor.

Senhor. Eu. Porque estou próximo ao centro do sonho. Detesto isso, mas engulo.

— Sim?

— Esses novos Tomados podem não ser Arautos da Tormenta ou Uivantes. — Sorriu debilmente. — Sir Tucker observou que os antigos Tomados eram demônios furiosos tão imprevisíveis quanto o relâmpago, e os novos são o previsível trovão domesticado pela burocracia. Se é que me entende.

— Entendo. Prossiga.

— Acredita-se que são seis novos, senhor. Sir Tucker crê que estão prestes a ser soltos. Por isso a grande concentração em torno do Vale. Sir Tucker acredita que a Dama fez uma grande campanha para nossa destruição.

Tucker. Nosso agente mais dedicado. Um dos poucos sobreviventes do longo cerco de Ferrugem. Seu ódio não conhece limites.

Cordoeiro tinha um olhar estranho. Um olhar de quem ainda está aprendendo. Um olhar que dizia que havia mais, e tudo ruim.

— Então? — perguntei. — Desembucha.

— Os nomes dos Tomados foram entalhados em estelas erguidas nos próprios domínios deles. Em Ferrugem, o comandante do exército se chama Benefício. Sua estela surgiu após um tapete ter chegado à noite. Ele próprio não foi visto.

Aquilo merecia ser investigado. Apenas os Tomados conseguem manejar um tapete. Mas nenhum deles consegue atingir Ferrugem sem atravessar o Vale do Medo. Os menires não informaram sobre tal passagem.

— Benefício? Nome interessante. Os outros?

— Em Baque, a estela mostra o nome Bolha.

Risadinhas. Eu disse:

— Gostava mais quando os nomes eram descritivos. Manco, Devora-Lua, Sem Rosto.

— Em Geada, temos um chamado Sorrateiro.

— Bem melhor.

Lindinha me lançou um olhar de advertência.

— Em Pesar tem um chamado Erudito. E, em Casco, um chamado Desdém.

— Desdém. Gosto desse também.

— Os limites ocidentais do Vale são controlados por Sussurro e Jornada, ambos operando de uma aldeia chamada Saliva.

Fenômeno natural da matemática que sou, fiz a conta e falei:

— São cinco novos e dois velhos. E o outro novo que está faltando?

— Não sei. É o que comanda todos. Sua estela fica no complexo militar fora de Ferrugem.

O modo como Cordoeiro falou aquilo mexeu com meus nervos. Ele estava pálido. Começou a tremer. Fui dominado por uma premonição. Eu sabia que não ia gostar do que ele diria a seguir, mas:

— E então?

— Aquela estela ostenta o selo do Manco.

Isso. De fato. Não gostei mesmo.

A reação foi geral.

— Oh! — guinchou Duende.

— Puta merda! — exclamou Caolho num baixo tom amedrontado que se tornou mais significativo por sua discrição.

Sentei-me. Ali mesmo. Bem no chão. Cobri a cabeça com as mãos. Quis gritar.

— Impossível — declarei. — Eu o matei. Com minhas próprias mãos. — E, ao dizer isso, não acreditei mais, embora tivesse acreditado durante anos. — Mas como?

— Não é possível abater um bom homem — advertiu Elmo. O fato de que ele estava abalado era evidenciado pela declaração sagaz. Elmo não diz nada gratuitamente.

A rixa entre o Manco e a Companhia data de nossa chegada ao norte do Mar das Tormentas, pois foi quando alistamos Corvo, um misterioso nativo de Opala, um importante ex-proprietário rural que tivera seus títulos e seu sustento roubados pelos lacaios do Manco. Corvo era o sujeito mais durão de todos e completamente destemido. Ele revidou, sem querer saber se o roubo havia sido ou não sancionado pelos Tomados. Liquidou os vilões, entre eles os homens mais competentes do Manco. Então nosso caminho passou a cruzar com o de Manco. Cada vez mais, algo piorava o clima entre nós...

Na confusão após Zimbro, Manco resolveu ajustar as contas com a gente. Eu montei uma emboscada. Ele atacou.

— Eu teria apostado qualquer coisa que o tinha matado. — Sendo sincero, naquele momento eu estava mais abalado que nunca. Eu me encontrava à beira do pânico.

Caolho notou.

— Não fique histérico, Chagas. Nós já sobrevivemos a ele uma vez.

— Ele é um dos antigos, idiota! Um dos verdadeiros Tomados. Do tempo em que eram magos de verdade. E jamais teve permissão para nos atacar com tudo naquela época. E nem teve tanta ajuda assim. — Oito Tomados e cinco exércitos para atacar o Vale do Medo. Raramente havia mais do que setenta de nós aqui no Buraco.

Minha cabeça se encheu de visões terríveis. Aqueles Tomados talvez fossem de segunda linha, mas eram muitos. Sua fúria incendiaria o Vale. Sussurro e Manco já haviam feito uma campanha militar aqui. Não ignoram os perigos do Vale. Aliás, Sussurro lutou aqui como rebelde e também como Tomada. Ela venceu a maioria das mais famosas batalhas da guerra do leste.

A razão voltou a tomar conta, mas isso fez muito pouco para iluminar o dia de amanhã. Pensando no fato, cheguei à inevitável conclusão de que Sussurro conhecia bem demais o Vale. Talvez até mesmo tivesse aliados aqui.

Lindinha tocou meu ombro. Isso foi mais tranquilizador que qualquer palavra amiga. Sua confiança é contagiosa. Ela sinalizou:

— Agora sabemos. — E sorriu.

Ainda assim, o tempo se tornou um martelo pendurado prestes a cair. A longa espera pelo cometa passou a ser irrelevante. Temos de sobreviver ao dia de hoje. Tentando enxergar um lado positivo, falei:

— O nome verdadeiro do Manco está em algum lugar na minha coleção de documentos.

Isso, porém, lembrou meu problema.

— Lindinha, o documento específico que quero não está lá.

Ela ergueu a sobrancelha. Incapaz de falar, Lindinha havia desenvolvido um dos rostos mais expressivos que já vi.

— Precisamos nos reunir. Quando você tiver tempo. Para repassar exatamente o que aconteceu àqueles papéis enquanto Corvo estava com eles. Alguns estão desaparecidos. Estavam lá quando os entreguei a Apanhador de Almas. Estavam lá quando os peguei de volta. Tenho certeza de que estavam lá quando Corvo os pegou. O que aconteceu com eles depois?

— Esta noite — sinalizou ela. — Arranjarei um tempo.

De repente, Lindinha pareceu perturbada. Só porque mencionei Corvo? Ele significava muito para ela, porém era de se esperar que a perturbação já tivesse passado. A não ser que houvesse mais naquela história do que eu sabia. E isso era bem possível. Eu não tinha realmente ideia do que se tornara o relacionamento dos dois nos anos após Corvo ter deixado a Companhia. Sua morte certamente ainda a perturba. Porque foi muito sem sentido. Quero dizer, após sobreviver a tudo que a escuridão colocou em seu caminho, ele se afogou numa casa de banho pública.

O Tenente diz que há noites em que ela se acaba de chorar até pegar no sono. Ele não sabe o motivo, mas suspeita que tenha a ver com Corvo.

Eu perguntei a ela a respeito daqueles anos em que eles estiveram por conta própria, mas Lindinha não contou nada. A impressão emocional que tive foi de pesar e séria decepção.

Ela agora afastou os próprios problemas, virou-se para Perseguidor e seu vira-lata. Atrás deles, os homens que Elmo capturara no penhasco. A vez deles estava chegando. Eles conheciam a reputação da Companhia Negra.

Mas não chegamos a eles. Nem mesmo a Perseguidor e Cão Mata-Sapo. Pois o vigia acima gritou outro alerta.

Isso estava ficando cansativo.

O cavaleiro atravessou o riacho enquanto eu entrava no coral. Chapinhava na água. Sua montaria vacilava. Estava coberta de espuma. Nunca mais correria bem. Doía-me ver um animal tão debilitado. Mas seu cavaleiro tinha um propósito.

Dois Tomados se atiraram logo depois do limite do promontório. Um deles lançou um raio violeta, que pereceu muito antes de nos atingir. Caolho cacarejou e ergueu o dedo médio.

— Eu sempre quis fazer isso.

— Ah, maravilha das maravilhas — guinchou Duende, olhando para o outro lado.

Uma quantidade de mantas, grandes e azul-escuras, ergueram-se dos rochedos rosados, pegando as correntes ascendentes. Devia haver uma dúzia, ainda que fossem difíceis de serem contadas, manobrando como se tentassem evitar furtar o vento umas das outras. Eram gigantes de sua espécie. Suas asas tinham uma envergadura de quase 30 metros. Quando estavam bem alto, mergulharam em pares na direção dos Tomados.

O cavaleiro parou e caiu. Tinha uma flecha nas costas. Permaneceu consciente por tempo suficiente para arfar:

— Penhor!

O primeiro par de mantas, que parecia se mover lentamente com beleza graciosa, embora, na realidade, se movesse dez vezes mais depressa do que um homem é capaz de correr, passou rasgando o Tomado mais próximo, justamente no interior do campo mágico negativo de Lindinha. Cada uma desprendeu um relâmpago brilhante. Relâmpagos conseguem velocidade onde a feitiçaria dos Tomados não sobreviveria.

Um dos raios atingiu o alvo. Tomados e tapetes giraram, incandesceram brevemente. Fumaça apareceu. O tapete enroscou e rodopiou em direção a terra. Soltamos um viva dissonante.

Os Tomados recuperaram o controle, ergueram-se desajeitadamente e se afastaram.

Ajoelhei-me junto ao mensageiro. Era pouco mais que um menino. Estava vivo. Teria uma chance, se eu me pusesse a trabalhar.

— Dê uma ajuda aqui, Caolho.

Pares de mantas rasgaram ao longo do limite do campo mágico negativo, avançando contra o segundo Tomado. Ele se esquivou sem esforço, sem fazer nada para revidar.

— É Sussurro — declarou Elmo.

— Sim — concordei. Ela sabe como se virar.

Caolho resmungou:

— Vai cuidar desse garoto ou não, Chagas?

— Está bem, está bem. — Eu detestava perder o espetáculo. Era o primeiro que via com tantas mantas, o primeiro em que as via nos apoiar. Queria ver mais.

— Bem — comentou Elmo enquanto acalmava o cavalo do garoto e vasculhava seus alforjes —, outra carta para o nosso estimado analista. — Ele me ofereceu outro pacote oleado. Intrigado, enfiei-o debaixo do braço, então ajudei Caolho a carregar o mensageiro para o Buraco.

Capítulo Dez

A HISTÓRIA DE BOMANZ

hagas:

O grito agudo de Jasmine chocalhou as janelas e as portas.

— Bomanz! Desça aqui! Desça já aqui, está me ouvindo?

Bomanz suspirou. Um homem não conseguia ter cinco minutos de paz. Por que diabos ele foi se casar? Por que um homem se casava? Você passava o resto da vida dando duro, fazendo o que outra pessoa queria, e não o que você queria.

— Bomanz!

— Estou descendo, droga! A maldita da mulher não consegue assoar o nariz sem que eu esteja lá para segurar sua mão — acrescentou em voz baixa. Ele falava muitas coisas baixinho. Tinha sentimentos para extravasar e paz para manter. Tolerava. Sempre tolerava.

Desceu os degraus batendo os pés, cada passo uma mostra de irritação. Zombou de si mesmo enquanto descia: Você sabe que está ficando velho quando tudo o irrita.

— O que você quer? Onde está?

— Na loja. — Havia um tom estranho na voz dela. Emoção contida, decidiu ele. Entrou cautelosamente no estabelecimento.

— Surpresa!

Seu mundo ganhou vida. A rabugice o abandonou.

— Stance! — Lançou-se na direção do filho. Braços fortes o esmagaram.

— Já chegou! Só o esperávamos na próxima semana.

— Me livrei mais cedo. Você está ficando gorducho, pai. — Stancil abriu os braços para incluir Jasmine num abraço triplo.

— É a comida da sua mãe. A época está boa. Comemos regularmente. Tokar tem... — Ele vislumbrou uma sombra feia e esmaecida. — E você, como está? Vire-se. Deixe-me olhar para você. Ainda era um menino quando partiu.

— Ele não está ótimo? — acrescentou Jasmine. — Tão alto e saudável. E que belas roupas. — Olhou zombeteira. — Não andou fazendo nenhuma gracinha, andou?

— Mamãe! O que um instrutor júnior pode aprontar? — Fez contato visual com o pai e sorriu, um sorriso que dizia "A velha mamãe de sempre".

Stancil era 10 centímetros mais alto que o pai, estava na casa dos 20 anos e tinha uma aparência atlética, apesar da profissão. Parecia mais um aventureiro do que um acadêmico iniciante, pensou Bomanz. Claro, os tempos mudaram. Haviam se passado eras desde que ele próprio frequentara a universidade. Talvez os padrões tivessem mudado.

Lembrou-se das risadas, das brincadeiras e dos debates terrivelmente sérios que duravam a noite inteira quanto ao significado de tudo aquilo, e foi picado pelo diabinho da nostalgia. No que se tornara aquele jovem Bomanz esperto e de mente ágil? Algum silencioso, invisível soldado da guarda da mente o havia sepultado num monte de terra na parte de trás de seu cérebro, e lá ele permaneceu sonhando, enquanto um gnomo barrigudo, careca e de pele murcha gradualmente o usurpava... Eles roubam nossos dias de ontem e não nos deixam nenhuma juventude a não ser a de nossos filhos...

— Bem, venha. Conte-nos sobre seus estudos. — Fuja dessa ideia fixa de autopiedade, Bomanz, seu velho idiota. — Quatro anos e nada além de cartas sobre lavagem de roupa e debates no Golfinho Encalhado. Encalhado ele estaria em Remo. Antes de morrer, quero ver o mar. Nunca vi. — Velho idiota. Sonhar alto é o melhor que pode fazer? Eles realmente cairiam na gargalhada se você contasse que a juventude ainda está viva em algum lugar aí dentro?

— A mente dele divaga — explicou Jasmine.

— A quem você está chamando de senil? — vociferou Bomanz.

— Pai. Mãe. Me deem um tempo. Acabei de chegar.

Bomanz engoliu ar.

— Ele tem razão. Paz. Trégua. Armistício. Você é o juiz, Stance. Duas velhas montarias de guerra como nós se agarram às próprias manias.

Jasmine disse:

— Stance me prometeu uma surpresa antes de você descer.

— Então? — perguntou Bomanz.

— Estou noivo. Vou me casar.

Como é possível? Esse é o meu filho, meu bebê. Semana passada eu ainda trocava suas fraldas... Tempo, assassino indizível, sinto tua respiração gelada. Ouço teus cascos de ferro...

— Hunf. Jovem tolo. Sinto muito. Nos fale sobre ela, visto que não quer falar sobre mais nada.

— Eu falaria, se me dessem uma chance.

— Quieto aí, Bomanz. Nos fale sobre ela, Stance.

— Provavelmente vocês já sabem de alguma coisa. É Glória, a irmã de Tokar.

Bomanz sentiu o estômago dar um salto. A irmã de Tokar. Tokar, que talvez fosse um ressurreicionista.

— Qual é o problema, pai?

— A irmã de Tokar, então? O que você sabe sobre essa família?

— O que há de errado com eles?

— Eu não disse que havia. Perguntei o que sabe sobre essa família.

— O suficiente para saber que quero me casar com Glória. O suficiente para saber que Tokar é meu melhor amigo.

— O suficiente para saber se eles são ressurreicionistas?

O silêncio foi como um estrondo na loja. Bomanz olhou para o filho. Stancil o encarou de volta. Por duas vezes fez menção de responder, mas mudou de ideia. A tensão preenchia o ar.

— Papai...

— É o que Besand acha. A Guarda está vigiando Tokar. E agora a mim. É a época do cometa, Stance. A décima passagem. Besand fareja uma grande trama ressurreicionista. Ele está tornando a vida difícil. Essa coisa com Tokar vai torná-la ainda pior.

Stancil bufou. Suspirou.

— Talvez tenha sido um erro vir para casa. Não vou perder meu tempo me esquivando de Besand e brigando com você.

— Não, Stance — interveio Jasmine. — Seu pai não vai começar nada. Bo, você não estava começando uma briga. E não vai começar uma.

— Hum. — Meu filho noivo de uma ressurreicionista? Ele se virou, inspirando fundo, e se repreendeu silenciosamente. Estava chegando a conclusões precipitadas. Era melhor não confiar na palavra de Besand. — Filho, me desculpe. Ele anda me perseguindo. — Olhou para Jasmine. Besand não era seu único tormento.

— Obrigado, pai. Como vai a pesquisa?

Jasmine rosnou e resmungou. Bomanz respondeu:

— Essa conversa está uma loucura. Estamos todos fazendo perguntas e ninguém está respondendo.

— Me dê dinheiro, Bo — pediu Jasmine.

— Para quê?

— Vocês dois não vão conversar antes de começarem sua conspiração. É melhor eu ir ao mercado.

Bomanz esperou. Ela se absteve de usar o arsenal de comentários lancinantes sobre a sina de ser uma mulher. Ele deu de ombros e despejou moedas na mão de Jasmine.

— Vamos lá para cima, Stance.

— Ela está mais dócil — observou Stancil quando entraram no sótão.

— Não notei.

— Você também. Mas a casa não mudou.

Bomanz acendeu o lampião.

— Atulhada como sempre — admitiu. Ele apanhou sua lança escondida. — Preciso fazer uma nova como esta. Ela está gasta. — Estendeu seu mapa sobre a mesinha.

— Não houve muito progresso, pai.

— Preciso me livrar de Besand. — Bateu no sexto túmulo. — Bem aqui. A única coisa que está no meu caminho.

— Essa rota é a única opção, pai? Você não consegue chegar ao topo dois? Ou mesmo ao um? Isso lhe daria uma chance de cinquenta por cento de deduzir os outros dois.

— Não faço adivinhações. Isso não é um jogo de baralho. Não se consegue dar as cartas para uma segunda mão se a primeira foi jogada errada.

Stancil se sentou numa cadeira, olhando o mapa. Tamborilou o tampo com os dedos. Bomanz se inquietou.

Passou-se uma semana. A família se acomodou num novo ritmo, inclusive o de viver com a vigilância intensificada do monitor.

Bomanz estava limpando uma arma do campo TelleKurre. Um tesouro. Um verdadeiro tesouro. Uma sepultura coletiva, com armas e armaduras quase perfeitamente preservadas. Stancil entrou na loja. Seu pai ergueu o olhar.

— Noite ruim?

— Nada mau. Ele está prestes a desistir. Só passou uma vez.

— Men fu ou Besand?

— Men fu. Besand esteve lá meia dúzia de vezes.

Eles estavam trabalhando em turnos.

Men fu era a desculpa pública. Na verdade, Bomanz esperava cansar Besand antes da volta do cometa. Não estava funcionando.

— Sua mãe já preparou o café. — Bomanz começou a arrumar sua bolsa.

— Espere, pai. Eu vou também.

— Você precisa descansar.

— Tudo bem. Estou a fim de cavar.

— Está bem. — Algo perturbava o rapaz. Talvez estivesse pronto para conversar.

Eles nunca fizeram muito isso. A relação dos dois antes da universidade tinha sido de confronto, com Stance sempre na defensiva... Ele havia amadurecido naqueles quatro anos, porém o garoto continuava ali dentro. Ainda não estava pronto para enfrentar o pai cara a cara. E Bomanz não amadurecera o suficiente para esquecer que Stancil era seu garotinho. Esses amadurecimentos às vezes nunca acontecem. Um dia, o filho olha para o próprio filho, perguntando-se o que aconteceu.

Bomanz voltou a raspar lascas de uma maçã. Sorriu desdenhosamente para si mesmo. Pensando em relacionamentos. Isso não faz seu tipo, velho idiota.

— Ei, pai — chamou Stance da cozinha. — Quase esqueci. Avistei o cometa ontem à noite.

Uma garra se estendeu e agarrou as entranhas de Bomanz. O cometa! Não podia ser. Ainda não. Não estava pronto para isso.

— Esse sacana audacioso — cuspiu Bomanz. Ele e Stancil se ajoelharam no mato, observando Men fu arremessar os artefatos provenientes das escavações dos dois. — Eu deveria quebrar a perna dele.

— Espere aqui um momento. Vou dar a volta e interceptá-lo quando ele correr.

Bomanz bufou.

— Não vale a pena.

— Para mim vale, pai. Só para manter o equilíbrio.

— Está bem. — Bomanz observou Men fu se erguer para olhar em volta, a cabecinha feia balançando como a de um pombo nervoso. Voltou para a escavação. Bomanz avançou sorrateiramente.

Ele chegou perto o bastante para ouvir o ladrão falar sozinho.

— Oh. Adorável. Adorável. Uma fortuna completa. Uma fortuna completa. Aquele macaco gordo não merece isso. O tempo todo bajulando Besand, o sacana.

— Macaco gordo? Foi você quem pediu. — Bomanz largou a bolsa e as ferramentas, segurando firme sua pá.

Men fu saiu do buraco, os braços cheios de artefatos. Seus olhos se arregalaram. Sua boca se movimentou sem som.

Bomanz se preparou para brigar.

— Ora, Bo, não...

Bomanz balançou. Men fu se agitou, levou um soco na coxa, grasnou, largou a carga se debatendo e caiu no buraco. Arrastou-se para cima pelo outro lado, ganindo como um porco ferido. Bomanz bamboleou atrás dele, então desferiu uma forte pancada em suas costas. Men fu correu. Bomanz seguiu atrás dele, a pá erguida, berrando:

— Fique parado, seu ladrão filho da puta! Seja homem.

Ele deu um último golpe forte. Errou. Isso fez com que rodopiasse. Bomanz caiu, levantou-se e continuou a perseguição sem a pá vingadora.

Stancil se colocou no caminho de Men fu. O ladrão baixou a cabeça e passou por ele como um touro. Bomanz se chocou com Stancil. Pai e filho rolaram no chão num emaranhado de membros.

Bomanz arfou.

— Que diabos? Agora ele escapou. — Deitou-se de costas, ofegante. Stancil começou a rir. — Qual é a porra da graça?

— A expressão no seu rosto.

Bomanz riu em silêncio.

— Você não ajudou muito. — Os dois caíram na gargalhada. Finalmente, Bomanz ofegou. — É melhor eu procurar minha pá.

Stancil ajudou o pai a se levantar.

— Pai, gostaria que tivesse se visto.

— Ainda bem que não vi. Por sorte não tive um troço. — Bomanz teve um acesso de risadinhas.

— Pai, você está bem?

— Claro. Só não consigo rir e recuperar o fôlego ao mesmo tempo. Ah. E essa agora. Não vou conseguir me mexer de novo se eu me sentar.

— Vamos cavar. Isso vai ajudá-lo a se soltar. Você largou a pá por aqui, não foi?

— Lá está ela.

As risadinhas assombraram Bomanz a manhã toda. Ele se lembrava de Men fu batendo em retirada e perdia o controle.

— Pai? — Stancil estava trabalhando do outro lado do buraco. — Olhe aqui. Deve ter sido por isso que ele não viu você se aproximar.

Bomanz foi coxeando até lá, então observou Stancil limpar a terra solta de um peitoral perfeitamente preservado. Era tão preto e brilhante quanto ébano lustrado. Um ornamento de prata em relevo enfeitava o centro.

— Hum. — Bomanz ergueu a cabeça do buraco. — Ninguém por perto. É um desenho daquele meio-homem, meio-animal. O tal de Metamorfo.

— Ele comandou os TelleKurre.

— Mas não deveria estar enterrado aqui.

— É a armadura dele, pai.

— Eu posso ver isso, maldição. — Bomanz emergiu como uma marmota curiosa. Ninguém à vista. — Sente-se aqui e fique vigiando. Eu cavo.

— Sente-se você, pai.
— Você passou a noite inteira acordado.
— Sou muito mais jovem do que você.
— Eu estou bem, obrigado.
— De que cor é o céu, pai?
— Azul. Que tipo de pergunta...
— Aleluia. Concordamos em alguma coisa. Você é o bode velho mais teimoso...
— Stancil!
— Desculpe, pai. Vamos nos revezar. Vamos jogar uma moeda para ver quem vai primeiro.

Bomanz perdeu. Ele se ajeitou com a bolsa, usando-a como apoio para as costas.

— Vou ter de expandir a escavação. Se continuarmos direto para baixo desse modo, tudo vai desabar na primeira chuva forte.
— É. Vai ter muita lama. Precisamos montar uma vala para escoamento. Ei, pai, não há ninguém dentro desta coisa. Parece também o restante da armadura dele. — Stancil havia recuperado uma manopla e desenterrado parte das grevas.
— Sim? Detesto ter de deixar isso de lado.
— Deixar de lado? Por quê? Tokar pode conseguir uma fortuna por isso.
— Talvez. Mas e se nosso amigo Men fu vir essa coisa? Vai desembuchar para Besand. Temos de permanecer bem-vistos por ele. Não *precisamos* dessa coisa.
— Sem falar que ele talvez possa ter plantado isso.
— O quê?
— Isso não deveria estar aqui, certo? E não há ninguém no interior da armadura. E a terra está solta.

Bomanz bufou. Besand era capaz de preparar uma cilada.

— Deixe tudo como está. Eu vou buscá-lo.

— Babaca de merda — murmurou Stancil quando o monitor saiu. — Aposto que plantou aquilo.

— Não adianta xingar. Não podemos fazer nada. — Bomanz se apoiou contra a bolsa.

— O que você está fazendo?
— Vadiando. Não estou mais a fim de cavar. — Ele estava todo dolorido. Tinha sido uma manhã movimentada.
— Deveríamos pegar o que pudermos enquanto o tempo está bom.
— Vá em frente.
— Pai... — Stancil pensou melhor. — Por que você e a mamãe vivem brigando?

Bomanz deixou os pensamentos vagarem. A verdade era incerta. Stance não se lembrava dos anos bons.

— Acho que é porque as pessoas mudam e não queremos que elas mudem. — Ele não conseguiu encontrar palavras melhores. — Você começa com uma mulher; ela é mágica e misteriosa e maravilhosa, assim como cantam nas canções. Então vocês começam a conhecer um ao outro. A empolgação acaba. Torna-se algo confortável. Depois, até mesmo isso se acaba. Ela começa a ficar flácida, depois se torna grisalha e acaba enrugada, e aí você se sente enganado. Você se lembra da fada, a moça tímida que conheceu e com quem conversou até o pai dela ameaçar dar um chute na sua bunda. Você se ressente dessa estranha. Portanto leva uma pancada. Acho que é o mesmo para sua mãe. Por dentro, ainda tenho 20 anos, Stance. Só quando passo por um espelho ou se meu corpo não faz o que eu quero percebo que sou um velho. Não vejo a barriga, as varizes ou os cabelos brancos onde eles agora existem. Ela tem de conviver com isso.

"Sempre que vejo um espelho, me espanto. Acabo me perguntando quem está se apoderando do meu exterior. A julgar pela aparência, um bode velho nojento. Do tipo de quem eu dava risadinhas quando tinha 20 anos. Ele me apavora, Stance. Sua aparência é a de um moribundo. Estou preso dentro dele, e não estou pronto para partir."

Stancil se sentou. Seu pai nunca havia expressado os sentimentos.

— Tem de ser assim?

Talvez não, mas sempre é...

— Pensando em Glória, Stance? Não sei. Você não consegue escapar da velhice. Não pode escapar de sofrer uma mudança no relacionamento.

— Talvez nada disso venha a acontecer. Se conseguirmos...

— Não me venha com talvez, Stance. Vivo na base do talvez há trinta anos. — Sua úlcera deu uma mordiscada curiosa em suas entranhas. — Talvez Besand tenha razão. Pelos motivos errados.

— Pai! Do que está falando? Você dedicou toda a sua vida a isto.

— O que estou dizendo, Stance, é que estou com medo. Uma coisa é perseguir um sonho. Outra é alcançá-lo. Você nunca consegue o que espera. Tenho a premonição de um desastre. O sonho pode ser natimorto.

A expressão de Stance estampou uma série de mudanças.

— Mas você precisa...

— Eu não preciso fazer nada, apenas ser Bomanz, o antiquário. Sua mãe e eu não temos muito tempo. Essa escavação deve render o bastante para nos manter.

— Se você prosseguisse, teria muitos anos mais e muito...

— Tenho medo, Stance. De ir em qualquer direção. Isso acontece quando você fica velho. Mudar é ameaçador.

— Pai...

— Estou falando sobre a morte dos sonhos, filho. Sobre perder o grande, impetuoso faz de conta que mantém você seguindo adiante. Os sonhos impossíveis. Aquela alegre fantasia está morta. Para mim. Tudo o que consigo ver são os dentes podres no sorriso de um assassino.

Stancil se ergueu para fora do buraco. Arrancou uma haste de capim-limão, mordendo-o enquanto fitava o céu.

— Pai, como você se sentia pouco antes de se casar com a minha mãe?

— Entorpecido.

Stancil riu.

— Está bem, e quando foi pedir sua mão ao pai dela? A caminho de lá.

— Pensei que ia mijar nas calças. Você não conheceu seu avô. Era o tipo de sujeito que fazia as pessoas pularem de medo contando histórias sobre trolls.

— Mais ou menos como você se sente agora?

— Mais ou menos. Sim. No entanto não é a mesma coisa. Eu era mais jovem e tinha uma recompensa em vista.

— E agora não tem? As apostas não são maiores?

— Para os dois lados. Ganhar ou perder.

— Quer saber? Você está tendo o que chamam de crise de autoconfiança. Apenas isso. Mais alguns dias e estará ansioso para prosseguir novamente.

Naquela noite, após Stancil ter saído, Bomanz disse a Jasmine:

— Esse nosso filho é um rapaz sensato. Nós conversamos hoje. Conversamos de verdade, pela primeira vez. Ele me surpreendeu.

— Por quê? Ele é seu filho, não é?

O sonho veio mais forte do que antes, mais depressa do que nunca. Acordou Bomanz duas vezes em uma noite. Ele desistiu de tentar dormir. Foi se sentar na varanda da frente, sob a luz do luar. A noite estava reluzente. Conseguia distinguir os toscos prédios ao longo da rua suja.

Que cidade, pensou, lembrando-se das glórias de Remo. A Guarda, nós, os antiquários, e algumas poucas pessoas que dedicavam a vida a servir a nós e aos peregrinos. Praticamente não há mais nenhum deles, mesmo com a moda da Dominação. A Terra dos Túmulos está tão mal-afamada que ninguém quer olhar para ela.

Ele ouviu passos. Uma sombra se aproximou.

— Bo?

— Besand?

— Hum. — O monitor se instalou no degrau seguinte mais abaixo. — O que você está fazendo?

— Não consegui dormir. Estive pensando em como a Terra dos Túmulos se tornou tão malograda que nem mesmo ressurreicionistas com amor-próprio vêm aqui. E você? Não pegou a patrulha do turno da noite, pegou?

— Também não consegui dormir. Aquele maldito cometa.

Bomanz perscrutou o céu.

— Não dá para vê-lo daqui. É preciso ir lá atrás. Você tem razão. Ninguém mais sabe que estamos aqui. Nós ou aquelas coisas lá no chão. Não sei o que é pior. Negligência ou estupidez pura e simples.

— Como? — Alguma coisa estava corroendo o monitor.

— Bo, eles não estão me substituindo porque sou velho ou incompetente, embora eu imagine que seja o suficiente em ambos. Estão me transferindo para que o primo de alguém tenha um cargo. Um exílio para uma ovelha negra. Isso dói, Bo. Dói de verdade. Eles esqueceram o que é este lugar. Estão me dizendo que joguei minha vida inteira fora com um trabalho que qualquer débil mental consegue fazer dormindo.

— O mundo está cheio de idiotas.

— Idiotas morrem.

— Hein?

— Eles riem quando falo do cometa ou que os ressurreicionistas vão atacar neste verão. Não acreditam que eu acredito. Não acreditam que haja alguma coisa sob esses montes de terra. Não alguma coisa viva.

— Traga-os aqui. Caminhe com eles pela Terra dos Túmulos após escurecer.

— Eu tentei. Me disseram que devia parar de choramingar se quisesse uma pensão.

— Então você fez tudo o que podia. Agora cabe a eles.

— Eu fiz um juramento, Bo. Falei sério na ocasião e falo sério agora. Esse trabalho é tudo o que tenho. Você tem Jasmine e Stance. Seria melhor que eu fosse um monge. Agora estão me descartando por algum jovem...

— Ele começou a fazer ruídos estranhos.

Soluços?, pensou Bomanz. Vindos do monitor? Daquele homem com o coração de pedra e a piedade de um tubarão? Ele segurou o cotovelo de Besand.

— Vamos olhar o cometa. Eu ainda não o vi.

Besand recobrou a compostura.

— Ainda não? É difícil de acreditar.

— Por quê? Não tenho dormido tarde. Stancil tem feito o serviço noturno.

— Esqueça. Escorreguei novamente para minha personalidade antagônica. Deveríamos ser advogados, você e eu. Temos uma propensão argumentativa.

— Talvez tenha razão. Ultimamente tenho passado um bom tempo imaginando o que estou fazendo aqui.

— O que você *está* fazendo aqui, Bo?

— Eu ia ficar rico. Estudar os livros antigos, abrir algumas sepulturas ricas, voltar para Remo e comprar o negócio de frete do meu tio. — Ociosamente, Bomanz imaginou o quanto desse passado falso Besand aceitou. Ele o vivera por tanto tempo que agora de fato acreditava em algumas das anedotas que inventara, a não ser que forçasse muito o pensamento.

— O que aconteceu?

— Preguiça. A velha e simples preguiça. Descobri que há uma grande diferença entre sonhar e chegar lá e fazer. Era mais fácil cavar apenas o suficiente para seguir em frente e passar o resto do tempo vadiando.

Bomanz fez uma careta. Ele estava arranhando a verdade. Suas pesquisas eram, de fato, em parte uma desculpa para não enfrentar uma competição. Ele simplesmente não tinha a energia de um Tokar.

— Você não teve uma vida tão ruim. Um ou dois invernos difíceis, quando Stance era um filhote. Mas todos nós os atravessamos. Uma mão amiga aqui, outra ali, e todos sobrevivemos. Lá está ele. — Besand apontou o céu sobre a Terra dos Túmulos.

Bomanz engoliu em seco. Era exatamente o que havia visto em seus sonhos.

— Exibido, não é mesmo?

— Espere até chegar mais perto. Vai encher metade do céu.

— Bonito, também.

— Impressionante, eu diria. Mas também um arauto. Um mau augúrio. Os antigos autores dizem que continuará voltando até o Dominador se libertar.

— Vivi com essa coisa a maior parte da minha vida, Besand, mas até mesmo eu acho difícil de acreditar que tenha algo aí. Espere! Também tenho aquela sensação fantasmagórica em torno da Terra dos Túmulos. Porém simplesmente não posso acreditar que aquelas criaturas conseguiriam se levantar novamente após quatrocentos anos dentro do chão.

— Bo, talvez você seja honesto. Se é, aceite um conselho. Quando eu partir, você parte. Pegue as coisas dos TelleKurre e vá para Remo.

— Você está começando a soar como Stance.

— Falo sério. Algum garoto idiota descrente vai assumir aqui e as portas do inferno vão se abrir. Literalmente. Dê o fora enquanto pode.

— Pode ser que você tenha razão. Estou pensando em voltar. Mas o que iria fazer? Não conheço mais Remo. Do modo como Stance fala, eu me perderia. Diabos, isso aqui agora é o meu lar. Nunca realmente me dei conta disso. Esse depósito de lixo é o meu lar.

— Eu entendo o que você quer dizer.

Bomanz olhou para aquela grande lâmina prateada no céu. Em breve...

— O que está acontecendo? Quem está aí? — berrou uma voz vinda da porta dos fundos de Bomanz. — Dê o fora, está ouvindo? Vou mandar a Guarda atrás de você.

— Sou eu, Jasmine.

Besand riu.

— E o monitor, madame. A Guarda já está aqui.

— Bo, o que está fazendo?

— Conversando. Olhando as estrelas.

— Eu vou andando — anunciou Besand. — A gente se vê amanhã. — Pelo seu tom, Bomanz sabia que seria um dia com as aflições de sempre.

— Se cuida.

Ele se ajeitou na parte traseira do degrau coberto de orvalho, deixando que a noite fresca o banhasse. Pássaros cantaram na Floresta Velha, suas vozes isoladas. Um grilo cricrilou com otimismo. O ar úmido mal agitava o que lhe restava de cabelo. Jasmine saiu e se sentou a seu lado.

— Não consegui dormir — disse a ela.

— Eu também não.

— Deve ser uma epidemia. — Olhou para o cometa e se sobressaltou com um instantâneo *déjà vu*. — Lembra-se do verão em que viemos para cá? Quando ficamos acordados para ver o cometa? Foi uma noite como esta.

Ela segurou sua mão, entrelaçou os dedos nos dele.

— Você está lendo a minha mente. Nosso aniversário de primeiro mês. Eram crianças tolas, aquelas duas.

— Elas ainda são, por dentro.

Capítulo Onze

A TERRA DOS TÚMULOS

Para Gaio desemaranhar se tornou fácil, agora que havia colocado a mente para trabalhar. Porém, cada vez mais ele era distraído por aquele mapa de seda. Aqueles estranhos nomes antigos. Em TelleKurre, eles tinham um som impronunciável nas línguas modernas. Apanhador de Almas. Arauto da Tormenta. Devora-Lua. O Enforcado. Pareciam muito mais potentes nas línguas antigas.

Eles, contudo, estavam mortos. Os únicos grandes que restaram eram a Dama e o monstro que começara tudo, ali, debaixo da terra.

Frequentemente ia a uma janelinha e olhava na direção da Terra dos Túmulos. O demônio na terra. Chamando, talvez. Cercado por defensores menores, alguns relembrados nas lendas e outros identificados pelos antigos magos. Bomanz estivera interessado apenas na Dama.

Muitos fetiches. E um dragão. E os defensores caídos da Rosa Branca, suas sombras dispostas em uma eterna vigia. Parecia muito mais dramático do que a luta daqueles dias.

Gaio riu. O passado era sempre mais interessante que o presente. Para aqueles que sobreviveram à primeira grande luta, também devia ter parecido mortalmente lento. Somente na batalha final foram criadas as lendas e os legados. Alguns poucos dias em meio a décadas.

Ele trabalhava menos, agora que tinha um bom lugar para morar e algum dinheiro guardado. Passava a maior parte do tempo perambulando, principalmente à noite.

Certa manhã, Bainha apareceu antes de Gaio estar plenamente desperto. Ele permitiu a entrada do jovem.

— Chá?

— Está bem.

— Você está nervoso. O que foi?

— O coronel Brando precisa de você.

— Xadrez novamente? Ou trabalho?

— Nenhum dos dois. Está preocupado com essa história de você perambular por aí à noite. Eu disse a ele que eu acompanho, e que tudo que você faz é olhar as estrelas e coisas assim. Acho que ele está ficando paranoico.

Gaio deu um sorriso, um sorriso que não era sincero.

— Está apenas fazendo o trabalho dele. Creio que minha vida pareça estranha. Vagueando. Perdido em meus próprios pensamentos. Eu ajo como um senil às vezes? Tome. Açúcar?

— Por favor. — Açúcar era uma regalia. A Guarda não conseguia fornecê-lo.

— Isso é urgente? Eu ainda não comi.

— Ele não disse nada.

— Ótimo. — Mais tempo para se preparar. Idiota. Deveria ter deduzido que suas caminhadas atrairiam atenção. A Guarda era essencialmente paranoica.

Gaio preparou mingau de aveia e bacon, que dividiu com Bainha. Por mais que fossem bem-pagos, os homens da Guarda comiam muito mal. Por causa do constante tempo ruim, a estrada de Remo era intransitável. Os intendentes do exército se esforçavam valorosamente, mas em geral não conseguiam passar.

— Bem, vamos ver o homem — avisou Gaio. — Este é o último bacon. É melhor que o coronel pense em fazer uma lavoura aqui, por via das dúvidas.

— Eles conversaram sobre isso. — Gaio mantinha uma amizade com Bainha em parte porque ele trabalhava no quartel-general. O coronel Brando jogava xadrez e falava dos velhos tempos, mas nunca revelava nenhum plano.

— E?

— Não há terra suficiente. Nem forragem.

— Porcos. Eles engordam com bolotas de carvalho.
— Pastores são necessários. Caso contrário, os membros das tribos os caçariam.
— Acho que sim.

O coronel conduziu Gaio aos seus aposentos particulares. Gaio brincou:
— O senhor nunca trabalha, senhor?
— A operação funciona sozinha. Vem sendo realizada há quatro séculos, e continua assim. Estou com um problema, Gaio.
Gaio fez uma careta.
— Senhor?
— Aparências, Gaio. Este é um mundo que vive através de percepções. Você não está fornecendo uma aparência apropriada.
— Senhor?
— Tivemos uma visita mês passado. De Talismã.
— Eu não soube disso.
— Ninguém soube. Além de mim. Você poderia chamar de inspeção de surpresa prolongada. Elas acontecem ocasionalmente.

Brando se instalou atrás de sua mesa de trabalho, empurrou para o lado o tabuleiro de xadrez sobre o qual os dois competiram tantas vezes e puxou uma comprida folha de papel de um escaninho à direita do joelho. Gaio vislumbrou anotações numa caligrafia ilegível.
— Tomado, senhor?
Gaio nunca chamou ninguém de senhor, a não ser maliciosamente. O hábito perturbou Brando.
— Sim. Com carta branca da Dama. Ele não abusou do fato. Mas fez recomendações. E mencionou pessoas cujo comportamento achou inaceitável. Seu nome foi o primeiro da lista. O que diabos você anda fazendo, perambulando por aí a noite inteira?
— Pensando. Não consigo dormir. A guerra causou alguma coisa. As coisas que vi... Os guerrilheiros. Você não quer dormir porque *eles* podem atacar. Se você dorme, sonha com o sangue. Casas e campos queimando. Animais e crianças berrando. Isso era o pior. Os bebês chorando. Ainda ouço os bebês chorando. — Ele exagerou um pouquinho. Sempre que ia dormir, tinha de superar o choro dos bebês.

Gaio contou a maior parte da verdade e a envolveu numa mentira criativa. Bebês chorando. Os bebês que o assombravam eram dele próprio, inocentes abandonados em um momento de medo do compromisso.

— Eu sei — respondeu Brando. — Eu sei. Em Ferrugem, mataram as próprias crianças para que não as capturássemos. Os homens mais duros do regimento choraram ao verem mães jogando seus filhos de cima das muralhas, depois saltando atrás deles. Nunca me casei. Não tenho filhos. Mas entendo o que quis dizer. Você teve algum?

— Um filho — falou Gaio numa voz ao mesmo tempo suave e tensa, vinda de um corpo quase se balançando de dor. — E uma filha. Eram gêmeos. Há muito tempo, bem distante daqui.

— E o que houve com eles?

— Não sei. Espero que ainda estejam vivos. Devem estar agora com a idade de Bainha.

Brando ergueu a sobrancelha, mas deixou o comentário passar.

— E a mãe deles?

Os olhos de Gaio se tornaram de ferro. Ferro em brasa, como um tição.

— Morreu.

— Lamento.

Gaio não respondeu. Sua expressão sugeria que ele mesmo não lamentava.

— Você entende o que estou dizendo, Gaio? — perguntou Brando. — Você foi observado por um dos Tomados. Isso nunca é bom.

— Entendi o recado. Qual deles?

— Não posso dizer. A localização de um Tomado e quando ele esteve em determinado lugar poderia ser do interesse dos rebeldes.

Gaio bufou.

— Que rebeldes? Acabamos com eles em Talismã.

— Talvez. Mas há a tal da Rosa Branca.

— Eu pensei que eles iam atrás dela.

— Sim. É o que se diz por aí. Conseguirão acorrentá-la antes de o mês terminar. Os Tomados dizem isso desde a primeira vez que ouvimos falar nela. Ela é ágil. Talvez até demais. — O sorriso de Brando se desfez. — Pelo menos não estarei por perto na próxima vez que o cometa vier. Conhaque?

— Sim.

— Xadrez? Ou tem algum trabalho?

— Não de imediato. Jogarei apenas uma partida.

No meio do jogo, Brando frisou:

— Lembre-se do que eu disse. O Tomado afirmou que estava de partida. Mas não há garantia disso. Ele pode estar atrás de algum arbusto, observando.

— Vou prestar mais atenção ao que faço.

E prestou. A última coisa que queria era um Tomado interessado *nele*. Tinha ido longe demais para estragar tudo agora.

Capítulo Doze

O VALE DO MEDO

Eu fazia a vigia. Meu estômago doía, pesado como chumbo. Durante o dia pontos cruzaram o céu, bem alto. Uma dupla estava lá agora, patrulhando. A contínua presença dos Tomados não era um bom presságio.

Mais perto, dois pares de mantas planavam no ar da tarde. Subiam, flutuando pelas correntes superiores, depois desciam circulando, zombando dos Tomados, tentando atraí-los para que atravessassem os limites. Elas se ressentiam de intrusos. Especialmente esses, que as esmagariam se não fosse Lindinha — outra intrusa.

Árvores errantes estavam se movimentando mais além do riacho. Os menires mortos cintilavam, de algum modo modificados de seu habitual tom sem graça. Algo estava acontecendo no Vale. Nenhum forasteiro conseguiria entender completamente sua importância.

Uma grande sombra se fixou no deserto. Lá em cima, desafiando os Tomados, pairava uma solitária baleia do vento. Um ocasional, quase imperceptível rosnado grave baixou. Eu nunca tinha ouvido uma delas falar. Fazem isso apenas quando enfurecidas.

Uma brisa murmurou e choramingou no coral. A Velha Árvore Pai cantou em contraponto à baleia do vento.

Um menir falou atrás de mim.

— Seus inimigos vêm em breve.

Tremi. Isso me lembrou do sabor de um pesadelo que vinha tendo ultimamente. Ao acordar, não consigo me recordar de nada específico, apenas que é repleto de terror.

Recuso-me a ficar abalado pela pedra furtiva. Não muito, pelo menos. O que são elas? De onde vieram? Por que são diferentes das pedras normais? Quanto a isso, por que o Vale é tão ridiculamente diferente? Por que tão belicoso? Somos apenas tolerados aqui, aliados contra um inimigo maior. Estraçalhem a Dama e vejam como nossa amizade irá prosperar.

— Em breve quando?

— Quando estiverem prontos.

— Brilhante, pedra velha. Bastante esclarecedor.

Meu sarcasmo não passou despercebido, apenas não causou efeito. Os menires têm sua própria visão do sarcasmo e da língua afiada.

— Cinco exércitos — disse a voz. — Não vão esperar muito.

Apontei para o céu.

— Os Tomados estão patrulhando à vontade. Sem serem desafiados.

— Eles não nos desafiaram.

Verdade. Mas uma desculpa fraca. Aliados deveriam ser aliados. Mais do que isso, baleias do vento e mantas costumam encarar a aparência do Vale como desafiadora o bastante. Ocorreu-me que os Tomados podem tê-las comprado.

— Na verdade, não. — O menir tinha se mexido. Sua sombra agora caía sobre os dedos de meus pés. Finalmente olhei-o. Este tinha apenas 3 metros. Um verdadeiro nanico.

Havia adivinhado meu pensamento. Maldição.

Ele continuou me dizendo o que eu já sabia.

— Nem sempre é possível lutar a partir de uma posição consolidada. Tome cuidado. Houve um chamado para todas as Pessoas reavaliarem a aceitação de vocês no Vale.

Pois bem. Essa pedra tagarela era uma emissária. Os nativos estavam com medo. Alguns pensavam que podiam poupar muito trabalho se nos expulsassem.

— Sim.

"Pessoas" não é um termo que descreve propriamente o parlamento das espécies que tomavam as decisões aqui, porém não conheço uma denominação melhor.

Se é possível acreditar nos menires — e eles mentem apenas por omissão ou dissimulação —, cerca de quarenta espécies inteligentes habitam o

Vale do Medo. As que conheço incluem menires, árvores errantes, baleias do vento e mantas, um punhado de humanos (igualmente primitivos e eremitas), dois tipos de lagarto, uma ave parecida com o busardo, um morcego branco gigante e uma criatura extremamente rara que parece um camelo-centauro unido ao contrário. O que quero dizer é que a metade humanoide fica atrás. A criatura anda voltada para o que a maioria das pessoas pensaria se tratar da bunda.

Sem dúvida, encontrei outros, mas não os reconheci.

Duende diz que há um pequenino macaco das pedras que vive no coração dos grandes recifes de corais. Ele diz que parece uma miniatura do Caolho. Mas não se deve acreditar em Duende quando o assunto é Caolho.

— Estou encarregado de transmitir um alerta — avisou o menir. — Há estranhos no Vale.

Fiz perguntas. Como ele não respondeu, virei-me, irritado. Ele havia sumido.

— Maldita pedra...

Perseguidor e seu vira-lata estavam na entrada do Buraco, observando os Tomados.

Disseram-me que Lindinha interrogou Perseguidor intensamente. Perdi isso. Ela ficou satisfeita.

Tive uma discussão com Elmo. Ele gostava de Perseguidor.

— Ele me lembra Corvo — comentou ele. — Algumas centenas de Corvos nos seriam úteis.

— Ele também *me* lembra Corvo. E é disso que não gosto. — Mas de que adianta argumentar? Nem sempre conseguimos gostar de todo mundo. Lindinha o acha agradável. Elmo também. O Tenente o aceita. Por que eu seria diferente? Diabos, se ele for do mesmo molde de Corvo, a Dama está enrascada.

Ele será testado em breve. Lindinha tem algo em mente. Algo urgente, desconfio. Possivelmente relacionado a Ferrugem.

Ferrugem. Onde o Manco ergueu sua estela.

O Manco. De volta da morte. Fiz tudo, menos queimar o corpo. Acho que deveria ter feito isso. Diabos!

A parte mais assustadora é imaginar se ele é o único. Outros sobreviveram à aparente morte certa? Estarão agora escondidos, esperando para assombrar o mundo?

Uma sombra caiu sobre meus pés. Retornei aos vivos. Perseguidor estava a meu lado.

— Você parece angustiado — comentou. Ele parecia bastante cortês, devo admitir.

Olhei na direção dos que patrulhavam resquícios da luta. Falei:

— Sou um soldado envelhecido, cansado e confuso. Venho lutando desde antes de você nascer. E ainda preciso ver algum proveito nisso.

Ele deu um sorriso diminuto, quase reservado. Isso me deixou desconfortável. Tudo o que ele fazia me deixava desconfortável. Até mesmo seu maldito cachorro me deixava desconfortável, e ele não fazia nada além de dormir. Se vadiava tanto, como conseguiu viajar desde Remo? Tampouco gostava de trabalhar. Juro, aquele cachorro nem mesmo se apressa para comer.

— Tenha fé, Chagas — declarou Perseguidor. — Ela vai cair. — Ele falou com toda a convicção. — Ela não tem a força para subjugar o mundo.

Lá estava aquele medo novamente. Verdade ou não, o modo como expressou o sentimento foi perturbador.

— Nós abateremos todos eles. — Apontou para os Tomados. — Eles não são verdadeiros, como os antigos.

Cão Mata-Sapo espirrou junto à bota de Perseguidor, que olhou para baixo. Pensei que fosse chutar o vira-lata. Mas, em vez disso, baixou-se para coçar a orelha do cachorro.

— Cão Mata-Sapo. Que tipo de nome é esse?

— Ah, é uma velha piada. De quando éramos bem mais jovens. Ele se apaixonou pelo nome. E ainda insiste em usá-lo.

Perseguidor parecia estar ali apenas em parte. Seus olhos estavam vazios, o olhar muito distante, embora continuasse a vigiar os Tomados. Esquisito.

Ao menos admitiu ter sido jovem. Havia uma insinuação de vulnerabilidade humana nisso. É a aparente invulnerabilidade de indivíduos como Perseguidor e Corvo que me deixam aturdido.

Capítulo Treze

O VALE DO MEDO

— Ei! Chagas! — O Tenente havia saído.
— O que foi?
— Deixe Perseguidor substituí-lo. — Faltavam apenas alguns minutos para acabar meu turno. — Lindinha quer falar com você.

Olhei para Perseguidor. Ele deu de ombros.

— Vá em frente. — Imediatamente assumiu uma posição voltada para oeste. Juro, foi como se tivesse acionado a vigilância. Como se, naquele instante, tivesse se tornado a perfeita sentinela.

Até mesmo Cão Mata-Sapo abriu um olho para vigiar. Ao partir, esfreguei o couro cabeludo do cachorro com os dedos, o que pensei ser um gesto amigável. Ele grunhiu.

— Está bem então — falei e me juntei ao Tenente.

Ele parecia perturbado. Geralmente é uma pessoa tranquila.

— O que foi?
— Ela teve outra de suas ideias malucas.

Ora essa.

— O quê?
— Ferrugem.
— Ah, sim! Brilhante! Vamos resolver isso depressa! Achei que era só conversa fiada. Acho que você tentou convencê-la do contrário.

Você acharia que uma pessoa ficaria acostumada ao fedor, após ter vivido com ele durante anos. Mas, ao descermos no Buraco, meu nariz enrugou e se contraiu. Simplesmente não se coloca um monte de gente atulhada num buraco sem ventilação. E temos muito pouco dessa preciosidade.

— Eu tentei. Ela disse: "Carregue a carroça. Deixe que eu me preocupe com o fato de a mula ser cega."

— Ela tem razão na maior parte do tempo.

— Ela é um maldito gênio militar. Mas isso não significa que seja capaz de executar qualquer plano absurdo que sonhar. Alguns sonhos são pesadelos. Diabos, Chagas. O Manco está lá fora.

Que é o ponto pelo qual começamos ao chegar à sala de reuniões. Calado e eu ficamos com a pior parte porque somos os favoritos de Lindinha. Raramente vejo tal unanimidade entre meus confrades. Até mesmo Duende e Caolho falaram em uma só voz, e aqueles dois discutiriam se é noite ou dia com o sol a pino.

Lindinha girava como uma fera enjaulada. Tinha dúvidas que a preocupavam.

— Há dois Tomados em Ferrugem — argumentei. — Foi o que Cordoeiro disse. Um deles é o nosso mais antigo e odioso inimigo.

— Esmaguem-nos e destruiremos o plano inteiro de sua campanha — contrapôs ela.

— Esmagá-los? Menina, você está falando do Manco. Provei antes que ele é invencível.

— Não. Provou que ele sobreviverá, a não ser que você vá até o fim. Você deveria tê-lo queimado.

Sim. Ou tê-lo cortado em pedaços e dado para os peixes comerem, ou afogado num recipiente com ácido ou num banho de cal viva. Mas essas coisas levam tempo. Tínhamos a própria Dama caindo sobre nós. Em consequência, mal conseguimos escapar.

— Supondo que consigamos chegar lá sem sermos descobertos, algo que não acredito nem por um momento, e consigamos uma surpresa total, quanto tempo levaria para todos os Tomados nos pegarem? — Gesticulei vigorosamente, mais irritado que amedrontado. Nunca recusei nada a Lindinha. Nunca. Mas desta vez eu estava pronto para isso.

Seus olhos lampejaram. Pela primeiríssima vez, eu a vi combater o próprio temperamento. Ela gesticulou:

— Se você não aceita ordens, não deveria estar aqui. Eu não sou a Dama. Não sacrifico peões para obter pequenas conquistas. Concordo, há um grande risco nessa operação. Mas bem menor do que você argumenta. Com um impacto potencial muito maior do que imagina.

— Me convença.

— Isso eu não posso fazer. Se for capturado, é preciso que não saiba de nada.

Eu estava preparado para isso.

— Você está me dizendo que basta pegarmos os Tomados desprevenidos? — Talvez eu estivesse mais amedrontado do que era capaz de admitir. Ou talvez fosse um caso constante de contradições.

— Não — gesticulou. Havia algo mais, porém ela estava escondendo.

Calado baixou a mão sobre meu ombro. Tinha cedido. O Tenente se juntou a ele.

— Você está se excedendo, Chagas.

Lindinha repetiu:

— Se você não aceita ordens, Chagas, vá embora.

Ela falou sério. Mesmo! Fiquei boquiaberto, aturdido.

— Está bem! — Saí batendo os pés. Fui para meus aposentos, remexi naqueles velhos papéis teimosos e, claro, não encontrei nenhuma maldita novidade.

Eles me deixaram sozinho por algum tempo. Então Elmo veio. Ele não se anunciou. Apenas ergui o olhar e o vi encostado no contorno da porta. Àquela altura, eu já estava meio envergonhado de minha atuação.

— Sim?

— Correio — anunciou e jogou para mim outro daqueles pacotes oleados.

Agarrei-o no ar. Ele partiu sem explicar como aquilo apareceu. Coloquei-o sobre minha mesa de trabalho, a mente imaginando. Quem? Eu não conhecia ninguém em Remo.

Era uma espécie de truque?

A Dama é paciente e esperta. Eu não descartaria o fato de ela estar realizando alguma manobra importante me usando.

Acho que considerei a possibilidade por uma hora antes de, relutantemente, abrir o pacote.

Capítulo Quatorze

A HISTÓRIA DE BOMANZ

hagas:
Bomanz e Tokar estavam num canto da loja.
— O que acha? — perguntou Bomanz. — Oferece um bom preço?
Tokar olhou para a *pièce de résistance* da nova coleção TelleKurre de Bomanz, um esqueleto numa armadura perfeitamente conservada.
— É maravilhoso, Bo. Como conseguiu isso?
— Prendendo as juntas com arame. Está vendo a joia da testa? Não entendo muito da heráldica da Dominação, mas um rubi não indica que era alguém importante?
— Um rei. Esse deve ser o crânio do rei Duro.
— Seus ossos também. E a armadura.
— Você está rico, Bo. Vou ficar apenas com a comissão dessa peça. Um presente de casamento para a família. Você me levou a sério quando pedi que conseguisse uma coisa boa.
— O monitor confiscou o melhor. Nós tínhamos a armadura do Metamorfo.
Tokar havia trazido ajudantes nessa viagem, uma dupla de enormes gorilas. Eles estavam carregando antiguidades para as carroças lá fora. Seu vaivém deixava Bomanz nervoso.
— É mesmo? Droga! Eu daria meu braço por aquilo.
Bomanz abriu os braços de maneira escusatória.
— O que eu podia fazer? Besand me mantém em rédea curta. De qualquer modo, você conhece minha política. Estou esticando-a para poder lidar com o irmão da minha futura nora.

— Como assim?

Falei mais do que devia, pensou Bomanz. Ele prosseguiu.

— Besand ouviu dizer que você é ressurreicionista. Stance e eu estamos passando por maus bocados.

— Ora, isso é péssimo. Sinto muito, Bo. Ressurreicionista! Há anos, abri a boca uma única vez e disse que até mesmo o Dominador seria melhor para Remo do que o palhaço do nosso prefeito. Um comentário idiota! Não me deixam esquecer. Não bastou perseguirem meu pai até ele ir parar em uma sepultura mais cedo. Agora, têm de atormentar a mim e aos meus amigos.

Bomanz não fazia ideia do que Tokar estava falando. Teria de perguntar a Stance. Mas isso o tranquilizou; o que era tudo o que realmente queria.

— Tokar, fique com o lucro desse lote. Para Stance e Glória. Como meu presente de casamento. Eles já marcaram a data?

— Não há nada definido. Após a licença dele e a tese. Lá pelo inverno, creio. Está pensando em ir?

— Estou pensando em me mudar para Remo. Não me sobrou muita saúde para aguentar um novo monitor.

Tokar deu uma risadinha.

— De qualquer modo, os artefatos da Dominação provavelmente não terão muito apelo após este verão. Verei se consigo arranjar um lugar para você. Você faz um ótimo trabalho aqui, não terá problemas em ganhar a vida.

— Você gosta mesmo do meu trabalho? Estava pensando em tirar o cavalo dele também. — Bomanz sentiu uma pontada de orgulho de sua arte.

— Cavalo? É mesmo? Enterraram o cavalo com ele?

— Com armadura e tudo. Não sei quem botou os artefatos TelleKurre debaixo da terra, mas nada foi saqueado. Conseguimos uma caixa cheia de moedas, joias e insígnias.

— Cunhagem da Dominação? Isso é mais quente do que brasa. A maior parte foi derretida. Uma moeda da Dominação, em bom estado, pode valer cinquenta vezes seu valor em metal.

— Deixe o rei Sei-lá-o-quê aqui. Vou juntá-lo a seu cavalo. Apanhe-o na próxima viagem.

— Também não vou demorar. Vou descarregar e voltar correndo para cá. Afinal, onde está Stance? Queria dar um oi. — Tokar agitou uma daquelas carteiras de couro.

— Glória?
— Glória. Ela deveria escrever romances. Vai me falir de tanto comprar papel.
— Ele está na escavação. Vamos lá. Jasmine! Vou levar Tokar na escavação.

Durante a caminhada, Bomanz não parava de olhar por cima do ombro. O cometa agora estava tão brilhante que podia ser visto claramente durante o dia.

— Será uma baita visão quando ele chegar ao auge — previu.
— Espero que sim. — O sorriso de Tokar deixou Bomanz nervoso. Estou imaginando coisas, disse a si mesmo.

Stancil usou as costas para abrir a porta da loja. Largou um carregamento de armas no chão.

— Estamos esgotando as escavações, pai. Ontem à noite, só tinha porcaria.

Bomanz torceu um arame de cobre, deslizando-o para fora da armação que sustentava o esqueleto do cavalo.

— Então deixe Men fu assumir. De qualquer modo, não temos muito mais espaço aqui.

A loja estava quase intransitável. Bomanz não precisaria escavar por anos, e essa era sua pretensão.

— Está ficando bom — comentou Stance a respeito do cavalo, demorando-se antes de sair para apanhar outra braçada de uma carroça emprestada.

— Você terá de me mostrar como colocar o rei aí em cima, para eu poder juntar os dois quando voltar.

— Talvez eu mesmo faça isso.
— Pensei que tivesse decidido parar.
— Talvez. Não sei. Quando vai começar aquela tese?
— Estou trabalhando nela. Fazendo anotações. Assim que tiver tudo organizado, a redação será assim. — Estalou os dedos. — Não se preocupe. Tenho bastante tempo. — Saiu novamente.

Jasmine trouxe chá.
— Pensei ter ouvido Stance.

Bomanz indicou com a cabeça.

— Lá fora.

Ela procurou um lugar para pousar o bule e as xícaras.

— Você vai ter de organizar essa bagunça.

— Eu vivo me dizendo isso.

Stancil retornou.

— Há bastante bugiganga aqui para se fazer uma armadura. Desde que ninguém a vista.

— Chá? — perguntou sua mãe.

— Claro. Pai, passei pelo quartel-general. O novo monitor chegou.

— Já?

— Você vai adorá-lo. Ele trouxe um coche e três carroças cheias de roupas para a patroa. E um pelotão de criados.

— O quê? Há! Ele vai morrer quando Besand lhe mostrar seus aposentos. — O monitor vivia num cubículo mais adequado a um monge do que ao homem mais poderoso da província.

— Ele merece isso.

— Você o conhece?

— Só sua fama. As pessoas educadas o chamam de Vigarista. Se eu soubesse que era ele... O que poderia ter feito? Nada. Ele tem sorte por sua família tê-lo mandado para cá. Alguém o teria matado, se permanecesse na cidade.

— Nada popular, hein?

— Você descobrirá, se ficar. Volte para Remo, pai.

— Tenho um serviço a fazer, Stance.

— Por quanto tempo?

— Alguns dias. Ou para sempre. Você sabe. Tenho de descobrir aquele nome.

— Pai, poderíamos tentar agora. Enquanto as coisas estão confusas.

— Nada de tentativas, Stance. Quero tudo calculado. Não vou correr riscos com os Dez.

Stancil queria argumentar, mas, em vez disso, tomou o chá. Foi novamente até a carroça. Quando voltou, disse:

— Tokar já deve estar chegando. Talvez traga mais duas carroças.

Bomanz deu uma risadinha.

— Está querendo dizer que talvez traga mais do que carroças, não? Como uma irmã.

— Sim, estava pensando nisso.

— Quando vai escrever a tese?

— Sempre há um momento de folga.

Bomanz passou um trapo sobre a joia na testa do cavalo do rei morto.

— Isso é tudo por enquanto, Pangaré. Vou sair para cavar.

— Faça uma visitinha para dar uma olhada na agitação — sugeriu Stancil.

— Eu não perderia isso por nada.

Besand foi à escavação naquela tarde. Pegou Bomanz tirando uma soneca.

— O que é isso? — bradou. — Dormindo no trabalho?

Bomanz se sentou.

— Você me conhece. Só dando um descanso lá de casa. Soube que o novo sujeito apareceu.

Besand vociferou:

— Não fale dele.

— Ruim?

— Pior do que eu esperava. Pode escrever, Bo. O dia de hoje marca o fim de uma era. Aqueles idiotas vão se arrepender.

— Já decidiu o que vai fazer?

— Pescar. Pegar uns malditos peixes. O mais longe daqui que puder. Vou tirar um dia para mostrar tudo a ele, depois sigo para o sul.

— Eu sempre quis me aposentar e ir para uma das Cidades Preciosas. Nunca vi o mar. Quer dizer que você vai embora logo, então?

— Não precisa mostrar tanta maldita alegria por causa disso. Você e seus amigos ressurreicionistas venceram, mas saio daqui sabendo que não me derrotaram no meu próprio terreno.

— Não temos brigado muito ultimamente. Isso não é motivo para recuperar o tempo perdido.

— É. É. Foi desnecessário. Sinto muito. É frustração. Estou impotente, e tudo está indo por água abaixo.

— Não pode ser tão mau assim.

— Pode. Tenho minhas fontes, Bo. Não sou um maluco solitário. Há homens instruídos em Remo que temem o mesmo que eu. Dizem que os ressurreicionistas vão tentar alguma coisa. Você verá, também. A não ser que dê o fora.

— Provavelmente darei. Stancil conhece o sujeito. Mas não posso ir antes de terminarmos a escavação.

Besand semicerrou os olhos.

— Bo, eu deveria forçar você a fazer uma limpeza antes de ir embora. Isto aqui tem um maldito cheiro de vômito.

Bomanz não era um trabalhador cuidadoso. Por 30 metros em volta de seu buraco a terra estava entulhada de ossos, fragmentos inúteis de engrenagens velhas e uma miscelânea de lixo. Uma visão repulsiva. Bomanz nem reparava.

— Por que se importar? Vai estar coberto de mato daqui a um ano. Além do mais, não quero fazer Men fu trabalhar mais do que ele tem de trabalhar.

— Você é tão bonzinho, Bo.

— Eu tento ser.

— A gente se vê por aí.

— Está bem. — E Bomanz tentou decifrar o que fizera de errado, o que Besand tinha ido procurar e não encontrara. Ele deu de ombros, aconchegou-se no capim e fechou os olhos.

A mulher acenou. O sonho nunca havia sido tão claro. Nem tão bem-sucedido. Ele andou até ela e segurou sua mão, e a mulher o conduziu ao longo de uma arejada trilha de árvores enfileiradas. Finos feixes de luz do sol golpeavam a folhagem. Pó dourado dançava nos feixes. Ela falou, mas ele não conseguiu decifrar as palavras. Não se importou. Estava contente.

Ouro se tornou prata. Prata se tornou uma grande lâmina cega esfaqueando o céu noturno, obscurecendo as pálidas estrelas. O cometa desceu, desceu... E um grande rosto feminino se abriu nele. Estava gritando. Com raiva. Mas Bomanz não conseguia ouvir...

O cometa sumiu. Uma lua cheia cavalgou o céu cravejado de diamantes. Uma grande sombra atravessou as estrelas, obscurecendo a Via Láctea. Uma cabeça, Bomanz percebeu. Uma cabeça repleta de escuridão. Uma cabeça de lobo, tentando morder a lua... Então sumiu. Ele estava novamente com a mulher, caminhando por aquela trilha na floresta, tropeçando nos feixes de luz. Ela estava prometendo algo a ele...

Bomanz acordou. Jasmine o sacudia.

— Bo! Você está sonhando de novo. Acorde.

— Estou bem — murmurou ele. — Não foi tão ruim assim.

— Você precisa parar de comer tanta cebola. Um homem da sua idade e com úlcera.

Bomanz se sentou e bateu na pança. A úlcera não o tinha perturbado ultimamente. Talvez tivesse muitas outras coisas na cabeça. Moveu os pés para o chão e olhou para a escuridão.

— O que está fazendo?

— Pensando em ir ver Stance.

— Você precisa descansar.

— Bobagem. Velho como sou? Velhos não precisam descansar. Não podem se dar ao luxo. Não têm tempo de sobra para gastar. — Tateou procurando as botas.

Jasmine resmungou uma queixa típica. Bomanz a ignorou. Ele havia transformado isso numa arte. Ela acrescentou:

— Cuidado lá.

— Hein?

— Tome cuidado. Não me sinto à vontade agora que Besand vai embora.

— Ele foi embora esta manhã.

— Sim, mas...

Bomanz deixou a casa murmurando sobre velhas supersticiosas que não aguentavam mudanças.

Pegou ao acaso uma rota maior, parando de vez em quando para observar o cometa. Era espetacular. Uma enorme cauda gloriosa. Ele ficou imaginando se seu sonho tinha tentado lhe dizer algo. Uma sombra devorando a lua. Não havia evidências o bastante, decidiu.

Próximo ao limite da cidade, ouviu vozes. Amaciou os passos. As pessoas não costumavam sair àquela hora da noite.

Estavam no interior de uma cabana abandonada. Uma vela tremulava lá dentro. Peregrinos, supôs. Encontrou um buraco por onde observar, mas não conseguiu enxergar nada além das costas de um homem. Havia algo com aqueles ombros caídos... Besand? Claro que não. Largos demais. Mais parecidos com os daquele gorila, Tokar...

Bomanz não conseguiu identificar as vozes, que não passavam, na maioria, de sussurros. Uma delas parecia muito com o habitual ganido de Men fu. As palavras, porém, eram bem nítidas.

— Olhe, fizemos tudo o que podíamos para tirá-lo daqui. Se a gente toma o trabalho e a casa de um homem, ele deveria perceber que não é desejado. Mas ele simplesmente não vai embora.

Uma segunda voz.

— Então é hora de medidas extremas.

O ganido.

— Isso está indo longe demais.

A voz parecia quase enojada.

— Covarde. Deixe comigo. Onde ele está?

— Escondido no velho estábulo. No palheiro. Preparou um catre para si próprio, num canto, como um cachorro velho.

Um grunhido, como se alguém se levantasse. Pés se movimentando. Bomanz segurou a barriga, se afastou sorrateiramente e se escondeu num ponto mais escuro. Uma figura enorme atravessou a rua. A luz do cometa refletiu numa espada desembainhada.

Bomanz caminhou apressadamente para uma sombra mais distante.

O que aquilo significava? Assassinato, certamente. Mas de quem? Por quê? Quem tinha se mudado para o estábulo abandonado? Peregrinos e viajantes em trânsito usavam os espaços vazios o tempo inteiro... Quem eram aqueles homens?

Ocorreram-lhe possibilidades. Bomanz as expulsou. Eram cruéis demais. Quando sua calma voltou, correu até a escavação.

O lampião de Stancil estava lá, mas ele não se encontrava em lugar algum à vista.

— Stance? — Nenhuma resposta. — Stancil? Cadê você? — Nenhuma resposta ainda. Quase em pânico, ele gritou: — Stancil!

— É você, pai?

— Onde você está?

— Cagando.

Bomanz suspirou, sentando-se. Seu filho apareceu um momento depois, enxugando suor da testa. Por quê? Era uma noite fresca.

— Stance, Besand mudou de ideia? Eu o vi partir esta manhã. Mas ainda há pouco, ouvi uns homens planejando matar alguém. Pareciam se referir a ele.

— Matar? Quem?

— Não sei. Um deles poderia ser Men fu. Eram quatro ou cinco. Besand voltou?

— Creio que não. Você não sonhou com isso, sonhou? O que você está fazendo aqui fora no meio da noite, afinal?

— Aquele pesadelo novamente. Não consegui dormir. Não foi minha imaginação. Aqueles homens iam matar alguém que não quer ir embora.

— Isso não faz sentido, pai.

— Não me importa... — Bomanz se virou. Ouviu novamente aquele estranho ruído. Uma figura cambaleou para a luz. Deu três passos e caiu.

— Besand! É Besand! O que eu lhe disse?

O ex-monitor tinha um ferimento no peito que sangrava.

— Estou bem — respondeu ele. — Vou ficar bem. É só o choque. Não é tão ruim quanto parece.

— O que aconteceu?

— Tentaram me matar. Eu disse a você que as portas do inferno seriam abertas. Eu disse que eles fariam o que fosse preciso para conseguir. Mas, desta vez, eu os venci. Acertei o assassino deles.

— Pensei que você havia ido embora. Vi você partir.

— Mudei de ideia. Não consegui ir. Fiz um juramento, Bo. Eles levaram meu emprego, mas não minha consciência. Preciso detê-los.

Bomanz fez contato visual com o filho. Stancil balançou a cabeça.

— Pai, olhe o pulso dele.

Bomanz olhou.

— Não vejo nada.

— Exatamente. O amuleto dele sumiu.

— Ele o devolveu quando partiu. Não foi?

— Não — respondeu Besand. — Eu o perdi na luta. Não consegui encontrá-lo no escuro. — Ele soltou um ruído estranho.

— Pai, ele está seriamente ferido. É melhor eu ir até o quartel.

— Stance — arfou Besand. — Não conte para *ele*. Chame o cabo Cascudo.

— Está bem. — Stance saiu apressado.

A luz do cometa enchia a noite de fantasmas. A Terra dos Túmulos parecia se contorcer e rastejar. Formas fugazes flutuavam no meio do mato. Bomanz ficou arrepiado e tentou se convencer de que sua imaginação estava agindo agora.

A alvorada se aproximava. Besand se recuperou do choque, tomando a sopa que Jasmine enviara. O cabo Cascudo foi informar o resultado de sua investigação.

— Não consegui encontrar nada, senhor. Nada de corpo, nada de amuleto. Nem mesmo sinais de briga. É como se nunca tivesse acontecido.

— Eu tenho certeza absoluta de que não tentei me matar, cacete.

Bomanz ficou pensativo. Se não tivesse ouvido os conspiradores, teria duvidado de Besand. O homem seria capaz de encenar uma agressão para obter compaixão.

— Acredito no senhor. Estava apenas informando o que descobri.

— Eles estragaram a melhor chance que tinham. Agora fomos avisados. Mantenham-se alerta.

— É melhor não esquecer quem está agora no comando — interpôs Bomanz. — Não devemos nos meter em encrenca com o novo comandante.

— Aquele idiota. Faça o que puder, Cascudo. Não se coloque em risco.

— Sim, senhor. — O cabo partiu.

Stancil falou:

— Pai, você devia voltar para casa. Você está cinzento.

Bomanz se levantou.

— Você está bem agora? — indagou.

— Vou ficar — respondeu Besand. — Não se preocupe comigo. O sol já está alto. Aquela gente não tentaria fazer nada em plena luz do dia.

Não aposte nisso, pensou Bomanz. Não se forem devotos da Dominação. Transformarão o meio-dia em trevas.

Assim que Besand não podia mais ouvir, Stancil disse:

— Estive pensando ontem à noite, pai. Antes de isso começar. Sobre o problema do tal nome. E, de repente, me ocorreu. Há uma pedra antiga em Remo. Bem grande, com runas e pictogramas entalhados. Está lá faz uma eternidade. Ninguém sabe o que é ou de onde veio. Ninguém realmente se importa.

— E daí?

— Deixe-me mostrar a você o que está entalhado. — Stancil pegou um graveto e limpou o entulho de uma área do chão. Começou a desenhar. — No topo, há uma estrela tosca dentro de um círculo. Depois algumas linhas de runas que ninguém consegue ler. Não me lembro delas. Em seguida, alguns desenhos. — Rabiscou rapidamente.

— Isso é muito rústico.

— O original também é. Mas olhe. Este aqui. Uma figura humana estilizada com a perna quebrada. Este aqui. Uma minhoca? Aqui, um homem sobreposto a um animal. Aqui, um homem com um relâmpago. Percebeu? O Manco. Rastejador. Metamorfo. Arauto da Tormenta.

— Talvez. E talvez você esteja vendo o que quer ver.

Stancil continuou desenhando.

— Está bem. É assim que eles estão na pedra. Os quatro que mencionei. Na mesma ordem do seu mapa. Olhe aqui. Nos seus lugares vazios. Eles poderiam ser os Tomados cujos túmulos não identificamos. — Bateu de leve no que parecia ser um círculo simples, uma figura humana estilizada com a cabeça levantada e a cabeça de um animal com um círculo na boca.

— As posições batem — admitiu Bomanz.

— E então?

— Então o quê?

— Você está sendo intencionalmente obtuso, pai. Um círculo talvez seja um zero. Quem sabe um sinal para o Tomado que se chama Sem Rosto ou Sem Nome. E aqui o Enforcado. E aqui Cão da Lua ou Devora-Lua?

— Entendo, Stance. Só não tenho certeza se quero entender. — Ele contou ao filho seu sonho com uma grande cabeça de lobo mordendo a lua.

— Está vendo? Sua própria mente está tentando dar a resposta. Vá verificar as evidências. Veja se não batem dessa maneira.

— Não preciso fazer isso.

— Por que não?

— Já sei de cor. Elas se ajustam.

— Então qual é o problema?

— Não tenho certeza se ainda quero fazer isso.

— Pai... Pai, se você não fizer, eu faço. Falo sério. Não deixarei que jogue fora 37 anos. O que mudou, afinal? Você abriu mão de um tremendo futuro para vir para cá. Vai simplesmente esquecer isso?

— Estou acostumado com essa vida. Não me importo.

— Pai... Tenho encontrado pessoas que o conheceram no passado. Todas afirmam que você poderia ter se tornado um grande mago. Elas se perguntam o que aconteceu com você. Sabem que você tinha um plano secreto e foi persegui-lo. Acham que já morreu, porque alguém com seu talento não passaria sem ser notado. Neste momento, me pergunto se elas não têm razão.

Bomanz suspirou. Stancil nunca entenderia. Não sem ter envelhecido com um medo constante da forca.

— Falo sério, pai. Eu mesmo vou fazer isso.

— Não, não vai. Você não tem o conhecimento nem a habilidade. Eu farei. Creio que é o destino.

— Então vamos!

— Tenha calma. Isso não é uma festa. Vai ser perigoso. Preciso de descanso e de tempo para entrar no estado de espírito correto. Preciso juntar meu equipamento e preparar o palco.

— Pai...

— Stancil, quem é o especialista? Quem vai fazer isso?

— Acho que você.

— Então cale a boca e a mantenha fechada. O mais depressa que eu poderia tentar fazer isso seria amanhã à noite. Supondo que fique satisfeito com esses nomes.

Stancil pareceu aflito e impaciente.

— Qual é a pressa? Qual é o seu interesse nisso?

— Eu só... Acho que Tokar está trazendo Glória. Queria que tudo estivesse fora do caminho quando ela chegasse aqui.

Bomanz ergueu uma sobrancelha desanimada.

— Vamos para casa. Estou exausto. — Olhou de volta para Besand, que encarava a Terra dos Túmulos. O homem estava firme em seu desafio. — Mantenha-o longe do meu pé.

— Ele não vai conseguir se mover muito bem por um bom tempo.

Mais tarde, Bomanz murmurou:

— O que significa tudo isso, afinal? São realmente ressurreicionistas?

Stancil respondeu:

— Os ressurreicionistas são um mito que o pessoal de Besand usa para se manter empregado.

Bomanz se lembrou de alguns conhecidos da universidade.

— Não tenha tanta certeza.

Quando chegaram em casa, Stance se apressou em subir a escada para estudar o mapa. Bomanz fez uma pequena refeição. Antes de se deitar, falou para Jasmine:

— Fique de olho em Stance. Ele está agindo de forma estranha.

— Estranha? Como?

— Não sei. Apenas estranha. Insistindo a respeito da Terra dos Túmulos. Não o deixe encontrar meu equipamento. Ele pode tentar abrir o caminho sozinho.

— Ele não faria isso.

— Espero que não. Mas fique de olho.

Capítulo Quinze

A TERRA DOS TÚMULOS

Bainha soube que Gaio finalmente estava de volta. Ele correu para a casa do velho. Gaio o recebeu com um abraço.

— Como tem passado, rapaz?

— Pensamos que você tinha ido embora para sempre. — Gaio ficara oito meses fora.

— Tentei voltar. Não há nenhuma maldita estrada que passe aqui perto.

— Eu sei. O coronel pediu que os Tomados trouxessem suprimentos pelo ar.

— Eu soube. O governo militar em Remo resolveu se mexer quando soube disso. Enviou um regimento inteiro para construir uma nova estrada. Cerca de um terço já está pronta. Viajei por uma parte dela.

Bainha assumiu sua expressão séria.

— Era realmente sua filha?

— Não — respondeu Gaio.

Ao partir, ele havia anunciado que ia encontrar uma mulher que poderia ser sua filha. Alegou que tinha dado suas economias a um homem que encontraria seus filhos e os traria para Remo.

— Você parece decepcionado.

Ele estava. Suas pesquisas não deram certo. Muitos registros haviam sumido.

— Como foi o inverno passado, Bainha?

— Ruim.

— Também foi ruim por lá. Fiquei preocupado com todos vocês.

— Tivemos problemas com as tribos. Essa foi a pior parte. Você sempre pode ficar dentro de casa e jogar mais lenha no fogo. Mas não pode comer, se ladrões roubam seus suprimentos.

— Achei que talvez fosse chegar a isso.

— Vigiamos sua casa. Eles invadiram algumas residências vazias.

— Obrigado. — Os olhos de Gaio se estreitaram. Sua casa fora violada? Muito minuciosamente? Numa busca cuidadosa, talvez descobrissem o suficiente para enforcá-lo. Olhou pela janela. — Parece que vai chover.

— Sempre parece que vai chover. Quando não parece que vai nevar. No inverno passado, a neve ficou com 4 metros de altura. As pessoas ficaram preocupadas. O que aconteceu com o clima?

— Os antigos dizem que é sempre assim após o Grande Cometa. Os invernos ficam péssimos durante alguns anos. Em Remo, nunca fica tão frio assim. Mas há muita neve.

— Aqui não ficou tão frio. Apenas nevou tanto que não dava para sair de casa. Quase enlouqueci. A Terra dos Túmulos inteira parecia um lago congelado. Mal dava para saber onde estava o Grande Túmulo.

— Hum? Ainda preciso desfazer as malas. Com licença, sim? Avise a todos que voltei. Estou quase duro. Precisarei de trabalho.

— Avisarei, Gaio.

Gaio observou pela janela enquanto Bainha caminhava lentamente de volta ao complexo da Guarda, pegando uma passarela elevada para pedestres construída enquanto esteve fora. A lama abaixo dela evidenciava isso. Ela e a propensão do coronel Brando em manter os homens ocupados. Assim que Bainha sumiu, Gaio foi para o segundo andar.

Nada havia sido tocado. Ótimo. Olhou por uma janela, em direção à Terra dos Túmulos.

Como ela mudara em apenas alguns anos. Um pouco mais e não seria possível encontrá-la.

Grunhiu, olhando-a bem. Então tirou o mapa de seu esconderijo, estudou-o, depois olhou novamente para a Terra dos Túmulos. Após algum tempo, puxou uns papéis manchados de suor de dentro da camisa, onde os carregava desde que os roubara da universidade de Remo. Abriu-os sobre o mapa.

Mais tarde, naquela tarde, levantou-se, vestiu uma capa, apanhou a bengala que agora usava e saiu. Coxeou por entre água, lama e chuvisco até chegar ao ponto com vista para o Rio Grande Trágico.

Estava inundado, como sempre. Seu leito continuara a se alterar. Após algum tempo, ele xingou, golpeou um velho carvalho com a bengala e voltou.

O dia tinha ficado gradualmente cinzento. Estaria escuro antes de ele chegar em casa.

— Malditas complicações — murmurou. — Não contava com isso. O que diabos vou fazer?

Correr o grande risco. A probabilidade que mais gostaria de evitar, embora a possível necessidade dela fosse o verdadeiro motivo de ter passado o inverno em Remo.

Pela primeira vez em anos, ficou imaginando se o esforço valeria a pena.

Fosse qual fosse seu caminho, estaria escuro antes de chegar em casa.

Capítulo Dezesseis

O VALE DO MEDO

Se você fica com raiva e deixa Lindinha falando sozinha, pode perder muita coisa. Elmo, Caolho, Duende, Otto, esses caras gostam de me atormentar. Não estavam dispostos a me informar sobre nada. E faziam todos os outros agirem da mesma forma. Até mesmo Perseguidor, que parecia gostar de mim e conversava comigo mais que todos os demais juntos, não me deu nenhuma dica. Portanto, quando chegou o dia, fui para a parte de cima em total ignorância.

Juntei o equipamento normal de saída em campo. Nossa tradição é infantaria pesada, embora, atualmente, tenhamos cavalgado a maioria das vezes. Todos somos velhos demais para carregar quase 40 quilos. Arrastei o meu para a caverna que serve de estábulo e cheira como o avô de todos eles — e descobri que nenhum animal estava selado. Bem, apenas um. O de Lidinha.

O menino cavalariço apenas arreganhou os dentes quando lhe perguntei o que estava havendo.

— Subiram — respondeu ele. — Senhor.

— É? Malditos sacanas. Estão brincando comigo? Eles me pagam. É bom que comecem a se lembrar de quem cuida dos Anais aqui, porra.

Xinguei e me queixei o caminho inteiro em meio às sombras da lua, prestes a se pôr, que espreitavam em volta da entrada do túnel. Lá encontrei o resto do pessoal, já de pé e carregando equipamento leve. Cada homem carregava suas armas e um saco de comida seca.

— O que está fazendo, Chagas? — perguntou Caolho com uma risada contida. — Parece que está carregando tudo o que possui. Você é uma tartaruga? Carrega sua casa nas costas?

E Elmo:

— Não vamos nos mudar, cara. Apenas realizar um ataque.

— Vocês são um bando de sádicos, sabiam disso?

Fui para a luz pálida. Faltava meia hora para a lua se pôr. Ao longe, Tomados pairavam na noite. Aqueles filhos da puta estavam determinados a ficar de vigilância cerrada. Mais perto, toda uma horda de menires tinha se reunido. Ali no deserto, eram tantos que pareciam um cemitério. Havia, também, uma porção de árvores errantes.

Além disso, embora não houvesse vento, eu podia ouvir a Velha Árvore Pai tilintar. Sem dúvida isso significava alguma coisa. Um menir talvez pudesse explicar. Mas as pedras nunca falavam de si mesmas ou das espécies companheiras. Especialmente da Árvore Pai. Muitas nem admitem que ela existe.

— É melhor aliviar sua carga, Chagas — sugeriu o Tenente. Ele tampouco deu explicações.

— Você vai também? — perguntei surpreso.

— Vou. Mexa-se. Não temos muito tempo. Armas e estojo médico para ação de campo devem bastar. Depressa.

Ao descer, encontrei Lindinha. Ela sorriu. Apesar de estar mal-humorado, sorri de volta. Não consigo ficar zangado com ela. Eu a conheço desde que era pequena. Desde que Corvo a resgatou dos bandidos do Manco, muito tempo atrás, durante as campanhas em Forsberg. Não consigo ver a mulher que ela é sem me lembrar da criança que um dia foi. Fico todo sentimental e mole.

Dizem-me que sofro de um terrível traço de romantismo. Lembrando-me do passado, quase sou inclinado a concordar. Todas aquelas histórias bobas que escrevi sobre a Dama...

A lua estava na beira do mundo quando retornei para cima. Um cochicho empolgado percorria os homens. Lindinha estava lá com eles, montada em sua resplandecente égua branca, movimentando-se, gesticulando para aqueles que entendiam a linguagem de sinais. Acima, os pontos luminescentes característicos dos tentáculos de uma baleia do vento pairavam mais baixo do que eu jamais havia ouvido dizer que acontecera antes. Exceto em histórias de terror com baleias famintas baixando-se para arrastar os tentáculos no chão, arrancando cada planta e animal em seu caminho.

— Ei! — alertei. — É melhor tomarmos cuidado. Aquele sugador está baixando.

Uma enorme sombra apagou milhares de estrelas. E estava aumentando. Mantas enxamearam em volta dela. Grandes, pequenas, intermediárias, em um número maior do que eu jamais tinha visto.

Minha advertência gerou gargalhadas. Fiquei novamente aborrecido. Movimentei-me entre os homens, atormentando-os por causa dos estojos médicos que esperava que carregassem em uma missão. Quando terminei, estava com o humor melhor. Todos portavam um.

A baleia do vento continuou descendo.

A lua desapareceu. Nesse instante, os menires começaram a se movimentar. Pouco depois, passaram a brilhar do lado voltado para nós. O lado oposto aos Tomados.

Lindinha cavalgou ao longo do caminho por eles marcado. Quando passava por um menir, sua luz apagava. Desconfio que a baleia do vento seguia para o fim da fila.

Não tinha tempo para verificar. Elmo e o Tenente nos organizaram em nossa própria fila. Acima, a noite se encheu de guinchos e o esvoaçar de mantas disputando espaço de voo.

A baleia do vento parou transversalmente ao riacho.

Meu deus, era grande. Enorme! Eu não fazia ideia... Ela se estendia acima do coral, uns 200 metros sobre o riacho. Eram 400, não, 500 metros de comprimento no total. E de 70 a 100 de largura.

Um menir falou. Não consegui distinguir as palavras. Mas os homens começaram a avançar.

Num minuto minha pior suspeita foi confirmada. Eles estavam subindo nos flancos da criatura, em suas costas, onde as mantas normalmente se aninhavam.

A baleia do vento tinha um cheiro. Um cheiro diferente de qualquer outra coisa que eu já tinha sentido, e era forte. Abundante, era possível dizer. Não necessariamente ruim, mas sobrepujante. E ela parecia estranha ao toque. Não era cabeluda, escamosa ou calosa. Não exatamente viscosa, mas, mesmo assim, esponjosa e lisa, como um intestino inteiro exposto. Havia muitos apoios para as mãos. Nossos dedos e nossas botas não incomodavam o animal.

O menir murmurava e rosnava como um velho primeiro-sargento, ao mesmo tempo dando ordens e transmitindo queixas da baleia do vento. Tive a impressão de que o animal era naturalmente mal-humorado. Ele não gostava daquilo nem um pouquinho mais que eu. Não posso dizer que o censuro.

Lá em cima, havia mais menires, cada um se equilibrando precariamente. Quando cheguei, um menir me indicou outro de sua espécie. Esse, por sua vez, mandou-me sentar a 7 metros de distância. Os últimos homens subiram apenas momentos depois.

Os menires sumiram.

Comecei a me sentir estranho. À primeira vista, pensei que fosse porque a baleia estava decolando. Quando voei com a Dama ou Sussurro ou Apanhador de Almas, meu estômago permanecia em contínua revolta. Mas aquele era um mal-estar diferente. Levei algum tempo para entender que era uma ausência.

O campo mágico negativo de Lindinha estava se desfazendo. Estivera tanto tempo comigo que havia se tornado parte de minha vida...

O que estava acontecendo?

Estávamos subindo. Senti a mudança do vento. As estrelas se tornaram relevantes. Então, de repente, o norte todo se iluminou.

Mantas estavam atacando os Tomados. Uma porção delas. A investida foi uma completa surpresa, pois todos os Tomados devem ter sentido a presença dos animais. Mas as mantas não estavam lutando exatamente...

Ah, inferno, pensei. Elas os estão empurrando em nossa direção...

Sorri. Não era bem em nossa direção. Era na direção de Lindinha e seu campo mágico negativo, num lugar inesperado.

Quando o pensamento me ocorreu, vi o clarão de feitiços inúteis, um tapete vacilar e adejar em direção a terra. Um bando de mantas o enxameou.

Talvez Lindinha não fosse tão burra quanto eu pensava. Talvez esses Tomados pudessem ser expulsos. Um lucro, certamente, se mais nada desse certo.

Mas o que estávamos fazendo? Os relâmpagos iluminavam meus companheiros. Próximos a mim estavam Perseguidor e Cão Mata-Sapo. Perseguidor parecia entediado. Mas Cão Mata-Sapo estava mais alerta do que eu já o tinha visto antes. Estava sentado, observando o espetáculo. A única vez que o vi em outra posição que não deitado era na hora da refeição.

Sua língua estava de fora. Ele ofegava. Se fosse humano, eu diria que estava sorrindo.

O segundo Tomado tentou impressionar as mantas com seu poder. Estava em uma enorme desvantagem numérica. E, embaixo, Lindinha se movimentava. O segundo Tomado subitamente entrou no campo negativo dela. Ele caiu. O enxame de mantas o perseguiu.

Os dois Tomados caídos sobreviveriam ao pouso. Mas, então, ficariam a pé no coração do Vale, que tinha iniciado uma resistência esta noite. Suas chances de escapar eram sombrias.

A baleia do vento estava agora uns 300 metros acima, movimentando-se para nordeste, ganhando velocidade. Qual distância para o limite do Vale mais próximo a Ferrugem? Uns 300 quilômetros? Ótimo. Chegaremos antes do amanhecer. E quanto aos últimos 50 quilômetros além do Vale?

Perseguidor começou a cantar. Sua voz era suave a princípio. Sua canção era antiga. Soldados dos países do norte a cantaram por gerações. Era uma nênia, um lamento fúnebre cantado em memória àqueles que vão morrer. Eu a ouvi em Forsberg, cantada por ambos os lados. Outra voz continuou a canção. Depois outra e mais outra. Talvez 15 homens a conheciam, ou mais de quarenta.

A baleia do vento planou na direção norte. Distante, muito abaixo, o Vale do Medo passava deslizando, completamente invisível.

Comecei a suar, embora o ar lá em cima estivesse frio.

Capítulo Dezessete

FERRUGEM

Minha primeira falsa suposição era de que o Manco estaria lá quando chegássemos. A manobra de Lindinha contra os Tomados prevenira isso. Eu deveria ter me lembrado de que os Tomados se comunicam uns com os outros através de longas distâncias por telepatia. Manco e Benefício passaram por perto quando nos movimentamos para o norte.

— Abaixem-se — esganiçou Duende quando faltavam 80 quilômetros para o limite do Vale. — Tomados. Ninguém se mexa.

Como sempre, o velho Chagas se considerou exceção à regra. Para o bem dos Anais, é claro. Rastejei para mais perto da lateral de nossa monstruosa montaria e observei a noite. Bem abaixo, duas sombras seguiam o mesmo caminho no sentido inverso. Assim que passaram, fui xingado por Elmo, Tenente, Duende, Caolho e qualquer outro que quisesse tirar uma casquinha. Recostei-me ao lado de Perseguidor. Ele simplesmente sorriu e deu de ombros.

Perseguidor começou a se movimentar muito mais quando a ação se aproximou.

Minha segunda suposição precipitada foi que a baleia do vento nos largaria na beira do Vale. Fiquei novamente de pé quando ela se aproximou, ignorando comentários maldosos dirigidos a mim. Mas o animal não desceu. Continuou sem descer durante muitos minutos. Comecei a balbuciar besteiras enquanto retornava ao meu lugar junto a Perseguidor.

Ele tinha aberto seu até então misterioso estojo que continha um pequeno arsenal. Ele verificou as armas. Uma faca de lâmina comprida não o agradou. Começou a passar a pedra de amolar nela.

Quantas vezes Corvo havia feito o mesmo durante o breve ano que passou na Companhia?

A descida da baleia foi súbita. Elmo e o Tenente passaram entre nós, mandando que saíssemos depressa. Elmo me disse:

— Fique perto de mim, Chagas. Você também, Perseguidor. Caolho, você sente alguma coisa lá embaixo?

— Nada. Duende já tem seu encanto de sono preparado. As sentinelas deles estarão roncando quando tocarmos no solo.

— A não ser que não estejam e deem o alarme — murmurei. Droga, será que eu não tinha uma queda pelo lado sombrio?

Tudo correu bem. Pousamos. Homens se despejaram pelas laterais. Espalharam-se como se essa parte tivesse sido ensaiada. Talvez algumas partes tivessem sido mesmo, enquanto eu estava emburrado.

Não pude fazer nada, a não ser o que Elmo me disse.

Os primeiros movimentos me lembraram de outro ataque a outro quartel, muito tempo atrás, ao sul do Mar das Tormentas, antes de servirmos à Dama. Tínhamos massacrado as Coortes Urbanas de Berílio, uma das Cidades Preciosas, com nossos magos os mantendo adormecidos enquanto os matávamos.

Não é algo que eu aprecie, sendo sincero. A maior parte deles era composta por garotos que se alistaram com o desejo de ter algo melhor para fazer. Mas eram nossos inimigos, e estávamos fazendo um gesto importante. Um gesto maior do que eu havia suposto que Lindinha poderia ordenar, ou ter em mente.

O céu começou a se iluminar. Nenhum homem de um regimento inteiro, salvo talvez alguns desertores do turno da noite, sobreviveu. Lá fora, na área aberta do complexo, que ficava bem distante de Ferrugem propriamente dita, Elmo e o Tenente começaram a berrar. Depressa, depressa. Há muita coisa a fazer. Este pelotão tem de destruir as estelas dos Tomados. Aquele pelotão tem de saquear o quartel-general do regimento. Outro tem de preparar o incêndio das construções do quartel. Outro ainda tem de revistar os aposentos do Manco à procura de documentos. Depressa, depressa. Temos de ir antes que os Tomados retornem. Lindinha não vai ser capaz de despistá-los para sempre.

Alguém estragou tudo. Claro. Isso sempre acontece. Alguém colocou fogo numa construção antes do tempo. A fumaça se ergueu.

Em Ferrugem, logo descobrimos, havia outro regimento. Em minutos, um pelotão montado galopava em nossa direção. E, novamente, alguém havia estragado tudo. Os portões não foram defendidos. Quase sem aviso, os cavaleiros estavam entre nós.

Homens gritaram. Armas retiniram. Flechas voaram. Cavalos guincharam. Os homens da Dama saíram, deixando metade de seu contingente para trás.

Agora Elmo e o Tenente estavam definitivamente com pressa. Aqueles rapazes estavam indo buscar ajuda.

Enquanto dispersávamos os imperialistas, a baleia do vento decolou. Com alguma dificuldade, talvez meia dúzia de homens conseguiu subir nela. Ela se ergueu apenas o suficiente para ficar acima dos telhados, então seguiu para o sul. Ainda não havia luz suficiente para denunciá-la.

Pode-se imaginar os xingamentos e a gritaria. Até mesmo Cão Mata-Sapo encontrou energia para rosnar. Afundei, derrotado, pousei o traseiro numa barra de amarração e fiquei sentado lá, balançando a cabeça. Uns poucos homens dispararam flechas atrás do monstro. Ele nem notou.

Perseguidor se apoiou na barra a meu lado. Reclamei:

— Ninguém imaginaria que algo tão grande fosse covarde. — Quero dizer, uma baleia do vento é capaz de destruir uma cidade.

— Não atribua motivos a uma criatura que você não entende. Precisa saber a argumentação dela primeiro.

— O quê?

— Argumentação não. Não sei a palavra certa. — Ele lembrava um menino de 4 anos tendo dificuldades com um conceito difícil. — A baleia do vento está fora das terras que conhece. Além dos limites que seus inimigos acreditam que ela é capaz de romper. Foge com medo de ser vista e de um segredo ser traído. Se mesmo um homem poderia fazer a mesma coisa que a baleia... Como ela poderia se lembrar deles num momento de desespero?

Perseguidor, provavelmente, tinha razão. Mas, no momento, eu estava mais interessado nele do que em sua teoria, que era algo em que eu pensaria após ter me acalmado. Ele fazia aquilo parecer um enorme e incrivelmente difícil fragmento de pensamento.

Fiquei pensando em sua mente. Seria Perseguidor apenas um pouco mais do que um débil mental? Seria seu modo de ser, parecido com Corvo, não um produto de personalidade, mas de ingenuidade?

O Tenente estava parado na área aberta, mãos nos quadris, observando a baleia do vento nos deixar nas mãos do inimigo. Após um minuto, ele gritou:

— Oficiais! Reunir! — Após nos reunirmos, ele disse: — Estamos encrencados. Na minha opinião, temos uma esperança. Que aquele gigante sacana entre em contato com os menires quando voltar. E que *eles* decidam se vale a pena sermos salvos. Portanto, o que temos a fazer é resistir até o cair da noite. E torcer.

Caolho fez um ruído obsceno.

— Acho melhor a gente dar no pé.

— É? E deixar os imperialistas nos seguirem? A que distância estamos de casa? Acha que conseguiremos chegar lá, com o Manco e seus comparsas em nosso encalço?

— Eles virão atrás de nós aqui.

— Talvez. E talvez se mantenham ocupados lá fora. Pelo menos, se ficarmos aqui, eles saberão onde nos encontrar. Elmo, inspecione as muralhas. Veja se podemos contê-los. Duende. Calado. Apaguem aqueles incêndios. O restante de vocês, pegue os documentos dos Tomados. Elmo! Poste sentinelas. Caolho. Seu serviço é imaginar de que modo podemos obter ajuda de Ferrugem. Chagas, dê uma ajuda a ele. Você conhece nossas posições aqui. Vamos. Mexam-se.

Um bom homem, o Tenente. Mantinha a calma quando, como todos nós, o que queria fazer era correr em círculos e gritar.

Não tínhamos realmente nenhuma chance. Era o fim. Ainda que mantivéssemos os soldados longe da cidade, havia Benefício e o Manco. Duende, Caolho e Calado não adiantariam de nada contra eles. O Tenente sabia disso também. Não os havia juntado para que planejassem um ataque surpresa.

Talvez não conseguíssemos controlar o incêndio. O quartel queimaria completamente. Enquanto eu cuidava de dois homens feridos, os outros tornavam o complexo tão defensivo quanto trinta homens poderiam fazer. Terminada a medicação, fui espiar os documentos do Manco. Não encontrei nada interessante imediatamente.

— Uns cem homens estão vindo de Ferrugem! — gritou alguém.

O Tenente esbravejou:

— Façam este lugar parecer abandonado! — Homens se apressaram.

Pulei para cima da muralha, querendo dar uma olhada rápida no mato cerrado ao norte de nós. Caolho estava lá fora, movendo-se furtivamente em direção à cidade, esperando alcançar os amigos de Cordoeiro.

Mesmo após ter sido triplamente dizimada nos grandes cercos e ocupada por anos, Ferrugem permanecia inflexível em seu ódio pela Dama.

Os imperialistas eram cuidadosos. Posicionaram batedores em volta da muralha. Enviaram alguns homens para mais perto, de forma que atraíssem disparos. Somente após uma hora de cautelosas manobras eles investiram contra o portão semiaberto.

O Tenente deixou que 15 entrassem antes de acionar a ponte levadiça. Os homens caíram debaixo de uma chuva de flechas. Então nos apressamos até a muralha e atacamos os que corriam em círculos do lado de fora. Outra dezena tombou. Os demais recuaram para além do alcance das flechas. Lá, rodopiaram aturdidos, rosnaram e tentaram decidir o que fazer em seguida.

Perseguidor permaneceu o tempo inteiro por perto. Eu o vi disparar apenas quatro flechas. Cada uma atravessou rasgando um imperialista. Ele podia não ser brilhante, mas sabia usar o arco e flecha.

— Se forem inteligentes — disse a ele —, montarão um piquete e esperarão pelo Manco. Não faz sentido se ferirem, uma vez que ele pode lidar com a gente.

Perseguidor grunhiu. Cão Mata-Sapo abriu um olho e soltou um rosnado do fundo da garganta. Duende e Calado seguiram pelo caminho, agachados, erguendo-se alternadamente para olhar lá fora. Percebi que estavam tramando algo.

Perseguidor se levantou, grunhindo novamente. Por fim, eu mesmo olhei. Mais imperialistas estavam deixando Ferrugem. Centenas a mais.

Nada aconteceu durante uma hora, exceto que mais e mais soldados surgiram. Eles nos cercaram.

Duende e Calado liberaram sua magia. Ela tomou a forma de uma nuvem de mariposas. Não consegui distinguir sua origem. Elas simplesmente se juntavam em volta dos dois. Quando estavam em talvez um milhar, elas saíram voando.

Por algum tempo, houve muita gritaria lá fora. Quando ela cessou, avancei e perguntei a um sombrio Duende:

— O que aconteceu?

— Alguém talentoso — guinchou. — Quase tão bom quanto nós.

— Estamos enrascados?

— Enrascados? Nós? Nós acertamos em cheio, Chagas. Nós os colocamos para correr. Eles só não sabem ainda.

— Eu quis dizer...

— Ele não vai reagir. Não quer se revelar. Há dois de nós e apenas um dele.

Os imperialistas começaram a montar peças de artilharia. O complexo não havia sido construído para suportar bombardeios.

O tempo passou. O sol ascendeu. Observamos o céu. Quando nosso fim chegaria montado num tapete?

Certo de que os imperialistas não atacariam de imediato, o Tenente mandara alguns de nós juntarmos nosso saque na área aberta, pronto para ser embarcado numa baleia do vento. Quer acreditasse nisso ou não, insistiu que seríamos retirados do local após o pôr do sol. Ele não alimentaria a possibilidade de os Tomados chegarem primeiro.

O Tenente mantinha o moral alto.

O primeiro projétil caiu uma hora após o meio-dia. Uma bola de fogo desabou violentamente a uns 4 metros da muralha. Outra arqueou logo após ela. Caiu na área aberta do complexo, crepitando e chiando.

— Eles vão nos queimar — sussurrei para Perseguidor. Veio um terceiro projétil. Queimou alegremente mas também na área aberta.

Perseguidor e Cão Mata-Sapo se levantaram e foram para as ameias, o cachorro se esticando sobre as patas traseiras. Após um momento, Perseguidor sentou-se, abriu o estojo de madeira, tirou meia dúzia de flechas extremamente longas. Levantou-se novamente, olhou na direção das peças de artilharia e encaixou uma flecha no arco.

Era um longo voo, porém seria possível atingir o alvo mesmo com minha arma. Contudo, eu poderia disparar o dia inteiro sem sequer chegar perto.

Perseguidor entrou num estado de concentração próximo ao transe. Ergueu e curvou o arco, puxou-o até a ponta da flecha e a soltou.

Um grito veio da encosta. Os artilheiros se reuniram em torno de um deles.

Perseguidor disparou flechas suave e rapidamente. Creio que colocou no ar quatro ao mesmo tempo. Cada uma encontrou seu alvo. Então ele se sentou.

— Isso é tudo.

— Por quê?

— Não tenho mais flechas boas.

— Talvez tenha sido o bastante para desencorajá-los.

E foi. Por algum tempo. O suficiente para eles recuarem e prepararem alguns escudos protetores. Então os projéteis voltaram. Um deles encontrou uma construção. O calor era terrível.

O Tenente vagueava incansavelmente pela muralha. Uni-me à sua oração silenciosa para que os imperialistas não a escalassem e nos atacassem. Não haveria como detê-los.

Capítulo Dezoito

CERCO

O sol estava se pondo. Ainda estávamos vivos. Nenhum tapete dos Tomados chegara do Vale atacando. Tínhamos começado a acreditar que havia uma chance.

Algo martelou o portão, uma batida forte e alta, como o martelo do fim dos tempos. Caolho rosnou.

— Me deixem entrar, porra!

Alguém desceu correndo e abriu o portão. Ele andou até as ameias.

— E então? — indagou Duende.

— Não sei. Muitos imperialistas. Não há rebeldes suficientes. Eles queriam discutir a situação.

— Como você passou? — perguntei.

— Andando — vociferou ele. Depois, com menos beligerância: — Segredo do ofício, Chagas.

Feitiçaria. Claro.

O Tenente parou para ouvir o relatório de Caolho, depois retornou à sua incessante caminhada. Observei os imperialistas. Havia indicativos de que estavam perdendo a paciência.

Caolho, evidentemente, apoiava minha suspeita com provas concretas. Ele, Duende e Calado começaram a tramar alguma coisa.

Não tenho certeza do que fizeram. Nada de mariposas, mas o resultado foi semelhante. Um forte grito, rapidamente abafado. Mas agora tínhamos três especialistas em assombrações para minar a coragem. O terceiro homem procurou o imperialista que havia anulado o feitiço.

Um homem correu na direção da cidade, em chamas. Duende e Caolho uivaram vitoriosamente. Não se passaram dois minutos e uma peça de artilharia se incendiou. Então outra. Observei de perto nossos magos.

Calado permanecia focado em sua missão. Mas Duende e Caolho estavam descontraídos, divertindo-se. Temi que fossem longe demais, que os imperialistas atacassem na esperança de dominá-los.

E eles vieram, porém mais tarde do que eu previa. Esperaram até o cair da noite. E então foram mais cautelosos do que a situação exigia.

Enquanto isso, uma fumaça começou a se elevar sobre as muralhas arruinadas de Ferrugem. A missão de Caolho tinha sido bem-sucedida. Alguém estava fazendo alguma coisa. Alguns dos imperialistas recuaram e voltaram correndo para cuidar da situação.

Quando as estrelas surgiram, eu disse a Perseguidor:

— Acho que em breve saberemos se o Tenente tinha razão.

Ele apenas mantinha um ar intrigado.

Cornetas imperialistas soaram ordens. Companhias se movimentaram em direção à muralha. Nós dois pegamos nossos arcos, procurando alvos, o que era difícil no escuro, embora houvesse um pouco de luar. De repente, ele perguntou:

— Como ela é, Chagas?

— O quê? Quem? — retruquei.

— A Dama. Dizem que você a conheceu.

— É. Muito tempo atrás.

— E então? Como ela é? — Disparou. Um grito respondeu ao tanger da corda de seu arco. Ele estava perfeitamente calmo. Parecia alheio ao fato de que poderia morrer em minutos. Isso me deixou perturbado.

— Como seria de se esperar — respondi. O que eu poderia dizer? Meus contatos com ela agora não passavam de fragmentos de lembranças. — Forte e linda.

A resposta não o satisfez. Nunca satisfez a ninguém. Mas é a melhor que posso dar.

— Como era a aparência dela?

— Não sei, Perseguidor. Eu me borrava de medo. E ela fazia coisas na minha mente. Eu via uma mulher jovem, linda. Mas mulheres assim podem ser vistas em qualquer lugar.

Seu arco tangeu, provocando outro grito. Ele deu de ombros.

— Eu imaginava. — Começou a disparar mais rapidamente. Os imperialistas agora estavam perto.

Juro, ele não errava nunca. Eu disparava quando via alguma coisa, mas... Perseguidor tinha visão de coruja. Tudo o que eu enxergava eram sombras no meio de sombras.

Duende, Caolho e Calado fizeram o que eram capazes. Seus feitiços pintaram o campo com labaredas pequenas e curtas e gritos. O que puderam fazer não foi o suficiente. Escadas bateram na muralha. A maioria foi empurrada de volta. Mas alguns homens subiram. Então, mais uma dezena. Disparei flechas na escuridão, quase ao acaso, o mais depressa que consegui, depois saquei a espada.

O restante dos homens fez o mesmo.

O Tenente gritou:

— Ela chegou!

Olhei rapidamente para as estrelas. Sim. Uma enorme forma havia surgido acima. Estava assentando. O Tenente estivera certo.

Agora, tudo o que tínhamos a fazer era subir nela.

Alguns dos mais jovens dispararam para a área aberta. Os xingamentos do Tenente não os retardaram. Tampouco os grunhidos e as ameaças de Elmo. O Tenente gritou para o restante de nós segui-los.

Duende e Caolho produziram algo detestável. Por um momento, pensei que tivessem conjurado algum demônio cruel. Sua aparência era suficientemente abjeta. E isso retardou os imperialistas. No entanto, como a maior parte dos feitiços deles, era só uma ilusão, sem nenhuma substância. O inimigo logo percebeu.

Tínhamos, porém, conseguido uma vantagem. Os homens chegaram à área aberta do quartel antes que os imperialistas se recuperassem. Ele vibraram, certos de que haviam nos pegado.

Alcancei a baleia do vento quando ela pousou. Calado agarrou meu braço quando eu tentava uma desajeitada escalada. Ele apontou os documentos que havíamos surrupiado.

— Ah, droga! Não há tempo.

Homens passaram por mim, escalando com dificuldade, durante meu momento de indecisão. Então joguei espada e arco sobre a baleia e comecei a arremessar feixes dos documentos para Calado, que conseguiu alguém para transferi-los para cima.

Um grupo de imperialistas avançou em nossa direção. Avancei para uma espada abandonada, percebi que não conseguiria alcançá-la a tempo e pensei: Merda! Não agora; não aqui.

Perseguidor se colocou entre mim e eles. Sua lâmina era como algo saído de uma lenda. Matou três homens num piscar de olhos e feriu outros dois antes que os imperialistas concluíssem que enfrentavam alguém sobrenatural. Ele tomou a ofensiva, embora estivesse em desvantagem numérica. Eu nunca tinha visto uma espada ser usada com tanta habilidade, estilo, economia e graça. Ela fazia parte dele, como uma extensão de sua vontade. Nada conseguia ficar de pé diante dela. Naquele momento, acreditei nas antigas histórias sobre espadas mágicas.

Calado me chutou por trás e gesticulou para mim.

— Feche a boca e vamos embora.

Joguei os dois últimos feixes para cima e comecei a escalar o monstro.

Os homens que Perseguidor enfrentou receberam reforços. Ele recuou. De cima, alguém lançou flechas. Não achei que ele fosse sobreviver. Chutei um homem que havia se enfiado atrás dele. Outro tomou seu lugar, pulou para cima de mim...

Cão Mata-Sapo surgiu do nada, agarrando a garganta de meu agressor com a mandíbula. O homem gorgolejou, reagindo como se tivesse sido mordido por um krite. Durou apenas um segundo.

Cão Mata-Sapo se afastou. Subi 1 metro, ainda tentando proteger a retaguarda de Perseguidor. Ele estendeu a mão, alcancei-a e o puxei.

Houve uma gritaria terrível entre os imperialistas. Estava escuro demais para saber por quê. Imaginei que Caolho, Duende e Calado estivessem fazendo seu salário valer.

Perseguidor subiu depressa, passando por mim, apoiou-se, então me ajudou. Subi mais um pouco e olhei para baixo.

O chão estava 5 metros abaixo. A baleia do vento subia rapidamente. Os imperialistas permaneceram em volta, abismados. Fiz força para chegar ao topo.

Olhei novamente para baixo enquanto alguém me arrastava para um local seguro. Os incêndios em Ferrugem estavam abaixo de nós. Algumas dezenas de metros abaixo. Subíamos rapidamente; não admirava que minhas mãos estivessem geladas.

O frio, entretanto, não era o motivo para eu estar deitado, tremendo.

Após me recuperar, perguntei:

— Alguém ferido? Onde está meu estojo médico?

Onde, fiquei imaginando, estavam os Tomados? Como tínhamos atravessado o dia sem uma visita de nosso amado inimigo, o Manco?

Seguindo para casa, notei mais coisas do que antes, enquanto vinha do norte. Senti a vida abaixo de mim, o rosnado e o zunido no interior do monstro. Notei mantas pré-adolescentes espreitando de ninhos entre os apêndices que arborizavam as costas da baleia. E vi o Vale sob uma luz diferente, com a lua acima dele, iluminando-o.

Era outro mundo, esparso e cristalino em algumas ocasiões, luminescente em outras, cintilando e reluzindo em alguns pontos. A oeste havia algo que parecia poças de lava. Mais além, os clarões e o agitar do tempo mudando para tempestade iluminaram o horizonte. Suponho que estávamos atravessando seu rastro. Mais tarde, no meio do Vale, o deserto se tornou mais mundano.

Nossa montaria não era uma baleia do vento covarde. Esta era menor e tinha um cheiro menos forte. Também era mais ativa, e arriscava menos em seus movimentos.

Faltando cerca de 30 quilômetros para casa, Duende guinchou:

— Tomados! — E todo mundo se deitou. A baleia subiu. Dei uma olhada por cima de seu flanco.

Tomados, com certeza, mas não estavam interessados em nós. Havia muitos clarões e rugidos lá embaixo. Partes do deserto estavam em chamas. Avistei as longas, furtivas sombras de árvores errantes andando apressadas, e as formas de mantas fugindo através da luz. Os Tomados propriamente ditos estavam a pé, exceto um cretino no ar, combatendo as mantas. Não era o Manco. Eu teria reconhecido seu marrom andrajoso mesmo àquela distância.

Sussurro, com certeza. Tentando escolher os demais para longe do território inimigo. Ótimo. Eles ficariam ocupados durante alguns dias.

A baleia do vento começou a descer. (Em benefício destes Anais, gostaria de que nossa viagem tivesse ocorrido durante o dia, de forma que, portanto, eu pudesse registrar mais detalhes.) Em pouco tempo pousou. Do chão, um menir gritou:

— Desçam. Depressa.

Sair foi mais problemático do que subir. Os feridos perceberam então que estavam feridos. Todos estavam cansados e enrijecidos. E Perseguidor não se mexia.

Estava catatônico. Nada o alcançava. Estava simplesmente sentado ali, olhando para o infinito.

— Que diabos? — exclamou Elmo. — O que há de errado com ele?

— Não sei. Talvez tenha sido atingido.

Eu estava perplexo. E fiquei muito mais quando o levamos para a luz e pude examiná-lo. Não havia nada de errado fisicamente. Ele havia passado por tudo aquilo sem um ferimento.

Lindinha saiu. Gesticulou:

— Você estava certo, Chagas. Sinto muito. Pensei que seria um golpe tão audacioso que incendiaria o mundo inteiro. — A Elmo, ela perguntou: — Quantos perdemos?

— Quatro homens. Não sei se foram mortos ou simplesmente deixados para trás. — Ele parecia envergonhado. A Companhia Negra não deixa seus irmãos para trás.

— Cão Mata-Sapo — disse Perseguidor. — Deixamos Cão Mata-Sapo.

Caolho fez pouco da perda do vira-lata. Perseguidor se levantou furioso. A espada fora a única coisa que salvara. Seu magnífico estojo e arsenal ficaram em Ferrugem com o cachorro.

— Escutem aqui — vociferou o Tenente. — Nada disso. Caolho, vá para baixo. Chagas, fique de olho nesse homem. Pergunte a Lindinha se os rapazes que fugiram ontem conseguiram voltar.

Elmo e eu fizemos isso.

A resposta dela não foi tranquilizadora. A grande baleia do vento covarde os largara a mais de 150 quilômetros ao norte, de acordo com os menires. Pelo menos ela desceu antes de forçá-los para fora.

Estavam caminhando de volta para casa. Os menires prometeram protegê-los da crueldade natural do Vale.

Descemos todos para o Buraco, discutindo. Não havia nada como o fracasso para fazer as faíscas saltarem.

Fracasso, claro, pode ser relativo. O dano que causamos foi considerável. A repercussão ecoaria por um longo tempo. Os Tomados tinham sido seriamente abalados. Termos roubado tantos documentos os forçaria a fazer uma reestruturação de seus planos de campanha. Mas, mesmo assim, a missão foi insatisfatória. Agora os Tomados sabiam que baleias do vento eram capazes de ir além dos limites tradicionais. Agora os Tomados sabiam que tínhamos recursos além dos que suspeitaram.

Quando se joga, não se mostra todas as cartas até depois da aposta final.

Dei uma volta e encontrei os documentos capturados, então os levei para meus aposentos. Não estava a fim de participar de um encontro *post mortem* na sala de reuniões. Certamente seria detestável — mesmo com todos concordando.

Guardei minhas armas, acendi um lampião, peguei um documento dos montes, levei-o para minha mesa de trabalho. E nela estava outro daqueles pacotes vindos do oeste.

Capítulo Dezenove

A HISTÓRIA DE BOMANZ

Chagas:

Bomanz voltou a ter seus sonhos com uma mulher que não conseguia fazê-lo entender suas palavras. O verde caminho da promessa passava por cães devoradores de lua, enforcados e sentinelas sem rosto. Através de aberturas nas folhagens, ele vislumbrava um cometa que abarcava todo o céu.

Não dormiu bem. O sonho, invariavelmente, esperava que ele começasse a cochilar. Não sabia por que não conseguia voltar a dormir. Em termos de pesadelo, esse não era dos mais terríveis.

A maior parte dos simbolismos era óbvia, e à maioria ele negava atenção.

A noite havia caído quando Jasmine trouxe chá e perguntou:

— Vai ficar aí a semana toda?

— Talvez.

— Como vai dormir esta noite?

— Provavelmente, bem tarde. Vou trabalhar na loja. O que Stance andou fazendo?

— Ele dormiu um pouco, saiu e trouxe uma porção de coisas do local, vadiou um pouco na loja, comeu, então foi para lá novamente quando alguém contou a ele que Men fu tinha voltado lá.

— E Besand?

— A cidade inteira está sabendo. O novo monitor está furioso porque Besand não foi embora. Ele diz que não vai fazer nada a respeito. Os guardas o estão chamando de bundão. Não aceitam as ordens dele. E ele está ficando mais e mais furioso.

— Talvez ele aprenda alguma coisa. Obrigado pelo chá. Tem alguma coisa para comer?

— Restos de frango. Sirva-se. Eu vou dormir.

Resmungando, Bomanz comeu asas de frango frias e gordurosas, empurrando-as para dentro com cerveja morna. Pensou no sonho. Sua úlcera lhe deu um beliscão. A cabeça começou a doer.

— Aqui vamos nós — murmurou, então se arrastou escada acima.

Bomanz passou várias horas revendo os rituais que usaria para deixar seu corpo e deslizar através dos riscos da Terra dos Túmulos... O dragão seria um problema? Os indícios diziam que seus alvos eram intrusos com forma física. Finalmente:

— Vai funcionar. Desde que aquele sexto monte de terra seja o de Cão da Lua. — Suspirou, recostou-se, fechou os olhos.

O sonho começou. Na metade, encontrou-se olhando para verdes olhos ofídicos. Olhos sábios, cruéis, zombeteiros. Acordou subitamente.

— Pai! Você está aí em cima?

— Estou. Suba.

Stancil entrou no quarto. Sua aparência era terrível.

— O que aconteceu?

— A Terra dos Túmulos... Os fantasmas estão andando.

— Eles fazem isso quando o cometa se aproxima. Não os esperava tão cedo. Devem apenas fazer umas travessuras desta vez. Não há motivo para agitação.

— Não se trata disso. Isso eu já esperava. Posso dar meu jeito. Não. Trata-se de Besand e Men fu.

— O quê?

— Men fu tentou entrar na Terra dos Túmulos com o amuleto de Besand.

— Eu estava certo! Aquele pequeno... Continue.

— Ele estava na escavação. Portava o amuleto. Estava morrendo de medo. Ele me viu e seguiu colina abaixo. Quando chegou perto de onde ficava o fosso, Besand saiu do nada, gritando e brandindo uma espada. Men fu começou a correr. Besand foi atrás dele. É muito claro ali, mas perdi o rastro depois que contornaram o túmulo do Uivante. Besand deve tê-lo apanhado. Eu os ouvi berrando e rolando pelo mato. Então começaram a gritar.

Stancil parou. Bomanz aguardou.

— Não sei como descrever isso, pai. Nunca ouvi sons como aqueles. Todos os fantasmas se empilharam sobre o túmulo do Uivante. Isso continuou por um longo tempo. Então a gritaria começou a se aproximar.

Stancil, concluiu Bomanz, tinha ficado profundamente abalado. Abalado como um homem fica ao ter suas crenças básicas extirpadas. Estranho.

— Continue.

— Era Besand. Ele tinha o amuleto, mas isso não ajudou. Não conseguiu atravessar o fosso. Ele caiu. Os fantasmas pularam em cima dele. Está morto, pai. Os guardas estavam todos lá... Não puderam fazer nada, a não ser olhar. O monitor não deu amuletos a eles para que pudessem buscá-lo.

Bomanz cruzou as mãos sobre o tampo da mesa, encarando-as.

— Então agora temos dois homens mortos. Três, contando com o da noite passada. Quanto mais teremos amanhã à noite? Terei de enfrentar um pelotão de novos fantasmas?

— Vai fazer isso amanhã à noite?

— Exatamente. Com Besand morto, não há motivo para adiar. Há?

— Pai... Talvez você não devesse. Talvez o conhecimento que existe lá fora deva permanecer enterrado.

— Que história é essa? Meu filho imitando *minhas* apreensões?

— Pai, não vamos brigar. Talvez eu tenha pressionado demais. Talvez estivesse errado. Você sabe mais sobre a Terra dos Túmulos do que eu.

Bomanz olhou para o filho. Mais corajoso do que se sentia, ele afirmou:

— Eu vou. Está na hora de colocar de lado as dúvidas e ir em frente. Tome a lista. Veja se há alguma área de pesquisa que eu tenha esquecido.

— Pai...

— Não discuta comigo, rapaz. — Ele havia levado a noite toda para largar sua personalidade apagada de Bomanz e fazer emergir o mago habilidosamente escondido havia tanto tempo. Mas agora o mago estava livre.

Bomanz foi a um canto onde estavam empilhadas algumas coisas aparentemente inócuas. Ele se erguia mais alto que o habitual. Movimentava-se mais precisamente, mais rapidamente. Começou a empilhar objetos sobre a mesa.

— Quando você voltar a Remo, pode contar aos meus antigos colegas de classe o que aconteceu comigo. — Sorriu levemente. Podia se lembrar de alguns que tremeriam ainda agora, sabendo que ele havia estudado no colo da Dama. Ele jamais esquecera, jamais perdoara. E eles o conheciam muito bem.

A palidez de Stancil havia desaparecido. Agora estava incerto. Esse lado do pai não era visto desde antes do nascimento do filho. Não fazia parte de sua experiência.

— Você quer ir lá, pai?

— Você trouxe os detalhes essenciais. Besand está morto. Men fu está morto. A Guarda não vai fazer nenhum alvoroço.

— Pensei que ele fosse seu amigo.

— Besand? Besand não tinha amigos. Ele tinha uma missão... O que está olhando?

— Um homem com uma missão?

— Pode ser. Algo me manteve aqui. Leve essas coisas lá para baixo. Vamos deixá-las na loja.

— Onde você as quer?

— Não importa. Besand era o único que poderia tê-las separado do lixo.

Stancil saiu. Mais tarde, Bomanz terminou uma série de exercícios mentais e ficou imaginando o que acontecera com o rapaz.

Stance não voltou. Ele deu de ombros e saiu.

Sorriu. Estava pronto. Ia ser simples.

A cidade estava tumultuada. Um guarda tentara assassinar o novo monitor. O monitor estava tão desconcertado e amedrontado que havia se trancado em seus aposentos. Boatos loucos se multiplicavam.

Bomanz caminhou através dela com uma calma dignidade tão grande que surpreendeu pessoas que o conheciam havia anos. Foi aos limites da Terra dos Túmulos para contemplar seu antagonista de tanto tempo. Besand estava no mesmo lugar onde tombara. As moscas se assomavam. Bomanz jogou um punhado de terra. Os insetos se dispersaram. Ele balançou a cabeça pensativamente. O amuleto de Besand sumira novamente.

Bomanz localizou o cabo Cascudo.

— Se não conseguem tirar Besand dali, então joguem areia sobre ele. Há uma montanha em volta do meu buraco.

— Sim, senhor — acatou Cascudo, e somente depois pareceu surpreso com sua fácil aquiescência.

Bomanz foi até o limite da Terra dos Túmulos. O sol brilhava um pouco estranhamente através da cauda do cometa. As cores estavam um pouco estranhas. Mas agora já não havia fantasmas em atividade. Ele não viu motivo para não tentar se comunicar. Voltou para a aldeia.

Havia carroças diante da loja. Carroceiros estavam ocupados carregando-as. Jasmine guinchava lá dentro, xingando alguém que havia pegado algo que não deveria.

— Maldito seja, Tokar — murmurou Bomanz. — Por que hoje? Poderia ter esperado até que isso tivesse acabado. — Ele sentiu uma preocupação passageira. Não podia confiar em Stance se o rapaz estivesse distraído. Partiu para a loja.

— Genial! — exclamou Tokar sobre o cavalo. — Absolutamente magnífico. Você é um gênio, Bo.

— Você é um pé no saco. O que está havendo aqui? Quem diabos são essas pessoas?

— Meus carreteiros. Meu irmão Clete. Minha irmã Glória. A Glória de Stance. E nossa irmãzinha Enxerida. Nós a chamamos assim porque ela vive espionando a gente.

— Prazer em conhecer todos vocês. Onde está Stance?

Jasmine disse:

— Eu mandei que fosse buscar alguma coisa para o jantar. Com toda essa gente, terei que começar a cozinhar bem cedo.

Bomanz suspirou. Só lhe faltava essa, na noite mais importante de sua vida. Uma casa repleta de convidados.

— Você. Ponha isso de volta onde pegou. Você. Enxerida! Tire as mãos dessa coisa.

Tokar perguntou:

— O que deu em você, Bo?

Bomanz ergueu a sobrancelha, olhou nos olhos do sujeito, mas não respondeu.

— Onde está aquele carreteiro de ombros largos?
— Não está mais comigo. — Tokar franziu a testa.
— Imaginei que não estivesse. Estarei lá em cima, se surgir algo muito importante.

Atravessou a loja pisando forte, subiu, instalou-se em sua cadeira e ficou determinado a dormir. Seus sonhos foram delicados. Parecia que conseguira ouvi-los, finalmente, mas não conseguia se lembrar do que tinha ouvido...

Stancil entrou no quarto do andar de cima. Bomanz perguntou:
— O que vamos fazer? Essa multidão está atrapalhando tudo.
— De quanto tempo precisa, pai?
— Isso pode levar a noite inteira, todas as noites, por semanas, se der certo. — Ele estava contente. Stancil havia recuperado a coragem.
— Não posso expulsá-los.
— E também não posso ir a lugar algum. — A Guarda estava com péssimo humor.
— Você vai fazer muito barulho, pai? Poderíamos fazer isso aqui, em silêncio?
— Acho que teremos de tentar. Vai ficar apertado. Pegue as coisas na loja. Vou abrir espaço.

Os ombros de Bomanz caíram quando Stancil saiu. Estava ficando nervoso. Não por causa do que ele iria desafiar, mas por causa da própria previsão. Continuava pensando que havia esquecido alguma coisa. Entretanto, repassara quatro décadas de anotações sem detectar falhas na abordagem que havia escolhido. Qualquer aprendiz razoavelmente educado seria capaz de seguir sua formulação. Cuspiu num canto.

— Covardia de antiquário — murmurou. — O medo do desconhecido à moda antiga.

Stancil voltou.
— Mamãe está ocupando-os com uma partida de Lance.
— Estava me perguntando por que Enxerida estava gritando. Trouxe tudo?
— Trouxe.

— Ótimo. Desça e fique batendo papo. Vou segui-lo após preparar tudo. Faremos a coisa depois que eles forem dormir.

— Certo.

— Stance? Você está pronto?

— Estou bem, pai. Apenas fiquei nervoso ontem à noite. Não é todo dia que vejo um homem ser morto por fantasmas.

— É melhor se acostumar com esse tipo de coisa. Acontece.

Stancil parecia pálido.

— Você anda surrupiando estudos do Campus Negro, não é mesmo?

— Campus Negro era o lado oculto da universidade no qual os magos aprendiam seu ofício. Oficialmente, não existia. Legalmente, era proibido. Mas existia. Bomanz foi um de seus graduandos com mérito.

Stance fez que sim rapidamente e saiu.

— Foi o que pensei — sussurrou Bomanz, e se perguntou: o quanto você é sombrio, filho?

Ele circulou pelo cômodo até ter verificado tudo três vezes, quando se deu conta de que aquela cautela se tornara uma desculpa para não socializar.

— Só você mesmo — murmurou para si próprio.

Uma última olhada. Mapa aberto. Velas. Tigela com mercúrio. Adaga de prata. Ervas. Incensórios... Ele ainda tinha aquela sensação.

— O que diabos posso ter esquecido?

Lance era essencialmente um jogo de damas para quatro jogadores. O tabuleiro tinha quatro vezes o tamanho normal. Os participantes jogavam posicionados um em cada lado. Um elemento de sorte era adicionado, com a jogada de um dado antes de cada lance. Se tirasse um seis, o jogador podia mexer qualquer combinação de peças seis vezes. Em geral, usavam-se as mesmas regras de damas, exceto que uma comida de peça podia ser rejeitada.

Enxerida apelou para Bomanz assim que ele apareceu.

— Eles estão se unindo contra mim! — Ela jogava do lado oposto a Jasmine. Glória e Tokar a ladeavam. Bomanz olhou algumas jogadas. Tokar e a irmã mais velha haviam se aliado contra ela. Tática convencional de eliminação.

Com um impulso, Bomanz controlou a queda do dado quando foi a vez de Enxerida. Ela tirou um seis e soltou um gritinho, comendo peças por todo o tabuleiro. Bomanz ficou imaginando se havia sido assim, tão cheio de entusiasmo e otimismo adolescente. Olhou para a garota. Quantos anos teria? Uns 14?

Fez Tokar tirar um, deixou Jasmine e Glória tirarem o que o destino lhes decretasse, depois deu outro seis a Enxerida e outro um a Tokar. Após a terceira rodada, Tokar reclamou.

— Isso está ficando ridículo.

O equilíbrio do jogo havia mudado. Glória estava prestes a abandonar Tokar e se unir à irmã contra Jasmine.

Jasmine deu a Bomanz um olhar desconfiado quando Enxerida tirou mais um seis. Ele piscou e deixou Tokar jogar livremente. Um dois. Tokar resmungou.

— Estou começando o caminho de volta.

Bomanz foi à cozinha, serviu-se de uma caneca de cerveja. Voltou e encontrou Enxerida novamente à beira do desastre. Seu jogo estava tão complicado que precisava tirar quatro ou mais para sobreviver.

Tokar, por outro lado, fazia um jogo tediosamente conservador, avançando em níveis para tentar ocupar as fileiras do rei dos jogadores de suas laterais. Um homem muito parecido com ele, refletiu Bomanz. Primeiro, joga para se certificar de que não vai perder; depois se preocupa em ganhar.

Observou Tokar tirar um seis e levou uma peça num extravagante passeio no qual tomou três peças de sua aliada nominal, Glória.

Traiçoeiro também, pensou Bomanz. Vale a pena manter isso em mente. Perguntou a Stancil:

— Onde está Clete?

Tokar respondeu:

— Resolveu ficar com os carreteiros. Achou que estávamos dando pouco espaço a você.

— Entendo.

Jasmine ganhou aquela partida, e Tokar a seguinte, então o comerciante de antiguidades disse:

— Para mim, chega. Tome meu lugar, Bo. Vejo vocês pela manhã.

Glória falou:

— Para mim, também. Vamos dar uma volta, Stance?

Stancil olhou para o pai. Bomanz concordou com a cabeça.

— Não vão longe. A Guarda está de mau humor.

— Não iremos — disse Stance. Seu pai sorriu diante de sua ansiedade em sair. Tinha sido assim com ele e Jasmine, havia muito tempo.

Jasmine observou:

— Uma moça adorável. Stance tem sorte.

— Obrigado — disse Tokar. — Achamos que ela também tem sorte.

Enxerida fez uma careta. Bomanz se permitiu um sorriso amarelo. Alguém tinha uma queda por Stancil.

— Um jogo com três? — sugeriu ele. — Vamos nos revezar, jogando pelo morto, até alguém sair?

Ele deixou que a sorte agisse nos lances dos jogadores, mas tirou quatro e seis pelo morto. Enxerida saiu e ficou jogando pelo morto. Jasmine parecia estar se divertindo. Enxerida guinchou encantada quando ganhou.

— Glória, eu ganhei! — entusiasmou-se quando a irmã e Stancil retornaram. — Eu os derrotei.

Stancil olhou para o tabuleiro, para seu pai.

— Pai...

— Eu lutei até o fim. Ela teve sorte nos lances.

Stancil deu um sorriso descrente.

— Já chega, Enxerida — disse Glória. — Hora de dormir. Aqui não é a cidade. As pessoas se recolhem mais cedo.

— Ah... — A garota reclamou, mas foi. Bomanz suspirou. Ser sociável era muito estressante.

Seu coração bateu mais forte de ansiedade pelo trabalho noturno.

Stancil concluiu a terceira leitura de suas instruções escritas.

— Entendeu? — perguntou Bomanz.

— Acho que sim.

— Pontualidade não é importante... Contanto que você chegue tarde, e não cedo. Se quiséssemos conjurar algum demônio imbecil, você teria de estudar as falas por uma semana.

— Falas? — Stancil não faria nada, a não ser acender velas e observar. Estava ali para ajudar, caso o pai tivesse algum problema.

Bomanz passara as duas últimas horas neutralizando encantos ao longo do caminho que pretendia seguir. O nome do Cão da Lua havia sido uma grande conquista.

— Está aberto? — perguntou Stancil.

— Escancarado. Praticamente puxa você. Mais tarde, durante esta semana, deixarei você entrar.

Bomanz inspirou fundo e expirou. Vasculhou o aposento. Ainda tinha aquela perturbadora sensação de ter esquecido alguma coisa. Não fazia ideia do que poderia ser.

— Tudo bem...

Instalou-se na cadeira, fechando os olhos.

— Dumni — murmurou. — Um muji dumni. Haikon. Dumni. Um muji dumni.

Stancil picou ervas num minúsculo braseiro. Uma fumaça de cheiro picante encheu o aposento. Bomanz relaxou, deixando a letargia dominá-lo. Conseguiu uma separação rápida, depois derivou acima, flutuou abaixo dos caibros do telhado e observou Stancil. O rapaz estava se mostrando promissor.

Bo verificou seus laços com o corpo. Ótimo. Excelente! Conseguia ouvir com ambos os ouvidos, espiritual e físico. Testou ainda mais a dualidade ao pairar escada abaixo. Cada som que Stance fazia chegava claramente a ele.

Parou na loja, olhou para Glória e Enxerida. Invejou a juventude e a inocência delas.

Lá fora, o brilho do cometa preenchia a noite. Bomanz sentiu seu poder regando a terra. Quão mais espetacular ele se tornaria quando o mundo penetrasse sua cauda?

Subitamente, *ela* estava ali, acenando com urgência. Ele reexaminou seus laços com a própria carne. Sim. Ainda em transe. Não sonhando. Sentiu-se vagamente à vontade.

Ela o conduziu à Terra dos Túmulos, seguindo o caminho que ele havia aberto. Bomanz cambaleou sob o espantoso poder enterrado ali, distante da poderosa radiação dos menires e dos fetiches. Vistos de seu ponto de vista espiritual, eles tomaram a forma de cruéis e terríveis monstros contidos por correntes curtas.

Fantasmas espreitavam a Terra dos Túmulos. Uivaram junto a Bomanz, tentando quebrar seus encantos. O poder do cometa e a força dos encantos protetores se uniram num trovão que envolveu o ser de Bomanz. Como eram poderosos os antigos, pensou ele, por tudo aquilo permanecer após tanto tempo!

Aproximaram-se dos soldados mortos representados por peões no mapa de Bomanz. Ele pensou ter ouvido passos às suas costas... Olhou para trás, porém nada viu, de modo que concluiu estar ouvindo Stancil lá na casa.

O fantasma de um cavaleiro o desafiou. Seu ódio era tão infinito e inexorável quanto o quebrar das ondas em uma praia fria, desolada. Caminhou furtivamente.

Grandes olhos verdes encararam os seus. Antigos, sábios, implacáveis; olhos arrogantes, zombeteiros e desdenhosos. O dragão expôs seus dentes num sorriso de escárnio.

É isso, pensou Bomanz. Aquilo que estava esquecendo... Mas não. O dragão não conseguia tocá-lo. Bomanz sentiu a irritação da criatura, sua convicção de que a carne dele daria um saboroso tira gosto. Correu atrás da mulher.

Não havia dúvida. Era a Dama. Também estivera tentando entrar em contato com ele. Era melhor ter cautela. Ela desejava mais do que um servo agradecido.

Entraram na cripta. Era imponente, espaçosa, preenchida com o amontoado de todas as coisas que estiveram na vida do Dominador. Claramente, aquela vida não havia sido comedida.

Seguiu a mulher em volta de uma pira funerária — e percebeu que ela havia sumido.

— Para onde...?

Ele os viu. Lado a lado, em placas de pedra separadas. Acorrentados. Envoltos por forças crepitantes que zuniam. Nenhum dos dois respirava, embora não denunciassem o cinza da morte. Pareciam contidos, apenas aguardando.

A lenda exagerou apenas ligeiramente. O impacto da Dama, mesmo naquele estado, era imenso.

— Bo, você tem um filho crescido.

Parte dele queria se apoiar nas patas traseiras e uivar como um adolescente no cio.

Ouviu passos novamente. Maldito Stancil. Não podia ficar parado? Estava fazendo uma algazarra suficiente para três pessoas.

Os olhos da mulher se abriram. Seus lábios formaram um glorioso sorriso. Bomanz esqueceu Stancil.

Bem-vindo, disse a voz dentro de sua mente. *Esperamos muito tempo, não foi?*

Emudecido, ele simplesmente concordou.

Tenho observado você. Sim, vejo tudo nesse ermo abandonado. Tentei ajudar. As barreiras eram muitas e imensas. A maldita Rosa Branca. Ela não é idiota.

Bomanz olhou de relance para o Dominador. Aquele imenso, belo imperador-guerreiro dormia. Bomanz invejou sua perfeição física.

Ele dorme um sono profundo.

Será que ele percebera uma zombaria? Não conseguia ler o rosto dela. O encanto era demais para Bomanz. Desconfiava que isso fora verdade para muitos homens, e que era verdade que ela tinha sido a força motriz da Dominação.

Eu fui. E, na próxima vez...

— Próxima vez?

Risadas o cercaram como o tilintar de carrilhões agitados por uma brisa suave.

Você veio aprender, mago. De que modo retribuirá sua professora?

Aquele era o momento pelo qual tinha vivido. Seu triunfo estava à sua frente. Uma parte para...

Você foi muito astuto. Foi muito cauteloso, demorou demais, até mesmo o monitor deixou de acreditar em você. Eu o aplaudo, mago.

A parte difícil. Ligar essa criatura à vontade dele.

As risadas que lembravam carrilhões.

Você não planeja negociar? Pretende obrigar?

— Se for preciso.

Não vai me dar nada?

— Não posso lhe dar o que deseja.

Júbilo novamente. Júbilo como carrilhões de prata.

Você não pode me obrigar.

Bomanz deu com os ombros imaginários. Ela estava errada. Ele possuía um trunfo. Havia esbarrado com ele quando jovem, reconhecera imediatamente seu significado, e pisara no longo caminho que o conduziu até àquele momento.

Ele havia encontrado um criptograma. Desvendara-o e obtivera o nome real da Dama, um nome comum nas histórias pré-Dominação. As circunstâncias indicavam que uma das várias filhas daquela família era a Dama. Uma pequena investigação histórica completara a tarefa.

Portanto, ele havia solucionado um mistério que desconcertara milhares de pessoas por centenas de anos.

Saber seu nome verdadeiro concedia a ele o poder de forçar a Dama. Em magia, o nome verdadeiro é idêntico à coisa...

Eu podia ter chorado. Aparentemente, meu correspondente terminou sua carta prestes a fazer a exata revelação que eu vinha procurando por todos esses longos anos. Maldito seja seu coração negro.

Dessa vez, havia um *postscriptum*, uma coisinha além da história. O redator da carta acrescentara o que pareciam ser marcas de pés de galinha. Que eles tinham a intenção de comunicar algo, disso eu não tinha dúvida. Mas não consegui entender nada daquilo.

Como sempre, não havia assinatura nem selo.

Capítulo Vinte

A TERRA DOS TÚMULOS

A chuva não parava nunca. Na maior parte das vezes, era pouco mais que um chuvisco. Quando o dia ficava especialmente bom, ela abrandava para uma garoa. Mas sempre havia uma precipitação. Gaio saía assim mesmo, embora geralmente reclamasse de dores na perna.

— Se o tempo o perturba tanto assim, por que continua aqui? — perguntou Bainha. — Você disse que acha que seus filhos moram em Opala. Por que não vai lá procurá-los? Pelo menos o tempo deve ser mais razoável.

Era uma pergunta complicada. Gaio ainda não havia pensado em uma resposta. Não tinha encontrado uma que o satisfizesse, muito menos a inimigos que pudessem perguntar.

Não havia nada que Gaio tivesse medo de fazer. Em outra vida, como outro homem, ele desafiara, sem temor, os próprios criadores do inferno. Espadas, feitiçaria e morte não eram capazes de intimidá-lo. Apenas pessoas e amor conseguiam aterrorizá-lo.

— Hábito, acho — respondeu. Fracamente. — Talvez eu devesse morar em Remo. Talvez. Não lido bem com pessoas, Bainha. Não gosto tanto assim delas. Eu não suportaria as Cidades Preciosas. Já contei a você que estive lá uma vez?

Bainha ouvira a história várias vezes. Desconfiava que havia mais nisso. Ele achava que uma das Cidades Preciosas era a terra natal de Gaio.

— Já. Quando começou o grande avanço dos rebeldes em Forsberg. Você me contou ter visto a Torre na subida.

— Isso mesmo. Contei. Falha de memória. Cidades. Não gosto delas, rapaz. Não gosto delas. Tem gente demais. Às vezes, tem gente demais *aqui*. Estava assim quando vim pela primeira vez. Atualmente, está um pouco melhor. Um pouco melhor. Talvez muito estardalhaço e chateação por causa dos mortos-vivos ali. — Apontou com o queixo na direção da Terra dos Túmulos. — Fora isso, está um pouco melhor. Consigo falar com um ou dois de vocês. Ninguém mais se mete no meu caminho.

Bainha fez que sim. Ele pensou ter entendido, sem entender. Ele havia conhecido outros velhos veteranos. A maioria tivera suas peculiaridades.

— Ei, Gaio! Você, por acaso, topou com a Companhia Negra em alguma de suas jornadas?

Gaio gelou, encarando com tanta intensidade que o jovem soldado enrubesceu.

— Hã... O que houve, Gaio? Eu disse alguma coisa errada?

Gaio recomeçou a caminhada, seu coxear não conseguindo diminuir suas passadas cada vez mais furiosas.

— Que estranho. Foi como se você lesse minha mente. Sim. Topei com aqueles caras. Gente ruim. Gente *muito* ruim.

— Meu pai nos contou histórias sobre eles. Esteve com esse pessoal, durante a longa retirada para Talismã. Lordes, Planície dos Ventos, a Escada das Lágrimas, todas aquelas batalhas. Quando conseguiu uma licença, após a batalha em Talismã, voltou para casa. Contou histórias terríveis sobre aqueles caras.

— Eu perdi essa parte. Fui deixado para trás, em Rosas, quando Metamorfo e o Manco perderam a batalha. Seu pai estava com quem? Você nunca falou muito sobre ele.

— Rastejador. Não falo muito sobre ele porque nunca nos demos bem.

Gaio sorriu.

— Filhos raramente se dão bem com os pais. Esta é a voz da experiência falando.

— O que seu pai fez?

Gaio riu.

— Ele era lavrador. Ou algo parecido. Mas prefiro não falar dele.

— O que estamos fazendo aqui, Gaio?

Verificando mais uma vez as pesquisas de Bomanz. Mas não podia dizer isso ao rapaz. Nem imaginar uma mentira adequada.

— Andando na chuva.

— Gaio...

— Podemos ficar quietos por um momento, Bainha? Por favor?

— Claro.

Gaio coxeou o caminho todo em volta da Terra dos Túmulos, mantendo uma distância respeitosa, nunca sendo óbvio demais. Ele não usava equipamento. Isso atrairia depressa o coronel Brando. Em vez disso, consultava o mapa do mago em sua mente. A coisa ardia ali com vida própria, os símbolos arcanos TelleKurre reluzindo com uma vida selvagem e perigosa. Estudando as ruínas da Terra dos Túmulos, conseguiu encontrar apenas um terço das referências do mapa. O restante tinha sido desfeito pelo tempo e pelo clima.

Gaio não era homem de ficar com os nervos sobressaltados. Mas agora tinha medo. Perto do final da caminhada, pediu:

— Bainha, quero pedir um favor. Talvez um favor duplo.

— Senhor?

— Senhor? Me chame de Gaio.

— Você pareceu tão sério.

— E é sério.

— Diga, então...

— Posso confiar que manterá a boca fechada?

— Se necessário.

— Quero que faça um voto de silêncio.

— Não entendo.

— Bainha, quero lhe contar uma coisa. Para o caso de acontecer algo comigo.

— Gaio!

— Não sou jovem, Bainha. E tem muita coisa errada comigo. Já passei por muitas adversidades. Sinto que estou ficando para trás. Não *espero* ir tão cedo. Mas isso acontece. Se for o caso, há algo que não quero que morra comigo.

— Está bem, Gaio.

— Se eu sugerir algo, pode guardar isso para você mesmo? Ainda que pense que talvez não devesse? Pode fazer uma coisa para mim?
— Você está tornando isso difícil não me contando.
— Eu sei. Não é justo. O único outro homem em quem confio é o coronel Brando. E a posição dele não o permitiria fazer tal promessa.
— Não é ilegal?
— Rigorosamente falando, não.
— Imagino.
— Não imagine, Bainha.
— Está bem. Você tem minha palavra.
— Ótimo. Obrigado. Ela é *mesmo* muito importante, nunca duvide disso. Duas coisas. Primeira: se algo acontecer comigo, vá ao quarto do segundo andar da minha casa. Se deixei lá, em cima da mesa, um pacote envolto em oleado, providencie para que ele chegue às mãos de um ferreiro chamado Areno, em Remo.

Bainha pareceu, como esperado, duvidoso e desconcertado.

— Segunda: depois de fazer isso, e somente depois, diga ao coronel que os mortos-vivos estão se movendo.

Bainha parou de andar.

— Bainha. — Havia um tom de comando na voz de Gaio que o jovem nunca tinha ouvido.
— Sim. Está bem.
— É isso.
— Gaio...
— Nada de perguntas agora. Em poucas semanas talvez eu possa explicar tudo. Está bem?
— Tudo bem.
— Nem uma palavra agora. E lembre-se: pacote para Areno, o ferreiro. Depois, avisar ao coronel. Outra coisa. Se eu puder, também deixarei uma carta para o coronel.

Bainha simplesmente concordou.

Gaio respirou fundo. Havia vinte anos desde que tentara o mais simples dos encantos de adivinhação. Nunca havia experimentado algo como o que precisaria enfrentar agora. Naqueles tempos antigos, quando era outro homem, ou menino, feitiçaria era uma diversão para jovens abastados que preferiam praticar magia a se dedicar aos estudos consagrados.

Estava tudo pronto. Os instrumentos do feiticeiro adequados à missão estavam sobre a mesa do segundo andar da casa que Bomanz construiu. Era apropriado que ele seguisse o antecessor.

Tocou no pacote envolto em oleado que deixou para Bainha, a carta obscura para Brando, e rezou para que nenhuma das duas coisas precisasse ser tocada pelas mãos do jovem. Mas, se aquilo de que ele desconfiava fosse verdade, era melhor o inimigo saber do que o mundo ser surpreendido.

Não restava mais nada, a não ser fazer aquilo. Engoliu metade de uma xícara de chá frio e sentou-se. Fechou os olhos, começando uma recitação que lhe foi ensinada quando era mais novo do que Bainha. Seu método não era o que Bomanz havia usado, porém igualmente eficaz.

Seu corpo não relaxava, não parava de distraí-lo. Porém, finalmente, a letargia total o dominou. Seu ka liberou as 10 mil âncoras que o prendiam à carne dele.

Uma parte sua insistia que era um idiota por tentar aquilo sem a habilidade de um mestre. Mas não tinha tempo para o treinamento que alguém como Bomanz requeria. Aprendera o que podia durante sua ausência da Floresta Velha.

Libertado da carne, mas ainda ligado por laços invisíveis que o puxariam de volta. Se sua sorte se mantivesse. Afastou-se cautelosamente. Agiu exatamente de acordo com a regra dos corpos. Usou a escada, o vão da porta e as calçadas construídas pela Guarda. Mantenha os hábitos da carne e será mais difícil esquecê-la.

O mundo parecia diferente. Cada objeto tinha sua aura particular. Ele achou difícil se concentrar na importante tarefa.

Seguiu para os limites da Terra dos Túmulos. Tremeu sob o impacto do arranhar de antigos encantos que mantinham presos o Dominador e vários asseclas menores. O poder que havia ali! Cuidadosamente, caminhou pelo limite até encontrar a trilha que Bomanz tinha aberto, ainda não cicatrizada completamente.

Ultrapassou a linha.

Atraiu instantaneamente a atenção de cada espírito, benigno e maligno, agrilhoados no interior da Terra dos Túmulos. Havia muito mais deles do que esperava. Muito mais do que o mapa do mago indicava. Aqueles símbolos de soldados que cercavam o Grande Túmulo... Eles não eram estátuas. Eram homens, soldados da Rosa Branca, que foram designados como guardas espirituais perpetuamente congelados entre o mundo e o monstro que os devoraria. Imagine a motivação que teriam. Completamente dedicados à causa deles agora.

O caminho serpeava, passando pelo que anteriormente havia sido o local de descanso dos antigos Tomados, os círculos externo e interno, enroscando-se. No círculo interno, viu as formas verdadeiras de vários monstros menores que serviram ao Dominador. O caminho se esticava como uma trilha de pura névoa prateada. Atrás dele, a névoa se tornava mais densa, sua passagem fortalecendo o caminho.

Adiante, encantos mais fortes. E todos aqueles homens que entraram na terra para cercar o Dominador. E, depois deles, o perigo maior. O tal dragão que, no mapa de Bomanz, jazia enroscado em volta da cripta no coração do Grande Túmulo.

Espíritos guincharam para ele em TelleKurre, em UchiTelle, em idiomas que ele não conhecia e em línguas que se pareciam vagamente com algumas ainda existentes. De todas as maneiras, eles o amaldiçoavam. De todas as maneiras, ele os ignorou. Havia algo na câmara embaixo do grande monte de terra. Ele tinha de ver se continuava tão agitada quanto suspeitava.

O dragão. Ah, por todos os deuses que nunca existiram, aquele dragão era verdadeiro. Verdadeiro, vivo, de carne, já sentindo-o e vendo-o. A trilha prateada fazia uma curva passando por suas mandíbulas, através de dentes e rabo. Aquilo o derrotaria num piscar de olhos. Mas ele não seria impedido.

Não havia mais guardiões. Apenas a cripta. E o homem monstruoso em seu interior estava contido. Ele havia sobrevivido ao pior...

O velho demônio devia estar dormindo. A Dama não o tinha derrotado quando ele tentou escapar através de Zimbro? Não o tinha colocado de volta ali embaixo?

Era uma tumba como muitas ao redor do mundo. Talvez um pouco mais rica. A Rosa Branca derrubara seus oponentes com classe. Lá, porém, não havia nenhum sarcófago. Lá. Aquela mesa vazia era onde a Dama deveria estar.

A outra ostentava um homem adormecido. Um homem grande e bonito, mas com a marca da besta sobre ele, mesmo em repouso. Um rosto repleto de ódio ardente, de ira por sua derrota.

Ah, então. Suas suspeitas eram infundadas. O monstro dormia de fato...

O Dominador se sentou. E sorriu. Seu sorriso era o mais cruel que Gaio jamais vira. Então o morto-vivo estendeu a mão em cumprimento. Gaio correu.

Gargalhadas zombeteiras o perseguiram.

Pânico era uma emoção completamente desconhecida. Raramente a vivenciara. Não a conseguia controlar. Estava apenas vagamente ciente de ter passado pelo dragão e pelos espíritos repletos de ódio dos soldados da Rosa Branca. Mal sentiu as criaturas do Dominador mais adiante, todas uivando com prazer.

Mesmo em pânico, ele se manteve na trilha de névoa. Fizera apenas um cálculo errado...

Mas foi o suficiente.

A tempestade desabou sobre a Terra dos Túmulos. Era a mais furiosa dos últimos tempos. Os trovões estrondearam com a ferocidade de exércitos celestes, martelos, lanças e espadas de fogo golpeando terra e céu. O aguaceiro era incessante e impenetrável.

Um potente relâmpago atingiu a Terra dos Túmulos. Terra e mato voaram 100 metros no ar. A terra tremeu. A Guarda Eterna pegou suas armas, aterrorizada, certa de que o velho demônio quebrara seus grilhões.

Na Terra dos Túmulos, duas enormes formas, uma de quatro patas, outra bípede, formaram-se após o clarão do golpe do relâmpago. Num momento, ambas correram ao longo de um caminho sinuoso, sem deixar pegadas sobre água ou lama. Atravessaram os limites da Terra dos Túmulos, então correram na direção da floresta.

Ninguém as viu. Quando a Guarda chegou à Terra dos Túmulos, carregando armas e lanternas, além de seu medo, que pesava como vastas cargas de chumbo, a tempestade havia diminuído. O relampejar cessara sua turbulenta gritaria. A chuva recuara até o normal.

O coronel Brando e seus homens passaram horas perambulando pelos limites da Terra dos Túmulos. Ninguém encontrou nada.

A Guarda Eterna retornou ao seu complexo, amaldiçoando os deuses e o clima.

No segundo andar da Casa de Gaio, o corpo do homem continuava respirando a cada cinco minutos. Seu coração mal se movimentava. Sem seu espírito, ele demoraria muito para morrer.

Capítulo Vinte e Um

O VALE DO MEDO

Pedi para falar com Lindinha e obtive uma audiência imediata. Ela esperava que eu fosse reclamar furiosamente de ações militares mal-orientadas por destacamentos que não poderiam se dar o luxo de sofrer perdas. Ela esperava lições sobre a importância de manter estruturas e forças inerentes. Eu a surpreendi ao não fazer nenhuma das duas coisas. E aqui estava ela, preparada para enfrentar o pior, ou para resolver aquilo de modo que pudesse voltar a cuidar de seus assuntos, e eu a decepcionei.

Em vez disso, levei a ela as cartas de Remo, as quais eu ainda não havia compartilhado com ninguém. Ela expressou curiosidade. Gesticulei:

— Leia-as.

Levou algum tempo. O Tenente entrava e saía, com rosnados cada vez mais impacientes. Ela terminou e olhou para mim.

— E então? — gesticulou.

— Isso veio do âmago dos documentos que me faltam. Juntando com algumas outras coisas, essa é a história que ando procurando. Apanhador de Almas me levou a acreditar que a arma que queremos está dentro dessa história.

— Não está completa.

— Não. Mas isso não faz você parar para pensar?

— Você não faz ideia de quem escreveu isso?

— Não. E não há como descobrir, menos ainda procurar por ele. Ou por ela. — Na verdade, eu tinha algumas suspeitas, mas uma parecia mais improvável do que a outra.

— As cartas têm vindo com regularidade e o intervalo é curto — observou Lindinha. — Depois de todo esse tempo. — Isso me fez desconfiar de que ela compartilhava uma de minhas suspeitas. Por causa do "todo esse tempo".

— Os mensageiros acreditam que foram despachadas por um período mais amplo.

— Isso é interessante, mas, mesmo assim, nada útil. Devemos esperar mais.

— Não fará mal levar em consideração o que elas significam. A parte final dessa última. Está além da minha compreensão. Preciso trabalhar nisso. Pode ser crucial. A não ser que a pretensão seja confundir alguém que intercepte o fragmento.

Ela folheou até a última página e a observou. Uma luz repentina iluminou seu rosto.

— É a linguagem de sinais, Chagas — gesticulou ela. — As letras. Está vendo? A mão falante formando o alfabeto.

Dei a volta para ficar atrás dela. Então notei, e me senti profundamente burro por não ter percebido. Assim que se percebia, tornava-se fácil ler. Se você conhecesse a linguagem de sinais, claro. Dizia:

Esta pode ser a última comunicação, Chagas. Há uma coisa que preciso fazer. Os riscos são grandes. As chances estão contra mim, mas preciso ir em frente. Se você não receber o maço final, com os últimos dias de Bomanz, terá de vir buscá-lo. Vou esconder uma cópia no interior da casa do mago, como descrita na história. Talvez você encontre outra em Remo. Pergunte por um ferreiro chamado Areno.

Deseje-me sorte. Por essa ocasião você deve ter encontrado um lugar seguro. Eu não convocaria você, a não ser que o destino do mundo dependesse disso.

Ali, também, não havia assinatura.

Lindinha e eu nos encaramos. Perguntei:

— O que você acha? O que devo fazer?

— Esperar.

— E se não chegar mais nenhuma parte?

— Então você dever ir procurar.

— Sim. — Medo. O mundo se reunia contra nós. O ataque a Ferrugem deixou os Tomados numa fúria vingativa.

— Pode ser a grande esperança, Chagas.

— A Terra dos Túmulos, Lindinha. Apenas a própria Torre poderia ser mais perigosa.

— Talvez eu deva acompanhá-lo.

— Não. Você não deve se arriscar. Sob nenhuma circunstância. O movimento pode sobreviver à perda de um médico velho, cansado e exaurido. Mas não sem a Rosa Branca.

Ela me abraçou com força, então recuou e gesticulou:

— Não sou a Rosa Branca, Chagas. Ela está morta há quatro séculos. Eu sou Lindinha.

— Nossos inimigos a chamam de Rosa Branca. Nossos aliados também. Há poder num nome. — Balancei as cartas. — É disso que se trata. Um nome. Você precisa ser aquilo de que foi chamada.

— Eu sou Lindinha — insistiu ela.

— Para mim, talvez. Para Calado. Para alguns outros. Mas, para o mundo, você é a Rosa Branca, a esperança e a salvação.

Ocorreu-me que estava faltando um nome. O nome que Lindinha usava antes de se tornar uma protegida da Companhia. Ela sempre fora Lindinha, porque era assim que Corvo a chamava. Teria ele sabido seu nome original? Se sabia, não importava mais. Ela estava segura. Era a última pessoa viva com esse conhecimento, se é que se lembrava. A aldeia onde a encontramos, atacada pelas tropas do Manco, não era do tipo que mantém registros escritos.

— Vá — gesticulou. — Estude. Pense. Seja de boa-fé. Em algum lugar, muito em breve, você encontrará o fio da meada.

Capítulo Vinte e Dois

O VALE DO MEDO

Os homens que escaparam de Ferrugem com a acovardada baleia do vento finalmente chegaram. Ficamos sabendo que os Tomados haviam escapado do Vale, todos furiosos porque apenas um tapete sobreviveu. Sua ofensiva seria retardada até que eles fossem substituídos. E tapetes estão entre os maiores e mais caros feitiços. Desconfio de que o Manco teve de dar muitas explicações à Dama.

Convoquei Caolho, Duende e Calado para um projeto maior. Eu traduzia. Eles extraíam os nomes próprios e os agrupavam em tabelas. Meus aposentos se tornaram impenetráveis. E praticamente inabitáveis enquanto eles estiveram lá, pois Duende e Caolho tinham experimentado alguns dos prazeres da vida no exterior do campo mágico negativo de Lindinha. Ficaram o tempo inteiro brigando um com o outro.

E eu comecei a ter pesadelos.

Certa noite, propus um desafio, metade disso pelo fato de mais nenhum mensageiro ter chegado, a outra metade como uma atividade para evitar que Duende e Caolho me enlouquecessem. Eu disse:

— Posso ter de deixar o Vale. Vocês conseguem fazer alguma coisa para que eu não atraia atenção especial?

Eles tinham suas perguntas. Eu respondi a maioria honestamente. Eles também queriam ir, como se uma viagem para o oeste fosse um fato estabelecido. Eu intervi:

— Não vão, não. Mil e quinhentos quilômetros dessa aporrinhação? Eu cometeria suicídio antes de deixarmos o Vale. Ou mataria um de vocês. O que, aliás, já estou levando em consideração.

Duende guinchou. Fingiu terror mortal. Caolho sugeriu:

— Fique num raio de 3 metros de mim e consigo transformá-lo num lagarto.

Fiz um ruído mal-educado.

— Você mal consegue transformar comida em merda.

Duende cacarejou:

— Galinhas e vacas fazem isso melhor. E ainda serve de fertilizante.

— Você não tem motivo para falar, nanico — rugi.

— A idade está deixando você sensível — comentou Caolho. — Deve ser reumatismo. Você tem reumatismo, Chagas?

— Se ele continuar, vai desejar que seu problema fosse mesmo reumatismo — declarou Duende. — Já é bem ruim eu ter de aguentar você. Mas você pelo menos é previsível.

— Previsível?

— Como as estações.

Saíram. Lancei para Calado um olhar de súplica. O filho da puta me ignorou.

No dia seguinte, Duende entrou ostentando um sorriso presunçoso.

— Imaginamos uma coisa, Chagas. Para o caso de você ter de sair por aí.

— O quê?

— Vamos precisar dos seus amuletos.

Eu possuía dois que eles tinham me dado havia muito tempo. Um deles era para me alertar da aproximação de Tomados. Funcionava muito bem. O outro, em teoria, era protetor mas também os deixava me localizar à distância. Calado o rastreou quando Apanhador me mandou junto com Corvo para emboscarmos Manco e Sussurro na Floresta da Nuvem, na época em que o Manco estava tentando se juntar aos rebeldes.

Muito tempo atrás em um local bem distante. Lembranças de um jovem Chagas.

— Vamos fazer algumas modificações. Para que você não possa ser localizado magicamente. Passe-os para cá. Depois, iremos lá fora testá-los.

Encarei-o com os olhos apertados.

— Você terá de ir, para que possamos testá-los tentando encontrar você — explicou ele.

— É? Parece uma sedutora desculpa para saírem do campo negativo.
— Talvez. — Ele sorriu.
De qualquer forma, Lindinha gostou da ideia. Na noite seguinte, fomos riacho acima, contornando a Velha Árvore Pai.
— Ela parece estar definhando um pouco — comentei.
— Acabou atingida por um feitiço dos Tomados durante a última confusão — explicou Caolho. — Acho que não gostou.
A velha árvore tiniu. Parei, observando-a. Devia ter milhares de anos. Árvores crescem muito lentamente no Vale. Que histórias teria para contar!
— Venha, Chagas — chamou Duende. — A Velha Árvore Pai não está no clima para conversar. — Deu seu sorriso de sapo.
Eles me conhecem muito bem. Sabem que, quando vejo uma coisa velha, fico imaginando o que ela presenciou. De qualquer modo, eles que se danem.
Deixamos o curso d'água a 8 quilômetros do Buraco, seguimos em direção oeste atravessando o deserto no qual o coral era particularmente denso e perigoso. Acho que havia quinhentas espécies ali, em recifes tão juntos que se tornavam quase impenetráveis. As cores eram exuberantes. Dedos, frondes, ramos de corais se elevavam a 10 metros no ar. Fico eternamente assombrado pelo vento não derrubá-los.
Num pequeno trecho arenoso cercado de corais, Caolho nos fez parar.
— É longe o bastante. Estaremos seguros aqui.
Fiquei imaginando. Nosso avanço tinha sido acompanhado por mantas e criaturas que pareciam bútios. Nunca confiarei completamente nesses animais.
Muito, muito tempo atrás, após a Batalha de Talismã, a Companhia atravessou o Vale para cumprir suas missões no leste. Eu vi coisas horríveis acontecerem. Não consegui me livrar das lembranças.
Duende e Caolho se divertiam com seus jogos mas também cuidavam dos negócios. Lembravam-me crianças hiperativas. Sempre fazendo algo, apenas por fazer. Deitei-me e observei as nuvens. Em pouco tempo adormeci.
Duende me acordou. Devolveu meus amuletos.
— Vamos brincar de esconde-esconde — disse ele. — Nós daremos uma dianteira a você. Se fizemos tudo direito, não conseguiremos encontrá-lo.

— Ah, formidável — retruquei. — Eu perambulando sozinho por aí, perdido. — Estava apenas brincando. Conseguiria encontrar o Buraco. Como uma pegadinha, me senti tentado a seguir direto para lá.

Aquilo, porém, era sério.

Parti para sudoeste, em direção às colinas. Atravessei a trilha para oeste e fui me esconder entre as adormecidas árvores errantes. Somente após cair a escuridão desisti de esperar. Caminhei de volta para o Buraco, imaginando o que teria acontecido com meus companheiros. Ao chegar, assustei a sentinela.

— Duende e Caolho chegaram?

— Não. Pensei que estivessem com você.

— Estavam. — Preocupado, desci e pedi um conselho ao Tenente.

— Vá procurá-los — ordenou-me.

— Como?

Ele me olhou como se eu tivesse problemas mentais.

— Deixe seus amuletos idiotas, vá para fora do campo mágico negativo e espere.

— Ah. Está bem.

Então fui para fora e caminhei riacho acima, resmungando. Meus pés doíam, pois eu não estava acostumado a andar tanto. É bom para mim, falei comigo mesmo. Preciso estar em forma se uma viagem a Remo se tornasse necessária.

Cheguei à beira dos recifes de corais.

— Caolho! Duende! Estão por aí?

Nenhuma resposta. Mas eu não ia continuar procurando. O coral me mataria. Voltei-me para o norte, supondo que tivessem se afastado do Buraco. Em intervalos de poucos minutos, caía de joelhos, torcendo para avistar a silhueta de um menir. Os menires saberiam o que havia acontecido com eles.

Em uma ocasião, vi um clarão e uma agitação com o canto do olho e, sem pensar, corri naquela direção, pensando que eram Duende e Caolho brigando. Uma olhada mais apurada, porém, revelou a distante ira de uma tempestade mutacional

Parei de imediato, lembrando-me tardiamente que apenas a morte se precipita à noite pelo Vale.

Tive sorte. Alguns passos adiante e a areia se tornou esponjosa e frouxa. Acocorei-me, cheirando um punhado. Cheirava a morte velha. Recuei cautelosamente. Quem sabe o que estaria à espera debaixo daquela areia?

— É melhor ir para outro lugar e aguardar pelo sol — murmurei. Não estava mais certo de minha posição.

Encontrei umas pedras que serviriam de barreira para o vento, alguns arbustos para uma fogueira, e montei acampamento. O fogo era mais para os animais saberem que eu estava ali do que para aquecer. A noite não estava fria.

No Vale, fazer uma fogueira era uma afirmação simbólica.

Assim que as chamas subiram, descobri que o lugar tinha sido usado. Fumaça enegrecera as pedras. Nativos humanos, provavelmente. Eles vagueiam em pequenos bandos. Temos poucas relações com esses grupos. Eles não têm nenhum interesse em lutar pelo mundo.

A força de vontade me abandonou em algum momento após a segunda hora. Caí no sono.

O pesadelo me encontrou. E me encontrou desprotegido por amuletos ou pelo campo mágico negativo.

Ela veio.

Fazia anos. Na última vez foi para informar a derrota final de seu marido no incidente em Zimbro.

Uma nuvem dourada, como partículas de pó dançando num raio de sol. Uma sensação de estar plenamente acordado, embora dormindo. Calma e medo juntos. Uma incapacidade de me mexer. Todos os antigos sintomas.

Uma linda mulher se formou na nuvem, uma mulher saída de um devaneio. Do tipo que você espera encontrar um dia, sabendo que não há chance. Não sei dizer o que ela vestia, se é que vestia alguma coisa. Meu universo se compunha de seu rosto e do terror que sua presença inspirava.

Seu sorriso não era completamente frio. Muito tempo atrás, por algum motivo, ela se interessou por mim. Eu supunha que a Dama guardava algum resíduo da antiga afeição, como alguém que guarda um bicho de estimação morto há muito tempo.

— Médico. — Brisa nos juncos junto às águas da eternidade. O sussurro de anjos. Mas ela nunca conseguia me fazer esquecer a realidade de onde a voz surgia.

A Dama, da mesma forma, nunca fora tão sem tato a ponto de me tentar, fosse com promessas ou com ela mesma. Esse talvez seja um motivo para eu pensar que ela sente certa afeição por mim. Quando me usou, a Dama deixou isso claro imediatamente.

Não consegui responder.

— Você está seguro. Muito tempo atrás, pelo seu padrão de tempo, eu falei que manteria contato. Estive impossibilitada. Você me isolou. Tenho tentado por semanas.

Os pesadelos estavam explicados.

— Como? — guinchei igual a Duende.

— Junte-se a mim em Talismã. Seja meu historiador.

Como sempre acontecia quando ela me tocava, fiquei perplexo. A Dama parecia me considerar fora da luta, mas ainda parte dela. Na Escada da Lágrima, na véspera da batalha de feitiçaria mais selvagem que já assisti, ela me prometeu que eu não me machucaria. Parecia intrigada com meu papel menor como historiador da Companhia. Naquela ocasião, insistiu para que eu registrasse os acontecimentos à medida que aconteciam. Sem a obrigação de agradar ninguém. Eu havia feito isso dentro dos limites dos meus preconceitos.

— O caldeirão está cada vez mais quente, médico. Sua Rosa Branca é astuta. O ataque dela atrás do Manco foi uma jogada e tanto. Mas insignificante em termos mais amplos. Não concorda?

Como podia argumentar? Concordei.

— Como seus espiões, sem dúvida, informaram, há cinco exércitos posicionados para limpar o Vale do Medo. Essa é uma terra estranha e imprevisível. Mas não resistirá ao que está sendo preparado.

Novamente não pude argumentar, pois acreditei nela. Pude apenas fazer aquilo que Lindinha falava constantemente: ganhar tempo.

— Talvez você se surpreenda.

— Talvez. Surpresas têm sido previstas em meus planos. Saia dessa desolação gelada, Chagas. Venha para a Torre. Torne-se meu historiador.

Aquilo era o mais próximo da tentação a que ela já havia chegado. A Dama falava para uma parte de mim que eu não entendia, uma parte que quase desejava trair companheiros de décadas. Se eu fosse, haveria tanta coisa que eu iria *saber*. Tantas respostas iluminadas. Tantas curiosidades satisfeitas.

— Vocês escaparam de nós na Ponte da Rainha.

O calor subiu até meu pescoço. Durante nossos anos em fuga, as forças da Dama nos alcançaram várias vezes. A Ponte da Rainha foi a pior. Uma centena de irmãos tombou lá. E, para minha vergonha, deixei os Anais para trás, enterrados na margem do rio. Quatrocentos valiosos anos de história da Companhia abandonados.

Havia muita coisa para ser carregada. Os papéis que estavam no Buraco eram cruciais para o nosso futuro. Levei-os em vez dos Anais. Mas sofro frequentes ataques de culpa. Preciso responder aos espectros dos irmãos que se foram antes de mim. Aqueles Anais *são* a Companhia Negra. Enquanto existirem, a Companhia viverá.

— Escapamos e escapamos, e continuaremos a escapar. É o destino.

Ela sorriu, achando graça.

— Eu li seus Anais, Chagas. Os novos e os antigos.

Comecei a jogar lenha nas brasas de minha fogueira. Eu não estava sonhando.

— Você está com eles? — Até aquele momento, eu tinha silenciado a culpa com promessas de recuperá-los.

— Foram encontrados após a batalha. Chegaram até mim. Fiquei satisfeita. Você é honesto como historiador.

— Obrigado. Eu tento.

— Venha para Talismã. Há um lugar para você na Torre. Daqui, você pode ver o quadro geral.

— Não posso.

— Não tenho como protegê-lo aí. Se ficar, pode lhe acontecer o que aconteceu com seus amigos rebeldes. O Manco comanda essa operação. Não interferirei. Ele não é o que era. Você o feriu. E ele precisava ser ferido ainda mais para ser salvo. Ele não o perdoou por aquilo, Chagas.

— Eu sei. — Quantas vezes ela havia usado meu nome? Em todos os nossos contatos anteriores, através dos anos, ela o usara apenas uma vez.

— Não deixe que ele o pegue.

Um leve, retorcido pedacinho de humor se ergueu de algum lugar dentro de mim.

— Você é um fracasso, Dama.

Ela foi tomada de surpresa.

— Sou um idiota por ter registrado meus romances nos Anais. Você os leu. Sabe que nunca retratei você como impiedosa. Não da mesma maneira que fiz com seu marido, eu acho. Suspeito que uma verdade inconsciente se encontra por baixo daqueles romances bobos.

— É mesmo?

— Não acredito que você *seja* maléfica. Creio que esteja apenas tentando. Creio que, apesar de toda a crueldade que praticou, parte da criança que você foi permanece imaculada. Uma centelha ainda sobrevive, e você não consegue extingui-la.

Incontestado, tornei-me mais ousado.

— Acredito que você me escolheu como um símbolo expiatório dessa centelha. Sou um projeto de recuperação destinado a satisfazer um traço oculto de decência, do mesmo modo como meu amigo Corvo tutelou uma criança que se tornou a Rosa Branca. Você leu os Anais. Sabe a que profundezas Corvo mergulhou ao concentrar toda a decência em um copo. Seria melhor, talvez, que ele não tivesse feito nada disso. Zimbro ainda poderia existir. Assim como ele.

— Zimbro foi um furúnculo lancetado tardiamente. Não vim aqui para ser desdenhada, médico. Não deixarei que me façam parecer fraca, nem mesmo diante de uma plateia de uma pessoa.

Fiz menção de protestar.

— Pois sei que isso, também, acabará em seus Anais.

Ela me conhecia. Mas, afinal de contas, ela me tivera antes do Olho.

— Venha para a Torre, Chagas. Não exijo nenhum juramento.

— Dama...

— Até mesmo os Tomados se comprometem com juramentos de morte. Você pode permanecer livre. Faça o que quiser. Cure e registre a verdade. Algo que você faria em qualquer lugar. Você tem um valor que não deve ser desperdiçado aqui.

Agora aquele era um sentimento com o qual eu poderia concordar sinceramente. Eu o pegaria e esfregaria nele os narizes de algumas pessoas.

— O que é isso?

Ela começou a falar. Ergui a mão em advertência. Eu tinha falado comigo mesmo, e não com ela. Teria sido aquilo o som de um passo? Sim. Algo grande se aproximava. Algo se movimentando com passos lentos e cansados.

Ela sentiu, também. Num piscar de olhos a Dama havia sumido, sua partida sugando algo de minha mente, me deixando mais uma vez me questionando se não havia sonhado tudo, embora cada palavra permanecesse imutavelmente inscrita na pedra da minha mente.

Arrastei arbustos com os pés sobre minha fogueira, recuei para uma fenda atrás de uma adaga que foi a única arma que eu tivera bom senso o bastante para trazer.

A coisa se aproximou. Então parou. Em seguida, continuou a andar. Meu coração acelerou. Algo surgiu à luz da fogueira.

— Cão Mata-Sapo! Mas que diabos? O que está fazendo? Saia do frio, rapaz. — As palavras desmoronaram, afastando o medo. — Caramba, Perseguidor vai ficar feliz em vê-lo. O que aconteceu com você?

Ele se aproximou cautelosamente, parecendo duplamente mais sarnento. Caiu de barriga, pousou o queixo sobre as patas dianteiras e fechou um olho.

— Não tenho comida. Estou mais ou menos perdido. Você tem uma puta sorte, sabia? Vindo de tão longe assim. O Vale é um lugar ruim para se estar sozinho.

O velho vira-lata pareceu concordar com aquilo. Linguagem corporal, se quiser chamar assim. Ele sobrevivera, mas não tinha sido fácil.

— Quando o sol nascer, seguiremos de volta. Duende e Caolho se perderam; o azar deles chega a esse ponto — eu disse a ele.

Após a chegada de Cão Mata-Sapo, descansei melhor. Acho que a antiga aliança também está marcada nas pessoas. Tive certeza de que ele me alertaria se o perigo acenasse.

Pela manhã, encontramos o riacho e seguimos para o Buraco. Parei, como sempre faço, ao me aproximar da Velha Árvore Pai, para uma breve conversa unilateral sobre o que ela vira durante sua longa atuação como sentinela. O cachorro não chegou perto. Estranho. Mas e daí? O estranho é algo cotidiano no Vale.

Encontrei Caolho e Duende roncando, dormindo lá dentro. Tinham voltado ao Buraco minutos após minha partida para procurá-los. Desgraçados. Quando houvesse chance, eu daria o troco.

Deixei-os malucos ao não dar detalhes de minha noite lá fora.

— Funcionou? — indaguei. Mais adiante do túnel, Perseguidor estava tendo um ruidoso reencontro com seu vira-lata.

— Mais ou menos — respondeu Duende. Não pareceu entusiasmado.

— Mais ou menos? Como assim *mais ou menos*? Funciona ou não funciona?

— Bem, o que conseguimos é um problema. Essencialmente, conseguimos impedir os Tomados de localizar você. Determinar onde você está, por assim dizer.

Não ir direto ao ponto é um claro sinal de que algo está errado com esse sujeito.

— Mas...? Vamos logo com o *mas*, Duende.

— Se você sair do campo mágico negativo, não há como esconder o fato de que saiu.

— Genial. Genial mesmo. Para que vocês servem, afinal?

— Não é tão ruim assim — alegou Caolho. — Você não atrairia nenhuma atenção, a não ser que eles descobrissem, através de outra fonte, que saiu. Isto é, eles não estariam vigiando você, estariam? Não têm motivo para isso. Portanto, é tão bom quanto se tivéssemos conseguido tudo o que queríamos.

— Merda! É melhor começarem a rezar para que a próxima carta apareça. Porque, se eu sair e for para debaixo da terra, adivinhem quem vou assombrar eternamente?

— Lindinha não mandaria você sair.

— Quer apostar? Ela passará três ou quatro dias refletindo. Mas me mandará. Porque aquela última carta nos dará a chave.

Um medo súbito. A Dama havia sondado minha mente?

— O que foi, Chagas?

Fui salvo de ter de mentir pela chegada de Perseguidor. Ele saltitou para perto e sacudiu minha mão como um louco idiota.

— Obrigado, Chagas. Obrigado por trazê-lo para casa. — E foi embora.
— O que diabos foi isso? — perguntou Duende.
— Eu trouxe o cachorro dele para casa.
— Que sujeito esquisito.
Caolho caiu na gargalhada.
— O roto falando do esfarrapado.
— É mesmo, ranho de lagarto? Quer que eu lhe diga quem é esquisito?
— Chega! — exclamei. — Se eu for mandado para fora daqui, quero tudo na mais perfeita ordem. Gostaria que tivéssemos alguém aqui capaz de ler esse lixo.
— Talvez eu possa ajudar. — Perseguidor estava de volta. O enorme estúpido desengonçado. Um demônio com a espada, mas provavelmente incapaz de escrever o próprio nome.
— Como?
— Eu consigo ler algumas dessas coisas. Conheço umas línguas antigas. Meu pai me ensinou.
Ele sorriu como se tivesse contado uma grande piada. Escolheu um fragmento escrito em TelleKurre. Leu-o em voz alta. O idioma antigo saía naturalmente de sua língua, do mesmo modo como eu o ouvira sendo falado entre os antigos Tomados. Então o traduziu. Era um memorando para a cozinha de um castelo sobre a refeição que deveria ser preparada para visitantes ilustres. Repassei-o com todo o cuidado. Sua tradução era perfeita. Melhor do que eu poderia fazer. Um terço das palavras me escapou.
— Bom. Bem-vindo ao grupo. Vou avisar Lindinha. — Saí, trocando um olhar intrigado com Caolho por trás das costas de Perseguidor.
Estranhíssimo. O que era aquele homem? Além de esquisito. No primeiro encontro, ele me lembrou Corvo, e de fato se encaixou no papel. Quando comecei a vê-lo como grande, lento e desajeitado, ele mais uma vez se encaixou naquele papel. Seria ele um reflexo da imagem de seu observador?
Um bom guerreiro, pensei. Bendito seja. Vale dez de qualquer um dos que temos.

Capítulo Vinte e Três

O VALE DO MEDO

Era ocasião da Reunião Mensal. A grande confabulação durante a qual nada era feito. Durante a qual todas as cabeças acalentavam seus projetos favoritos que não podiam ser executados. Após seis ou oito horas, Lindinha encerra os debates nos dizendo o que fazer.

Os mapas habituais foram abertos. Um deles mostrou onde nossos agentes acreditavam estarem os Tomados. Outro mostrou incursões informadas pelos menires. Ambos mostraram uma porção de espaços brancos, áreas do Vale desconhecidas para nós. Um terceiro mapa mostrou a mudança mensal das tempestades, um projeto que o Tenente adorava. Ele estava procurando alguma coisa. Como sempre, a maioria das ocorrências estava ao longo da periferia. Havia, porém, um número incomumente maior, e uma porcentagem mais alta do que a normal, no interior desse mapa. Algo sazonal? Uma mudança genuína? Quem sabia? Não estivemos vigiando tempo suficiente. Os menires não se incomodariam de explicar tal trivialidade.

Lindinha assumiu imediatamente. Gesticulou:

— A operação em Ferrugem teve o efeito que eu esperava. Nossos agentes informaram insurreições anti-imperialistas por quase toda parte. Elas desviaram a atenção de nós. Mas os exércitos dos Tomados continuam aumentando. Sussurro se tornou especialmente agressiva em suas incursões.

Tropas imperiais entravam no Vale quase todos os dias, planejando uma retaliação e preparando seus homens para os perigos da área. As operações de Sussurro, como sempre, foram muito profissionais. Militarmente, ela deve ser muito mais temida do que o Manco.

Manco é um perdedor. Não foi inteiramente culpa do Tomado, mas ele ficou marcado. Vencedor ou perdedor, no entanto, está comandando o outro lado.

— Nesta manhã, chegou a notícia de que Sussurro montou uma guarnição a um dia de marcha para o interior da fronteira. Está construindo fortificações, nos desafiando a reagir.

A estratégia dela era óbvia. Estabelecer uma rede de fortalezas que se apoiem mutuamente; construí-las lentamente até que se espalhem por todo o Vale. Aquela mulher era perigosa. Principalmente se vendesse a ideia para o Manco e conseguisse fazer com que todos os exércitos atuassem.

Era uma estratégia que remetia ao alvorecer do tempo, tendo sido usada várias e várias vezes em ocasiões nas quais exércitos normais enfrentam guerrilheiros em regiões ermas. É um ardil paciente que depende da vontade de perseverar do imperador. Funciona onde ela existe, e fracassa onde não existe.

Aqui, vai funcionar. O inimigo tem mais de vinte anos para nos arrancar daqui. E não sente necessidade de manter o Vale, depois que acabar com a gente.

A gente? O mais correto é dizer Lindinha. O restante de nós não é nada na equação. Se Lindinha cai, não há rebelião.

— Eles estão roubando nosso tempo — gesticulou Lindinha. — Precisamos de décadas. Temos de fazer alguma coisa.

Lá vem, pensei. Ela tinha aquele olhar. Ia anunciar o resultado de muita reflexão. Portanto, não fui tomado pelo espanto quando ela gesticulou:

— Estou enviando Chagas para recuperar o restante da história de seu correspondente. — A notícia sobre as cartas havia se espalhado. Fofocas sobre os planos de Lindinha. — Duende e Caolho vão acompanhá-lo e apoiá-lo.

— O quê? Não tem como...

— Chagas.

— Não vou fazer isso. Olhe para mim. Não sou ninguém. Quem vai me notar? Um velho perambulando por aí. O mundo está cheio deles. Mas três sujeitos? Um deles negro? O outro um anão com...

Duende e Caolho me lançaram olhares capazes de talhar leite.

Ri com escárnio. Minha explosão os havia colocado numa situação difícil. Embora quisessem ir tanto quanto eu os queria como companhia, não ousariam concordar comigo publicamente agora. Pior, teriam de concordar um com o outro. Ego!

Minha questão, porém, permanecia. Duende e Caolho são figuras conhecidas. Quanto a isso, também sou, mas, como já destaquei, não sou notável fisicamente.

Lindinha gesticulou:

— O perigo incentivará a cooperação deles.

Fugi para meu último refúgio.

— Lindinha, a Dama me contatou no deserto, naquela noite que passei fora. *Ela* está me vigiando.

Lindinha pensou por um momento e respondeu com sinais:

— Isso não muda nada. Precisamos daquela última parte da história antes que os Tomados se aproximem.

Ela estava certa quanto a isso. Mas...

Lindinha gesticulou:

— Vocês três irão. Tomem cuidado.

Perseguidor acompanhou o debate com a ajuda de Otto. Ele propôs:

— Eu vou. Conheço o norte. Principalmente a Grande Floresta. Foi onde ganhei meu nome. — Atrás dele, Cão Mata-Sapo bocejou.

— Chagas? — perguntou Lindinha.

Eu ainda não estava resignado a ir. Por isso, deixei nas mãos dela:

— Você decide.

— Um guerreiro lhe seria útil — gesticulou. — Diga a ele que aceita.

Resmunguei e murmurei, encarando Perseguidor.

— Ela diz que você vai.

Ele pareceu contente.

Pelo que dizia respeito a Lindinha, isso era tudo. A coisa estava resolvida. Seguiram a pauta até um relatório de Cordoeiro sugerindo que Cortume estava maduro o bastante para um ataque como aquele a Ferrugem.

Inquietei-me e me irritei, mas ninguém ligou para mim, exceto Duende e Caolho, que me lançaram olhares dizendo que eu ia me arrepender dos meus insultos.

Não houve perda de tempo. Partimos 14 horas depois, com tudo providenciado. Fui arrastado para fora da cama pouco depois da meia-noite, em pouco tempo me vi junto ao coral, observando uma baleia do vento descer. Um menir palavreou atrás de mim, instruindo-me como eu deveria cuidar da baleia e afagar seu ego. Ignorei-o. Tudo aconteceu rápido demais. Fui jogado sobre a sela antes que me decidisse a ir. Estava sendo atropelado pelos acontecimentos.

Eu tinha minhas armas, meus amuletos, dinheiro, comida. Tudo de que precisaria. O mesmo podia ser dito de Duende e Caolho, que haviam se abastecido com um arsenal suplementar de quinquilharias taumatúrgicas. O plano era adquirir uma carroça e uma parelha depois que a baleia do vento nos despejasse atrás das linhas inimigas. Dentre todo o lixo que estavam trazendo talvez precisássemos de dois itens apenas, resmunguei.

Perseguidor, porém, viajava com pouca coisa. Comida, um conjunto de armas selecionadas dentre o que tínhamos à disposição e seu vira-lata.

A baleia do vento se ergueu. A noite nos envolveu. Senti-me perdido. Não tinha sequer recebido um abraço de despedida.

O animal subiu até o ponto em que o ar era frio e rarefeito. Para leste, sul e noroeste avistei tempestades mutacionais. Elas *estavam* se tornando mais comuns.

Acho que estava ficando farto de viajar em baleias do vento. Tremendo, abraçando-me, ignorando Perseguidor, que tagarelava sem parar, desfiando trivialidades, caí no sono. Acordei com alguém me sacudindo e o rosto de Perseguidor a centímetros do meu.

— Acorde, Chagas — não parava de dizer. — Acorde. Caolho diz que temos problemas.

Levantei-me, esperando encontrar Tomados nos cercando.

Estávamos cercados, mas por quatro baleias do vento e uma porção de mantas.

— De onde vieram?

— Apareceram enquanto você dormia.

— Qual é o problema?

Perseguidor apontou para o que acho que seria chamado de proa a estibordo.

Tempestade mutacional. Formando-se.

— Simplesmente surgiu do nada — informou Duende juntando-se a nós, nervoso demais para se lembrar de que estava chateado comigo. — Parece violenta também, e a velocidade está aumentando.

A tempestade mutacional tinha agora não mais do que um diâmetro de 400 metros, mas a trovejante fúria em tom pastel em seu âmago dizia que cresceria rápida e terrivelmente. Sua fúria seria mais dramática do que o normal. Luzes de várias cores pintavam rostos e baleias de forma bizarra. Nosso comboio mudou de curso. As baleias do vento não são tão afetadas quanto os humanos, mas preferem evitar problemas quando possível. Estava claro, porém, que as bordas do monstro roçariam em nós.

Enquanto eu identificava e pensava a respeito, o tamanho da tempestade aumentava. Estava em 600 metros de diâmetro. Depois 800. Cores ondulantes fervilhavam no interior do que parecia fumaça preta. Serpentes de raios silenciosos abocanhavam e rosnavam mudamente em volta umas das outras.

O fundo da tempestade mutacional tocou o chão.

Todos aqueles relâmpagos encontraram suas vozes. E a tempestade se expandiu ainda mais rapidamente, arremessando para o outro lado aquele crescimento que deveria ter seguido na direção da terra. Ela possuía uma energia terrível.

Tempestades mutacionais raramente chegavam a menos de 12 quilômetros do Buraco. São bastante impressionantes a essa distância, quando se capta apenas um bafejo que crepita em seu cabelo e deixa seus nervos em frangalhos. Antigamente, quando ainda servíamos a Dama, conversei com veteranos das campanhas de Sussurro, que me contaram o que sofreram durante as tempestades. Nunca acreditei totalmente em suas histórias.

Passei a acreditar quando o limite da tempestade nos alcançou.

Uma das mantas foi arrebatada. Conseguíamos enxergar através dela, os ossos brancos em contraste com a súbita escuridão. Então ela *mudou*.

Tudo mudou. Pedras e árvores se tornaram multiformes. Pequenas coisas que nos seguiam e nos perturbavam mudaram de forma...

Há uma teoria que afirma que as estranhas espécies do Vale surgiram como resultado de tempestades mutacionais. Também foi sugerido que elas são as criadoras do próprio Vale. Que cada uma delas muda um pouco mais o nosso mundo normal.

As baleias desistiram de ultrapassá-la e mergulharam em direção a terra, abaixo da curva da tempestade que se expandia, descendo até um ponto em que a queda seria mais curta se elas se transformassem em algo incapaz de voar. Procedimento padrão para qualquer um pego numa tempestade mutacional. Permaneça baixo e não se mexa.

Veteranos de Sussurro contaram sobre lagartos crescendo até o tamanho de elefantes, de aranhas se tornando monstruosas, de serpentes venenosas criando asas, de criaturas inteligentes enlouquecendo e tentando matar tudo à sua volta.

Fiquei apavorado.

Não tão apavorado, porém, para deixar de observar. Após nos mostrar seus ossos, a manta voltou à forma normal, porém cresceu. O mesmo aconteceu com outra quando o limite a alcançou. Aquilo significava uma tendência ao crescimento quando em contato com a vibração externa de uma tempestade?

A tempestade pegou nossa baleia do vento, que era a que descia mais lentamente. Era jovem mas consciente de sua carga. O crepitar em meu cabelo aumentou. Achei que meus nervos iriam me trair completamente. Uma olhada para Perseguidor me convenceu de que enfrentaríamos um gigantesco caso de pânico.

Duende ou Caolho, um deles, decidiu bancar o herói e pôr um fim à tempestade. Teria sido melhor ordenar que o mar se virasse. O estrondo e o rugido de um grande feitiço sumiram no furor da tempestade.

Houve um instante de completa calmaria quando o limite me alcançou. Então um rugido saído do inferno. Os ventos em seu interior eram ferozes. Eu não pensava em nada, a não ser em descer e me segurar. À minha volta, equipamentos voavam, mudando de forma em seu voo. Então olhei para Duende. Quase vomitei.

Ele tinha se tornado, de fato, um Duende. Sua cabeça havia aumentado dez vezes o tamanho normal. O resto dele parecia virado do avesso. À sua volta, enxameava uma horda de parasitas que viviam nas costas de uma baleia do vento, alguns do tamanho de pombos.

Perseguidor e Cão Mata-Sapo eram piores. O cachorro havia crescido até metade do tamanho de um elefante, com as presas e os olhos mais malvados que eu já tinha visto. Olhou-me com um ardente desejo faminto que gelou minha alma. E Perseguidor se tornara algo demoníaco, vagamente simiesco, porém muito mais que isso. Ambos pareciam criaturas dos pesadelos de um desenhista ou de um feiticeiro.

    Caolho foi o que menos mudou. Aumentou, mas permaneceu Caolho. Talvez esteja bem enraizado no mundo, por ser um velhaco. Pelo que posso afirmar, está chegando perto dos 150.

    A coisa que Cão Mata-Sapo se tornara rastejou em minha direção com os dentes à mostra... E a baleia do vento tocou no chão. O impacto fez todos tombarem. O vento berrava à nossa volta. O estranho relampejar martelava terra e ar. A própria área de pouso estava com um temperamento inconstante. Pedras rastejavam. Árvores mudavam de forma. Os animais daquela parte do Vale tinham saído e pulavam de alegria em suas formas alteradas; quem até então havia sido presa se voltava agora contra o predador. O show de horror era iluminado por uma luz cambiante e por vezes espectral.

    Então o vácuo no coração da tempestade nos envolveu. Tudo congelou na forma que estava no instante em que entramos no vazio. Nada se mexia. Perseguidor e Cão Mata-Sapo estavam caídos no chão, jogados após o impacto. Caolho e Duende encaravam um ao outro, no primeiro estágio de deixar sua rixa ir além dos golpes baixos de costume. As outras baleias do vento estavam por perto, sem parecerem visivelmente afetadas. De uma área acima que tinha uma cor diferente, uma manta saltou, caindo e causando um estrondo.

    Aquela inércia durou talvez uns três minutos. Na tranquilidade, a sanidade retornou. Então a tempestade mutacional começou a desmoronar.

    O declínio dela foi mais lento que sua ascensão. Porém mais sã também. Sofremos por várias horas. Então acabou. Nossa única baixa foi a manta que havia caído. Mas, porra, foi uma experiência que nos abalou.

    — Uma puta sorte — falei para os outros ao fazermos o inventário de nossas posses. — Por sorte, não fomos todos mortos.

    — Não foi sorte, Chagas — rebateu Caolho. — No momento em que aqueles monstros viram uma tempestade se aproximando, partiram para um terreno seguro. Um lugar onde não houvesse nada que poderia nos matar. Ou matá-los.

Duende concordou com a cabeça. Ultimamente, andavam concordando até demais. Mas todos recordamos do quanto estiveram próximos de cometer um assassinato.

— Como eu fiquei parecendo? — perguntei. — Não senti nenhuma mudança, exceto uma espécie de distúrbio nervoso. Como estar bêbado, drogado e meio louco, tudo ao mesmo tempo.

— Para mim, você ficou parecido com Chagas — respondeu Caolho. — Só que duas vezes mais feio.

— E chato — acrescentou Duende. — Você fez o discurso mais inspirador sobre as glórias da Companhia Negra obtidas durante a campanha contra Mascar.

Dei uma risada.

— Sem essa.

— Juro. Você permaneceu como Chagas. Talvez aqueles amuletos sirvam para alguma coisa.

Perseguidor verificava seu armamento. Cão Mata-Sapo estava tirando uma soneca aos pés dele. Apontei. Caolho gesticulou:

— Não vi.

— Ele cresceu e ganhou presas — indicou Duende.

Os dois não pareceram preocupados. Decidi que não deveria ficar também. Afinal, os piolhos da baleia foram as coisas mais asquerosas depois do vira-lata.

As baleias do vento permaneceram em solo, pois o sol estava subindo. Suas costas assumiram o tom pardo da terra, completo com manchas cor de sálvia, então esperamos pela noite. As mantas se aninharam nas outras quatro baleias. Nenhuma se aproximou de nós. Existe a clara sensação de que humanos as deixam pouco à vontade.

Capítulo Vinte e Quatro

O VASTO MUNDO

Eles nunca me dizem nada. Mas devo me queixar? O sigilo é nossa armadura. Saber apenas o necessário e toda essa porcaria. Em nosso negócio, é a regra de ferro da sobrevivência.

Nossos acompanhantes não vieram junto apenas para nos ajudar a sair do Vale do Medo. Eles tinham a própria missão. O que não tinham me dito foi que o quartel-general de Sussurro seria atacado.

Sussurro foi pega sem nenhum aviso. As baleias do vento de nossos companheiros desceram lentamente, à medida que se aproximava o limite do Vale. As mantas desceram junto. Elas captaram bons ventos e passaram adiante. Subimos mais alto, até os puros arrepios de frio e as respirações ofegantes.

As mantas atacaram primeiro. Atravessaram a cidade no nível da copa das árvores em formações de dois e três, soltando seus raios nos alojamentos de Sussurro. Pedras e pedaços de madeira voaram como poeira em volta dos cascos em disparada. Irromperam incêndios.

Os monstros do ar superior se esgueiraram por trás, quando soldados e civis atingiram as ruas. Soltaram os próprios raios. O verdadeiro horror, porém, foram seus tentáculos.

As baleias do vento se empanturraram de homens e animais. Rasgaram ao meio casas e fortificações. Arrancaram árvores pelas raízes. E golpearam Sussurro sem cessar com seus raios.

As mantas, enquanto isso, subiram uns 300 metros e mergulharam novamente, em duplas e trios, dessa vez para atacar Sussurro, que reagia.

A reação dela, apesar de pôr uma larga mancha no flanco de uma das baleias do vento, que incandesceu horrivelmente, entregou sua localização para as mantas. Em resposta, elas a atingiram várias vezes, embora a Tomada tivesse abatido uma.

Passamos por cima, os clarões e as chamas iluminando a barriga de nosso monstro. Se alguém no calor da batalha nos avistasse, duvido que adivinhasse aonde estávamos indo. Duende e Caolho não detectaram nenhum interesse das pessoas abaixo em outra coisa que não fosse a sobrevivência.

A batalha continuava ao perdermos a cidade de vista. Duende disse que tinham feito Sussurro fugir, ocupada demais em salvar o próprio pescoço para ajudar seus homens.

— Ainda bem que nunca fizeram esse tipo de coisa com a gente — comentei.

— Foi um ataque isolado — contrapôs Duende. — Da próxima vez, estarão prontos.

— Pensei que já estivessem, por causa de Ferrugem.

— Talvez Sussurro tenha um problema de ego.

Não havia talvez nessa questão. Eu já havia lidado com ela. Era seu ponto fraco. Ela não devia ter feito nenhum preparativo porque acreditava que a temíamos demais. Era, afinal de contas, a mais brilhante dos Tomados.

Nosso poderoso corcel rasgou a noite, as costas roçando nas estrelas, o corpo gorgolejando, estrondeando, zunindo. Comecei a me sentir otimista.

Ao amanhecer, descemos num desfiladeiro na Planície dos Ventos, outro grande deserto. Diferentemente do Vale, porém, ela é normal. Um enorme vazio onde o vento sopra o tempo inteiro. Comemos e dormimos. Quando a noite caiu, retomamos a viagem.

Deixamos o deserto ao sul de Lordes e viramos para o norte sobre a Floresta da Nuvem, evitando povoados. Mais além da Floresta da Nuvem, porém, a baleia do vento desceu. E fomos deixados por nossa conta.

Eu gostaria que pudéssemos ter feito todo o caminho pelo ar. Mas aquilo era o mais distante que Lindinha e as baleias do vento estavam dispostos a se arriscar. Mais adiante ficava uma região densamente povoada. Não seria possível descer e passar as horas do dia na esperança de não sermos vistos. Portanto, dali em diante, viajaríamos à moda antiga.

A cidade livre de Rosas ficava a uns 25 quilômetros.

Rosas havia sido livre por toda a sua história, uma plutocracia republicana. Nem a Dama achava que valia a pena lutar contra a tradição. Uma enorme batalha aconteceu ali perto, durante as campanhas do norte, mas o local foi escolha dos rebeldes, e não nossa. Perdemos. Por vários meses, Rosas deixou de ser independente. Então a vitória da Dama em Talismã encerrou o domínio rebelde. De qualquer modo, mesmo não alinhada, Rosas é amiga da Dama.

Cadela astuta.

Caminhamos. Era uma jornada de um dia inteiro. Nem eu nem Duende nem Caolho estávamos em boa forma. Ociosidade demais. Velhos demais.

— Isso não é inteligente — observei ao nos aproximarmos de um portão nas muralhas vermelho-claro de Rosas, já quase ao pôr do sol. — Todos estivemos aqui antes. As pessoas devem se lembrar muito bem de vocês dois, uma vez que roubaram metade dos habitantes.

— Roubar? — protestou Caolho. — Quem roubou...?

— Vocês dois, palhaços. Vendendo aqueles malditos amuletos com garantia de funcionamento, quando estávamos atrás de Rasgo.

Rasgo era um antigo general rebelde. Ele arrancara o couro do Manco no mais remoto norte; então a Companhia, com uma pequena ajuda de Apanhador de Almas, o atraíra para uma armadilha em Rosas. Tanto Duende quanto Caolho saquearam o povo. Caolho já era calejado em fazer isso. Anteriormente, quando estávamos no sul, além do Mar das Tormentas, ele já havia se envolvido em cada jogada duvidosa que pôde encontrar. Muitos de seus ganhos obtidos desonestamente foram perdidos rapidamente nas cartas. É o pior jogador do mundo.

Era de se imaginar que, aos 150 anos, ele já fosse capaz de contá-las.

O plano era ficarmos em alguma estalagem suja onde ninguém faria perguntas. Perseguidor e eu sairíamos no dia seguinte e compraríamos uma carroça e uma parelha. Então faríamos de volta o mesmo caminho pelo qual tínhamos vindo, pegaríamos o material que não havíamos conseguido carregar, então circundaríamos a cidade e seguiríamos para o norte.

Esse era o plano. Duende e Caolho não o seguiram.

Regra número um para um soldado: cumpra a missão. A missão é suprema.

Para Duende e Caolho, todas as regras são feitas para serem infringidas. Quando Perseguidor e eu retornamos, com Cão Mata-Sapo vadiando logo atrás, já era fim de tarde. Paramos. Perseguidor ficou esperando enquanto eu ia ao andar de cima.

Nada de Duende. Nada de Caolho.

O proprietário me disse que tinham saído logo depois de mim, falando algo sobre encontrar algumas mulheres.

Culpa minha. Eu estava no comando. Deveria ter previsto isso. Já se passara um tempo longo demais. Paguei por mais duas noites, por via das dúvidas. Então entreguei animais e carroça ao cavalariço, jantei com um silencioso Perseguidor e fui para o nosso quarto carregando vários litros de cerveja. Nós os dividimos, Perseguidor, eu e Cão Mata-Sapo.

— Você vai procurá-los? — perguntou Perseguidor.

— Não. Se não tiverem voltado daqui a dois dias, ou se tiverem se atrasado, seguiremos sem eles. Não quero ser visto com os dois. Deve haver gente aqui que se lembra deles.

Ficamos agradavelmente eufóricos. Cão Mata-Sapo parecia capaz de beber mais do que a maioria das pessoas. Adorava cerveja, aquele cachorro. Até mesmo se levantava e andava em volta quando não era preciso.

Na manhã seguinte, nada de Duende. Nada de Caolho. No entanto muitos boatos. Entramos tarde no salão comum, após a multidão matinal e antes da correria do meio-dia. Na falta de outras pessoas com quem fofocar, o cavalariço alugou nossos ouvidos.

— Vocês souberam da confusão no lado leste ontem à noite?

Gemi antes de ele ir ao cerne da questão. Eu já sabia.

— Pois é. Destacamentos militares. Incêndios. Feitiços. Linchadores. Uma bagunça que esta velha cidade não via desde aquela época em que estavam atrás do General não-sei-o-quê que a Dama queria.

Após ele ir encher outro cliente, falei para Perseguidor:

— É melhor irmos embora agora.

— E Duende e Caolho?

— Eles sabem se cuidar. Se forem linchados, bem feito! Não vou ficar por aqui me intrometendo onde não fui chamado para esticarem o meu pescoço também. Se escaparam, sabem qual é o plano. Conseguirão nos alcançar.

— Pensei que a Companhia Negra não abandonava seus mortos.

— Não abandonamos. — Eu disse isso, mas mantive minha determinação de deixar que os magos cozinhassem no caldo que prepararam. Não duvidava de que tinham sobrevivido. Já estiveram encrencados antes, umas mil vezes. Uma boa caminhada poderia reforçar de maneira saudável seu senso de disciplina em uma missão.

Ao final da refeição, informei ao proprietário que Perseguidor e eu estávamos de partida, mas que nossos companheiros ficariam com o quarto. Em seguida, conduzi um discordante Perseguidor à carroça, coloquei-o a bordo e, quando o cavalariço aprontou os arreios, segui para o portão oeste.

Era o caminho mais longo, através de ruas tortuosas, por cima de uma dezena de pontes arqueadas transpondo canais, mas levava para bem longe da loucura de ontem. No caminho, contei a Perseguidor como havíamos atraído Rasgo para um nó de forca. Ele gostou.

— Essa era a marca registrada da Companhia — concluí. — Levar o inimigo a fazer algo estúpido. Éramos os melhores no campo de batalha, mas só lutávamos quando nada mais funcionava.

— Mas vocês eram pagos para lutar. — Para Perseguidor, as coisas eram preto no branco. Às vezes, achava que ele tinha passado tempo demais no mato.

— Éramos pagos para apresentar resultados. Se conseguíssemos fazer o serviço sem lutar, melhor ainda. A chave é estudar o inimigo. Encontrar uma fraqueza, então trabalhar nela. Lindinha é boa nisso. Embora trabalhar em cima dos Tomados seja mais fácil do que se imagina. São todos vulneráveis por causa de seus egos.

— E a Dama?

— Eu não saberia dizer. Ela não parece ter um ponto que pudéssemos manipular. Possui um traço de vaidade, mas não vejo como atingi-lo. Talvez através de sua ânsia de dominar. Fazer com que vá além dos limites. Não sei. Ela é cautelosa. E esperta. Como, por exemplo, quando atraiu os rebeldes a Talismã. Matou três coelhos com uma cajadada só. Não apenas eliminou os rebeldes, mas expôs a falta de confiança entre os Tomados e esmagou a tentativa do Dominador de usá-los para se libertar.

— E ele?

— Ele não é um problema. Contudo, provavelmente é mais vulnerável do que a Dama. O Dominador não parece pensar. É como um touro. Ter uma força bruta é tudo de que precisa. Ah, e um pouco de malícia, como em Zimbro, mas, na maior parte do tempo, ele conta com a força bruta.

Perseguidor fez que sim pensativamente.

— Pode ser isso mesmo que você diz.

Capítulo Vinte e Cinco

A TERRA DOS TÚMULOS

Gaio calculou mal. Esqueceu-se de que outros, além de Bainha, estavam interessados em seu destino.

Quando não apareceu para trabalhar em vários lugares, pessoas foram à sua procura. Socaram portas, bateram em janelas, mas não obtiveram resposta. Uma delas tentou abrir a porta. Estava trancada. Agora a preocupação era real.

Alguns propuseram que se seguisse a cadeia de comando, outros que se agisse imediatamente. O último ponto de vista prevaleceu. Arrombaram a fechadura e se espalharam dentro da casa.

Encontraram um lugar arrumado de maneira obsessiva e pouco mobiliado. O primeiro homem a chegar ao andar superior gritou:

— Ele está aqui. Sofreu um ataque ou coisa parecida.

A turba abarrotou o quartinho do andar de cima. Gaio estava sentado a uma mesa sobre a qual estavam um pacote envolto em oleado e um livro.

— Um livro! — disse alguém. — Ele era mais esquisito do que a gente achava.

Um homem tocou na garganta de Gaio, sentiu uma fraca pulsação, notou que sua respiração era fraca e com intervalos muito maiores do que a de um homem dormindo.

— Acho que teve mesmo um ataque. Devia estar sentado aqui, lendo, quando sofreu isso.

— Tive um tio que morreu assim — comentou alguém. — Eu ainda era criança. Estava contando uma história para nós e simplesmente ficou branco e tombou.

— Ele ainda está vivo. É melhor fazermos alguma coisa. Talvez se recupere.

Uma grande correria escada abaixo, uns atropelando os outros.

Bainha ouviu quando o grupo correu para o interior do quartel-general. Ele estava em serviço. A notícia o deixou indeciso. Tinha prometido a Gaio... Mas não podia sair dali.

O interesse pessoal de Brando fez com que a notícia avançasse escada acima. O coronel saiu de seu escritório. Notou a aparência abalada de Bainha.

— Você ouviu. Venha comigo. Vamos dar uma olhada. Vocês, rapazes. Procurem o barbeiro. Procurem o veterinário.

O valor dos soldados se tornava digno de reflexão quando o exército fornecia um veterinário, mas não um médico.

O dia tinha começado de forma auspiciosa, com um céu claro. Aquilo era raro. Agora estava nublado. Caíram algumas gotas de chuva, manchando as calçadas de madeira. Enquanto Bainha seguia Brando, acompanhado por uma dúzia de homens, ele mal prestava atenção nos comentários do coronel sobre as melhorias necessárias.

Uma multidão cercou a casa de Gaio.

— Más notícias correm rápido — observou Bainha. — Senhor.

— Não é? Abram uma brecha aí, homens. Estamos passando. — Parou lá dentro. — Ele é sempre tão meticuloso assim?

— Sim, senhor. Ele era obcecado por ordem e em fazer as coisas como manda o figurino.

— Imagino. Ele ultrapassou um pouco as regras com suas caminhadas noturnas.

Bainha mordeu o lábio e ficou pensando se deveria dar ao coronel a mensagem de Gaio. Decidiu que ainda não era a hora.

— Lá em cima? — perguntou o coronel a um dos homens que acharam Gaio.

— Sim, senhor.

Bainha já estava subindo a escada. Olhou o pacote envolto em oleado e, sem pensar, começou a enfiá-lo no casaco.

— Rapaz.

Bainha se virou. Brando estava à porta, a testa franzida.

— O que está fazendo?

O coronel era a figura mais intimidadora que Bainha podia imaginar. Mais ainda do que seu pai, que fora um homem severo e exigente. Ele não sabia o que responder. Ficou parado ali, tremendo.

O coronel estendeu a mão. Bainha lhe entregou o pacote.

— O que estava fazendo, rapaz?

— Hã... Senhor... um dia...

— Sim? — Brando examinou Gaio sem tocá-lo. — E então? Desembuche.

— Gaio me pediu que entregasse uma carta por ele, se alguma coisa lhe acontecesse. Como se acreditasse que seu tempo estava acabando. Ele disse que ela estaria num oleado. Por causa da chuva e de tudo mais, senhor.

— Entendo. — O coronel enfiou os dedos embaixo do queixo de Gaio e o levantou. Devolveu o pacote à mesa, então abriu uma das pálpebras dele. A pupila revelada era apenas a ponta de um alfinete. — Hum. — Sentiu a testa de Gaio. — Hum. — Tocou em vários pontos de reflexo com o dedo ou o punho. Não houve reação. — Curioso. Não parece um ataque.

— O que mais poderia ser, senhor?

O coronel Brando se endireitou.

— Talvez você saiba melhor do que eu.

— Senhor?

— Você disse que Gaio esperava que alguma coisa acontecesse.

— Não exatamente. Ele temia por isso. Falava como se estivesse ficando velho e seu tempo acabando. Talvez tivesse algo errado sobre o qual nunca contou a ninguém.

— Talvez. Ah. Holts. — O médico de cavalos havia chegado. Ele fez a mesma coisa que o coronel tinha feito, então se endireitou e deu de ombros.

— Está além de mim, coronel.

— É melhor o levarmos para onde possamos ficar de olho nele. É seu trabalho, rapaz — falou para Bainha. — Se ele não sair logo desse estado, teremos de alimentá-lo à força. — Bisbilhotou em volta do quarto, leu os títulos de mais ou menos uma dezena de livros. — Um homem instruído, esse Gaio. Como eu pensava. Um exemplo vivo de contrastes. Frequentemente eu me perguntava quem ele era realmente.

Bainha agora estava nervoso por causa de Gaio.

— Senhor, acho que, no passado, ele era alguém importante numa das Cidades Preciosas, mas sua sorte mudou e entrou para o exército.

— Vamos discutir isso depois da remoção. Venha comigo.

Bainha o seguiu. O coronel parecia muito preocupado. Talvez ele *devesse* passar a mensagem de Gaio.

Capítulo Vinte e Seis

NA ESTRADA

Após três dias, durante os quais Perseguidor e eu retornamos ao nosso local de pouso, carregamos a carroça, depois seguimos para o norte pela Estrada Saliente. Comecei a imaginar se não tinha calculado errado. Ainda nada de Duende ou Caolho.

Eu não precisava ter me preocupado. Eles nos alcançaram perto de Meystrikt, uma fortaleza na Saliente que outrora a Companhia havia mantido em nome da Dama. Estávamos fora da estrada, no mato, nos preparando para jantar. Ouvimos uma confusão na estrada.

Uma voz, inegavelmente a de Duende, bradou:

— E eu *insisto* que a culpa é sua, cara de larva, arremedo de isca para peixe. Eu transformaria seu cérebro em pudim, se você tivesse um, por ter me metido nisso.

— Minha culpa? Minha culpa? Pelos deuses! Ele mente até para si mesmo. Eu tive de convencê-lo da própria ideia? Olhe ali, bafo de guano. Meystrikt fica depois daquela colina. Eles vão se lembrar de nós muito melhor do que se lembraram em Rosas. Agora, vou lhe perguntar apenas uma vez: como vamos passar por lá sem que cortem nossas gargantas?

Após um alívio inicial, parei minha corrida em direção à estrada. Falei para Perseguidor:

— Eles estão cavalgando. Onde acha que conseguiram cavalos? — Tentei ver o lado bom. — Talvez tenham ganhado num jogo, e não foram apanhados trapaceando. Se Caolho tiver deixado isso com Duende. — Caolho é tão incompetente em trapacear em jogos quanto é em jogá-los corretamente. Há ocasiões em que penso que ele tem um sincero desejo de morrer.

— Você e seu maldito amuleto — guinchou Duende. — A Dama não consegue achá-lo. Genial. Mas nós também não.

— *Meu* amuleto? *Meu* amuleto? Para início de conversa, quem diabos deu isso a Chagas?

— Quem projetou o encanto que está nele agora?

— Quem o lançou? Me diga isso, cara de sapo. Me diga isso.

Fui para a borda do mato. Eles já haviam passado. Perseguidor se juntou a mim. Até mesmo Cão Mata-Sapo veio olhar.

— Parem, rebeldes! — gritei. — O primeiro a se mexer morre.

Que burrice, Chagas. Uma verdadeira burrice. A reação deles foi rápida e vistosa. E quase me matou.

Eles sumiram em nuvens brilhantes. Insetos irromperam em volta de Perseguidor e de mim. Uma variedade maior de bichos do que eu imaginava que existisse, cada um interessado apenas em me fazer de jantar.

Cão Mata-Sapo rosnou e abocanhou.

— Parem com isso, seus palhaços — berrei. — Sou eu. Chagas.

— Quem é Chagas? — perguntou Caolho a Duende. — Você conhece alguém chamado Chagas?

— Conheço. Mas não acho que a gente deva parar — retrucou Duende após esticar a cabeça para fora das nuvens para verificar. — Ele merece isso.

— Claro — concordou Caolho. — Mas Perseguidor é inocente. Não consigo uma sintonia fina o bastante para pegar apenas Chagas.

Os insetos voltaram às suas atividades rotineiras de insetos. Comer uns aos outros, acho. Contive minha raiva e saudei Caolho e Duende, ambos adotando expressões de inocência e contrição.

— O que vocês têm a dizer em sua defesa, rapazes? Belos cavalos. Será que as pessoas às quais eles pertencem virão procurá-los?

— Espere aí — grasnou Duende. — Não venha nos acusar de...

— Eu conheço vocês, rapazes. Desçam desses animais e venham comer. Decidiremos amanhã o que fazer com eles.

Dei as costas para eles. Perseguidor já havia voltado para a fogueira de nossa comida. Ele serviu o jantar. Fiquei pensando na situação, minha calma ainda abalada. Que burrice, roubar cavalos! E com o rebuliço que já haviam causado... A Dama tinha agentes por toda parte. Podemos não ser lá grande coisa como inimigos, mas somos os que ela tem. Alguém acabaria concluindo que a Companhia Negra estava de volta ao norte.

Adormeci pensando em voltar. A direção menos provável para os caçadores procurarem seria no caminho para o Vale do Medo. Mas não podia dar essa ordem. Muita coisa dependia de nós. Contudo, meu otimismo anterior estava em sério risco.

Malditos palhaços irresponsáveis.

No passado, na linha de fogo, o Capitão, que morreu em Zimbro, devia ter sentido o mesmo. Todos dávamos razão a ele.

Ansiei por um sonho dourado. Dormi agitado. Não veio sonho algum. Na manhã seguinte, instalei Duende e Caolho na carroça, debaixo de todo o entulho que julgamos necessário à nossa expedição, abandonamos os cavalos e levamos a carroça através de Meystrikt. Cão Mata-Sapo foi à frente. Perseguidor caminhava ao lado. Eu conduzia. Debaixo da lona, Duende e Caolho reclamavam e bufavam. A guarnição no forte simplesmente perguntou aonde íamos, de um modo tão entediado que eu sabia que não se importavam nem um pouco.

Aquelas terras foram subjugadas desde a última vez que passei por lá. A guarnição nem se dava ao trabalho de erguer sua cabeça cruel.

Aliviado, virei para a estrada que levava a Olmo e Remo. E para a Grande Floresta mais além.

Capítulo Vinte e Sete

REMO

— Esse tempo nunca melhora? — gemeu Caolho.

Por uma semana havíamos nos arrastado em direção ao norte, castigados pelos aguaceiros diários. As estradas estavam péssimas e prometiam ficar piores. Praticando meu Forsberger com lavradores no caminho, aprendi que aquele tempo tinha se tornado comum nos últimos anos. Tornava difícil enviar as safras para a cidade e, pior, deixava os grãos ficarem à mercê de doenças. Já ocorrera uma epidemia de ergotismo em Remo, uma doença com origem no centeio infectado. Havia, também, muitos insetos. Especialmente mosquitos.

Os invernos, embora anormais em neve e chuva, eram mais moderados do que quando estivemos por aqui. Invernos moderados não são bons para o controle de pestes. Por outro lado, o número de animais de caça diminuiu porque eles não conseguiam forragem nas neves profundas.

Ciclos. Apenas ciclos, os antigos me asseguraram. Os invernos ruins surgiram após a passagem do Grande Cometa. Mas ainda assim achavam que se tratava de um ciclo entre outros ciclos.

O clima de hoje já é o mais impressionante de todos os tempos.

— Avença — comentou Duende, e ele não estava fechando nenhum acordo. Aquela fortaleza, que a Companhia tomara dos rebeldes anos antes, surgiu no horizonte. A estrada serpenteia por baixo de suas muralhas carrancudas. Fiquei perturbado, como sempre ficava quando nosso caminho se aproximava de um bastião imperial. Mas, desta vez, não foi preciso. A Dama estava tão confiante em Forsberg que a grande fortaleza permanecia abandonada. Aliás, fechada como estava, parecia arrasada. Seus vizinhos estavam roubando peça por peça, segundo o costume dos camponeses por todo o mundo. Creio que seja a única retribuição que conseguem pelos seus impostos, embora talvez precisem esperar gerações para perder a paciência.

— Amanhã, Remo — anunciei ao deixarmos a carroça do lado de fora de uma estalagem alguns quilômetros depois de Avença. — E, desta vez, não haverá cagadas. Ouviram?

Caolho teve a benevolência de parecer envergonhado. Mas Duende estava prestes a discutir.

— Silêncio — falei. — Vou mandar Perseguidor surrar você e o amarrar. Isso não é um jogo.

— A vida é um jogo, Chagas — retrucou Caolho. — Você a leva a sério demais. — Mas ele se comportou, tanto naquela noite quanto no dia seguinte, quando entramos em Remo.

Consegui um lugar bem longe das áreas que frequentamos antes. Era usado por pequenos comerciantes e viajantes. Não atraímos nenhuma atenção especial. Perseguidor e eu ficamos de olho em Duende e Caolho. Eles, porém, não pareciam dispostos a bancar os idiotas novamente.

No dia seguinte, fui procurar o ferreiro chamado Areno. Perseguidor me acompanhou. Duende e Caolho ficaram para trás, coagidos pelas ameaças mais terríveis que consegui inventar.

Achamos facilmente a forja de Areno. Havia muito tempo que ele se dedicava ao ofício, e era bastante conhecido entre seus colegas. Seguimos as indicações. Elas me levaram através de ruas familiares. A Companhia tivera algumas aventuras aqui.

Enquanto caminhávamos, comentei-as com Perseguidor. Observei:

— Muita coisa foi reconstruída desde então. Destruímos bastante este lugar.

Cão Mata-Sapo se aproximou, atrasado como sempre. Parou subitamente, olhou em volta, desconfiado, tentou alguns passos, depois mergulhou de barriga.

— Problema — avisou Perseguidor.

— De que tipo? — Não havia nada óbvio ao olhar.

— Não sei. Ele não fala. Está simplesmente fazendo seu número de "problemas à frente".

— Tudo bem. Não custa nada ser cauteloso.

Entramos num lugar que vendia e reformava arreios e tachas. Perseguidor inventou uma história de que precisava de uma sela para um caçador de animais de grande porte. Fiquei na porta, vigiando a rua.

Não vi nada de incomum. O movimento normal de pessoas que cuidavam de seus assuntos normais. Porém, após algum tempo, notei que a forja de Areno não tinha encomendas. Que nenhum som de oficina de ferreiro vinha do interior dela. Era de se esperar que ele supervisionasse um pelotão de aprendizes e artesãos.

— Ei. Proprietário. O que houve com a forja ali do outro lado? Na última vez que estivemos aqui, ele nos fez um trabalho. O lugar parece vazio.

— Rapazes cinzentos, foi o que aconteceu. — Ele pareceu desconfortável. Rapazes cinzentos eram os imperialistas. As tropas do norte usavam cinza. — O idiota não aprendeu no passado. Esteve na rebelião.

— Que pena. Era um bom ferreiro. O que leva, afinal, gente comum a se meter com política? Pessoas como nós já têm problemas o bastante apenas tentando ganhar a vida.

— Sei bem disso, irmão. — O fabricante de tachas balançou a cabeça. — Vou dizer uma coisa a você. Se precisar de ferreiro, procure em outro lugar. Os rapazes cinzentos andam por aí, falando com qualquer um que se aproximar.

Nesse momento, um imperialista surgiu pela lateral da oficina e atravessou para uma barraca de tortas.

— Maldito sujeito atrapalhado — falei. — E grosseiro.

O homem das tachas me olhou de esguelha. Perseguidor disfarçou bem, fazendo com que ele voltasse ao seu serviço. Não era tão idiota quanto parecia. Talvez apenas sem muito traquejo social.

Mais tarde, após expressar o desejo de pensar no negócio que o homem havia proposto e sairmos, Perseguidor perguntou:

— E agora?

— Poderíamos levar Duende e Caolho após escurecer, usar o encanto de sono deles, entrar e ver o que tem para se ver lá. Mas não acho provável que os imperialistas tenham deixado algo interessante. Poderíamos descobrir o que fizeram com Areno e tentar entrar em contato com ele. Ou ir para a Terra dos Túmulos.

— Parece mais seguro.

— Por outro lado, não saberíamos aonde ir. O fato de Areno ter sido levado pode significar alguma coisa. É melhor falarmos com os outros. Verificar nossos recursos.

— Quanto tempo até que aquele vivandeiro desconfie? — grunhiu Perseguidor. — Quanto mais pensar a respeito, mais vai começar a perceber que estávamos interessados no ferreiro.

— Talvez. Mas não vou me preocupar com isso.

Remo é uma cidade de tamanho razoável. Apinhada. Cheia de distrações. Entendi como Duende e Caolho foram seduzidos por Rosas. A última cidade grande que a Companhia ousou visitar foi Chaminé. Isso acontecera há seis anos. Desde então, só tivemos tempos ruins e cidades menores do que você pode imaginar. Eu mesmo lutei contra tentações. Conhecia locais de interesse em Remo.

Perseguidor me manteve na linha. Nunca conheci um homem menos interessado nas armadilhas que tentam os homens.

Duende achou que deveríamos colocar os imperialistas para dormir e interrogá-los. Caolho queria dar o fora da cidade. A sintonia entre eles havia sucumbido como gelo sob o sol.

— Logicamente — sugeri —, eles reforçam a guarda após escurecer. Mas, se arrastarmos vocês até lá agora, alguém certamente irá reconhecê-los.

— Então encontre aquele rapaz que trouxe a primeira carta — disse Duende.

— Boa ideia. Mas pense nisso. Supondo que teve muita sorte, ele ainda estaria muito distante daqui. Ele não pegou uma carona como a gente. Não vai adiantar. Vamos dar o fora. Remo está me deixando nervoso. — Muitas tentações, muitas chances de sermos reconhecidos. E decididamente muita gente. O isolamento se arraigou em mim lá no Vale.

Duende quis discutir. Tinha ouvido dizer que as estradas do norte eram terríveis.

— Eu sei — rebati. — Também sei que o exército está construindo uma nova rota para a Terra dos Túmulos. Já levaram seu limite setentrional tão longe que os comerciantes a estão usando.

Acabou-se a discussão. Eles queriam se mandar tanto quanto eu. Apenas Perseguidor parecia relutante agora. Logo ele, que fora o primeiro a achar melhor irmos embora.

Capítulo Vinte e Oito

PARA A TERRA DOS TÚMULOS

O clima de Remo não era nada empolgante. Mais para o norte, tornou-se miseravelmente mais pesado, embora os engenheiros do império tivessem feito o melhor possível para deixar a estrada da floresta utilizável. A maior parte consistia em madeira, toras aparadas cobertas de alcatrão e colocadas lado a lado. Em áreas onde a neve se tornava detestável, havia estruturas sustentando coberturas de lona.

— Um objetivo estupendo — comentou Duende.

— Hum. — Supostamente não havia nenhuma preocupação quanto ao Dominador desde o triunfo da Dama em Zimbro. Aquilo parecia esforço demais para se manter a estrada aberta.

A nova estrada serpenteava muitos quilômetros a oeste da antiga porque o Rio Grande Trágico mudara seu leito e continuava a fazê-lo. A viagem de Remo à Terra dos Túmulos estava uns 25 quilômetros mais longa. Os últimos 75 não estavam totalmente prontos. Passamos por maus bocados.

Encontramos um ou outro comerciante seguindo para o sul. Todos balançaram a cabeça e nos disseram que estávamos perdendo tempo. As fortunas tinham se evaporado. As tribos haviam caçado os ursos peludos até a extinção.

Perseguidor estava preocupado desde que deixamos Remo. Eu não conseguia compreender o motivo. Talvez superstição. A Terra dos Túmulos permanece um grande temor para as classes mais baixas de Forsberg. O Dominador é o bicho-papão que as mães conjuram para amedrontar as crianças. Embora tenha sumido há quatrocentos anos, sua marca permanece indelével.

Demorou uma semana para cobrirmos os últimos 70 quilômetros. Minha preocupação com o tempo crescia. Talvez não chegássemos em casa antes do inverno.

Mal havíamos saído da floresta e entrado na clareira da Terra dos Túmulos. Parei.

— Ela mudou.

Duende e Caolho se arrastaram para trás de mim.

— Eca — guinchou Duende. — Mudou mesmo.

Parecia quase abandonada. Era um pântano atualmente, com apenas as pontas mais altas dos túmulos propriamente ditos identificáveis. Da última vez que a visitamos, uma horda de imperialistas a estava limpando, consertando, analisando com uma barulheira e um alvoroço incansáveis.

O quase silêncio reinava. Aquilo me perturbava mais do que o estado decadente da Terra dos Túmulos. Uma lenta, contínua garoa debaixo de um céu cinzento. Frio. E nenhum som.

As toras de madeira estavam completas aqui. Fomos em frente. Somente quando entramos na cidade, formada por construções, em sua maior parte, com a tinta descascando e em ruínas, avistamos uma pessoa. Uma voz bradou:

— Parem e declarem seus negócios aqui.

Parei.

— Onde você está?

Cão Mata-Sapo, mais ambicioso que o normal, trotou até uma estrutura abandonada e farejou. Um membro da Guarda saiu para a garoa.

— Aqui.

— Ah. Você me assustou. Meu nome é Círio. De Círio, Ferreiro, Ferreiro, Alfaiate e Filhos. Comerciantes.

— É? E esses outros?

— Ferreiro e Alfaiate aqui dentro. Aquele é Perseguidor. Ele trabalha para nós. Somos de Rosas. Soubemos que a estrada para o norte estava aberta novamente.

— Agora você sabe que é verdade. — Ele deu uma risadinha. Percebi que estava de bom humor por causa do tempo. Para os padrões da Terra dos Túmulos, era um belo dia.

— Qual é o procedimento? — perguntei. — Onde podemos nos acomodar?

— A Árvore Azul é o único lugar. Eles ficarão contentes com a clientela. Instalem-se e se apresentem amanhã no quartel-general.

— Certo. Onde é a Árvore Azul?

Ele me indicou o caminho. Estalei os arreios. A carroça avançou.

— Ele pareceu meio relaxado — comentei.

— Para onde você fugiria? — contrapôs Caolho.

Eles sabem que estamos aqui. Só existe uma saída. Se não rezarmos pela cartilha deles, eles nos pegam de jeito.

O lugar transmitia aquela sensação.

Também havia outra sensação que o clima parecia carregar. Abatimento. Depressão. Sorrisos eram raros e, quando ocorriam, eram, na maior parte, comerciais.

O estribeiro da Árvore Azul não pediu nomes, apenas pagamento adiantado. Os outros comerciantes nos ignoraram, embora o comércio de peles tradicionalmente fosse um monopólio de Remo.

No dia seguinte, alguns habitantes do lugar apareceram para examinar nossas mercadorias. Eu havia carregado nosso estoque com coisas que sabia que vendiam bem, mas fizemos poucos negócios. Somente a bebida atraiu algumas ofertas. Perguntei como entrar em contato com as tribos.

— Você espera. Elas vêm quando querem.

Feito isso, fui ao quartel-general da Guarda. Estava inalterado, embora o complexo em volta parecesse mais andrajoso.

O primeiro homem que encontrei era um de que me lembrava. E era o tal com quem deveria lidar.

— Meu nome é Círio — anunciei. — De Círio, Ferreiro, Ferreiro, Alfaiate e Filhos, de Rosas. Comerciantes. Mandaram que viesse me apresentar aqui.

Ele me olhou de um modo estranho, como se algo lá no fundo o perturbasse. Lembrou-se de algo. Não queria que ele se preocupasse com isso como se fosse uma cárie num dente. Talvez descobrisse a resposta.

— Houve muitas mudanças desde que estive aqui, no exército.

— Mudanças pra cachorro — resmungou. — Pra cachorro. Piora a cada dia. Acha que alguém se importa? Vamos apodrecer aqui. São quantos no seu grupo?

— Quatro. E um cachorro.

Não foi uma boa jogada. Ele fechou a cara. Não tinha senso de humor.

— Nomes?

— Círio. Um Ferreiro. Alfaiate. Perseguidor. Ele trabalha para nós. E Cão Mata-Sapo. Temos de chamá-lo pelo nome completo, ou ele fica incomodado.

— Temos um engraçadinho aqui, hein?

— Ei. Sem querer ofender, mas este lugar precisa ser um pouco arejado.

— É. Você sabe ler?

Fiz que sim.

— As regras estão pregadas ali. Vocês têm duas opções: obedecê-las ou morrer. Bainha!

Um soldado saiu de uma sala nos fundos.

— Sim, sargento?

— Novo comerciante. Você fica responsável por ele. Você está na Árvore Azul, Círio?

— Estou. — A lista de regras não mudara. Era o mesmo papel, quase desbotado demais para se ler. Basicamente, o que dizia era: não se meta com a Terra dos Túmulos. Tente e, se *ela* não o matar, nós o mataremos.

— Senhor? — disse o soldado. — Quando estiver pronto.

— Estou pronto.

Voltamos à Árvore Azul. O soldado verificou nosso material. As únicas coisas que o intrigaram foram meu arco e o fato de estarmos bem-armados.

— Por que tantas armas?

— Há relatos sobre problemas com as tribos.

— A maioria é exagerado. Há apenas furtos. — Duende e Caolho não atraíram atenção especial. Fiquei contente. — Você leu as regras. Obedeça-as.

— Eu as conheço de antigamente — falei. — Fiquei baseado aqui quando estava no exército.

Ele me olhou cautelosamente, fez que sim e foi embora.

Todos suspiramos aliviados. Duende retirou o encanto de ocultação sobre o material que ele e Caolho tinham trazido. O canto vazio atrás de Perseguidor se encheu de tralha.

— Ele pode voltar logo — protestei.

— Não é bom manter um encanto por mais tempo que o necessário — explicou Caolho. — Pode haver alguém por perto capaz de detectá-lo.

— Certo. — Abri as persianas de nossa única janela. As dobradiças guincharam. — Graxa — sugeri. Olhei para a cidade. Estávamos no terceiro andar do prédio mais alto fora do complexo da Guarda. Dava para ver a casa de Bomanz dali. — Pessoal. Olhe aquilo.

Eles olharam.

— Está num maldito bom estado, hein? — Quando a vi pela última vez, era uma candidata a demolição. O medo supersticioso a manteve sem uso. Lembrei-me de passar várias vezes por ali. — Está a fim de um passeio, Perseguidor?

— Não.

— Como quiser. — Perguntei-me se ele teria inimigos ali. — Mas eu me sentiria melhor se você viesse junto.

Ele afivelou a espada. Saímos e descemos a rua — se é que se podia chamar assim aquela extensão de lama. A estrada de troncos ia apenas até o complexo, além de um pequeno desvio que levava à Árvore Azul. Mais além, havia apenas passarelas.

Fingimos olhar a paisagem. Contei a Perseguidor histórias sobre minha última visita, a maior parte próximas da verdade. Estava tentando adotar uma imagem de estrangeiro tagarela e alegre. Fiquei imaginando se estava perdendo meu tempo. Não vi ninguém interessado no que eu pudesse dizer.

A casa de Bomanz tinha sido adoravelmente restaurada. Contudo, não parecia ocupada. Ou vigiada. Ou mesmo tida como um monumento. Curioso. Na hora do jantar, perguntei sobre ela a nosso estalajadeiro. Ele já havia me classificado como um idiota nostálgico. E nos contou:

— Um sujeito se mudou para lá, há uns cinco anos. Aleijado. Fazia uns serviços para a Guarda. Nas horas vagas, ajeitava o lugar.

— O que aconteceu com ele?

— Algum tempo atrás, uns quatro meses, acho, teve um ataque ou algo parecido. Foi encontrado ainda vivo, mas como um vegetal. Levaram-no para o complexo da Guarda. Pelo que sei, ele continua lá. É alimentado como um bebê. Quem possui mais informações é aquele rapaz que esteve aqui para verificar as coisas de vocês. Ele e Gaio eram amigos.

— Gaio, hein? Obrigado. Mais uma jarra.

— Sem essa, Chagas — retrucou Caolho em voz baixa. — Esqueça a cerveja. É o próprio cara quem faz. É horrível.

Ele tinha razão. Mas eu estava me preparando para refletir bastante.

Tínhamos de entrar naquela casa. Isso significava ação noturna e usar as habilidades de magos. Também implicava nosso maior risco desde as burradas que Duende e Caolho cometeram em Rosas.

Caolho perguntou a Duende:

— Acha que estamos diante de uma assombração?

Duende sugou o lábio.

— Preciso dar uma olhada.

— O que está havendo? — perguntei.

— Preciso ver o homem para saber com certeza, Chagas, mas o que aconteceu com esse tal de Gaio não parece ter sido um ataque.

Duende concordou com a cabeça.

— Parece ter sido alguém que saiu do corpo e foi pego.

— Talvez possamos dar um jeito de vê-lo. E a respeito da casa?

— Primeiro, temos de ter certeza de que não é uma enorme assombração. Como, por exemplo, o fantasma de Bomanz.

Esse tipo de conversa me deixa nervoso. Não acredito em fantasmas. Ou não quero acreditar.

— Se ele foi apanhado, ou retirado, é preciso se perguntar como e por quê. O fato de ter acontecido onde Bomanz vivia tem de ser levado em consideração. Algo deixado lá desde a época dele pode ter alcançado esse tal de Gaio. Pode nos alcançar, se não tivermos cuidado.

— Complicações — resmunguei. — Sempre complicações.

Duende deu uma risadinha.

— Tome cuidado — alertei. — Ou posso vendê-lo para quem pagar mais.

Uma hora depois, caiu um violento temporal. Uivou e martelou a estalagem. Goteiras começaram a se formar no teto. Quando avisei isso, nosso estalajadeiro estourou, mas não comigo. Evidentemente, fazer consertos não era fácil diante das atuais condições, mas eram necessários para que o lugar não deteriorasse inteiramente.

— A maldita lenha do inverno é a pior — reclamou. — Não posso deixá-la lá fora. Ou fica enterrada na neve ou tão encharcada que é impossível secá-la. Em um mês, este lugar vai estar abarrotado até o teto. Pelo menos guardá-la aqui dentro a torna menos difícil de ser queimada.

Perto da meia-noite, após a Guarda ter trocado de sentinela e a seguinte ter tido tempo de ficar entediada e sonolenta, deslizamos para fora. Duende cuidou para que todos no interior da estalagem estivessem dormindo.

Cão Mata-Sapo trotava adiante, procurando testemunhas. Encontrou apenas uma. Duende também cuidou dela. Numa noite como aquela ninguém estava fora de casa. Eu gostaria de não estar.

— Cuidem para que ninguém veja nenhuma luz — alertei após nos esgueirarmos para dentro. — Se tivesse de arriscar, diria para começarmos lá em cima.

— Se tivesse de chutar — contrapôs Caolho —, diria para primeiro procurarmos por assombrações ou armadilhas.

Olhei para a porta. Eu não tinha pensado nisso antes de empurrá-la.

Capítulo Vinte e Nove

A TERRA DOS TÚMULOS, UM TEMPO ATRÁS

O coronel chamou Bainha. O jovem tremeu ao ficar diante da escrivaninha de Brando.

— Há perguntas que precisam ser respondidas, rapaz — declarou Brando. — Comece por me contar o que sabe sobre Gaio.

Bainha engoliu em seco.

— Sim, senhor — respondeu ele. E contou muito mais, quando Brando insistiu em repetir cada palavra que havia sido trocada entre os dois. Ele contou tudo, menos a parte sobre a mensagem e o oleado.

— Curioso — observou Brando. — Muito. Isso é tudo?

Bainha mudou nervosamente de posição.

— Como assim, senhor?

— Digamos que o que encontramos no oleado foi interessante.

— Senhor?

— Parecia ser uma longa carta, embora ninguém fosse capaz de lê-la. Estava numa língua que ninguém conhece. Poderia ser a língua das Cidades Preciosas. O que quero saber é: quem deveria recebê-la? Seria única ou parte de uma série? Nosso amigo está encrencado, rapaz. Caso se recupere, está frito. Muito. Desocupados de verdade não escrevem longas cartas a ninguém.

— Bem, senhor, como disse, ele estava tentando localizar os filhos. E pode ter vindo de Opala...

— Eu sei. Há provas circunstanciais da parte dele. Talvez consiga me satisfazer, quando voltar a si. Por outro lado, sendo esta a Terra dos Túmulos, qualquer coisa notável se torna suspeita. Outra pergunta, rapaz. E precisa responder satisfatoriamente, ou também estará frito. Por que tentou esconder o pacote?

O ponto crucial. O momento do qual não havia escapatória. Ele rezara para que não chegasse. Agora, enfrentando-o, Bainha sabia que sua lealdade a Gaio era desproporcional à provação.

— Ele me pediu que, se algo lhe acontecesse, enviasse uma carta a Remo. Uma carta no oleado.

— Então ele esperava por problemas?

— Não sei. Não sei o que havia na carta nem por que queria que ela fosse entregue. Apenas me deu um nome. Depois pediu que eu dissesse uma coisa ao senhor, assim que a carta tivesse sido entregue.

— Ah?

— Não me lembro das palavras exatas. Ele pediu que eu dissesse ao senhor que a coisa no Grande Túmulo não está mais adormecida.

Brando pulou da cadeira como se tivesse levado uma ferroada.

— É mesmo? E como ele soube? Não importa. O nome. Já. Quem receberia o pacote?

— Um ferreiro em Remo. Chamado Areno. É tudo que sei, senhor. Juro.

— Certo. — Brando parecia distraído. — Volte aos seus afazeres, rapaz. Diga ao major Fenda que quero falar com ele.

— Sim, senhor.

Na manhã seguinte, Bainha viu o major Fenda e um destacamento saírem a cavalo, com ordens para prender o ferreiro Areno. Sentiu-se terrivelmente culpado. Como pôde ter traído alguém? Ele próprio poderia ter sido traído, se Gaio fosse um espião.

Ele amenizou a própria culpa cuidando de Gaio com devoção religiosa, mantendo-o limpo e alimentado.

Capítulo Trinta

UMA NOITE TUMULAR

Duende e Caolho levaram apenas minutos para examinar a casa.
— Nenhuma armadilha — anunciou Caolho. — Também não há fantasmas. Algumas antigas ressonâncias de feitiços encobertos por alguns mais recentes. No andar de cima.

Peguei um pedaço de papel. Nele estavam minhas anotações sobre as cartas de Bomanz. Subimos. Embora estivessem confiantes, Duende e Caolho deixaram que eu fosse à frente. Bons amigos.

Antes de acender a lamparina, para me certificar, verifiquei se a janela estava fechada. Então:

— Façam as magias de vocês. Vou dar uma olhada por aí.

Perseguidor e Cão Mata-Sapo permaneceram à porta. Não era um quarto grande.

Examinei os títulos dos livros antes de iniciar uma pesquisa séria. O homem possuíra um gosto eclético. Ou, talvez, tivesse colecionado o que era mais barato.

Não encontrei nenhum papel.

O lugar não parecia ter sido saqueado.

— Caolho. Você pode dizer se este lugar foi revistado?

— Provavelmente não. Por quê?

— Os papéis não estão aqui.

— Procurou onde ele escondia as coisas? Como ele falou?

— Em todo canto, menos um.

Uma lança estava num canto. E, de fato, quando a torci, sua ponta saiu e revelou uma haste oca. Dentro dela estava o mapa mencionado na história. Nós o abrimos sobre a mesa.

Um arrepio percorreu minha espinha.

Aquilo era história de verdade. Aquele mapa moldara o mundo atual. A despeito da minha pouca compreensão de TelleKurre e do meu ainda mais fraco conhecimento de símbolos de feitiçaria, senti o poder cartografado ali. Para mim, pelo menos, irradiava algo que me deixava num vaivém na fronteira entre o desconforto e o verdadeiro temor.

Duende e Caolho não sentiram isso. Ou ficaram intrigados demais. Juntaram as cabeças e examinaram a rota que Bomanz usou para alcançar a Dama.

— Um trabalho de 37 anos — falei.

— O quê?

— Foram necessários 37 anos para ele acumular essa informação. — Notei uma coisa. — O que é isso? — Era algo que não deveria estar lá, de acordo com o que me lembrava da história. — Já sei. Nosso correspondente acrescentou notas de sua autoria.

Caolho olhou para mim. Então olhou para o mapa. Então novamente para mim. Por fim, curvou-se para examinar a rota no mapa.

— Tem de ser. Não há outra resposta.

— O quê?

— Eu sei o que aconteceu.

Perseguidor se mexeu desconfortavelmente.

— Então?

— Ele tentou entrar lá. Através do único meio possível. E não conseguiu voltar.

Gaio tinha me escrito, dizendo que havia algo que precisava fazer e que os riscos eram grandes. Caolho estaria certo?

Sujeito corajoso.

Nada dos papéis. A não ser que estivessem escondidos melhor do que imaginava. Pediria a Duende e Caolho que procurassem. Fiz com que voltassem a enrolar o mapa e o recolocassem na haste da lança, depois falei:

— Estou aberto a sugestões.

— Sobre o quê? — guinchou Duende.

— Sobre como tirar esse sujeito da Guarda Eterna. E como colocar sua alma de volta dentro dele, para que possamos fazer perguntas. Algo assim.

Eles não pareceram entusiasmados. Caolho disse:

— Alguém tem de ir lá para ver o que há de errado. Então arrancá-lo e guiá-lo para fora.

— Entendi. — Bem demais. Tínhamos de botar as mãos no corpo vivo antes de fazer isso. — Vasculhem este quarto. Vejam se podem encontrar alguma coisa escondida.

Eles levaram meia hora. Meus nervos ficaram em frangalhos.

— Tempo demais, tempo demais — eu não parava de dizer. Eles me ignoraram.

A busca resultou num pedaço de papel muito velho, que continha uma chave cifrada. Estava dobrado no interior de um dos livros, não realmente escondido. Guardei-o. Talvez pudesse ser usado nos papéis lá do Buraco.

Saímos. Voltamos à Árvore Azul sem sermos descobertos. Todos soltamos fortes suspiros de alívio ao chegarmos ao nosso quarto.

— E agora? — perguntou Duende.

— Vamos dormir pensando nisso. Amanhã ainda será cedo demais para começarmos a nos preocupar. — Eu estava errado, é claro. Já estava preocupado.

Cada passo adiante tornava tudo mais complicado.

Capítulo Trinta e Um

NOITE NA TERRA DOS TÚMULOS

Os raios e os trovões continuaram a se exibir. Os clarões e os sons penetravam nas paredes como se elas fossem de papel. Dormi agitado, meus nervos mais despedaçados do que deviam. Os outros estavam mortos para o mundo. Por que eu não podia estar?

Começou como um pontinho num canto, um cisco de luz dourada. O cisco se multiplicou. Eu queria avançar e martelar Duende ou Caolho, chamá-los de mentirosos. O amuleto, em tese, deveria me manter invisível...

Levemente, surgiu o mais espectral dos sussurros, como o grito de um fantasma por uma longa e fria caverna.

— Médico. Onde está você?

Não respondi. Queria puxar meu cobertor sobre a cabeça, mas não conseguia me mover.

Ela permaneceu difusa, ondulando, incerta. Talvez estivesse com problemas para me localizar. Quando seu rosto ganhou substância momentaneamente, ela não olhou em minha direção. Seus olhos pareciam cegos.

— Você saiu do Vale do Medo — clamou, naquela voz distante. — Está em algum lugar do norte. Deixou um rastro gigantesco. É um insensato, meu amigo. Vou encontrá-lo. Não sabe disso? Não pode se esconder. Mesmo um vazio pode ser visto.

Ela não fazia ideia de onde eu estava. Tomei a decisão certa ao não responder. Ela queria que eu me denunciasse.

— Minha paciência não é ilimitada, Chagas. Mas você ainda pode vir para a Torre. Porém, venha logo. Sua Rosa Branca não tem muito tempo.

Finalmente consegui puxar o cobertor até o queixo. Que visão devo ter sido. Divertida, em retrospecto. Como um menininho com medo de fantasmas.

O brilho se apagou lentamente. Com isso, veio o nervosismo que me perseguira desde quando retornamos da casa de Bomanz.

Ao sossegar, olhei de relance para Cão Mata-Sapo. Captei o brilho reluzente de um único olho aberto.

Pois é. Pela primeira vez havia uma testemunha de uma das visitas. Só que era um cachorro.

Não creio que alguém já tenha acreditado em meus relatos sobre elas, embora sempre tenham sido verdadeiros.

Dormi.

Duende me acordou.

— Café da manhã.

Comemos. Fizemos um teatro, procurando compradores para nossas mercadorias, buscando novos contatos de longo prazo para futuros carregamentos. Os negócios não foram bons, exceto por nosso estalajadeiro ter se oferecido para comprar bebidas destiladas regularmente. Havia uma grande demanda entre a Guarda Eterna. Os soldados pouco tinham o que fazer, além de beber.

Almoço. Enquanto comíamos e preparávamos o espírito para a sessão de cabeçadas que se seguiria, soldados entraram na estalagem. Eles perguntaram ao dono do estabelecimento se algum hóspede havia saído na noite anterior. O bom e velho estalajadeiro negou a possibilidade. Alegou que tinha o mais leve dos sonos. Se alguém tivesse entrado ou saído, ele saberia.

Isso bastou para os soldados. Eles se foram.

— O que foi isso? — perguntei, quando o proprietário passou perto de nós.

— Alguém invadiu a casa de Gaio ontem à noite — respondeu ele. Então seus olhos se estreitaram. Lembrou-se de minhas outras perguntas. Falha minha.

— Curioso — observei. — Por que alguém faria isso?

— Sim. Por quê? — Ele foi cuidar de seus assuntos, mas permaneceu pensativo.

Fiquei pensativo também. Como detectaram nossa visita? Tivemos o cuidado de não deixar vestígios.

Duende e Caolho ficaram igualmente perturbados. Apenas Perseguidor pareceu não se preocupar. Seu único desconforto era estar lá, perto da Terra dos Túmulos.

— O que podemos fazer? — indaguei. — Estamos cercados e em desvantagem numérica, e talvez agora sejamos suspeitos. Como colocar a mão nesse tal de Gaio?

— Isso não é problema — declarou Caolho. — O verdadeiro problema é dar o fora após fazermos isso. Se conseguíssemos chamar uma baleia do vento a tempo...

— Me explique como fazer isso seria fácil.

— No meio da noite, vamos até o complexo da Guarda, usamos o encanto de adormecer, pegamos o homem e seus papéis, chamamos seu espírito de volta e o levamos para fora. Mas e depois? Hein, Chagas? E depois o quê?

— Para onde fugimos? — refleti. — E como?

— Há uma resposta — propôs Perseguidor. — A floresta. A Guarda não conseguiria nos encontrar lá. Se formos capazes de atravessar o Grande Trágico, estaremos salvos. Eles não têm homens suficientes para uma caçada.

Mordi o canto da unha. Tinha a ver com o que Perseguidor disse. Supus que ele conhecesse matas e tribos bem o bastante para sobrevivermos carregando um homem ferido. Porém superar isso apenas levaria a outro problema.

Ainda haveria milhares de quilômetros para cruzarmos até o Vale do Medo. Com o império alertado.

— Esperem aqui — disse a todos e saí.

Corri para o conjunto imperial, entrei na sala que tinha visitado antes, respirei fundo e examinei o mapa sobre a parede. O rapaz que havia verificado nosso grupo à procura de contrabando se aproximou.

— Posso ajudá-lo?

— Creio que não. Só queria consultar o mapa. Ele ainda é preciso?

— Não mais. O leito do rio se alterou em mais de 1,5 quilômetro. E a maior parte da zona sujeita a inundações não está mais coberta de vegetação. A água arrastou tudo.

— Hum. — Passei o dedo pelo mapa, fazendo estimativas.
— Por que quer saber disso?
— Negócios — menti. — Soube que talvez possamos entrar em contato com uma das maiores tribos em volta de um lugar chamado Rochas das Águias.
— São 70 quilômetros. Não conseguiriam. Eles os matariam e ficariam com o que vocês têm. O único motivo pelo qual não perturbam a Guarda e a estrada é porque elas são protegidas pela Dama. Se o próximo inverno for tão ruim quanto o último, nem isso os impedirá.
— Hum. Bem, era uma ideia. Seu nome é Bainha?
— É. — Seus olhos se estreitaram com desconfiança.
— Soube que você tem cuidado de um sujeito... — deixei a frase no ar. Sua reação não foi a que eu esperava. — Bem, é o que dizem na cidade. Obrigado pelo conselho. — Saí. Mas temia ter dado uma mancada.
Logo eu *tive certeza* de que tinha dado uma mancada.
Um pelotão comandado por um major apareceu na estalagem apenas alguns minutos após meu retorno. Prenderam todos nós antes que soubéssemos o que estava acontecendo. Duende e Caolho quase não tiveram tempo de lançar um encanto para ocultar seu material.
Fingimos ignorância. Amaldiçoamos, rosnamos e choramingamos. Não adiantou. Nossos captores sabiam menos do que nós por que estávamos sendo presos. Simplesmente seguiam ordens.
Tive certeza pelo olhar do estalajadeiro de que ele nos denunciara como suspeitos. Eu esperava que Bainha tivesse contado algo sobre minha visita, o que provavelmente piorara as coisas para o nosso lado. Fosse como fosse, estávamos a caminho das celas.
Dez minutos após a porta ser trancada ruidosamente, o próprio comandante da Guarda Eterna apareceu. Suspirei aliviado. Ele não estivera na Terra dos Túmulos muito tempo antes. Pelo menos não era alguém que conhecíamos. Ele não devia nos conhecer.
Havíamos tido tempo de ensaiar uma desculpa usando a linguagem dos sinais. Todos nós, menos Perseguidor. Ele, porém, parecia perdido em si mesmo. Não tinham deixado que seu cachorro o acompanhasse. Ficara muito aborrecido por causa disso. Deixou os sujeitos que nos prenderam apavorados. Por um minuto acharam que teriam de lutar com ele.

O comandante nos observou, então se apresentou:

— Eu sou o coronel Brando. Comando a Guarda Eterna. — Bainha rondava atrás dele, aflito. — Pedi que vocês fossem trazidos aqui por causa dos aspectos incomuns de seu comportamento.

— Violamos sem querer alguma regra que não está exposta publicamente? — perguntei.

— De modo algum. De modo algum. A questão é inteiramente circunstancial. Algo que poderiam chamar de intenção não declarada.

— Não estou entendendo, senhor.

Ele começou a andar de um lado para o outro do corredor no exterior de nossa cela. Para lá e para cá.

— Há um ditado que diz que ações falam mais do que palavras. Recebi relatos a respeito de vocês provenientes de várias fontes. A respeito da excessiva curiosidade sobre assuntos que não dizem respeito aos seus negócios.

Fiz o melhor que pude para parecer perplexo.

— O que há de estranho em se fazer perguntas numa cidade nova? Meus colegas nunca estiveram aqui. Já faz muito tempo que eu estive. As coisas mudaram. De qualquer modo, este é um dos lugares mais interessantes do império.

— Um dos mais perigosos também, comerciante. Círio, não é mesmo? Sr. Círio, esteve aqui a serviço. Em que unidade?

Isso eu podia responder sem hesitar.

— Crista do Pato, coronel Lot. Segundo batalhão. — Eu estive *mesmo* aqui, afinal de contas.

— Sim. A brigada mercenária de Rosas. Qual era a bebida favorita do coronel?

Essa não.

— Eu era um piqueiro, coronel. Não bebia com o brigadeiro.

— Certo. — Deu uma caminhada. Eu não sabia dizer se a resposta funcionou ou não. A Crista do Pato não havia sido uma unidade popular, renomada, como a Companhia Negra. Quem diabos se lembraria de algo a respeito dela? Após tanto tempo. — Vocês precisam entender minha posição. Com aquela coisa enterrada ali, a paranoia se torna um risco ocupacional. — Apontou na direção onde deveria estar o Grande Túmulo. Então foi embora a passos largos.

— O que diabos foi isso? — perguntou Duende.

— Não sei. E não tenho certeza se quero descobrir. De alguma maneira, nos metemos numa grande encrenca. — Eu falei isso para o caso de bisbilhoteiros estarem nos escutando.

Duende captou a deixa.

— Droga, Círio. Eu disse a você que não devíamos ter vindo aqui. Eu disse que o pessoal de Opala tinha um acordo com a Guarda.

Caolho entrou na jogada. Eles realmente acabaram comigo. Enquanto isso, conversávamos com a linguagem de sinais, decididos a esperar pela decisão do coronel.

De qualquer modo, não poderíamos fazer muita coisa sem revelar nossas cartas.

Capítulo Trinta e Dois

PRESOS NA TERRA DOS TÚMULOS

Foi péssimo. Pior do que suspeitávamos. Aqueles homens da Guarda eram mais do que paranoicos. Quero dizer, eles não faziam a menor ideia de quem éramos. Mas isso não os impedia de nada.

Metade de um pelotão apareceu rapidamente. Chocalhando e retinindo na porta. Sem conversa. Caras fechadas. Estávamos enrascados.

— Não acho que estão nos libertando — observou Duende.

— Fora — ordenou um sargento.

Saímos. Todos menos Perseguidor. Ele ficou lá, sentado. Tentei fazer uma piada.

— Ele sente falta do cachorro.

Ninguém riu.

Um dos guardas deu um soco no braço de Perseguidor. Ele levou muito tempo para se virar, olhar para o homem, o rosto vazio de sentimento.

— Você não devia ter feito isso — falei.

— Cale-se — vociferou o sargento. — Faça-o se mexer.

O homem que tinha dado um soco em Perseguidor avançou novamente para atingi-lo.

Poderia ter sido um tapinha amoroso em câmera lenta. Perseguidor alcançou por trás a mão que se movimentava para acertá-lo, agarrou o punho que investia e o quebrou. O soldado soltou um grito agudo. Perseguidor o jogou de lado. Seu rosto permaneceu vazio. Seu olhar seguiu o homem tardiamente. Ele parecia começar a se perguntar o que estava acontecendo.

Os outros guardas engoliram em seco. Então dois deles avançaram, armas em punho.

— Ei! Calma! — berrei. — Perseguidor...

Ainda naquela espécie de deserto mental, Perseguidor arrancou as armas dos soldados, jogou-as num canto e encheu os dois homens de porrada. O sargento ficou dividido entre o espanto e a afronta.

Tentei apaziguá-lo.

— Ele não é muito inteligente. Não se pode abordá-lo desse modo. É preciso explicar as coisas devagar, umas duas ou três vezes.

— Eu explicarei. — Ele começou a mandar o restante de seu pessoal para o interior da cela.

— Se o deixarem irritado, ele vai acabar matando alguém. — Falei isso depressa e fiquei imaginando o que diabos havia com Perseguidor e seu maldito vira-lata. Com o cachorro longe, Perseguidor se tornou um idiota. Com tendências homicidas.

O sargento deixou o bom senso superar a raiva.

— Ponha-o sob controle.

Entrei em ação. Eu sabia que não haveria nada bom no futuro próximo, tendo em vista a atitude dos soldados, mas não estava realmente preocupado. Duende e Caolho conseguiriam cuidar de qualquer problema que viesse depois. A questão agora era manter nossas cabeças e nossas vidas.

Quis cuidar dos três soldados machucados, porém não ousei. Só uma olhada em Caolho e Duende já daria pistas suficientes ao outro lado para que eles deduzissem, finalmente, quem nós éramos. Não fazia sentido eu lhes dar mais indícios. Foquei-me em Perseguidor. Assim que fui capaz de fazer com que ele se concentrasse em mim, não foi muito difícil conseguir me comunicar, acalmá-lo, explicar que iríamos a outro lugar com os soldados.

— Não deviam ter feito aquilo comigo, Chagas. — declarou Perseguidor. Parecia uma criança cujos sentimentos tinham sido feridos. Fiz uma careta. Mas os soldados não reagiram ao comentário.

Eles nos cercaram, todos com as mãos sobre as armas, exceto os que tentavam levar os colegas machucados ao veterinário de cavalos que atuava como médico da Guarda. Alguns estavam se coçando por vingança. Esforcei-me para manter Perseguidor calmo.

O lugar para o qual nos levaram não me encorajou. Era um porão úmido debaixo do quartel-general. Parecia um esboço de uma câmara de tortura. Desconfiei que estavam tentando nos intimidar. Como eu já havia visto suplícios reais e instrumentos de tortura verdadeiros, reconheci metade daquele equipamento como material de cena ou antiquado demais. Porém, também, eram instrumentos utilizáveis. Troquei olhares com Duende e Caolho.

— Não gosto daqui — comentou Perseguidor. — Quero ir lá para fora. Quero ver Cão Mata-Sapo.

— Tenha calma. Vamos sair logo.

Duende abriu seu famoso sorriso largo e forçado, embora um pouco torto. Sim. Sairíamos logo. Talvez em pedaços, mas sairíamos.

O coronel Brando estava lá. Não pareceu contente com nossa reação ao seu teatro. Ele disse:

— Homens, quero falar com vocês. Não pareceram ansiosos para conversar anteriormente. Este ambiente é mais agradável?

— Mais ou menos. Mas faz a gente pensar. Este é o castigo por pisarmos nos calos dos comerciantes de Remo? Eu não sabia que o monopólio deles tinha a bênção da Guarda.

— Jogos. Nada de jogos, Sr. Círio. Respostas diretas. Agora. Ou meus homens tornarão suas próximas horas extremamente desagradáveis.

— Pergunte. Mas tenho a impressão de que não tenho as respostas que deseja ouvir.

— Então será azar o seu.

Olhei para Duende. Ele tinha entrado numa espécie de transe.

— Não acredito em vocês quando dizem que são apenas comerciantes — disse o coronel. — O padrão de suas perguntas indica um moderado interesse em um homem chamado Gaio e sua casa. Gaio, diga-se de passagem, é suspeito de ser um agente rebelde ou um ressurreicionista. Fale-me sobre ele.

Falei, de maneira quase completamente honesta:

— Nunca tinha ouvido falar nele antes de chegarmos aqui.

Acho que o coronel acreditou em mim. Mas balançou lentamente a cabeça.

— Sabe, você não vai acreditar em mim, mesmo sabendo que estou falando a verdade.

— Mas o quanto você está falando? Essa é a questão. A Rosa Branca divide sua organização. Vocês não faziam ideia de quem era Gaio e, mesmo assim, vieram à procura dele. Perderam a comunicação com ele por algum tempo?

Aquele cretino era esperto.

Meu rosto deve ter permanecido muito calculadamente inexpressivo. Ele fez que sim para si mesmo, esquadrinhou nós quatro e parou em Caolho.

— O negro. É bem velho, não é mesmo?

Fiquei surpreso por ele não ter falado mais sobre a cor da pele de Caolho. Negros eram extremamente raros ao norte do Mar das Tormentas. Havia a possibilidade de o coronel nunca ter visto um deles antes. Que um homem negro e bem velho fosse um dos pilares da Companhia Negra não era exatamente segredo.

Não respondi.

— Vamos começar com ele. Parece o menos inclinado a aguentar.

Perseguidor perguntou:

— Quer que eu os mate, Chagas?

— Quero que fique de boca calada e quieto, é isso que quero. — Maldição. Mas Brando deixou o nome passar. Isso, ou eu era menos famoso do que pensava e precisava de uma reavaliação do ego.

Brando pareceu abismado por Perseguidor se mostrar tão confiante.

— Levem-no para a mesa de torturas — ordenou, indicando Caolho.

Caolho deu uma risadinha e estendeu as mãos para os homens que se aproximaram dele. Duende conteve o riso. A diversão deles perturbou a todos. Menos a mim, pois eu conhecia o senso de humor dos dois.

Brando me olhou nos olhos.

— Eles acham isso divertido? Por quê?

— Se você não ceder a um súbito capricho de comportamento civilizado, irá descobrir.

Ele ficou tentado a recuar, mas concluiu que estávamos armando um blefe colossal.

Levaram Caolho para a mesa. Ele sorriu e subiu sem ajuda. Duende guinchou.

— Faz trinta anos que espero ver você em cima de uma coisa dessas. Vai ser muito azar o meu se outra pessoa acionar a manivela agora que a chance surgiu.

— Veremos quem vai acionar a manivela para quem, seu cara de cavalo — retrucou Caolho.

Eles trocaram várias zombarias. Perseguidor e eu ficamos parados como postes. Os imperialistas estavam cada vez mais perturbados. Brando obviamente começou a se perguntar se não deveria descer Caolho e me torturar.

Prenderam Caolho com correias. Duende cacarejou e dançou uma pequena giga.

— Estiquem-no até ficar com 3 metros de altura, pessoal — ordenou ele. — Ainda assim, vocês terão um idiota.

Alguém desferiu um golpe com as costas da mão contra Duende, que se inclinou ligeiramente. No momento em que o sujeito voltou com o punho, após ter errado completamente e roçado de leve em outra mão em guarda, ele olhou espantado para o próprio membro.

Haviam surgido ali 10 mil pontinhos de sangue. Eles formavam um padrão. Quase uma tatuagem. E essa tatuagem exibia duas serpentes entrelaçadas, cada uma com as presas enfiadas no pescoço da outra. Se é que se pode chamar de pescoço o que as cobras têm depois da cabeça.

Uma distração. Reconheci, claro. Após o primeiro momento, concentrei-me em Caolho. Ele apenas arreganhou os dentes.

Os homens que iam esticá-lo voltaram, açoitados pelo rosnado do coronel. Brando estava sentindo um desconforto maldito agora. Suspeitava de que enfrentava algo extraordinário, mas se recusava a ser intimidado.

Quando os torturadores se aproximaram de Caolho, sua barriga nua se ergueu. E uma enorme e nojenta aranha rastejou para fora do umbigo. Ela saiu numa bola, arrastando-se com duas pernas, depois abriu as outras em torno de um corpo com metade do tamanho de meu polegar. Foi para o lado enquanto outra rastejava para fora. A primeira caminhou lentamente pela perna de Caolho, na direção do homem que segurava a manivela na qual os tornozelos do feiticeiro estavam presos. Os olhos do sujeito continuaram a se arregalar cada vez mais. Ele se virou para seu oficial comandante.

O silêncio absoluto tomou conta do porão. Creio que os imperialistas sequer se lembraram de respirar.

Outra aranha se arrastou para fora da barriga inchada de Caolho. E outra. E, a cada momento, ele parecia diminuir mais um pouco. Seu rosto mudou, lentamente se transformando no que devia parecer a cara de uma aranha, caso se olhasse bem de perto. A maioria das pessoas não teve coragem.

Duende soltou uma risadinha.

— Girem a manivela! — rugiu Brando.

O homem aos pés de Caolho tentou. A primeira aranha subiu a passos rápidos o cabo da manivela que estava em sua mão. Ele soltou um gritinho agudo e sacudiu a mão, lançando o aracnídeo nas sombras.

— Coronel — falei no tom de voz mais formal que consegui —, isso já foi longe demais. Vamos evitar que alguém se machuque.

Havia uma multidão deles e quatro de nós, e Brando queria terrivelmente depositar sua confiança nisso. Alguns homens, porém, já tinham se mandado na direção da saída. A maior parte se afastava de nós. Todos olhavam para Brando.

Maldito Duende. Teve de deixar seu entusiasmo tomar conta. Ele grasnou:

— Sem essa, Chagas. Esta é uma chance única na vida. Deixem que estiquem Caolho um pouquinho.

Percebi uma luz brilhar nos olhos de Brando, embora ele tentasse escondê-la.

— Maldito seja, Duende. Agora você foi longe demais. Vamos ter uma conversa quando isto acabar. Coronel, o que vai ser? Estou em vantagem aqui. Como pode perceber agora.

O coronel deixou sua coragem falar mais alto.

— Solte-o — falou para o homem mais próximo de Caolho.

Aranhas cobriam Caolho inteiramente. Agora ele fazia com que saíssem de sua boca e dos ouvidos. Empolgando-se, fez com que se tornassem as coisas mais pitorescas que se possa imaginar, caçadoras, fiandeiras, saltadoras. Todas enormes e repulsivas. Os homens de Brando se recusavam a se aproximar dele.

— Vá para a porta — falei para Perseguidor. — Não deixe ninguém sair.
— Ele não teve problemas em entender isso. Soltei Caolho. Eu precisava me lembrar a cada segundo de que as aranhas eram ilusões.

Mas que ilusões! Eu *sentia* as pequenas rastejantes... Tardiamente, percebi que as legiões de Caolho marchavam para cima de Duende.

— Porra, Caolho! Vê se cresce! — O filho da puta não ficou satisfeito em enganar os imperialistas. Ele também tinha de sacanear Duende. Voltei-me para Duende.

— Se você fizer qualquer besteira para se envolver nisso, cuidarei para que nunca mais deixe o Buraco. Coronel Brando. Não posso dizer que desfrutei de sua hospitalidade. Você e seus homens poderiam vir até aqui? Já estamos de saída.

Relutantemente, Brando fez um gesto. Metade de seu pessoal se recusou a ir em direção às aranhas.

— Caolho. Acabou a brincadeira. É hora de escaparmos com vida. Quer fazer o favor?

Caolho gesticulou. Sua tropa de oito pernas correu para a sombra atrás da mesa, onde sumiu no mesmo nada de onde surgem tais coisas. Caolho caminhou pomposamente até onde se posicionava Perseguidor. Ele estava todo convencido agora. Nós o ouviríamos falar que tinha nos salvado por semanas. Se sobrevivêssemos para fugir naquela noite.

Gesticulei para Duende, depois me juntei a eles. Disse a Duende e Caolho:

— Não quero que nenhum ruído escape deste porão. E quero aquela porta lacrada como se fizesse parte da parede. Depois quero saber onde encontrar esse tal de Gaio.

— Pode deixar — garantiu Caolho. Com os olhos pestanejando, acrescentou: — Tchau, coronel. Foi divertido.

Brando optou por não fazer ameaças. Homem sensível.

Os feiticeiros levaram dez minutos para cuidar do aposento, o que achei estranhamente demorado. Fiquei um pouco desconfiado, mas deixei isso para lá quando eles disseram que tinham acabado e que o homem que queríamos estava em outro prédio ali perto.

Eu deveria ter dado ouvidos à minha desconfiança.

Cinco minutos depois, estávamos diante da porta do local onde Gaio supostamente deveria estar. Não tivemos nenhuma dificuldade em chegar até lá.

— Um segundo, Chagas — pediu Caolho. Ficou de frente para a construção de onde havíamos saído e estalou os dedos.

A porra do lugar desabou.

— Seu escroto — sussurrei. — Por que você fez isso?

— Agora não há ninguém que saiba quem somos.

— E de quem foi a culpa por eles saberem?

— Também cortei o mal pela raiz. Vai haver tanta confusão que poderíamos dar o fora com as joias da Dama, se quisermos.

— É?

Haveria aqueles que sabiam que tínhamos sido presos. Ficariam intrigados se nos vissem vagando por aí.

— Diga-me, gênio. Você localizou os documentos que quero, antes de fazer o lugar desabar? Se estiverem lá, é você quem vai desenterrá-los.

Ele ficou de queixo caído.

Sim. Eu esperava aquilo. Porque essa é minha sorte. E Caolho é assim. Nunca pensa completamente nas coisas.

— Vamos nos preocupar primeiro com Gaio — anunciei. — Vamos entrar.

Ao atravessarmos a porta, encontramos Bainha se apressando para investigar o tumulto.

Capítulo Trinta e Três

O HOMEM DESAPARECIDO

— Oi, colega — saudou Caolho, enfiando um dedo no peito do soldado e o empurrando para trás. — Sim, são seus velhos amigos.

Atrás de mim, Perseguidor olhou para além do complexo. O desabamento do prédio do quartel-general foi completo. O fogo estalava e crepitava lá dentro. Cão Mata-Sapo trotava em volta da extremidade dos escombros.

— Olhe aquilo. — Belisquei o braço de Duende. — Ele está correndo.

— Encarei Bainha. — Mostre-nos seu amigo Gaio.

Ele não queria fazer aquilo.

— Você não vai querer que a gente discuta isso. Não estamos a fim. Mexa-se ou passamos por cima de você.

O complexo havia começado a se encher de soldados lamurientos. Nenhum deles reparou na gente. Cão Mata-Sapo trotou de volta, farejou as panturrilhas de Perseguidor e produziu um som profundo com a garganta. O rosto de Perseguidor brilhou.

Posicionamo-nos atrás de Bainha e o empurramos.

— Para Gaio — eu disse novamente.

Ele nos conduziu a um aposento onde um único lampião a óleo iluminava um homem sobre uma cama, coberto caprichosamente com uma manta. Bainha aumentou a chama do lampião.

— Puta merda — murmurei. Sentei na beirada da cama. — Não é possível. Caolho? — Mas Caolho estava em outro universo. Ele apenas permaneceu ali parado, boquiaberto. Assim como Duende.

Finalmente, Duende guinchou:

— Mas ele está morto. Morreu há seis anos.

Gaio era Corvo, que desempenhara um importante papel no passado da Companhia. O mesmo Corvo que havia colocado Lindinha em seu caminho atual.

Até mesmo eu havia me convencido de que ele estava morto, e, por natureza, desconfiava de Corvo. Ele tentara o mesmo truque antes.

— Nove vidas — comentou Caolho.

— Eu deveria ter suspeitado quando ouvimos o nome Gaio — observei.

— Por quê?

— É uma piada. É a espécie dele. Gaio. Gralha. Corvo. Quase a mesma coisa. Certo? Estava acenando debaixo de nossos narizes.

Vê-lo ali esclareceu mistérios que me perseguiram por anos. Agora eu sabia por que os papéis que eu tinha recuperado não se encaixavam. Ele retirara pedaços-chave antes de fingir sua última morte.

— Dessa vez, nem mesmo Lindinha soube — refleti.

O choque havia começado a passar. Descobri-me refletindo que, durante várias ocasiões, após as cartas começarem a chegar, eu tinha arranhado a suspeita de que ele estava vivo.

Milhares de questões surgiram. O fato de Lindinha não saber. Por quê? Isso não parecia coisa de Corvo. Mais ainda, por que abandoná-la à nossa mercê, como ele fez, depois de passar tanto tempo tentando mantê-la afastada?

Havia mais ali do que um primeiro olhar revelava. Mais do que Corvo simplesmente fugindo para que pudesse remexer nas coisas da Terra dos Túmulos. Infelizmente, eu não podia interrogar nenhuma de minhas testemunhas.

— Há quanto tempo ele está assim? — perguntou Caolho a Bainha. Os olhos do soldado estavam arregalados. Ele agora sabia quem éramos. Talvez meu ego, afinal de contas, não precisasse de uma reavaliação.

— Meses.

— Havia uma carta — falei. — Havia papéis. Que fim levaram?

— O coronel.

— O que ele fez? Informou aos Tomados? Entrou em contato com a Dama?

O guarda estava à beira de se rebelar.

— Você está enrascado aqui, garoto. Não queremos machucá-lo. Você agiu corretamente com o nosso amigo. Fale.

— O coronel não fez nada disso. Pelo que sei. Ele não conseguiu ler nada daquilo. Estava esperando Gaio acordar.

— Ele teria de esperar um longo tempo — observou Caolho. — Nos dê espaço, Chagas. A primeira coisa a fazer será encontrar Corvo.

— Há mais alguém no prédio a esta hora da noite? — perguntei a Bainha.

— Não, a não ser que os padeiros venham buscar farinha. Mas ela fica armazenada nos porões, na outra extremidade. Eles não viriam aqui.

— Certo. — Fiquei imaginando o quanto do que ele dizia poderia ser confiável. — Perseguidor. Você e Cão Mata-Sapo vão ficar de vigia.

— Um problema — avisou Caolho. — Antes de fazermos qualquer coisa, precisamos do mapa de Bomanz.

— Essa não. — Segui pelo corredor até a saída e bisbilhotei lá fora. O prédio do quartel-general estava em chamas, crepitando desanimadamente sob a chuva. A maior parte da Guarda estava combatendo o fogo. Tremi. Nossos documentos estavam lá. Se a Dama continuasse com sorte, eles queimariam. Voltei à sala. — Caolho, você tem um problema mais imediato. Meus documentos. É melhor ir atrás deles. Eu tentarei pegar o mapa. Perseguidor, vigie a porta. Mantenha o garoto aqui dentro e todos os outros lá fora. Está bem? — Ele fez que sim. Não precisava de orientação, especialmente enquanto Cão Mata-Sapo estivesse por perto.

Escapuli para o meio da confusão. Ninguém prestou nenhuma atenção em mim. Fiquei imaginando se não seria aquela a ocasião adequada para retirar Corvo lá de dentro. Saí do complexo sem ser questionado, então corri debaixo do chuvisco até a Árvore Azul. O proprietário pareceu espantado ao me ver. Não parei para lhe dizer o que tinha achado de sua hospitalidade, simplesmente subi as escadas, tateei no interior do encanto de ocultamento até encontrar a lança com a haste oca. Desci. Lancei um olhar indignado para o estalajadeiro, então fui para a chuva novamente.

Quando voltei, o fogo estava sob controle. Soldados tinham começado a revirar os escombros. Mais uma vez, ninguém se incomodou comigo. Entrei no prédio onde Corvo estava e entreguei a lança a Caolho.

— Você fez alguma coisa a respeito daqueles papéis?

— Ainda não.

— Merda...

— Eles estão numa caixa, na sala do coronel, Chagas. Para que diabos você os quer?

— Ah. Perseguidor. Leve o garoto para o corredor. Vocês aí. Quero um encanto que o obrigue a fazer o que lhe for ordenado, querendo ou não.

— O quê? — perguntou Caolho.

— Quero que ele vá atrás dos papéis. Pode conseguir que ele faça isso e volte aqui?

Bainha estava na porta, ouvindo sem reação.

— Claro. Sem problemas.

— Faça. Rapaz, você entendeu? Caolho vai colocar um encanto em você. Vá ajudar a limpar aquela bagunça até conseguir pegar a caixa. Traga-a de volta e o libertaremos do feitiço.

Ele parecia disposto a se rebelar novamente.

— Você tem uma escolha, é claro. Em vez disso, poderá ter uma morte desagradável.

— Não acho que ele acredite em você, Chagas. É melhor eu dar uma prova ao rapaz.

A expressão de Bainha me disse que ele acreditava. Quanto mais pensava em quem éramos, mais aterrorizado ficava.

Como tínhamos ganhado uma fama tão terrível? Acho que as histórias são aumentadas cada vez que são recontadas.

— Acho que ele vai cooperar. Não é, rapaz?

Ele concordou com a cabeça, a rebeldia liquidada.

Bainha parecia um bom garoto. Pena que tivesse oferecido sua lealdade ao outro lado.

— Faça, Caolho. Vamos acabar com isso.

Enquanto Caolho trabalhava, Duende perguntou:

— O que faremos após terminarmos aqui, Chagas?

— Diabos, não sei. Dançar conforme a música. No momento, não vamos pôr a carroça na frente dos bois. Um passo de cada vez. Um passo de cada vez.

— Pronto — avisou Caolho.

Gesticulei com a cabeça para o rapaz e abri a porta para o lado de fora.

— Vá lá, rapaz, e faça isso. — Bati no seu traseiro. Ele foi, mas com uma expressão capaz de talhar leite.

— Ele não está contente com você, Chagas.

— Dane-se. Agora a questão com Corvo. Faça o que tem de fazer. O tempo está passando. Quando amanhecer, este lugar vai ganhar vida.

Observei Bainha. Perseguidor vigiava a porta para a sala. Ninguém nos interrompeu. Bainha finalmente encontrou o que eu queria e escapuliu do meio do pessoal.

— Bom trabalho, rapaz — disse a ele, pegando a caixa. — Para a sala onde está seu amigo.

Entramos momentos antes de Caolho sair de um transe.

— Então? — perguntei.

Ele levou um momento para se orientar.

— Vai ser mais difícil do que pensei. Mas acho que conseguiremos trazê-lo de volta. — Apontou para o mapa que Duende havia aberto sobre a barriga de Corvo. — Ele está preso por aqui, dentro do círculo interno. — Balançou a cabeça. — Alguma vez você o ouviu dizer que tinha experiência no ofício?

— Não. Mas houve ocasiões em que me perguntei isso. Como em Rosas, quando ele perseguiu Rasgo em meio a uma tempestade de neve.

— Ele aprendeu alguma coisa em algum lugar. O que Corvo fez não foi nenhum truquezinho menor. Mas era muito além de suas habilidades. — Por um momento, ficou pensativo. — É sinistro por lá, Chagas. Muito sinistro. Ele de fato não está sozinho. Não conseguirei dar detalhes até irmos pessoalmente, mas...

— O quê? Espere. Ir pessoalmente? Do que você está falando?

— Achei que tivesse entendido que Duende e eu teremos de segui-lo. Para tirá-lo de lá.

— Por que vocês dois?

— Um ficará de vigia, caso o que for à frente tenha problemas.

Duende concordou com a cabeça. Eles não estavam brincando agora. O que significava que estavam se borrando de medo.

— Quanto tempo tudo isso vai durar?

— Não dá para ter certeza. Algum tempo. Temos primeiro de sair daqui. Ir para a floresta.

Eu quis argumentar, mas não o fiz. Em vez disso, saí para verificar o movimento lá fora.

Eles tinham começado a tirar os corpos dos escombros. Observei um pouco, então tive uma ideia. Cinco minutos depois, Bainha e eu saímos carregando uma maca. Uma manta cobria o que parecia ser um grande corpo abatido. O rosto de Duende estava exposto. Ele dava um ótimo cadáver. Os pés de Caolho se estendiam para fora da outra extremidade. Perseguidor carregava Corvo.

Os documentos estavam debaixo da manta com Duende e Caolho.

Eu não esperava que conseguíssemos nos safar com esse truque. Mas as tarefas tenebrosas em torno do prédio desabado mantiveram a Guarda ocupada. Ela havia chegado aos porões.

Fui parado no portão do complexo. Duende usou seu encanto do sono. Duvidei de que seríamos lembrados. Havia civis por toda parte, ajudando e atrapalhando o trabalho de resgate.

Aquilo era uma má notícia. Alguns que se encontravam no porão ainda estavam vivos.

— Duende, você e Caolho vão pegar nosso equipamento. Levem o garoto. Perseguidor e eu pegamos a carroça.

Tudo correu bem. Bem demais, pensei, sendo naturalmente pessimista após o modo como as coisas se desenrolavam. Colocamos Corvo na carroça e seguimos para o sul.

No momento em que entramos na floresta, Caolho apontou:

— Bem, conseguimos nossa fuga. Agora, e quanto a Corvo?

Eu não tinha ideia.

— Diga você. O quão perto precisa estar?

— Muito. — Ele percebeu que eu estava pensando em sair da região primeiro. — Lindinha?

O lembrete era desnecessário.

Eu não diria que Corvo foi o centro de sua vida. Ela não falava a respeito dele, a não ser de maneira geral. Mas há noites em que ela chora até cair no sono, lembrando-se de alguma coisa. Se era por causa de Corvo, não poderíamos levá-lo para casa daquele jeito. Isso iria despedaçar mais ainda seu coração.

De qualquer modo, precisávamos dele agora. Corvo sabia mais sobre o que estava acontecendo do que nós.

Apelei a Perseguidor por sugestões. Ele não tinha nenhuma. Aliás, ele não parecia satisfeito com nosso plano. Como se esperasse que Corvo se tornasse um rival ou coisa semelhante.

— Nós o temos — comentou Caolho apontando para Bainha, que tínhamos trazido em vez de deixar o cadáver para trás. — Vamos usá-lo.

Boa ideia.

Vinte minutos depois, tiramos a carroça da estrada, seguindo por cima das pedras para não atolar no terreno encharcado. Caolho e Duende fizeram encantamentos de ocultação em torno dela e a camuflaram com arbustos. Empacotamos o equipamento e colocamos Corvo na maca. Bainha e eu o carregamos. Perseguidor e Cão Mata-Sapo nos conduziram pela floresta.

Não devemos ter percorrido mais do que 5 quilômetros, porém eu estava completamente dolorido antes de terminarmos. Velho demais. Fora de forma demais. E o clima aumentava o tormento em mil por cento. Eu tinha pegado chuva suficiente pelo resto da vida. Perseguidor nos conduziu a um local a leste, próximo da Terra dos Túmulos. Eu podia descer a encosta uns 100 metros e avistar suas ruínas. Podia caminhar uns 100 metros na outra direção e ver o Grande Trágico. Apenas a estreita faixa de terreno alto o impedia de atingir a Terra dos Túmulos.

Armamos barracas e colocamos galhos no interior para não termos de sentar na terra molhada. Duende e Caolho ficaram com a barraca menor. O restante de nós se amontoou na outra. Assim que ficamos razoavelmente livres da chuva, instalei-me para investigar os documentos resgatados. A primeira coisa a chamar minha atenção foi um pacote envolto num oleado.

— Bainha. Essa é a carta que Corvo queria que você entregasse?

Ele confirmou soturnamente com a cabeça. Não estava falando.

Pobre garoto. Acreditava ser culpado de traição. Eu esperava que ele não mantivesse essa atitude melodramática.

Bem, era melhor que eu me ocupasse enquanto Duende e Caolho faziam seu trabalho. Comecei com a parte fácil.

Capítulo Trinta e Quatro

A HISTÓRIA DE BOMANZ

Chagas:
Bomanz encarou a Dama por outro ângulo. Viu um espectro de medo tocar suas feições inigualáveis.

— Ardath — disse ele, e viu o medo dela se tornar resignação.

Ardath era minha irmã.

— Você tinha uma gêmea. Você a assassinou e adotou o nome dela. Seu nome verdadeiro é Ardath.

Você vai se arrepender disso. Vou descobrir seu nome...

— Por que me ameaça? Não pretendo fazer mal algum a você.

Você me faz mal ao me frustrar. Liberte-me.

— Ora, ora. Não seja infantil. Por que forçar a barra? Isso custará agonia e energia a nós dois. Quero apenas redescobrir o conhecimento sepultado com você. Ensinar-me não custará nada a você. Nem a fará mal. Talvez até prepare o mundo para o seu retorno.

O mundo já está preparado, Bomanz!

Ele soltou uma risadinha.

— Isso é apenas uma máscara, como minha imagem de antiquário. Esse não é meu nome. Ardath. Teremos de brigar?

Sábios recomendam que se aceite o inevitável com graça. Se eu tiver de fazê-lo, farei. Tentarei ser graciosa.

Quando porcos voarem, pensou Bomanz.

O sorriso da Dama foi de zombaria. Ela enviou algo para sua mente. Ele não captou. Outras vozes encheram sua cabeça. Por um instante, pensou que o Dominador estivesse acordando. Mas as vozes estavam em seu ouvido físico, vindo da casa.

— Merda!

Sons de sinos de vento.

— Clete está em posição. — A voz era de Tokar. Sua presença no sótão enfureceu Bomanz. Ele começou a correr.

— Ajude-me a tirá-lo da cadeira. — Stancil.

— Não vai acordá-lo? — Glória.

— Seu espírito está lá fora, na Terra dos Túmulos. Ele não saberá de nada, a não ser que a gente se esbarre.

Errado, pensou Bomanz. Errado, seu nojento traiçoeiro e ingrato. Seu velho não é burro. Ele reage aos sinais, mesmo quando não quer vê-los.

A cabeça do dragão balançou quando ele passou apressado. A zombaria o perseguiu. O ódio de reis mortos o espancava enquanto corria.

— Leve-o para o canto. Tokar, o amuleto está debaixo do piso da lareira, na cabana. Aquele maldito Men fu! Quase estragou tudo. Quero botar as mãos no idiota que o mandou aqui para cima. Aquele idiota ganancioso não estava interessado em nada, a não ser nele mesmo.

— Pelo menos levou o monitor junto. — Glória.

— Puro acidente. Pura sorte.

— A hora. A hora — alertou Tokar. — Os homens de Clete estão atacando os alojamentos.

— Então vamos dar o fora daqui. Glória, você vai fazer algo além de encarar o velho? Tenho de entrar lá antes de Tokar chegar à Terra dos Túmulos. Os Grandes precisam ser avisados do que estamos fazendo.

Bomanz passou pelo túmulo de Cão da Lua. Sentiu uma inquietação dentro de si. Apressou-se.

Um espectro dançou junto a ele. Tinha os ombros caídos e um rosto maldoso que o amaldiçoou mil vezes.

— Não tenho tempo para isso, Besand. Mas você tinha razão.

Atravessou o antigo fosso, passando por sua escavação. Estranhos pontilhavam a paisagem. Estranhos ressurreicionistas. De onde vieram? Do esconderijo na Velha Floresta?

Mais depressa. Preciso ir mais depressa, pensou. Aquele idiota do Stance vai tentar me seguir.

Correu como num pesadelo, flutuando sobre degraus subjetivamente eternos. O cometa descia brilhando. Sentiu-se forte o bastante para projetar sombras.

— Leia as instruções novamente para ter certeza — sugeriu Stancil.

— Pontualidade não é fundamental, desde que você não faça nada prematuramente.

— Não deveríamos amarrá-lo ou coisa assim? Por via das dúvidas?

— Não temos tempo. Não se preocupe com ele. Só conseguirá sair quando for tarde demais.

— Ele me deixa nervoso.

— Então jogue um tapete em cima dele e venha. E tente manter a voz baixa. Não vai querer acordar mamãe.

Bomanz levava consigo as luzes da cidade... Ocorreu-lhe que naquele estado não precisaria ser um gordo de pernas curtas e grossas sem fôlego. Mudou sua percepção, fazendo sua velocidade aumentar. Logo encontrou Tokar, que trotava na direção da Terra dos Túmulos com o amuleto de Besand. Bomanz avaliou com espanto a própria velocidade pela aparente lentidão de Tokar. Ele se movimentava com rapidez.

O quartel-general estava em chamas. Havia um furioso combate em volta dos alojamentos. Os carroceiros de Tokar lideravam os ataques. Poucos soldados escaparam da armadilha. O problema estava vazando para a cidade.

Bomanz chegou à sua loja. Lá em cima, Stancil falou para Glória:

— Comece agora. — Quando Bo começou a subir a escada, Stancil disse:

— Dumni. Um muji dummi. — Bomanz se atirou contra o próprio corpo. Assumiu o comando de seus músculos e se ergueu do chão.

Glória soltou um grito agudo.

Bomanz a empurrou contra uma parede. O impacto dela quebrou antiguidades de valor incalculável.

Bomanz guinchou em agonia quando todas as dores de um velho corpo atingiram sua consciência. Maldição! Sua úlcera estava rasgando as tripas ao meio!

Agarrou a garganta do filho ao se virar, silenciando-o antes que terminasse o encanto mágico.

Stancil era mais jovem, mais forte. Ergueu-se. E Glória se jogou contra Bomanz, que recuou rapidamente.

— Ninguém se mexa — vociferou.

Stancil esfregou a garganta e grasnou alguma coisa.

— Você acha que eu não faria? Experimente. Não me importo com quem você é. Não vai libertar aquela coisa que está lá.

— Como você soube? — grasnou Stancil.

— Você andou agindo de forma estranha. Tem amigos estranhos. Esperava estar errado, mas não gosto de correr riscos. Você deveria ter se lembrado disso.

Stancil puxou uma faca. Seus olhos endureceram

— Sinto muito, pai. Algumas coisas são mais importantes do que pessoas.

As têmporas de Bomanz latejaram.

— Comporte-se. Não tenho tempo para isso. Preciso deter Tokar.

Glória puxou a própria faca. Deu mais um passo para o lado.

— Está abusando da minha paciência, filho.

A garota saltou. Bomanz proferiu uma palavra de poder. Ela mergulhou de cabeça na mesa, depois deslizou para o chão, quase desumanamente flácida. Segundos depois, ficou ainda mais flácida e então completamente rígida. Miava como uma gatinha machucada.

Stancil se baixou sobre um joelho.

— Sinto muito, Glória. Sinto muito.

Bomanz ignorou a própria agonia emocional. Recuperou o mercúrio derramado da tigela sobre a mesa e pronunciou palavras que transformaram sua superfície em um espelho mostrando acontecimentos distantes.

Tokar havia percorrido dois terços do caminho para a Terra dos Túmulos.

— Você a matou — disse Stancil. — Você a matou.

— Eu o avisei, este é um negócio cruel. Você apostou e perdeu. Sente o traseiro naquele canto e se comporte.

— Você a matou.

O remorso o atacou antes que o filho o forçasse a agir. Tentou suavizar o impacto, mas derreter ossos era sempre tudo ou nada.

Stancil caiu sobre a amada.

Seu pai caiu de joelhos a seu lado.

— Por que me forçaram a fazer isso? Seus idiotas. Malditos idiotas! Estavam me usando. Não tinham bom senso suficiente para lidar comigo, e ainda queriam tratar com alguém como a Dama? Não sei. Não sei. O que vou dizer a Jasmine? Como poderei explicar? — Olhou em volta ensandecido, como um animal atormentado. — Me matar. É tudo que posso fazer. Poupá-la da dor de saber o que seu filho era... Não posso. Preciso deter Tokar.

Havia um luta lá fora, na rua. Bomanz a ignorou. Arrastou-se atrás do mercúrio.

Tokar estava na beira do fosso, olhando para a Terra dos Túmulos. Bomanz viu medo e incerteza nele.

Tokar encontrou coragem. Apertou o amuleto e cruzou a linha.

Bomanz começou a criar um encantamento de morte.

Seu olhar atravessou o vão da porta e avistou uma amedrontada Enxerida observando do escuro patamar.

— Oh, menina. Dê o fora daqui, menina.

— Estou com medo. Estão matando uns aos outros lá fora.

Também estamos matando uns aos outros aqui dentro, pensou ele. Por favor, vá embora.

— Vá buscar Jasmine.

Um estrondo horrendo veio da loja. Homens xingaram. Aço encontrou aço. Bomanz ouviu a voz de um dos carroceiros de Tokar. O homem organizava a defesa da casa.

A Guarda tinha respondido.

Enxerida choramingou.

— Saia daqui, menina. Fique lá fora. Desça e fique com Jasmine.

— Estou com medo.

— Eu também. E não vou poder ajudar se não sair do meu caminho. Por favor, vá lá para baixo.

Ela trincou os dentes e saiu ruidosamente. Bomanz suspirou. Foi por pouco. Se tivesse visto Stance e Glória...

A algazarra aumentou. Homens gritavam. Bomanz ouviu o cabo Cascudo berrar ordens. Ele se virou na direção da tigela. Tokar tinha desaparecido. Não conseguiu relocalizar o homem. Inspecionou brevemente o trecho entre a cidade e a Terra dos Túmulos. Alguns ressurreicionistas corriam na direção da luta, aparentemente para ajudar. Outros entravam de cabeça na briga. Sobreviventes da Guarda estavam em perseguição.

Botas martelaram escada acima. Novamente, Bomanz interrompeu o preparativo de seu encantamento. Cascudo apareceu na porta. Bomanz mandou que ele saísse. O cabo não estava a fim de argumentar. Brandiu uma grande espada ensanguentada...

Bomanz usou a palavra de poder. Novamente, os ossos de um homem viraram geleia. Então mais uma vez, e outra, enquanto os soldados de Cascudo tentavam vingá-lo. Bomanz derrubou quatro antes de a agitação se encerrar.

Tentou voltar ao seu encantamento...

Dessa vez, a interrupção não foi nada física. Foi uma reverberação ao longo do caminho que abrira na cripta da Dama. Tokar estava no Grande Túmulo e em contato com a criatura que ele guardava.

— Tarde demais — murmurou. — Amaldiçoadamente tarde demais. — No entanto, mesmo assim, enviou o encantamento. Talvez Tokar morresse antes de conseguir libertar aqueles monstros.

Jasmine xingou. Enxerida gritou. Bomanz passou por cima dos homens da Guarda caídos e correu escada abaixo. Enxerida gritou novamente.

Bo entrou em seu quarto. Um dos capangas de Tokar mantinha uma faca sobre a garganta de Jasmine. Uma dupla de soldados procurava uma abertura.

A paciência de Bomanz havia acabado. Matou todos os três.

A casa estremeceu. Xícaras tiniram na cozinha. Foi um leve tremor, mas um precursor forte o bastante para alertar Bomanz.

Seu encantamento não tinha chegado a tempo.

Resignado, ele disse:

— Saiam daqui. Vai haver um terremoto.

Jasmine o olhou desconfiada. Segurava a menina histérica.

— Depois explico. Se sobrevivermos. Simplesmente saiam da casa. — Virou-se e correu para a rua, investindo na direção da Terra dos Túmulos. Imaginar-se alto e esbelto e veloz não adiantaria agora. Ele era o Bomanz de carne e osso, um velho gordo, baixo e que se cansava facilmente. Caiu duas vezes quando tremores sacudiram a cidade. Cada um era mais forte que o outro.

Os incêndios ainda ardiam, mas a luta havia cessado. Os sobreviventes de ambos os lados sabiam que era tarde demais para decidir aquilo na espada. Saíram em direção à Terra dos Túmulos, esperando o desenrolar dos acontecimentos.

Bomanz se juntou aos espectadores.

O cometa ardia com tanto fulgor que a Terra dos Túmulos estava iluminada como se fosse dia.

Um terrível choque balançou a terra. Bomanz cambaleou. Fora da Terra dos Túmulos, o monte de terra contendo Apanhador de Almas explodiu. Um doloroso brilho ardeu do interior. Uma figura se ergueu do entulho, tornando-se delineada contra o brilho.

As pessoas rezavam ou amaldiçoavam, de acordo com sua predileção.

Os tremores continuavam. Túmulo após túmulo se abriu. Um por um, os Dez Que Foram Tomados surgiram contra a noite.

— Tokar — murmurou Bomanz —, espero que apodreça no inferno.

Restava apenas uma chance. Uma chance impossível. Ela repousava sobre os ombros arqueados de um homenzinho atarracado cujos poderes não estavam completamente afiados.

Bomanz reuniu seus encantos mais potentes, seus maiores feitiços, todos os artifícios místicos que desenvolvera durante o equivalente a 37 anos de noites solitárias. E começou a caminhar em direção à Terra dos Túmulos.

Mãos se estenderam para detê-lo. Não encontraram apoio. Da multidão, uma velha gritou:

— Bo, não! Por favor!

Ele continuou caminhando.

A Terra dos Túmulos fervia. Fantasmas uivavam em meio às ruínas. O Grande Túmulo sacudiu sua carcaça. A terra explodiu, flamejando. Uma enorme serpente alada se ergueu contra a noite. Um forte grito brotou de sua boca. Chamas de dragão inundaram em torrentes a Terra dos Túmulos.

Sábios olhos verdes observaram o progresso de Bomanz.

O homenzinho gordo caminhava em direção ao holocausto, desencadeando seu arsenal de encantos. O fogo o envolveu.

Capítulo Trinta e Cinco

A TERRA DOS TÚMULOS, DE MAL A PIOR

Devolvendo a carta de Corvo ao oleado, recostei-me em minha cama de galhos e esvaziei a mente. Muito dramático, o jeito como Corvo escreveu. Porém, fiquei imaginando quais foram suas fontes. A esposa? Alguém teve de anotar o fim da história e esconder o que foi encontrado depois. O que acontecera, afinal, com a esposa? Ela não tem lugar na lenda. Tampouco o filho, aliás. As histórias populares mencionam apenas o próprio Bomanz.

Contudo, há algo ali. Algo que não percebi? Ah. Sim. Algo com minha própria experiência pessoal. O nome no qual Bomanz depositara sua confiança. Aquele que, evidentemente, se mostrara insuficientemente poderoso.

Eu o havia ouvido antes. Em circunstâncias igualmente furiosas.

Em Zimbro, quando a disputa entre a Dama e o Dominador se aproximava do clímax, com ela abrigada em um castelo num lado da cidade e o Dominador tentando escapar através de outro, mais distante, descobrimos que os Tomados pretendiam atacar a Companhia assim que a crise terminasse. Sob ordens do Capitão, desertamos. Tomamos um navio. Enquanto velejávamos para longe, deixando marido e mulher brigarem acima da cidade em chamas, o conflito chegou ao ponto máximo. A Dama provou ser mais forte.

A voz do Dominador sacudiu o mundo ao liberar uma última enchente de frustração. Ele a chamara pelo nome que Bomanz havia pensado ser poderoso. Aparentemente, até mesmo o Dominador podia se enganar.

Uma irmã matou a outra e, talvez sim ou talvez não, tomou seu lugar. Apanhador de Almas, nossa antiga mentora e conspiradora para usurpar a Dama, como ficou provado durante o grande conflito em Talismã, era outra irmã. Três irmãs então. No mínimo. Uma delas chamada Ardath, mas, evidentemente, não a que se tornou a Dama.

Talvez haja o começo de alguma coisa aqui. Todas aquelas listas lá no Buraco. E as genealogias. Encontrar uma mulher chamada Ardath. Descobrir depois quem foram suas irmãs.

— É um começo — murmurei. — Fraco, mas um começo.

— O quê?

Eu tinha esquecido Bainha. Ele não tinha aproveitado a oportunidade para fugir. Suponho que estava apavorado demais.

— Nada.

Ficara escuro lá fora. A garoa persistia. Na Terra dos Túmulos, luzes fantasmagóricas pairavam. Fiquei arrepiado. Aquilo não parecia certo. Fiquei imaginando como Duende e Caolho estavam se virando. Eu não ousava perguntar. Em um canto, Perseguidor roncava levemente. Cão Mata-Sapo estava apoiado em sua barriga, fazendo ruídos de cachorro adormecido, mas captei o cintilar de um olho, revelando que ele não deixava de estar vigilante.

Investi um pouco mais de atenção em Bainha. Ele estava tremendo, e não era só por causa do frio. Estava certo de que iríamos matá-lo. Aproximei-me, pousando a mão em seu ombro.

— Está tudo bem, rapaz. Ninguém vai lhe fazer mal. Estamos em dívida com você por ter cuidado de Corvo.

— Ele é mesmo Corvo? O tal Corvo que era o pai da Rosa Branca?

O rapaz estava por dentro das lendas.

— Sim. Pai adotivo, na verdade.

— Então ele não mentiu a respeito de nada. Esteve *mesmo* nas campanhas de Forsberg.

Isso me pareceu cômico. Dei uma risadinha, depois comentei:

— Como conheço Corvo, sei que ele não mentia sobre muita coisa. Apenas editava a verdade.

— Vocês vão mesmo deixar que eu vá embora?
— Quando estivermos seguros.
— Ah. — Ele não pareceu tranquilizado.
— Digamos, quando chegarmos aos limites do Vale do Medo. Você encontrará muitos amigos por lá.

Ele quis entrar numa discussão quase política sobre por que insistíamos em resistir à Dama. Recusei-me. Não nasci para converter os outros. Não sou bom nisso. Tenho muito trabalho em entender a mim mesmo e desvendar meus próprios motivos. Talvez Corvo pudesse explicar, depois que Duende e Caolho o fizessem voltar.

A noite parecia interminável, porém, três eternidades depois, quando chegamos à meia-noite, ouvi passos inseguros.

— Chagas?
— Aqui — falei. Era Duende. Sem luz, não consegui vê-lo direito, mas tive a impressão de que a notícia não era boa. — Problema?
— Sim. Não estamos conseguindo trazê-lo de volta.
— O que diabos está falando? O que quer dizer?
— Quero dizer que não temos a habilidade necessária. Não temos o talento. Vai ser necessário alguém mais poderoso que nós. Não somos muita coisa, Chagas. Artistas. Donos de alguns encantos. Talvez Calado possa fazer alguma coisa. Ele tem um tipo diferente de magia.
— Talvez seja melhor vocês darem um tempo. Onde está Caolho?
— Descansando. Foi barra-pesada para ele. Realmente ficou abalado com o que viu lá dentro.
— E o que foi?
— Não sei. Eu era apenas sua corda de segurança. Tive de puxá-lo antes que ficasse preso também. Tudo que sei é que, sem ajuda, não podemos trazer Corvo de volta.
— Merda! — exclamei. — Mil vezes merda voadora de ovelha. Duende, não conseguiremos vencer essa se não tivermos Corvo para ajudar. Também não possuo o que é necessário. Nunca traduzirei metade daqueles papéis.
— Nem mesmo com ajuda de Perseguidor?
— Ele lê TelleKurre. Apenas isso. Eu também consigo, só que preciso de mais tempo. Corvo deve conhecer os dialetos. Parte das coisas que estava

traduzindo se encontrava neles. Também há a questão do que ele estava fazendo *aqui*. Por que forjou novamente sua morte e fugiu. De Lindinha.

Talvez estivesse tirando conclusões precipitadas. Eu faço isso. Ou talvez estivesse cedendo à propensão humana de simplificar demais tudo, imaginando que, por simplesmente termos Corvo de volta, nossos problemas estariam resolvidos.

— O que vamos fazer? — perguntei-me em voz alta.

Duende se levantou.

— Não sei, Chagas. Vamos deixar Caolho conseguir ficar de pé novamente e descobrir o que estamos enfrentando. Seguiremos dali em diante.

— Certo.

Ele saiu de fininho. Deitei-me e tentei dormir.

Todas as vezes que adormecia, tinha pesadelos com a coisa metida na lama e no limo em que a Terra dos Túmulos havia se tornado.

Capítulo Trinta e Seis

TEMPOS DIFÍCEIS

Caolho estava com uma aparência péssima.

— Foi horrível — relatou ele. — Pegue o mapa, Chagas. — Fiz isso. Ele indicou um ponto. — Ele está aqui. E entalado. Parece que seguiu o caminho todo até o centro, ao longo da trilha de Bomanz, então teve problemas na volta.

— Como? Não entendo o que está acontecendo aqui.

— Gostaria que você pudesse ir até lá. Um reino de sombras terríveis... Acho que você deveria estar feliz por não poder. Sei que tentaria.

— O que significa essa fenda?

— Significa que você é curioso demais para o próprio bem. Como o velho Bomanz. Não. Fique calmo. — Fez uma pausa. — Chagas, algo que estava preso aqui, um dos asseclas dos Tomados, estava situado perto do caminho de Bomanz. *Ele* era forte o bastante para enfrentar isso. Corvo, porém, era um amador. Creio que Duende, Calado e eu, juntos, teríamos problemas com essa coisa, e somos mais habilidosos do que Corvo poderia ser. Ele subestimou os perigos e se superestimou. Quando estava saindo, essa coisa usurpou sua posição e o deixou em seu lugar.

Franzi a testa, sem entender direito.

— Alguma coisa o usou para manter o equilíbrio dos antigos encantos — explicou Caolho. — Portanto, ele está preso numa rede de feitiçaria antiga. Que está fora daqui.

Uma sensação de afundamento. De quase desespero.

— Fora? E você não sabe...?

— Nada. O mapa não indica nada. Bomanz deve ter desprezado os males menores. Não marcou nem uma dúzia. Devia haver dezenas deles. A literatura confirmava isso.

— O que ele disse a você? Você conseguiu se comunicar?

— Não. Ele estava ciente de uma presença. Mas se encontrava num esgoto de encantos. Eu não conseguiria entrar em contato com ele sem ser pego também. Há ali um pequeno desequilíbrio, como se a coisa que saiu fosse um fio de cabelo maior do que a coisa que ficou em seu lugar. Tentei me aproximar dele. Foi por isso que Duende teve de me puxar. Senti um grande medo, não devido à situação dele. Havia ali apenas raiva. Creio que Corvo foi apanhado só porque estava com tanta pressa que não prestou atenção ao que o cercava.

Entendi o que ele queria dizer. Corvo estivera no centro e fugira. O que havia no centro?

— Você acha que o que quer que tenha escapado vai tentar abrir o Grande Túmulo?

— Pode tentar, sim.

Tive uma ideia.

— Que tal tentarmos esgueirar Lindinha até aqui? Ela poderia...

Caolho me lançou aquele olhar de "não seja idiota". Certo. Corvo era a menor das coisas que um campo mágico negativo libertaria.

— O cara grandão adoraria isso — repreendeu Duende. — Simplesmente adoraria.

— Não há nada que possamos fazer por Corvo aqui — declarou Caolho. — Algum dia, talvez a gente consiga um mago capaz disso. Até lá? — Deu de ombros. — É melhor fazer um pacto de silêncio. Lindinha pode deixar a própria missão de lado se descobrir.

— Concordo — falei. — Mas...

— Mas o quê?

— Estive pensando nisso. Lindinha e Corvo. Há algo ali, creio, que não vemos. Isto é, levando-se em conta o jeito como ele sempre foi, por que tramou tudo e veio para cá? Obviamente, para enganar a Dama e seus amigos. Mas por que deixar Lindinha no escuro? Entendem o que estou dizendo? Talvez ela não fosse ficar tão perturbada quanto imaginamos. Ou talvez fosse ficar, mas por razões diferentes.

Caolho pareceu ter dúvidas. Duende concordou. Perseguidor pareceu atônito, como sempre.

— E o corpo dele? — perguntei.

— Definitivamente, um fardo — retrucou Caolho. — E não sei dizer se levá-lo para o Vale romperá ou não a ligação entre carne e espírito.

— Pare. — Olhei para Bainha. Ele olhou para mim. Tivemos outro confronto de ideias conflitantes.

Eu conhecia uma maneira segura de solucionar o problema do corpo de Corvo. E de trazê-lo de volta. Entregá-lo à Dama. Isso talvez resolvesse outros problemas. Como a coisa que havia escapado e a ameaça de outra tentativa de fuga do marido dela. Isso, também, talvez ajudasse Lindinha a ganhar tempo, pois a atenção da Dama se deslocaria dramaticamente.

Mas o que aconteceria com Corvo?

Ele poderia ser a chave para nosso sucesso ou fracasso. Entregá-lo para salvá-lo? Jogar com as estreitas probabilidades de conseguirmos, de algum modo, resgatá-lo novamente antes que seu conhecimento pudesse nos afetar? Sempre um dilema. Sempre um dilema.

Duende sugeriu:

— Vamos dar outra olhada. Dessa vez, eu caminharei. Caolho dará cobertura.

O olhar amargo de Caolho dizia que eles já haviam tido uma discussão acalorada sobre isso antes. Mantive a boca fechada. Era a área de especialidade deles.

— Então? — quis saber Duende.

— Se você acha que vale a pena.

— Acho. De qualquer modo, não há nada a perder. Pontos de vista diferentes também podem ajudar. Talvez eu capte algo que ele tenha deixado passar.

— O fato de ter apenas um olho não me cega — grunhiu Caolho. Duende ficou vermelho de raiva. Esse diálogo também já tinha acontecido antes.

— Não percam tempo — falei. — Não podemos ficar parados eternamente.

Às vezes, algumas decisões são tomadas por você.

Noite alta. Vento nas árvores. Frio penetrando no abrigo, mantendo-me acordado e tremendo até eu pegar novamente no sono. Chuva constante, mas sem trazer calma. Deuses, eu estava farto de chuva. Como a Guarda Eterna era capaz de manter algo parecido com sanidade?

Alguém me sacudiu. Perseguidor sussurrou:

— Temos companhia. Problema. — Cão Mata-Sapo estava na aba da tenda, o pelo do pescoço eriçado.

Escutei. Nada. Mas não havia motivo para duvidar de sua palavra. O seguro morreu de velho.

— E Duende e Caolho?

— Não acabaram ainda.

— Ah, não. — Apalpei atrás de roupas e armas.

— Vou vigiar e tentar afugentá-los ou despistá-los — disse Perseguidor. — Você avisa aos outros. Prepare-se para fugir. — Saiu da barraca atrás de Cão Mata-Sapo. Agora o maldito animal mostrava alguma vida!

Nossos cochichos acordaram Bainha. Nenhum de nós dois falou. Fiquei imaginando o que ele arriscaria. Cobri a cabeça com o cobertor e saí. O amanhã traria as próprias preocupações.

Entrei na outra barraca, onde encontrei os dois homens em transe.

— Merda. E agora? — Ousaria tentar despertar Caolho? Chamei baixinho: — Caolho. É Chagas. Estamos com problemas.

Ufa. Seu olho bom se abriu. Por um momento, pareceu desorientado. Então:

— O que está fazendo aqui?

— Problemas. Perseguidor disse que há alguém na mata.

Um grito atravessou a chuva. Caolho endireitou o corpo.

— O poder! — exclamou. — Que diabos?

— O que foi?

— Alguém simplesmente lançou um encanto quase igual a um dos Tomados.

— Você consegue tirar Duende daí? Depressa?

— Posso... — Outro grito rompeu o mato. Esse se estendeu demoradamente e pareceu tanto de desespero quanto de agonia. — Vou pegá-lo. Sua voz soou como se toda a esperança tivesse acabado.

Tomados. Tinha de ser. Farejaram nossas pegadas. Estão se aproximando. Mas os gritos... O primeiro alguém que Perseguidor emboscou? O segundo foi o próprio Perseguidor? Não parecia sua voz.

Caolho deitou e fechou o olho. Num instante estava de volta ao transe, embora o rosto denunciasse o medo na superfície de sua mente. Ele era bom, fazendo isso sob tamanha tensão.

Veio um terceiro grito da floresta. Confuso, fui para um ponto onde podia enxergar através da chuva. Nada vi. Momentos depois, Duende se mexeu.

Ele parecia péssimo. Mas sua determinação mostrou que ele já sabia o que estava acontecendo. Forçou-se a se levantar, embora fosse óbvio que não estava pronto. Sua boca continuou se abrindo e fechando. Tive a sensação de que queria me dizer alguma coisa.

Caolho saiu do transe depois dele, porém se recuperou mais rapidamente.

— O que aconteceu? — perguntou.

— Outro grito.

— Largar tudo? Sair correndo?

— Não podemos. Temos de levar parte dessas coisas de volta para o Vale. Senão, é melhor nos rendermos aqui mesmo.

— Certo. Junte-as. Cuidarei disso aqui.

Juntar as coisas não foi tão complicado. Eu havia desempacotado muito pouco... Algo rugiu no mato. Gelei.

— Que diabos! — Parecia algo maior do que quatro leões juntos. Um momento depois, surgiram gritos.

Não fazia sentido. Não fazia sentido algum. Eu podia imaginar Perseguidor abrindo as portas de nove infernos sobre a Guarda, mas não se ela estivesse acompanhada de um Tomado.

Duende e Caolho apareceram quando eu começava a desmontar a barraca. Duende ainda parecia péssimo. Caolho carregava metade de suas coisas.

— Cadê o garoto? — perguntou ele.

Eu não tinha reparado em sua ausência. Não estava surpreso.

— Foi embora. Como vamos carregar Corvo?

Minha resposta saiu da floresta. Perseguidor. Parecia um pouco cansado, mas ainda ileso. Cão Mata-Sapo estava coberto de sangue. Parecia mais animado do que eu já o tinha visto.

— Vamos tirá-lo daqui — indicou Perseguidor, e seguiu para uma das extremidades da maca.

— Suas coisas.

— Não há tempo.

— E a carroça? — Ergui a outra extremidade.

— Esqueça-a. Tenho certeza de que a encontraram. Marchem.

Marchamos, deixando que ele nos conduzisse pelo caminho. Perguntei:

— O que foi toda aquela barulheira?

— Peguei-os de surpresa.

— Mas...

— Até mesmo os Tomados podem ser surpreendidos. Poupe seu fôlego. Ele não está morto.

Por algumas horas coloquei um pé na frente do outro sem olhar para trás. Perseguidor estabeleceu um ritmo de passadas árduas. Num canto de minha mente, onde ainda habitava o observador, notei que Cão Mata-Sapo acompanhava tranquilamente o passo.

Duende foi o primeiro a cair. Uma ou duas vezes tentara me alcançar e contar algo, mas simplesmente não encontrou energia. Quando caiu, Perseguidor parou, olhando para trás com irritação. Cão Mata-Sapo deitou sobre as folhas molhadas, rosnando. Perseguidor deu de ombros e baixou sua extremidade da maca.

Aquela foi *minha* deixa para desabar. Como uma pedra. Chuva e lama malditas. Eu não podia estar mais molhado.

Pelos deuses, meus braços e ombros doíam. Agulhas de fogo me espetavam enquanto todos os músculos enrijeciam até o pescoço.

— Isso não vai dar certo — falei, após recuperar um pouco de fôlego. — Somos velhos e fracos demais.

Perseguidor observou a floresta. Cão Mata-Sapo se levantou, farejando o vento úmido. Precisei fazer um grande esforço para olhar para trás, na direção do caminho por onde viemos, tentando adivinhar que direção havíamos tomado.

Sul, é claro. O norte não fazia sentido, e para o leste ou oeste teríamos parado na Terra dos Túmulos ou no rio. Mas, caso continuássemos seguindo para o sul, encontraríamos a estrada velha de Remo, que fazia a curva junto ao Grande Trágico. Aquele trecho certamente estaria patrulhado.

Com o fôlego parcialmente recuperado e a respiração não mais roncando em meus ouvidos, consegui escutar o rio. Não devia estar a mais de 100 metros, agitando-se e ribombando como sempre.

Perseguidor abandonou seu modo reflexivo.

— Malícia então. Malícia.

— Estou com fome — anunciou Caolho, e percebi que eu também estava. — Mas acho que ficaremos ainda mais famintos. — Ele sorriu levemente. Tinha força suficiente agora para observar Duende. — Chagas. Você pode vir aqui dar uma olhada nele?

Engraçado. Eles não são inimigos quando a situação é crítica.

Capítulo Trinta e Sete

A FLORESTA E ALÉM

Dois dias se passaram até conseguirmos comer, graças à habilidade de Perseguidor como caçador. Dois dias passamos nos esquivando de patrulhas. Perseguidor conhecia bem aquela floresta. Desaparecemos em suas profundezas e surgimos em direção ao sul num lugar mais tranquilo. Após os dois dias, Perseguidor sentiu confiança suficiente para nos deixar acender uma fogueira. Não foi um grande avanço, porém, por causa da dificuldade de se encontrar madeira que queimasse. O valor da fogueira foi mais psicológico que físico.

A desgraça era balanceada pelo aumento da esperança. Assim foram nossas duas semanas na Floresta Antiga. Diabos, caminhar por terra, fora da estrada, era tão ou mais rápido do que usar a própria estrada. Sentimo-nos a meio caminho do otimismo quando nos aproximamos do limite meridional.

Fico tentado a falar um pouco mais sobre a desgraça e as discussões a respeito de Corvo. Caolho e Duende estavam convencidos de que não estávamos fazendo bem algum a ele. Mas não sugeriam nenhuma alternativa ao plano de levá-lo conosco.

Eu carregava outro peso no peito, como uma enorme pedra.

Duende me procurou naquela segunda noite, enquanto Perseguidor e Cão Mata-Sapo estavam caçando. E cochichou:

— Fui mais longe que Caolho. Quase ao centro. Eu sei por que Corvo não saiu.

— É?

— Ele viu demais. Provavelmente o que tinha ido ver. O Dominador não está dormindo. Eu... — Ele tremeu. Precisou de algum tempo para se recompor. — Eu o vi, Chagas. Olhando para mim. E rindo. Se não tivesse sido por Caolho... Eu teria sido apanhado exatamente como Corvo.

— E agora essa — falei baixinho, a mente zunindo por causa das implicações. — Acordado? E agindo?

— Sim. Não comente isso com ninguém. Não antes de poder contar a Lindinha.

Havia uma insinuação de fatalismo naquela frase. Ele parecia duvidar de que duraria muito tempo. Assustador.

— Caolho sabe?

— Vou contar a ele. Quero ter certeza de que a informação vai sobreviver.

— Por que não dizer a todos nós?

— Não a Perseguidor. Há algo errado com ele... Chagas. Outra coisa. O velho mago. Ele também está lá.

— Bomanz?

— Sim. Vivo. Como se estivesse congelado ou coisa parecida. Não está morto, porém não pode fazer nada... O dragão... — Calou-se.

Perseguidor chegou, carregando uma braçada de esquilos. Mal deixamos que esquentassem antes de os devorarmos.

Descansamos um dia antes de adentrar terras subjugadas. Dali em diante seria uma correria de um abrigo para o outro, como camundongos saindo à noite. Fiquei imaginando qual era o sentido em fazer aquilo. O Vale do Medo poderia até mesmo estar em outro mundo.

Naquela noite tive um sonho maravilhoso.

Não me lembro de nada, exceto que *ela* me tocou e, de algum modo, tentou me alertar. Creio que a exaustão, mais do que meu amuleto, bloqueou a mensagem. Nada permaneceu. Acordei apenas com a vaga sensação de que havia perdido algo crucial.

Fim da linha. Fim do jogo. Duas horas fora da Grande Floresta e eu soube que nosso momento estava se aproximando. A escuridão não nos deixava ocultos o bastante. Meus amuletos também não eram suficientes.

Os Tomados estavam no ar. Eu os senti à espreita quando já era tarde demais para voltar. E eles sabiam que suas presas estavam a pé. Conseguíamos ouvir o distante alarido de batalhões se movimentando para impedir uma retirada para a floresta.

Meu amuleto me alertava repetidamente sobre a presença de Tomados bem próximos. Quando não o fazia, o que acontecia em certos momentos — talvez porque os novos Tomados não o afetavam —, Cão Mata-Sapo dava o alerta. Ele conseguia farejar os sacanas à distância.

O outro amuleto ajudava. Ele e o dom de Perseguidor em traçar uma trilha tortuosa.

O círculo, porém, se fechava. E se fechava mais. E sabíamos que não demoraria para que não houvesse mais brechas pelas quais pudéssemos nos esquivar.

— O que vamos fazer, Chagas? — perguntou Caolho. Sua voz estava trêmula. Ele sabia. Mas queria que alguém dissesse a ele. E eu não conseguia dar a ordem, assim como eu mesmo não conseguiria fazer o que era preciso.

Aqueles homens eram meus amigos. Estivemos juntos durante toda a minha vida adulta. Não podia ordenar que se matassem. Não podia abatê-los.

Mas, igualmente, não podia permitir que fossem capturados.

Uma vaga ideia se formou. Uma ideia tola, na verdade. A princípio, pensei que fosse uma bobagem nascida do puro desespero. De que adiantava?

Então algo me tocou. Engoli em seco. Os outros também sentiram. Até mesmo Perseguidor e seu cão. Deram um salto como se tivessem levado uma ferroada. Engoli em seco novamente.

— É ela. Ela está aqui. Droga!

Mas isso fez com que eu me decidisse. Talvez *eu* conseguisse ganhar tempo.

Antes que pudesse refletir e, portanto, me acovardar, juntei os amuletos, enfiei-os nas mãos de Duende, depois empurrei nossos preciosos documentos para Caolho.

— Obrigado, meus amigos. Cuidem-se. Talvez a gente ainda se veja.

— O que diabos você está fazendo?

Com o arco na mão — o arco que ela me dera havia tanto tempo —, saltei para o escuro. Fracos protestos me perseguiram. Captei o momento em que Perseguidor perguntava que porcaria estava acontecendo. Então me distanciei.

Havia uma estrada não muito distante e uma pequena nesga de lua acima. Entrei numa e corri sob a luz da outra, levando meu velho corpo cansado ao limite, tentando estabelecer uma maior margem possível antes que o inevitável me alcançasse.

Ela me protegeria por um tempo. Era minha esperança. E, assim que eu fosse capturado, talvez ganhasse tempo em benefício dos outros.

Contudo, senti pena deles. Nem Duende nem Caolho eram fortes o bastante para ajudar a carregar Corvo. Perseguidor não conseguiria fazer isso sozinho. Se chegassem ao Vale do Medo, não seriam capazes de escapar da inevitável obrigação de explicar tudo a Lindinha.

Fiquei imaginando se algum deles teria estômago para acabar com Corvo... A bílis aumentou. Minhas pernas estavam enfraquecendo. Tentei encher a mente com o vazio, olhei para a estrada três passos adiante de meus pés, bufei com força e continuei. Contei passos. Às centenas, repetidamente.

Um cavalo. Eu poderia roubar um cavalo. Continuei dizendo isso a mim mesmo, concentrando-me nisso, amaldiçoando a pontada que sentia na lateral do peito, até as sombras assomarem diante de mim e os imperialistas começarem a gritar, de modo que fugi para um campo de trigo com a matilha da Dama logo atrás de mim.

Quase os despistei. Quase. Mas então a sombra desceu do céu. O ar assobiou com a passagem de um tapete. E, pouco depois, as trevas me engoliram.

Saudei-as como o fim de meu sofrimento, esperando que fosse permanente.

Estava claro quando recobrei a consciência. Eu me encontrava num lugar frio, mas todos os lugares são frios no norte. Eu estava seco. Pela primeira vez em semanas. Estava seco. Voltei no tempo até minha corrida e relembrei a nesga de lua. Um céu claro demais para uma lua. Espantoso.

Abri um pouquinho um dos olhos. Estava num aposento com paredes de pedra. Tinha a aparência de uma cela. Embaixo de mim, uma superfície nem dura nem molhada. Quanto tempo fazia desde que eu estivera deitado numa cama seca pela última vez? Foi na Árvore Azul.

Percebi um odor. Comida! Comida quente, numa bandeja a poucos centímetros de minha cabeça, em cima de uma pequena bancada. Uma mistura que parecia um ensopado bem cozido. Deuses, como cheirava bem!

Levantei-me tão depressa que minha cabeça rodopiou. Quase desmaiei. Comida! Que se dane o resto. Comi como o animal faminto que era.

Ainda nem havia terminado quando a porta se abriu com um estrondo. Explodiu para dentro, ressoando nas paredes. Uma imensa figura escura avançou pisando forte. Por um momento, fiquei com a colher a meio caminho entre a tigela e a boca. Aquela coisa era humana? Foi para o lado, a arma empunhada.

Quatro imperialistas vieram a seguir, porém mal notei, tão impressionado que estava com o gigante. Sim, um homem, porém maior do que qualquer um que eu já tivesse visto. E parecia ágil e cheio de vitalidade como um elfo, apesar do tamanho.

Os imperialistas formaram duplas de ambos os lados do vão da porta, apresentando armas.

— Como é? — exigi, determinado a cair com um sorriso desafiador no rosto. — Sem tambores ressoando? Sem trombetas? — Deduzi que estava para conhecer meu captor.

Dito e feito. Sussurro atravessou a porta.

Fiquei mais surpreso ao vê-la do que com o dramático surgimento de seu gigantesco capanga. Ela deveria estar controlando a fronteira ocidental do Vale... A não ser... Eu nem podia imaginar isso. Mas, de qualquer modo, a dúvida me corroeu por dentro. Eu estivera sem comunicação por muito tempo.

— Onde estão os documentos? — quis saber sem preâmbulos.

Um sorriso cresceu em meu rosto. Eu havia conseguido. Eles não tinham capturado os outros... Mas o entusiasmo terminou rapidamente. Havia mais imperialistas atrás de Sussurro, e eles traziam uma maca. Corvo. Jogaram-no violentamente sobre um catre defronte ao meu.

A hospitalidade deles não era mesquinha. A cela era grande. Havia espaço de sobra para o prisioneiro esticar as pernas.

Encontrei meu sorriso.

— Ora, não deveria fazer perguntas como essa. Mamãe não gostaria. Lembra-se de como ficou zangada da última vez?

Sussurro sempre foi moderada. Mesmo quando liderou os rebeldes, nunca deixou a emoção atrapalhar.

— Sua morte pode ser desagradável, médico — ela decidiu me lembrar.

— Morte é morte.

Um leve sorriso se espalhou pelos seus lábios sem cor. Ela não era uma mulher graciosa. Aquele sorriso detestável não melhorou sua aparência.

Captei a mensagem. Bem no meu interior algo uivava e berrava como um macaco sendo assado. Eu resistia a chamar de terror. Era o momento ideal, se algo assim realmente existisse, para agir como um irmão da Companhia Negra. Eu tinha de ganhar tempo. Tinha de dar aos outros a maior dianteira possível.

Ela devia ter lido minha mente enquanto permanecia parada ali, olhando, sorrindo.

— Eles não irão longe. Podem se esconder da feitiçaria, mas não dos cães de caça.

Meu coração gelou.

Como se aproveitando a deixa, chegou um mensageiro. Ele sussurrou para Sussurro. Ela fez que sim. Então se virou para mim.

— Vou buscá-los agora. Na minha ausência, pense no Manco. Assim que sugar de você tudo o que sabe, vou entregá-lo a ele. — Sorriu novamente.

— Você nunca foi uma mulher agradável — comentei, mas a voz saiu fraca, quando ela já estava de costas, partindo. Seus animais de estimação foram com ela.

Verifiquei Corvo. Parecia do mesmo jeito.

Deitei-me em meu catre e fechei os olhos, tentando expulsar tudo da mente. Isso havia funcionado antes, quando precisei entrar em contato com a Dama.

Onde ela estaria? Eu sabia que estava perto o bastante na noite anterior para senti-la. Mas e agora? Estaria fazendo algum jogo?

Porém, ela nunca mencionara nenhuma consideração em especial... Ainda assim. Havia considerações e considerações.

Capítulo Trinta e Oito

A FORTALEZA EM AVENÇA

Bam! O velho truque da porta. Dessa vez eu tinha ouvido o homem-montanha pisoteando pelo corredor, por isso não reagi, a não ser para perguntar:

— Você nunca bate, Bruno?

Nenhuma resposta. Até Sussurro entrar.

— Levante-se, médico.

Eu teria feito uma observação grosseira, mas algo em sua voz me gelou mais ainda que o frio que sentia ali. Levantei.

Sua aparência era terrível. Não que estivesse muito diferente fisicamente. Mas algo dentro dela tinha morrido, ficado frio e se horrorizado.

— O que era aquela coisa? — exigiu saber.

Fiquei atônito.

— Que coisa?

— A coisa com a qual você estava viajando. Fale.

Eu não podia, pois não fazia a menor ideia do que ela estava balbuciando.

— Nós os alcançamos. Ou melhor, meus homens os alcançaram. Cheguei apenas a tempo de contar os corpos. O que é capaz de destroçar vinte cães de caça e cem homens com armadura em minutos, então desaparece do alcance mortal?

Pelos deuses, Caolho e Duende deviam ter se superado dessa vez.

Continuei calado.

— Vocês vieram da Terra dos Túmulos. Metendo o nariz onde não eram chamados. Invocaram alguma coisa? — Ela parecia estar refletindo. — Está na hora de descobrirmos. Está na hora de descobrirmos o quanto você realmente é durão, soldado.

Ela olhou para o gigante.

— Traga-o.

Tentei jogar sujo o melhor que podia. Fingi estar manso por tempo suficiente para que ele relaxasse. Então pisei em seu pé, correndo a lateral de minha bota por sua canela. Em seguida me afastei girando e chutei sua virilha.

Acho que estou ficando velho e lento. Claro, ele era muito mais rápido que um homem comum de seu tamanho. Ele se curvou, segurou meu pé e me jogou para o outro lado do aposento. Dois imperialistas me ergueram e me arrastaram. Segui satisfeito por ver o grandalhão mancar.

Tentei mais alguns truques, só para retardar as coisas. Eles fizeram pouco mais do que me bater. Os imperialistas me amarraram numa cadeira de madeira com o encosto alto, numa sala que Sussurro tinha preparado para praticar seus feitiços. Não vi nada particularmente maligno. Isso só piorou a antecipação.

Eles me arrancaram dois ou três bons gritos e estavam ficando cada vez mais desagradáveis quando o cenário subitamente se desfez. Os imperialistas me tiraram da cadeira e me empurraram em direção à minha cela. Eu estava muito perplexo para imaginar qualquer coisa.

Até que, no corredor, a poucos metros da cela, encontramos a Dama.

Sim. Então era isso. Minha mensagem tinha sido recebida. Pensara, na ocasião, que o breve contato fora uma resposta de minha mente ansiosa. Mas aqui estava ela.

Os imperialistas fugiram. Ela era tão terrível assim com os próprios seguidores?

Sussurro ficou onde estava.

O que quer que se passou entre elas ocorreu sem palavras. Sussurro me ajudou a me levantar e me empurrou para a cela. Seu rosto era de pedra, porém os olhos se esfarelavam.

— Maldição. Planos frustrados novamente — grasnei, então caí em meu catre.

Era plena luz do dia quando a porta se fechou. Era noite quando acordei e ela estava parada ao meu lado, usando seu disfarce de beleza.

— Eu o avisei — disse ela.

— Sim. — Tentei me sentar. Sentia dores por todo o corpo, tanto pelos maus-tratos quanto por ter forçado o velho corpo além de seus limites antes de minha captura.

— Fique. Eu não teria vindo se meus próprios interesses não o tivessem exigido.

— De outro modo, eu não a teria chamado.

— Novamente, me fez um favor.

— Apenas por um senso de autopreservação.

— Você pode ter, como dizem, pulado da frigideira para o fogo. Sussurro perdeu muitos homens hoje. Enfrentando o quê?

— Não sei. Duende e Caolho... — Calei-me.

Maldita cabeça grogue. Maldita voz compreensiva. Já tinha falado demais.

— Não foram eles. Não têm habilidade para criar nada como aquilo. Eu vi os corpos.

— Então não sei.

— Acredito em você. Mesmo assim... Já vi ferimentos como aqueles antes. Vou mostrar a você antes de partirmos para a Torre. — Será que em algum momento houve dúvidas a esse respeito? — Após fazer seu exame, reflita sobre o fato de que, da última vez que homens morreram daquele jeito, meu marido governava o mundo.

Nada disso fazia sentido. Mas eu não estava preocupado com isso. Estava preocupado com meu próprio futuro.

— *Ele* já começou a se mexer. Muito antes do que eu esperava. Será que nunca vai ficar quieto e me deixar prosseguir com meu trabalho?

Alguns cálculos começavam a ser feitos. Caolho dizendo que algo havia escapado. Corvo fora apanhado por causa disso...

— Corvo, seu merda, você fez novamente. — Por conta própria, tentando cuidar de Lindinha, ele quase permitira que o Dominador escapasse em Zimbro. — O que você fez dessa vez?

Por que aquela coisa seguiria e protegeria Caolho e os outros?

— Então esse é Corvo?

Burrada número dois de Chagas. Por que não posso manter minha maldita boca grande fechada?

Ela se curvou sobre ele e pousou a mão sobre sua testa. Observei por baixo de minhas sobrancelhas, fora de foco. Não conseguia olhá-la diretamente. Ela possuía o poder de estremecer o mundo.

— Voltarei em breve — anunciou ela, seguindo para a porta. — Não tenha medo. Você ficará seguro durante minha ausência.

A porta se fechou.

— Claro — murmurei. — Seguro de Sussurro, talvez. Mas seguro de você? — Olhei em volta do aposento, imaginando se deveria pôr um fim à minha vida.

Sussurro me levou para fora, a fim de me mostrar a carnificina no local em que cães e imperialistas haviam alcançado Caolho e Duende. Nada agradável, sendo sincero. A última vez que vi algo semelhante foi quando enfrentamos o forvalaka em Berílio, antes de nos juntarmos à Dama. Fiquei imaginando se aquele monstro estaria de volta, atrás de Caolho mais uma vez. Mas ele o havia abatido durante a Batalha de Talismã, não havia?

Mas o Manco sobreviveu...

Diabos, sim, sobreviveu. E, dois dias após a Dama partir — eu era prisioneiro na antiga fortaleza em Avença, como fiquei sabendo —, ele apareceu. Uma visitinha amigável, pelos velhos tempos.

Senti sua presença antes mesmo de vê-lo de fato. E o terror quase me congelou.

Como ele soube?... Sussurro. Com quase toda a certeza, Sussurro.

Ele foi à minha cela, flutuando num pequeno tapete. Seu nome não o descrevia mais. Não conseguia ir a lugar algum sem aquele tapete. Não passava de um rascunho de um ser, um destroço humano animado por feitiçaria e uma louca, ardente determinação.

Flutuou para dentro de minha cela e pairou ali, observando-me. Fiz o máximo para parecer que não me sentia intimidado, mas fracassei.

Um espectro de voz agitou o ar.

— Sua hora chegou. Será um fim demorado e doloroso para sua história. E desfrutarei cada momento.

— Duvido. — Eu tinha de manter o papel. — Mamãe não vai gostar de você se meter com seu prisioneiro.

— Ela não está aqui, médico. — Começou a pairar para trás. — Começaremos em breve. Depois de um tempo para reflexão. — Um fragmento de risadinha insana flutuou atrás dele. Não tenho certeza da fonte, se Manco ou Sussurro. Ela estava no corredor, observando.

— Mas ela *está* aqui — afirmou uma voz.

Eles gelaram. Sussurro ficou pálida. Manco meio que se dobrou sobre si mesmo.

A Dama se materializou do nada, surgindo primeiro como faíscas douradas. Ela não falou mais nada. Os Tomados também não, pois não havia nada que pudessem dizer.

Quis soltar um de meus comentários, no entanto meu bom senso prevaleceu. Em vez disso, tentei me tornar pequeno. Uma barata. Indigna de ser notada.

Baratas, porém, são esmagadas por pés insensíveis...

A Dama finalmente falou:

— Manco, você recebeu uma missão. Em nenhuma parte de suas instruções há uma permissão para abandonar seu comando. E foi o que você fez. Novamente. E os resultados foram os mesmos de quando fugiu para Rosas, disposto a sabotar Apanhador de Almas.

Manco se encolheu ainda mais.

Aquilo aconteceu muito tempo atrás. Um de nossos truques sorrateiros sobre os rebeldes daquela época. Os rebeldes atacaram o quartel-general do Manco, enquanto ele estava longe de seus domínios tentando sabotar Apanhador de Almas.

Quer dizer que Lindinha estava obtendo um sucesso estrondoso no Vale.

Meu ânimo aumentou. Para mim, foi a confirmação de que o movimento não havia ruído.

— Vão — disse a Dama. — E fiquem sabendo de uma coisa: não haverá mais compreensão. De agora em diante, viveremos pelas leis de ferro como meu marido fazia. A próxima vez será a última. Para vocês ou qualquer um que me serve. Entenderam? Sussurro? Manco?

Eles entenderam. Tomaram o cuidado de dizer isso com muitas palavras.

Houve ali uma comunicação abaixo do nível das palavras, inacessível a mim, pois eles se foram absolutamente convencidos de que a continuação de sua existência dependia de obediência inquestionável e inabalável ao espírito e à essência de suas ordens. Saíram esmagando o ar.

A Dama desapareceu no momento em que a porta de minha cela foi fechada.

Ela apareceu em carne e osso logo após o cair da noite. Sua raiva ainda fervilhando. Soube, ouvindo as fofocas dos guardas, que tinha ordenado a Sussurro que também voltasse para o Vale. A situação tinha ficado ruim por lá. Os Tomados que lá estavam não conseguiam contornar a situação.

— Acabe com eles, Lindinha — murmurei. — Acabe com eles. — Eu me esforçava para me resignar a qualquer que fosse o destino que a casa dos horrores tinha guardado para mim.

Guardas me levaram para fora da cela logo após o cair da noite. Levaram Corvo também. Não fiz perguntas. Eles não responderiam.

O tapete da Dama estava pousado no pátio principal da Fortaleza. Os soldados colocaram Corvo sobre ele e o amarraram. Um sargento carrancudo realizou um gesto para que eu subisse. Assim o fiz, surpreendendo-o por saber como. Meu coração estava afundado. Conhecia meu destino.

A Torre.

Esperei meia hora. Finalmente ela veio. Parecia pensativa. Até mesmo um pouco perturbada e incerta. Tomou seu lugar na parte da frente do tapete. Levantamos.

Andar numa baleia do vento é mais confortável e muito menos desagradável para os nervos. Uma baleia do vento tem carne, tem escamas.

Subimos talvez uns 300 metros e começamos a voar para o sul. Duvido que estivéssemos a mais que 50 quilômetros por hora. Seria, portanto, uma longa viagem, a não ser que ela resolvesse interrompê-la.

Após uma hora, ela me encarou. Mal consegui discernir suas feições. A Dama disse:

— Eu visitei a Terra dos Túmulos, Chagas.

Não respondi, por não saber o que ela esperava que eu dissesse.

— O que vocês fizeram? O que seu pessoal libertou?

— Nada.

Ela olhou para Corvo.

— Talvez haja um meio. — Ela hesitou por um momento. — Eu conheço a coisa que está solta... Durma, médico. Conversaremos em outra ocasião. — E fui dormir. Quando acordei, estava em outra cela. E soube, pelos uniformes, que minha nova prisão era a Torre em Talismã.

Capítulo Trinta e Nove

UM HÓSPEDE EM TALISMÃ

Um coronel da tropa doméstica da Dama veio me ver. Foi mais ou menos educado. Mesmo no passado, as tropas dela nunca tinham certeza de minha posição. Pobres crianças. Eu não tinha lugar em seu ordenado e hierarquizado universo.

— Ela quer você agora — disse o coronel. Havia uma dúzia de homens com ele. Não pareciam uma guarda de honra. Também não agiam como carrascos.

Não que isso importasse. Eu iria nem que eles tivessem de me carregar. Parti com um olhar para trás. Corvo continuava na mesma.

O coronel me deixou num umbral da Torre interna, a Torre dentro da Torre, na qual poucos homens entram e da qual menos ainda voltam.

— Ande — ordenou ele. — Eu soube que você já fez isso antes. Conhece o procedimento.

Atravessei o vão da porta. Quando olhei para trás, vi apenas a parede de pedra. Por um momento, fiquei desorientado. Um segundo depois, eu me encontrava em outro lugar. E ela estava lá, emoldurada pelo que parecia ser uma janela, embora o restante da Torre estivesse completamente encerrado no interior da outra.

— Venha cá.

Fui. Ela apontou. Olhei por aquela não janela para uma cidade ardendo. Tomados voavam acima, lançando feitiços que logo morriam. Seu alvo era uma legião de baleias do vento que estavam arrasando a cidade.

Lindinha montava um dos animais. Eles permaneciam no interior de seu campo mágico negativo, onde eram invulneráveis.

— Mas não são — declarou a Dama, lendo meus pensamentos. — Armas mortais os atingirão. E sua garota bandida. Mas isso não importa. Decidi suspender as operações.

Ela deu uma risada.

— Então ganhamos.

Acredito que aquela foi a primeira vez que a vi se irritar comigo. Foi um erro zombar da Dama. Isso poderia fazer com que reavaliasse emocionalmente uma decisão tomada de forma estratégica.

— Vocês não ganharam nada. Se essa é a percepção que uma mudança de foco vai criar, então não suspenderei. Em vez disso, ajustarei o foco da campanha.

Maldito Chagas. Aprenda a manter fechada sua maldita boca grande perto de gente como ela. Vai abrir seu caminho à força para um moedor de carne.

Após recuperar o autocontrole, ela me encarou. A Dama, a apenas meio metro de distância.

— Seja sarcástico no que escreve, se quiser. Mas, quando falar, precisa estar preparado para pagar um preço.

— Entendo.

— Achei que entenderia.

Ela olhou novamente para a cena. Naquela cidade distante — parecia ser Geada —, uma baleia do vento em chamas caiu após ficar no meio de uma tempestade de setas lançadas por uma balista maior do que qualquer outra que já tinha visto. Os dois lados sofriam baixas naquele jogo.

— Como estão indo suas traduções?

— O quê?

— Os documentos que encontrou na Floresta da Nuvem, dados a Apanhador de Almas, minha falecida irmã, tirados dela novamente, dados ao seu amigo Corvo, e, por sua vez, tirados dele. Os papéis que pensou que dariam a vocês a chave para a vitória.

— *Aqueles* documentos. Ah. Nada bem.

— Nem poderia. O que você procura não está lá.

— Mas...

— Você foi enganado. Sim. Eu sei. Bomanz os juntou, pois deveriam conter meu nome verdadeiro. Não é isso? Mas ele foi exterminado... Exceto, talvez, da mente do meu marido. — Subitamente, ela se tornou distante.

— A vitória em Zimbro teve seu preço.

— Ele aprendeu tarde demais a lição de Bomanz.

— Pois é. Você notou. *Ele* possui informações o bastante para tentar entender o que aconteceu... Não. Meu nome não está lá. O *dele* está. Foi por *isso* que minha irmã ficou tão empolgada. Viu uma oportunidade de nos suplantar. Ela me conhecia. Afinal, crescemos juntas. E protegidas uma da outra apenas pela teia mais emaranhada que podia ser tecida. Quando ela recrutou você em Berílio, não tinha nenhuma ambição maior do que me enfraquecer. Porém, quando você entregou aqueles documentos...

Ela estava pensando alto ao mesmo tempo que explicava.

De repente, tive um estalo.

— *Você* não sabe o nome dele!

— Nunca foi um casamento de amor, médico. Era a mais turbulenta das alianças. Diga-me: como posso obter aqueles papéis?

— Não pode.

— Então todos perdemos. Isso é verdade, Chagas. Enquanto discutimos e nossos respectivos aliados se esforçam para cortar as gargantas uns dos outros, o inimigo de todos nós está se livrando de suas correntes. Todas essas mortes não terão servido para nada se o Dominador se libertar.

— Destrua-o.

— Isso é impossível.

— Na cidade onde nasci há um conto popular sobre um homem tão poderoso que ousava zombar dos deuses. No fim, seu poder se revelou pura insolência, pois só há uma coisa contra a qual até mesmo os deuses são impotentes.

— Qual é o ponto?

— Distorcendo um velho ditado, a morte vence tudo. Nem mesmo o Dominador consegue lutar contra a morte e vencer todas as vezes.

— Existem meios — admitiu ela. — Mas não sem aqueles papéis. Você voltará agora aos seus aposentos e refletirá. Falarei novamente com você.

Fui dispensado assim, subitamente. Ela encarou a cidade moribunda. De repente, o caminho da saída foi até mim. Um forte impulso me carregou através da porta. Um momento de tontura e eu estava do lado de fora. O coronel veio bufando pelo corredor. Conduziu-me de volta à minha cela. Plantei-me em meu catre e refleti, como ordenado.

Havia provas suficientes de que o Dominador estava se movendo, mas... O fato de os documentos não conterem a arma com a qual tínhamos contado — isso era horrível. Eu teria de engolir ou rejeitar essa ideia, e minha escolha poderia ter repercussões cruciais.

Ela estava me conduzindo para seus próprios fins. Claro. Eu imaginava numerosas possibilidades, nenhuma agradável, mas todas fazendo certo sentido...

Era como ela dissera. Se o Dominador se libertasse, estaríamos todos em apuros, mocinhos e bandidos.

Adormeci. Tive sonhos, mas não me lembro deles. Acordei e encontrei uma refeição quente recém-servida em cima de uma escrivaninha que não estava ali antes. Sobre a escrivaninha, havia um generoso suprimento de materiais para escrita.

Ela esperava que eu desse prosseguimento aos meus Anais.

Devorei metade da comida antes de notar a ausência de Corvo. Os velhos nervos começaram a tremer. Por que ele sumiu? Para onde? Que utilidade ele teria para ela? Uma vantagem?

O tempo é estranho no interior da Torre.

O coronel de sempre chegou quando eu estava terminando de comer. Os soldados de sempre o acompanhavam. Ele anunciou:

— Ela quer você novamente.

— Já? Acabei de voltar de lá.

— Quatro dias atrás.

Toquei meu rosto. Pensei que teria apenas uma barba por fazer. Meu rosto estava peludo. Então eu tivera um longo sono.

— Há alguma chance de eu conseguir uma lâmina?

O coronel sorriu levemente.

— O que acha? Um barbeiro pode vir aqui. Você vem?

Eu tinha escolha? Claro que não. Segui-o em vez de ser arrastado.

O procedimento foi o mesmo. Encontrei-a novamente numa janela. A cena mostrava um canto do Vale onde uma das fortificações de Sussurro estava sendo sitiada. Ela não possuía nenhuma balista pesada. Uma baleia do vento pairava acima, mantendo a guarnição escondida. Árvores errantes despedaçavam a muralha externa pelo simples mecanismo de crescer até destruir. Do mesmo modo como a selva destrói uma cidade abandonada, só que 10 mil vezes mais rápido que uma mata irracional.

— O deserto inteiro se ergueu contra mim — declarou ela. — Os postos avançados de Sussurro têm sofrido uma irritante variedade de ataques.

— Desconfio de que se ressentem de suas intromissões. Pensei que vocês iam se retirar.

— Eu tentei. Sua camponesa muda não está cooperando. Você andou pensando?

— Estive dormindo, foi isso que fiz. Como você já sabe.

— Sim. Certo. Havia assuntos que exigiam minha atenção. Agora posso me dedicar ao problema em questão.

A expressão em seus olhos me fez querer fugir... Ela gesticulou. Eu congelei. Ela pediu que eu recuasse e me sentasse numa cadeira próxima. Sentei-me, incapaz de me livrar do encanto, embora soubesse o que estava por vir.

A Dama ficou diante de mim, um olho fechado. O olho aberto cresceu, mais e mais, alcançou-me, devorou-me...

Acho que gritei.

Era algo inevitável desde minha captura, mas eu mantivera uma esperança tola do contrário. Agora, ela sugaria minha mente como uma aranha suga uma mosca...

Recobrei-me em minha cela, sentindo-me como se tivesse ido ao inferno e retornado. Minha cabeça latejava. Foi preciso um grande esforço para me levantar e cambalear até meu estojo médico, que me fora devolvido após meus captores terem tirado tudo o que havia de letal. Preparei uma infusão de entrecasca de salgueiro, que demorou uma eternidade porque eu não tinha fogo para aquecer a água.

Alguém entrou enquanto eu tomava e xingava o primeiro copo fraco e amargo. Não o reconheci. Pareceu surpreso em me ver de pé.

— Olá — saudou ele. — Recuperação rápida.

— Quem diabos é você?

— Médico. Deveria examiná-lo a cada hora. Esperava-se que você demoraria um longo tempo para se recuperar. Dor de cabeça?

— Do cacete.

— Mal-humorado. Ótimo. — Colocou sua maleta junto ao meu estojo, olhando o interior dele enquanto abria a que havia trazido. — O que você tomou?

Respondi a ele e perguntei:

— O que quis dizer com "ótimo"?

— Às vezes eles ficam apáticos. Nunca se recuperam.

— É mesmo? — Pensei em dar uma surra nele só por diversão. Só para descarregar a raiva. Mas de que adiantaria? Alguns guardas viriam correndo e fariam minha dor piorar. De qualquer modo, daria trabalho.

— Você é alguém especial?

— *Acho* que sou.

Uma insinuação de sorriso.

— Beba isto. É melhor do que o chá de casca. — Engoli a bebida que ele ofereceu. — *Ela* está muito preocupada. Nunca a vi se importar com o que aconteceu com alguém submetido à sondagem profunda antes.

— Quem diria, hein? — Eu estava tendo problemas em manter meu mau humor. A bebida que ele tinha me dado era ótima e agia rápido. — Que mistureba era essa? Eu poderia tomar um barril.

— É viciante. Feita do suco das quatro folhas superiores da planta percival.

— Nunca ouvi falar.

— É bem rara. — Àquela altura, estava me examinando. — Cresce num lugar chamado Colinas Ocas. Os nativos a usam como narcótico.

A Companhia tinha passado certa vez por aquelas terríveis colinas.

— Não sabia que *havia* nativos.

— São tão raros quanto a planta. Houve conversas, no conselho, de cultivarmos e comercializarmos essa planta assim que as lutas terminarem. Como medicamento. — Ele estalou a língua, o que me lembrou do idoso desdentado que havia me ensinado medicina. Engraçado. Havia séculos que não me lembrava dele.

Mais engraçado ainda, todos os tipos de lembranças antigas esquisitas estavam vindo à superfície, como peixes de águas profundas sendo afugentados em direção à luz. A Dama tinha feito uma grande bagunça em minha mente.

Não me interessei em prosseguir com a história sobre comercializar a erva, embora isso estivesse em desacordo com a ideia que eu tinha da Dama. Corações negros não se preocupam em aliviar a dor.

— O que acha dela?

— Da Dama? Neste momento? Não muito gentil. E você?

Ele ignorou aquilo.

— Ela espera vê-lo assim que você se recuperar.

— Existe outra resposta para isso? — retruquei. — Sinto que não sou exatamente um prisioneiro. Que tal eu respirar um pouco de ar no telhado? Não conseguirei fugir de lá.

— Verei se é permitido. Enquanto isso, faça uns exercícios aqui.

Há! O único exercício que faço é saltar para conclusões precipitadas. Queria apenas ficar em algum lugar sem quatro paredes.

— Continuo entre os vivos? — perguntei quando ele acabou de me examinar.

— Por enquanto. Embora, com sua atitude, eu esteja surpreso por você ter sobrevivido num grupo como o seu.

— Eles me amam. Me adoram. Não tocariam em um fio de cabelo da minha cabeça. — Sua menção ao meu grupo voltou a me deixar meio depressivo. Perguntei: — Você sabe quanto tempo se passou desde que fui capturado?

— Não. Acredito que esteja aqui há mais de uma semana. Poderia ser mais.

Isso. Acho que se passaram dez dias desde minha captura. Dando ao pessoal o benefício da dúvida, caso andassem depressa e sem carregar nada, talvez tivessem coberto uns 650 quilômetros. Apenas um passo gigante dentre muitos. Merda.

Ganhar tempo agora seria fora de propósito. A Dama sabia de tudo que fiz. Fiquei imaginando se isso teria tido alguma utilidade. Ou causara alguma surpresa.

— Como está meu amigo? — indaguei, sentindo imediatamente uma culpa.

— Não sei. Ele foi levado para o norte porque suas ligações com seu espírito estavam enfraquecendo. Tenho certeza de que o assunto surgirá em sua próxima visita à Dama. Acabei. Tenha uma ótima estadia.

— Seu cretino sarcástico.

Ele sorriu ao sair.

Deve ser coisa da profissão.

O coronel entrou poucos minutos depois.

— Soube que você quer ir ao telhado.

— Sim.

— Quando quiser ir, informe à sentinela. — Ele tinha mais alguma coisa em mente. Após uma pausa, perguntou: — Não há nenhuma disciplina militar no seu grupo?

Ele estava aborrecido porque eu não o chamava de senhor. Várias respostas espirituosas me ocorreram. Engoli todas. Minha importância poderia deixar de ser um mistério para eles.

— Há, sim. Embora não tanto quanto havia nos primórdios. Não restaram muitos de nós, desde Zimbro, para fazer com que esse tipo de trabalho valesse a pena.

Bem astuto, Chagas. Bote-os na defensiva. Diga-lhes que a Companhia decaiu ao seu atual estado deplorável ao trabalhar para a Dama. Lembre-os de que foram os sátrapas do império que mudaram primeiro. Que, atualmente, isso é de conhecimento comum entre os oficiais. Algo em que, de vez em quando, eles deveriam pensar.

— Uma pena, isso — observou o coronel.

— Você é meu cão de guarda pessoal?

— Sou. Por algum motivo, ela prepara coisas importantes para você.

— Certa vez, escrevi um poema para ela — menti. — Também sei muitas coisas a seu respeito.

Ele franziu a testa, decidindo que era tudo papo furado.

— Obrigado — falei, como se estendesse um ramo de oliveira. — Vou escrever um pouco, antes de ir. — Eu estava bastante atrasado. Exceto por alguns pedaços na Árvore Azul, nada acrescentara, além de pequenas anotações ocasionais, desde que saíra do Vale.

Escrevi até as câimbras me forçarem a parar. Então comi, pois um guarda trouxe uma refeição quando eu terminava a última página. Devorei tudo, então fui até a porta e avisei ao rapaz no corredor que eu estava pronto para ir lá em cima. Quando ele a abriu, descobri que não estava trancado ali dentro.

Mas para que diabo de lugar eu iria se saísse? Mesmo pensar em fugir era bobagem.

Tive a sensação de que estava para assumir o emprego de historiador oficial. Quisesse ou não, esse seria o menor de muitos males.

Algumas duras decisões me olharam nos olhos. Eu queria tempo para pensar a respeito delas. A Dama entenderia. Certamente ela tinha o poder e o talento para entender melhor o futuro do que um médico que passara seis anos por fora.

Pôr do sol. Fogo no poente, nuvens num incêndio feroz. O céu exibindo uma variedade de cores incomuns. Uma brisa gelada do norte, apenas o suficiente para causar arrepios e refrescar. Minha guardiã estava bem distante, permitindo a ilusão de liberdade. Caminhei até o parapeito do lado norte.

Restavam poucos indícios da grande batalha travada abaixo. Onde antes havia trincheiras, paliçadas, fortificações e equipamentos de cerco tinham estado e queimado e dezenas de milhares haviam morrido, existia agora uma área com gramado e árvores. Uma única estela de pedra negra marcava o local, a 500 quilômetros da Torre.

O estrépito e o bramido retornaram. Lembrei-me da horda rebelde, inexorável, movendo-se como o mar, onda após onda; quebrando sobre inflexíveis rochedos de defensores. Lembrei-me dos hostis Tomados, seus truques mágicos e suas quedas para a morte, as selvagens e terríveis feitiçarias...

— Foi a batalha das batalhas, não foi?

Não me virei enquanto ela se juntava a mim.

— Foi. Nunca fiz justiça a ela.

— Ela será cantada. — Ergueu a vista. Estrelas tinham começado a surgir. No anoitecer, seu rosto parecia pálido e cansado. Nunca antes a vira em nenhuma disposição que não fosse completamente serena.

— O que foi? — Agora me virei e avistei um grupo de soldados a certa distância, observando, intimidados ou aterrorizados.

— Fiz uma adivinhação. Várias, aliás, pois não consegui resultados satisfatórios.

— E?

— Talvez não tenha conseguido resultado algum.

Esperei. Não se pressiona o ser mais poderoso do mundo. Que ela estivesse prestes a confiar num mortal já era suficientemente atordoante.

— Tudo é fluxo. Previ três possíveis futuros. Estamos a caminho de uma crise, um momento de moldagem da história.

Virei-me ligeiramente na direção dela. Luz violeta sombreava seu rosto. Cabelos negros desabavam sobre uma das faces. Não era um ardil, pelo menos dessa vez, e o impulso de tocar, abraçar, talvez para confortar, era forte.

— Três futuros?

— Três. Em nenhum deles consegui achar meu lugar.

O que dizer num momento como aquele? Que talvez os três estivessem errados? Faça isso e *você* estará acusando a Dama de ter cometido um engano.

— Num deles, sua criança muda triunfa. Mas esse é o menos provável, e ela e todos junto dela sucumbem ao obter a vitória. Em outro, meu marido rompe a prisão da sepultura e restabelece seu Domínio. Essas trevas duram 10 mil anos. Na terceira visão, ele é destruído para sempre e completamente. É a visão mais forte, a mais exigente. No entanto o preço é alto... Deuses existem, Chagas? Nunca acreditei neles.

— Não sei, Dama. Nunca encontrei uma religião que fizesse sentido. Nenhuma é consistente. A maioria dos deuses, pela descrição de seus adoradores, é megalomaníaca psicótica paranoica. Não sei como conseguem sobreviver à própria insanidade. Mas não é completamente impossível que os seres humanos sejam incapazes de interpretar um poder tão maior do que eles mesmos. Talvez as religiões sejam sombras retorcidas e adulteradas da verdade. Talvez *haja* forças que moldam o mundo. Eu mesmo nunca entendi por que, num universo tão vasto, um deus se *importaria* com algo tão trivial quanto ser adorado ou o destino humano.

— Quando eu era criança... minhas irmãs e eu tínhamos um professor. Se eu prestava atenção? Pode apostar seu belo traseiro que sim. Era todo ouvidos, do dedão do pé ao topo da cabeça.

— Um professor?

— Sim. Ele afirmava que *nós* somos os deuses, que criamos nosso próprio destino. Que o que somos determina o que será feito de nós. Numa linguagem mais simples, de camponês, nós todos nos colocamos em cantos dos quais não conseguimos escapar simplesmente sendo nós mesmos e interagindo com outros seres.

— Interessante.

— Bem. Sim. Existe uma espécie de deus, Chagas. Sabia disso? Não um, porém, que concede poder e influência. É simplesmente um negador. Um que termina as histórias. Ele tem uma fome que não consegue ser saciada. O próprio universo desliza para o seu bucho.

— A morte?

— Eu não quero morrer, Chagas. Tudo que sou grita estridentemente contra a injustiça da morte. Tudo que sou, fui e provavelmente serei está moldado por minha paixão em escapar do meu fim. — Ela riu baixinho, mas havia ali um toque de histeria. Ela gesticulou, indicando o escurecido campo de matança abaixo. — Eu construiria um mundo no qual estaria salva. E a pedra angular da minha cidadela seria a morte.

O fim do sonho se aproximava. Também não conseguia imaginar um mundo sem mim nele. E meu interior estava indignado. Ainda está indignado. Não tenho problemas em imaginar alguém se tornando obcecado em escapar da morte.

— Entendo.

— Talvez. Somos iguais diante do portão sombrio, não? As areias escorrem por todos nós. A vida não passa de um grito tremulante nas mandíbulas da eternidade. Mas parece tão terrivelmente injusto!

A Velha Árvore Pai invadiu meus pensamentos. Até mesmo *ela* morreria com o tempo. Sim. A morte é insaciável e cruel.

— Já refletiu? — quis saber ela.

— Creio que sim. Não sou um necromante. Mas avistei estradas pelas quais não quero caminhar.

— Sim. Está livre para ir, Chagas.

Choque. Até mesmo meus calcanhares formigaram com descrença.

— Como disse?

— Você está livre. O portão da Torre está aberto. Só precisa atravessá-lo. Mas também é livre para permanecer, para voltar à peleja que envolve todos nós.

Não havia quase luz, exceto por um pouco de sol atingindo nuvens muito altas. Contra o azul-violeta no oriente, um esquadrão de pontinhos brilhantes se movia rumo ao oeste. Pareciam vir em direção à Torre.

Balbuciei algo que não fez muito sentido.

— Ela vai, nada a impede, a Dama de Talismã está em guerra novamente com seu marido — disse ela. — E, até esta luta ser perdida ou ganha, não haverá outra. Você vê os Tomados retornando. Os exércitos do leste estão marchando para a Terra dos Túmulos. Quem está além do Vale recebeu ordens para recuar suas guarnições mais para leste. Sua menina muda não estará em perigo, a não ser que procure por isso. Há um armistício. Talvez eterno. — Um sorriso fraco. — Se não há Dama, não há ninguém para a Rosa Branca combater.

Então ela me deixou em total confusão e foi cumprimentar seus defensores. Os tapetes desceram da escuridão, pousando como folhas de outono. Aproximei-me mais um pouco até que meu guardião pessoal indicou que minha relação com a Dama não era íntima o bastante para me permitir bisbilhotar.

O vento ficou mais gelado, soprando do norte. E fiquei imaginando se não seria outono para todos nós.

Capítulo Quarenta

DECIDINDO-ME

Ela nunca exigiu nada. Até mesmo suas insinuações eram tão indiretas que deixavam tudo em minhas mãos. Dois dias após nossa noite nas ameias, perguntei ao coronel se podia vê-la. Ele respondeu que ia perguntar. Desconfio de que ele havia recebido instruções. Caso contrário, haveria discussão.

Outro dia se passou antes de ele vir dizer que a Dama tinha tempo para mim.

Fechei meu tinteiro, limpei a pena e me levantei.

— Obrigado. — Ele me olhou estranhamente. — Há algo errado?

— Não. Apenas...

Eu entendi.

— Também não sei. Tenho certeza de que ela tem algo especial em mente para mim.

Isso iluminou o dia do coronel. Aquilo ele conseguia compreender.

O mesmo procedimento de sempre. Dessa vez entrei em seus domínios enquanto ela estava parada diante de uma janela aberta para um mundo de sombria umidade. Chuva cinzenta, água marrom revolta e, avolumando-se à esquerda, formas mal discerníveis, árvores pendendo precariamente para uma alta ribanceira. Frio e tristeza vazavam daquele retrato. Ele tinha um cheiro muito familiar.

— O Rio Grande Trágico — disse ela. — No auge da inundação. Mas está sempre inundado, não é mesmo?

Ela fez um sinal com a cabeça. Segui-a. Desde minha última visita fora adicionada ali uma grande mesa. Em cima, estava uma miniatura da Terra dos Túmulos, uma representação tão boa que chegava a assustar. Quase se esperava ver pequenos membros da Guarda correndo pelo complexo.

— Você vê?

— Não. Embora tenha estado lá duas vezes, não estou familiarizado com muita coisa além da cidade e do complexo. O que devo ver?

— O rio. Seu amigo Corvo evidentemente reconheceu sua importância. — Com o dedo delicado, ela traçou um círculo distante para leste do curso do rio, que fazia uma curva para a crista onde tínhamos acampado. — Quando triunfei em Zimbro, o leito do rio ficava aqui. Um ano depois o tempo mudou. O rio inundou continuamente. E rastejou naquela direção. Hoje em dia está devorando a crista. Examinei-a pessoalmente. A crista é toda de terra, sem uma armadura de pedra. Não vai durar. Assim que ela se for, o rio cortará a Terra dos Túmulos. Nem mesmo os feitiços da Rosa Branca o impedirão de abrir o Grande Túmulo. Cada fetiche varrido vai tornar muito mais fácil para o meu marido se erguer.

— Não há defesa contra a natureza — resmunguei.

— Há, sim. Se houver previsão. A Rosa Branca não previu. Eu não previ quando tentei aumentar a segurança da prisão dele. Agora é tarde demais. Bem. Você queria falar comigo?

— Sim. Preciso deixar a Torre.

— Bem. Não precisava vir a mim por isso. Você é livre para ficar ou ir.

— Eu vou porque há coisas que preciso fazer. Como você bem sabe. Se caminhar, provavelmente demorarei demais. É uma longa viagem até o Vale. Sem falar nos riscos. Quero pedir algum transporte.

Ela sorriu, e esse sorriso foi genuíno, radiante, sutilmente diferente dos sorrisos anteriores.

— Ótimo. Pensei que você fosse ver o que o futuro reserva. Quanto tempo levará para se aprontar?

— Cinco minutos. Há um problema. Corvo.

— Corvo foi hospitalizado no conjunto da Terra dos Túmulos. No momento, nada pode ser feito por ele. Dedicaremos todos os esforços quando surgir a oportunidade. É o suficiente?

Não podia discutir, é claro.

— Ótimo. O transporte estará à sua disposição. Você terá um condutor sem igual. A própria Dama.

— Eu...

— Eu também estive pensando. O melhor passo que posso dar a seguir é me encontrar com sua Rosa Branca. Irei com você.

Após respirar profundamente, consegui soltar:

— Todos vão cair em cima de você.

— Não se não souberem que sou eu. E não saberão, a não ser que alguém lhes diga.

Bem, não era provável que alguém a reconhecesse. Sou o único que me encontrei com ela e sobrevivi para me vangloriar. Mas... Deus, que montanha de "mas".

— Se você entrar no campo mágico negativo, todos os seus encantos vão se dissipar.

— Não. Novos encantos não funcionariam. Encantos já estabelecidos estariam a salvo.

Não entendi e disse isso a ela.

— Um encantamento simples vai se desfazer ao entrar no campo. Ele está sempre ativo. Um encanto que muda e permanece mudado, mas que não é ativado ao entrar no campo negativo, não será afetado.

Algo no ermo de minha mente me fez cócegas. Não conseguia captar o conceito.

— Se você se transformasse numa rã e saltasse lá para dentro, permaneceria uma rã?

— Se a transformação fosse real e não apenas uma ilusão.

— Entendi. — Pendurei uma bandeira vermelha no assunto, dizendo-me que me preocupasse com ele depois.

— Vou me tornar uma acompanhante que você encontrou no caminho. Digamos, alguém capaz de ajudá-lo com os documentos.

Teria de haver várias camadas na estratégia. Ou coisa assim. Eu não conseguia imaginá-la colocando sua vida em minhas mãos. Acho que fiquei olhando-a estupidamente por tempo demais.

A Dama fez que sim.

— Você começou a entender.

— Você confia demais em mim.

— Eu o conheço mais do que você conhece a si mesmo. É um homem honrado, a seu próprio modo, e cínico o bastante para acreditar que pode haver um mal menor entre dois maiores. Você *esteve* sob o Olho.

Tremi.

Ela não se desculpou. Ambos sabíamos que uma desculpa seria falsa.

— E então? — perguntou.

— Não tenho certeza se entendo por que você quer fazer isso. Não faz sentido.

— Há uma nova situação no mundo. Outrora, havia apenas dois polos, sua camponesa e eu, com uma linha de conflito traçada no meio. Mas o que está se movendo no norte acrescenta outro ponto. E pode ser visto como um alargamento da linha, com meu ponto próximo ao meio, ou como um triângulo. O ponto que é meu marido pretende destruir tanto a sua Rosa Branca quanto a mim. Penso que nós duas precisamos destruir o perigo maior, antes que...

— Certo. Entendi. Mas não vejo Lindinha sendo tão pragmática assim. Há muito ódio nela.

— Talvez. Mas vale a pena tentar. Você vai ajudar?

Tendo estado a pouca distância da antiga escuridão e visto espectros espreitarem na Terra dos Túmulos, sim, eu faria qualquer coisa para evitar que aquela maldita assombração deixasse sua sepultura. Mas como, como, como confiar *nela*?

A Dama fez aquele truque que todos fazem de, aparentemente, ler minha mente.

— Você me terá dentro do campo mágico negativo.

— Certo. Precisarei pensar um pouco mais.

— Tome seu tempo. Não poderei partir imediatamente.

Desconfio de que ela precisava criar salvaguardas contra uma revolução dentro do palácio.

Capítulo Quarenta e Um

UMA CIDADE CHAMADA CAVALO

Quatorze dias se passaram antes de levantarmos voo para Cavalo, uma modesta cidade entre a Planície dos Ventos e o Vale do Medo, cerca de 150 quilômetros a oeste deste último. Cavalo é uma espécie de acampamento para aqueles comerciantes loucos o bastante para atravessar essas duas regiões selvagens. Ultimamente, a cidade tem servido como quartel-general logístico das operações de Sussurro. As forças de apoio que não se encontravam na estrada para a Terra dos Túmulos estavam guarnecidas lá.

Os malditos idiotas que rumavam para o norte iam se molhar.

Flutuamos para lá, após uma viagem sem ocorrências, eu com os olhos inquietos. Apesar da remoção de vastos exércitos, a base de Sussurro era um turbilhão de tapetes recém-criados que lembravam um formigueiro.

Eles possuíam uma dezena de variedades. Em um campo, vi uma formação em W com cinco tapetes monstruosos, cada um com 100 metros de comprimento e 40 de largura. Uma selva de madeira e metal encimava cada um. Mais adiante, outros tapetes de formatos incomuns estavam pousados sobre o solo que parecia ter sido nivelado. A maioria era muito mais comprida do que larga e maior do que os tradicionais. Todos tinham uma variedade de acessórios e estavam envoltos por uma fina gaiola de cobre.

— O que significa tudo isso? — perguntei.

— Adaptação às táticas inimigas. Sua camponesa não é a única capaz de mudar os métodos. — Ela desceu, esticando-se. Fiz o mesmo. Aquelas horas no ar deixam o corpo endurecido. — Talvez tenhamos a chance de fazer um teste com eles, apesar de eu ter recuado do Vale.

— O quê?

— Uma enorme força rebelde está seguindo para Cavalo. Milhares de homens e tudo o que o deserto tem a oferecer.

Milhares de homens? De onde vieram? As coisas tinham mudado tanto assim?

— Mudaram. — Novamente aquele truque de leitura de mente. — As cidades que abandonei despejaram homens novos em suas forças.

— O que você quis dizer com teste?

— Estou disposta a parar de lutar. Mas não vou fugir de uma batalha. Se ela persistir em seguir para oeste, vou lhe mostrar que, com ou sem campo negativo, ela pode ser esmagada.

Estávamos perto de um dos novos tapetes. Aproximei-me. No formato, era como um barco, cerca de 15 metros de comprimento. Tinha assentos de verdade. Dois voltados para a proa e outro para a popa. Na proa, havia uma pequena balista. Na popa, havia um mecanismo muito mais pesado. Presas nas laterais e na parte inferior, havia oito lanças com 10 metros de comprimento. Cada uma delas tinha na ponta uma saliência do tamanho de um barril de pregos de 1,5 metro. Tudo estava pintado mais negro que o coração do Dominador. Aquele barco-tapete tinha nadadeiras como um peixe. Algum engraçadinho havia pintado olhos e dentes na parte da frente.

Outros, perto dali, possuíam projetos semelhantes, embora diferentes artesãos tivessem seguido diferentes inspirações na confecção dos barcos voadores. Um deles, em vez de nadadeiras de peixe, tinha o que pareciam finíssimos grãos de vagem redondos, translúcidos e desidratados com 5 metros de largura.

A Dama não tinha tempo para me deixar inspecionar seu equipamento nem nenhuma disposição de me deixar perambular por ali sem um acompanhante. Não por uma questão de confiança, mas de proteção. Eu poderia sofrer um acidente fatal se não ficasse na sua sombra.

Todos os Tomados estavam em Cavalo. Inclusive meus mais antigos amigos.

Bastante audaz, Lindinha, bastante audaz. Audácia. Isso se tornou sua assinatura. Ela mantinha toda a força do Vale a apenas 30 quilômetros de

Cavalo e estava se aproximando. Seu avanço, porém, era pesado, limitado pela velocidade das árvores errantes.

Fomos ao campo onde os tapetes aguardavam, dispostos formalmente em volta dos monstros que eu avistara antes.

— Planejei um pequeno ataque de demonstração sobre seu quartel-general — disse a Dama. — Mas creio que isso será mais convincente.

Homens se movimentavam em torno dos tapetes. Os maiores eram carregados com enormes peças de cerâmica que lembravam aqueles grandes vasos decorativos com pequenos buracos redondos na parte superior, para plantas pequenas. Tinham 5 metros de altura; as aberturas para as plantas estavam lacradas com parafina, e, na parte de baixo, revelava-se um mastro de 7 metros com uma barra atravessada na ponta. Um grande número estava sendo montado em cavaletes.

Fiz uma conta rápida. Mais tapetes do que Tomados.

— Tudo isso vai subir? Como?

— Benefício guiará os maiores. Como Uivante, que o antecedeu, ele possui um talento notável para manejar um tapete grande. Os outros quatro grandes ficarão ligados ao dele. Venha. Este é o nosso.

Respondi algo inteligente como "Urgh?!".

— Quero que você o veja.

— Poderemos ser reconhecidos.

Tomados rodeavam os longos, magros barcos-tapetes. Soldados estavam a bordo deles, no segundo e terceiro assentos. Os homens estavam voltados para a popa, verificando suas balistas e a munição e acionando a manivela de um aparelho movido a molas que, aparentemente, ajudava a esticar novamente a corda dos arcos após os projéteis terem sido disparados. Não consegui distinguir nenhuma tarefa designada aos homens dos assentos do meio.

— Para que serve o ornamento com aberturas?

— Você já vai descobrir.

— Mas...

— Encare tudo com a mente aberta, Chagas. Sem preconceito.

Segui-a em volta de nosso tapete. Não sei o que ela verificou, mas pareceu satisfeita. Os homens que o haviam preparado ficaram contentes com seu aceno positivo de cabeça.

— Suba, Chagas. Para o segundo assento. Prenda-se bem. Será emocionante antes de acabar.

Ah, sem dúvidas.

— Somos os batedores — anunciou ela ao se afivelar ao assento da frente.

Um velho sargento grisalho ocupou a posição de retaguarda. Olhou-me desconfiado, mas não fez comentários. Os Tomados ocupavam o assento da frente a bordo de todos os tapetes. Os grandes, como a Dama os chamava, possuíam uma tripulação de quatro pessoas. Benefício montava o tapete no ponto central do W.

— Prontos? — gritou a Dama.

— Certo.

— Sim — respondeu o sargento

Nosso tapete começou a se movimentar.

Desajeitados é a única palavra para descrever os primeiros segundos. O tapete era pesado e, até conseguir algum movimento à frente, não queria subir.

A Dama olhou para trás e deu um largo sorriso quando a terra se afastou. Ela estava se divertindo. Começou a gritar instruções que explicavam o desconcertante número de pedais e alavancas que me circundavam.

Empurre e puxe aquelas duas ao mesmo tempo, e o tapete começou a rodar em volta de seu longo eixo. Torça aquelas e ele virou à esquerda ou à direita. A ideia era usar combinações específicas para guiar o aparelho.

— Por quê? — gritei para o vento. As palavras se desfizeram. Tínhamos colocado óculos que protegiam os olhos, mas de nada adiantavam para o restante do rosto. Eu esperava um caso de queimadura pelo vento antes que aquela brincadeira acabasse.

Estávamos a 600 metros de altura, 8 quilômetros de Cavalo, bem à frente dos Tomados. Conseguia avistar vestígios da poeira levantada pelo exército de Lindinha. Gritei novamente:

— Por quê?

A parte traseira baixou.

A Dama tinha sumido com os encantos que faziam o tapete avançar.

— Vou dizer o porquê. Você vai operar o barco quando chegarmos ao campo mágico negativo.

Que diabos?

Ela me deu algumas instruções para pegar o jeito daquilo, e por fim entendi a teoria antes que ela disparasse em direção ao exército rebelde.

Circundamos uma vez a uma velocidade gritante, do lado de fora do campo mágico negativo, próximo a ele. Fiquei assombrado com o que Lindinha havia reunido. Cerca de cinquenta baleias do vento, incluindo alguns monstros com mais de 300 metros de comprimento. Mantas às centenas. Uma vasta cobertura de árvores errantes. Batalhões de soldados humanos. Menires às centenas se movendo em torno das árvores errantes, defendendo-as. Milhares de criaturas que pulavam, saltitavam, deslizavam, caíam e voavam. Uma visão bastante horripilante e incrível.

A oeste de nosso círculo, avistei a força imperial, 2 mil homens em falange na encosta frontal de uma elevação a cerca de 800 metros dos rebeldes. Uma piada, se quisessem fazer frente a Lindinha.

Algumas mantas corajosas atravessaram o limite do campo negativo, atacando com raios que eram curtos demais ou apenas erravam. Achei que a própria Lindinha estaria a bordo de uma baleia do vento a cerca de 300 metros de altura. Ela ficara mais forte, pois o diâmetro de seu campo mágico negativo havia se expandido desde minha partida do Vale. Todo o desconcertante exército rebelde marchava no interior de sua proteção.

A Dama havia nos chamado de batedores. Nosso tapete não estava equipado como os outros, de maneira que eu não havia entendido o que ela quis dizer. Até que ela agiu.

Descemos direto. Pequenas bolas negras deixando rastros de fumaça vermelha ou azul se espalharam em nossa retaguarda, jogadas rapidamente com uma pá por cima de nós pelo velho sargento. Deviam ser umas trezentas. As bolas de fumaça se espalharam, pairando a alguns centímetros do campo negativo. Então era isso. Marcadores indicando por onde os Tomados podiam navegar.

E lá foram eles. Subindo, os menores cercando a formação em W dos grandes.

Os homens nos grandes tapetes começaram a soltar os vasos gigantes. Descendo, descendo, descendo, uma porção deles. Fomos atrás, deslizando ao longo da parte de fora dos borrões dos vasos. À medida que mergulhavam, os vasos de flores viravam suas extremidades para baixo. Mantas e baleias deslizavam para fora de seu caminho.

Ao atingir o solo, suas extremidades impeliam um êmbolo. Os lacres de parafina estouraram. Líquido esguichou. O êmbolo atingiu um percussor. O líquido se incendiou. Gotas de fogo. E, quando esse fogo atingiu algo no interior dos vasos, eles explodiram. Cacos cortaram homens e monstros.

Observei consternado o desabrochar dessas flores de fogo. Acima, os Tomados se agrupavam para uma segunda passagem. Não havia nenhuma magia naquilo. O campo mágico negativo era inútil.

A segunda descida atraiu relâmpagos de baleias e mantas. Porém, seus primeiros poucos sucessos as reabilitaram, pois os vasos que elas atingiram explodiram em pleno ar. Mantas foram derrubadas. Uma baleia ficou em apuros até outras manobrarem acima e a borrifarem com água de lastro.

Os Tomados fizeram uma terceira passagem, novamente lançando vasos. Eles transformariam as tropas de Lindinha em poeira, a não ser que ela fizesse alguma coisa.

Ela subiu atrás dos Tomados.

Os vasos de fumaça deslizaram pelas laterais do campo mágico negativo, contornando-o completamente.

A Dama subiu a uma velocidade estridente.

O W dos grandes tapetes se partiu. Os tapetes menores ganharam mais altitude. A Dama nos colocou em posição atrás de Sussurro e do Manco. Claramente, ela havia antecipado a reação de Lindinha.

Minhas emoções estavam confusas, para dizer o mínimo.

O tapete de Sussurro inclinou o nariz para baixo. Manco a seguiu. Em seguida, a Dama. Mais Tomados nos seguiram.

Sussurro mergulhou na direção de uma baleia do vento especialmente monstruosa. Ela voou com cada vez mais e mais velocidade. A 300 metros do campo negativo, duas lanças de 10 metros foram arrancadas do tapete dela, impelidas por feitiçaria. Quando atingiram o campo, continuaram seguindo numa trajetória balística normal.

Sussurro não fez nenhum esforço para evitar o campo mágico negativo. Ela mergulhou para dentro dele, o homem no segundo assento guiando a queda do tapete com aquelas barbatanas de peixe.

As lanças da Tomada atingiram perto da cabeça da baleia do vento. Ambas irromperam em chamas.

Fogo é veneno para aqueles monstros, pois o gás que os faz flutuar é violentamente explosivo.

O Manco acompanhou Sussurro com entusiasmo. Disparou duas lanças enquanto estava fora do campo e outras duas do interior, mergulhando quando seu condutor no segundo assento assumiu o tapete a centímetros da baleia do vento.

Apenas uma lança não atingiu o alvo.

A baleia do vento tinha cinco focos de incêndio queimando em suas costas.

Tempestades de relâmpagos crepitaram em volta de Sussurro e Manco.

Então *nós* atingimos o campo mágico negativo. Nossos feitiços salva-vidas falharam. O pânico me dominou. Cabia a mim...?

Estávamos seguindo na direção da baleia em chamas. Empurrei, bati e chutei as alavancas.

— Não com tanta violência! — bradou a Dama. — Devagar. Delicadamente.

Consegui recuperar o controle assim que a baleia passou urrando acima de nós.

Relâmpagos estalaram. Passamos entre duas baleias menores. Elas nos erraram. A Dama descarregou sua pequena balista. A seta atingiu um daqueles monstros. De que diabos isso adiantaria?, perguntei-me. Para elas, não passava de uma ferroada de abelha.

Mas aquele projétil tinha um arame preso, correndo de um carretel...

Bam!

Fiquei momentaneamente cego. Meu cabelo crepitou. Atingidos diretamente pelo raio de uma manta... Estamos mortos, pensei.

A gaiola de metal que nos envolvia absorveu a energia do relâmpago e a transmitiu ao longo do arame desenrolado.

Uma manta estava no nosso rastro, apenas alguns metros atrás. O sargento disparou uma haste que acertou nossa perseguidora debaixo da asa. A besta começou a deslizar e flutuar como uma borboleta de uma asa só.

— Preste atenção aonde estamos indo! — berrou a Dama. Virei-me. Atrás, uma baleia do vento voava em nossa direção. Mantas jovens fugiram em pânico. Arqueiros rebeldes dispararam uma chuva de flechas.

Apertei e puxei cada maldito pedal e cada maldita alavanca, então mijei nas calças. Talvez aquilo tenha resolvido. Raspamos o flanco da criatura, mas não batemos.

Agora o maldito tapete começou a girar e saltar. Terra, céu e baleias do vento espiralavam à nossa volta. Num olhar de relance para cima, vi a lateral de uma baleia explodir e o monstro se dobrar ao meio, fazendo chover gotas de fogo. Duas outras baleias deixavam uma trilha de fumaça... Mas sumiram tão rápido quanto surgiram. Não encontrei nenhum vestígio delas quando o tapete rolou de volta para onde eu podia ver o céu.

Começamos nosso mergulho de uma altitude tão grande que tive tempo suficiente para me acalmar. Mexi em alavancas e pedais, controlei um pouco do rodopio...

Então não importava mais. Estávamos fora do campo mágico negativo e o tapete era novamente da Dama.

Olhei para trás, para ver como estava o sargento. Ele me lançou um olhar desprezível, balançando a cabeça lamentando.

O olhar que a Dama me lançou também não foi nada encorajador.

Subimos e seguimos rumo a oeste. Os Tomados se reuniram, observando o resultado de seu ataque.

Somente uma baleia do vento foi destruída. As outras duas conseguiram ir para baixo de amigas que os embeberam em água de lastro. Mesmo assim, as sobreviventes foram desmoralizadas. Não conseguiram causar nenhum ferimento aos Tomados.

Ainda assim, continuaram vindo.

Dessa vez, os Tomados desceram à superfície e os atacaram por baixo, pegando velocidade a partir de quilômetros de distância, então fazendo uma curva pelo campo negativo. Manobrei entre baleias com um controle mais preciso, porém ainda me sentia perigosamente perto do chão.

— Por que estamos fazendo isso? — gritei. Não estávamos atacando, apenas seguindo Sussurro e Manco.

— Pelo prazer disso. Pelo puro prazer. E para que você possa escrever a respeito.

— Vou distorcer tudo.

Ela soltou uma gargalhada.

Subimos e demos uma volta.

Lindinha conduziu as baleias de volta para baixo. Aquela segunda passagem matou mais duas. Lá embaixo, nenhum Tomado podia se lançar pelo caminho todo através do ponto negativo. Nenhum, com exceção do Manco. Ele bancou o intrépido. Recuou uns 8 quilômetros e alcançou uma tremenda velocidade antes de atingir o campo negativo.

Ele fez a passagem enquanto os grandes tapetes lançavam os últimos de seus vasos.

Nunca ouvi Lindinha ser chamada de burra. E mais uma vez ela não fez uma burrice.

Apesar de todas as chamas e de toda a confusão, ficou claro que ela poderia, se quisesse, abrir caminho até Cavalo. Os Tomados tinham gastado a maior parte de sua munição. Manco e os grandes estavam retornando para se rearmar. Os outros circundavam... Cavalo seria de Lindinha se ela estivesse disposta a pagar o preço.

Ela decidiu que era caro demais.

Sábia decisão. Meu palpite é que teria lhe custado metade de sua força. E as baleias do vento são raras demais para se abrir mão delas por um prêmio tão insignificante.

Ela voltou.

A Dama se afastou e a deixou ir embora, ainda que pudesse manter os ataques quase indefinidamente.

Pousamos. Saí cambaleando pela lateral antes mesmo que a Dama e, num calculado e melodramático gesto teatral, beijei o solo. Ela riu.

Tinha se divertido bastante.

— Você deixou que eles fossem embora.

— Provei meu ponto.

— Ela vai mudar de tática.

— Claro que vai. Mas, por enquanto, o martelo está na minha mão. Por não o usar, transmiti uma mensagem. Ela terá pensado nisso quando chegarmos lá.

— Creio que sim.

— Você não se saiu mal para um principiante. Vá se embebedar ou coisa assim. E fique fora do caminho do Manco.

— Certo.

O que fiz foi ir para os aposentos que reservaram para mim e tentar parar de tremer.

Capítulo Quarenta e Dois

DE VOLTA PARA CASA

A Dama e eu entramos no Vale do Medo 12 dias após a escaramuça aérea perto de Cavalo. Viajamos montados em pangarés de segunda pela antiga trilha comercial pela qual os cidadãos do Vale concedem passagem livre durante a maior parte do tempo.

Vestida como uma refugiada para a viagem, a Dama não parecia mais uma beldade. Não era de se jogar fora, mas não atraía o olhar.

Entramos no Vale cientes de que, em uma estimativa pessimista, tínhamos três meses antes que o Rio Grande Trágico abrisse o Grande Túmulo.

Os menires notaram imediatamente nossa presença. Eu os senti observando ali por perto. Precisei indicá-los. Para aquela aventura, a Dama se disciplinara a se abster de qualquer coisa além das informações sensoriais mais diretas e simples. Treinara os modos dos mortais durante nossa viagem para não cometer erros assim que chegássemos ao Buraco.

A mulher era determinada.

Quem está disposto a travar jogos de poder com o Dominador precisa ser.

Ignorei os furtivos menires e me concentrei em explicar os modos do Vale, revelando as mil pequenas armadilhas que, no mínimo, poderiam denunciar a Dama. Era o que uma pessoa faria ao levar uma recém-chegada àquela terra. Não pareceria incomum.

Três dias no Vale e por pouco não fomos parar no meio de uma tempestade mutacional. Ela ficou estupefata.

— O que foi aquilo? — quis saber.

Expliquei da melhor maneira que pude. Juntamente com todas as especulações. Ela, é claro, já tinha ouvido falar sobre tudo aquilo. Mas, como dizem, é preciso ver para crer.

Não muito tempo depois disso, chegamos ao primeiro dos recifes de corais, o que significava que estávamos nas profundezas do Vale, em meio às grandes esquisitices.

— Que nome você usará? — perguntei. — É melhor que eu me acostume com ele.

— Creio que Ardath. — Ela sorriu.

— Você tem um senso de humor cruel.

— Talvez.

Acredito que ela estava se divertindo em fingir ser uma pessoa comum. Como a mulher de um grande senhor percorrendo bairros miseráveis. Até mesmo se revezou comigo no preparo da comida. Para desespero de meu estômago.

Fiquei imaginando o que os menires deviam estar pensando de nosso relacionamento. Apesar do fingimento, havia uma fragilidade, uma formalidade difícil de ser superada. No máximo, conseguíamos simular uma parceria, a qual estou certo de que eles achavam estranha. Desde quando um homem e uma mulher viajavam juntos daquela maneira, sem dividir um saco de dormir ou coisa assim?

A questão de tentarmos esse nível de verossimilhança nunca surgiu. E ainda bem. Meu pânico, meu terror a essa sugestão teria sido tamanho que nada teria saído disso.

A 15 quilômetros do Buraco, enfrentamos uma colina e topamos com um menir. Ele estava junto ao caminho, 7 metros de uma pedra esquisita sem fazer nada. A Dama perguntou, como uma turista:

— Essa é uma das pedras falantes?

— É. Oi, pedra. Cheguei.

A pedra velha nada tinha a dizer. Fomos em frente. Quando olhei para trás, ela havia sumido.

Pouca coisa mudara. Ao escalarmos a última crista, porém, vimos uma floresta de árvores errantes apinhando o riacho. Uma muralha de menires, tanto mortos quanto vivos, protegia a travessia. Os camelos-centauros, ao contrário, cabriolavam entre eles. A Velha Árvore Pai sacolejava sozinha, embora não houvesse nenhum sopro de vento. Lá em cima, uma única ave, parecida com um busardo, elevava-se por entre nuvens despedaçadas, observando. Uma ou outra de sua espécie havia nos seguido durante dias. Não havia vestígios de presença humana. O que Lindinha fez com seu exército? Ela não conseguiria enfiar todos aqueles homens no Buraco.

Por um momento, temi haver retornado a uma fortaleza desabitada. Então, ao chapinharmos através do riacho, Elmo e Calado saíram do meio do coral.

Parti com meu animal e juntei os dois num grande abraço. Eles o retribuíram e, na melhor tradição da Companhia Negra, não fizeram uma única pergunta.

— Puta merda! — exclamei. — Puta merda, que bom ver vocês. Soube que foram varridos de algum lugar a oeste.

Elmo olhou para a Dama com apenas uma leve insinuação de curiosidade.

— Ah. Elmo. Calado. Essa é Ardath.

Ela sorriu.

— Muito prazer em conhecê-los. Chagas fala muito de vocês.

Eu não dissera uma palavra. Mas ela havia lido os Anais. Desmontou e lhes ofereceu a mão. Trocaram apertos, desconcertados, pois apenas Lindinha, pela experiência dos dois, esperava ser tratada como uma igual.

— Bem, vamos descer — sugeri. — Vamos descer. Tenho mil coisas a relatar.

— É? — questionou Elmo. E, com isso, disse muita coisa, pois, ao falar, olhou adiante, para o caminho por onde viemos.

Algumas pessoas que partiram comigo não voltaram.

— Não sei. Metade dos Tomados estava atrás de nós. Nos separamos. Não consegui encontrá-los, depois. Mas não ouvi falar nada sobre terem sido capturados. Vamos descer. Ver Lindinha. Tenho notícias incríveis. E arranjem algo para eu comer. Andamos um tempão comendo apenas a comida um do outro, e ela é uma cozinheira pior do que eu.

— Argh! — fez Elmo, e me deu um tapinha nas costas. — E você sobreviveu?

— Sou um busardo velho e duro na queda, Elmo. Você deveria saber. Que merda, cara, eu... — Percebi que estava tagarelando como um louco. Sorri.

Calado gesticulou:

— Bem-vindo, Chagas. Bem-vindo ao lar.

— Venha — falei para a Dama ao chegarmos à entrada do Buraco, então segurei sua mão. — Vai parecer uma cova até seus olhos se acostumarem. E se prepare para o cheiro.

Deuses, que fedor! Daria náuseas num verme.

Havia todo tipo de agitação lá embaixo. Transformou-se em indiferença estudada ao passarmos, depois voltou ao normal atrás de nós. Calado nos conduziu direto à sala de reuniões. Elmo se afastou para providenciar algo para comermos.

Ao entrarmos, percebi que ainda segurava a mão da Dama. Ela me deu um meio sorriso, no qual havia uma gigantesca parcela de nervosismo. Imagine caminhar no covil do dragão. O corajoso e velho Chagas deu um aperto na mão dela.

Lindinha parecia esgotada. O Tenente também. Uma dúzia de outros estava lá, alguns dos quais eu conhecia. Deviam ter subido a bordo após os imperialistas terem evacuado o perímetro do Vale.

Lindinha me abraçou por um longo tempo. Tão longo que fiquei aturdido. Não somos pessoas sensíveis, ela e eu. Finalmente ela recuou e lançou um olhar para a Dama no qual havia uma insinuação de ciúme.

— Essa é Ardath — gesticulei. — Vai me ajudar a traduzir. Ela conhece bem os idiomas antigos.

Lindinha concordou. Não fez perguntas. Confiava em mim a esse ponto.

A comida chegou. Elmo arrastou uma mesa e cadeiras e enxotou todos, exceto o Tenente, ele próprio, Calado, a Dama e eu. Ele também a teria mandado embora, mas ficou incerto quanto à sua posição em relação a mim.

Comemos e, enquanto isso, eu contava minha história aos poucos, quando as mãos e a boca não estavam cheias. Houve alguns momentos difíceis, especialmente quando falei a Lindinha que Corvo estava vivo.

Em retrospecto, creio que foi mais difícil para mim do que para ela. Eu temia que ela ficasse emotiva e histérica. Nada disso aconteceu.

Primeiro, ela se recusou redondamente a acreditar em mim. E eu podia entender isso, pois, até desaparecer, Corvo fora emocionalmente a pedra angular de seu universo. Lindinha não conseguia admitir que ele não a tivesse incluído na maior de todas as suas mentiras só para conseguir fugir e ir bisbilhotar a Terra dos Túmulos. Isso não fazia sentido para ela. Corvo nunca tinha mentido para ela.

Também não fazia sentido para mim. Mas, afinal, como notei antes, eu desconfiava de que havia mais coisas por baixo dos panos do que qualquer um estava admitindo. Senti um pequeno indício de que talvez Corvo estivesse fugindo *de* em vez de *para*.

A negação de Lindinha não durou muito. Ela não é de desdenhar indefinidamente da verdade só por ser desagradável. Lidou com a dor muito melhor do que eu antecipei, o que deu a entender que talvez, no passado, ela tivera uma chance de purgar a pior parte da situação.

Ainda assim, as atuais circunstâncias de Corvo nada fizeram para a saúde emocional de Lindinha, já bastante abalada após sua derrota em Cavalo. Aquilo prenunciava derrotas maiores por vir. Ela já suspeitava de que talvez tivesse de enfrentar os imperialistas sem o benefício da informação que eu tinha sido enviado para obter.

Dei início ao desespero universal ao anunciar meu fracasso e acrescentei:

— Sei por uma fonte confiável que, de qualquer forma, o que procuramos não está naqueles papéis. Embora não possa ter certeza até Ardath e eu terminarmos o que temos aqui. — Esbocei o que descobrira nos documentos de Corvo antes de perdê-los.

Não menti completamente. Isso não seria perdoado posteriormente, quando a verdade viesse à tona. Como seria inevitável surgir. Apenas deixei passar alguns detalhes. Até mesmo admiti ter sido capturado, interrogado e aprisionado.

— O que diabos então está fazendo aqui? — indagou Elmo. — Como pode ainda estar vivo?

— Eles nos soltaram, Ardath e a mim. Após aquela história perto de Cavalo. Aquilo foi um recado. E devo dar outro.

— Qual?

— A não ser que sejam cegos e burros, devem ter notado que não estão sob ataque. A Dama ordenou que fossem cessadas todas as operações contra os rebeldes.

— Por quê?

— Vocês não têm prestado atenção. Porque o Dominador está se mexendo.

— Ora, Chagas. Acabamos com essa história em Zimbro.

— Eu fui à Terra dos Túmulos. Vi com meus próprios olhos, Tenente. Aquela coisa vai fugir. Uma de suas criaturas já está fora, talvez perseguindo Caolho e os outros. Estou convencido. O Dominador está a um passo de se libertar, e não todo debilitado como em Zimbro. — Virei-me para a Dama.

— Ardath. O que foi que deduzi? Perdi a noção de quantos dias estivemos no Vale. Tinha calculado cerca de noventa dias assim que entramos aqui.

— Vocês levaram oito dias para chegar até aqui — disse Elmo.

Ergui a sobrancelha.

— Os menires — explicou ele.

— Claro. Oito dias então. Deduzidos da pior das hipóteses, dos noventa. Oitenta e dois dias até o Grande Túmulo se abrir. — Entrei em maiores detalhes sobre a inundação do Rio Grande Trágico.

O Tenente não se convenceu. Nem Elmo. E não se podia censurá-los. A Dama cria tramas astutas, intricadas. E eles eram homens sorrateiros que julgavam os outros por si mesmos. Não tentei converter ninguém. Eu mesmo não era um adepto sincero.

De qualquer modo, tinha pouca importância se aqueles dois acreditavam ou não. Lindinha toma as decisões.

Ela gesticulou para que todos saíssem, menos eu. Pedi a Elmo que mostrasse o local a Ardath e conseguisse um canto para ela dormir. Ele me olhou estranhamente. Como todos os demais, achava que eu trouxera uma namorada para casa.

Tive problemas para manter o rosto impassível. Durante todos aqueles anos, eles pegaram no meu pé por causa de alguns romances escritos enquanto estivemos a serviço da Dama. E agora eu a havia trazido para casa.

Imaginei que Lindinha quisesse falar sobre Corvo. Não estava enganado, mas ela me surpreendeu gesticulando:

— Ela o enviou para propor uma aliança, não foi? Diabinha esperta.

— Mais ou menos. Embora, na prática, equivaleria a isso. Entrei em detalhes, comprovados e sabidos, da situação. A linguagem de sinais não é nada rápida. Mas Lindinha permaneceu atenta e paciente, sem se distrair pelo que poderia estar ocorrendo em seu interior. Reconheceu o valor, ou a falta dele, de meus documentos ocultos. Nem ao menos uma vez perguntou a respeito de Corvo. Nem de Ardath, embora minha amiga também estivesse em sua mente.

— Ela está certa ao dizer que nossa rixa se torna inconsequente se o Dominador se levantar — gesticulou. — Minha dúvida é: a ameaça é verdadeira ou é uma manobra? Sabemos que ela é capaz de armar tramas complexas.

— Tenho certeza — gesticulei em resposta. — Porque Corvo tinha certeza. Ele se convenceu antes de o pessoal da Dama começar a suspeitar. Aliás, pelo que me consta, ele produziu a prova que os convenceu.

— Duende e Caolho. Eles estão seguros?

— Até onde sei. Não tive notícias de que tivessem sido capturados.

— Eles devem estar próximos. Aqueles documentos. Eles continuam sendo o ponto crucial.

— Mesmo que não contenham o segredo do nome dela, mas apenas o de seu marido?

— Ela quer acesso a isso?

— Suponho que sim. Fui libertado por algum motivo, embora não saiba dizer qual foi o motivo por trás do motivo.

Lindinha concordou com a cabeça.

— É o que penso.

— Mas estou convencido de que ela está sendo honesta nesse ponto. Que devemos considerar o Dominador um perigo maior e mais imediato. Não seria muito difícil antecipar a maioria dos modos pelos quais ela poderia tramar uma traição.

— E tem Corvo.

Aí vem, pensei.

— Sim.

— Vou refletir, Chagas.

— Não temos muito tempo.

— De certo modo, temos todo o tempo do mundo. Vou refletir. Você e sua amiga traduzam.

Senti que eu estava sendo dispensado antes de chegarmos ao motivo por que ela quis falar comigo em particular. Aquela mulher tem o rosto de pedra. Não dá para saber exatamente o que ela está sentindo. Segui lentamente para a porta.

— Chagas — gesticulou. — Espere.

Parei. Era isso.

— O que ela é, Chagas?

Merda! Esquivou-se novamente. Senti arrepios de culpa. Não queria mentir completamente.

— Apenas uma mulher.

— Não é uma mulher especial? Uma amiga especial?

— Creio que ela seja especial. A seu modo.

— Entendo. Peça que Calado entre.

Novamente, saí lentamente, balançando a cabeça. Mas somente quando estava realmente abrindo a porta ela sinalizou para que eu voltasse.

Seguindo suas instruções, sentei-me. Ela não. Ficou caminhando.

— Você acha que reagi friamente a grandes notícias — gesticulou. — Você pensa mal de mim porque não estou empolgada por Corvo estar vivo.

— Não. Pensei que isso ia chocá-la. Que causaria uma grande aflição a você.

— Chocada, não. Não estou totalmente surpresa. Aflita, sim. Isso abre velhas feridas e as torna mais dolorosas.

Intrigado, observei-a continuar a vaguear.

— Nosso Corvo, ele nunca cresceu. Destemido como uma pedra. Completamente livre da desvantagem de uma consciência. Firme. Esperto. Duro. Feroz. Todas essas coisas. Correto? Correto. E covarde.

— O quê? Como pode...?

— Ele fugiu. O Manco fez algumas maquinações que envolveram sua esposa, há anos. Ele tentou descobrir a verdade e resolver o problema? Ele matou pessoas e fugiu com a Companhia Negra para matar mais gente. Abandonou dois bebês sem uma palavra de adeus.

Lindinha agora fervilhava. Estava abrindo portas de segredos e despejando coisas das quais eu tivera apenas os mais tênues dos reflexos.

— Não o defenda. Eu tive o poder de investigar, e investiguei — gesticulou. — Ele fugiu da Companhia Negra. Por minha causa? Tanto um motivo quanto uma desculpa para evitar embaraços. Por que ele me salvou naquela aldeia? Por causa da culpa pelas crianças que havia abandonado. Eu era uma criança segura. E, enquanto criança, permanecia como um investimento emocional seguro. Mas não permaneci criança, Chagas. E não conheci outro homem em todos aqueles anos escondida.

"Eu devia ter percebido isso. Vi como ele afastava as pessoas que tentavam se aproximar de algum modo que não fosse completamente unilateral e sob seu controle. Mas, após as coisas horríveis que ele fez em Zimbro, pensei que eu poderia ser aquela que o redimiria. Na estrada para o sul, quando fugíamos do perigo escuro da Dama e do perigo claro da Companhia, revelei meus verdadeiros sentimentos. Abri a tampa da arca de sonhos nutridos desde uma época em que eu ainda não era velha o bastante para pensar em homens.

"Ele se tornou um homem mudado. Um animal amedrontado preso numa gaiola. Ficou aliviado quando chegaram notícias de que o Tenente havia aparecido com alguns membros da Companhia. Foi apenas uma questão de horas antes de ele estar 'morto'.

"Na ocasião, desconfiei. Creio que parte de mim sempre soube. E é por isso que não estou tão arrasada agora quanto você quer. Sim. Sei que você sabe que, às vezes, choro até adormecer. Choro por causa dos sonhos de uma menininha. Choro porque os sonhos não morrem, embora eu seja impotente para torná-los realidade. Choro porque a única coisa que realmente quero eu não posso ter. Você entende?"

Pensei na Dama e na situação da Dama, então concordei com a cabeça. Não gesticulei nada em resposta.

— Eu vou chorar novamente. Saia, por favor. Mande Calado vir aqui.

Não precisei procurar por ele. Estava esperando na sala de reuniões. Observei-o entrar, imaginando se estava vendo coisas ou se tinha visto coisas.

Ela certamente me dera algo para pensar.

Capítulo Quarenta e Três

PIQUENIQUE

Estabeleça um prazo e o tempo acelera. O relógio do universo corre com toda a corda na mola principal. Quatro dias desceram pelo ralo, *zás*! E não perdi muito tempo dormindo.

Ardath e eu traduzimos. E traduzimos. E traduzimos. Ela lia, traduzindo em voz alta. Escrevia até minhas mãos ficarem com cãibra. Ocasionalmente, Calado me substituía.

Eu fazia a verificação, inserindo casualmente documentos já feitos, principalmente aqueles em que Perseguidor e eu tínhamos trabalhado. Não encontrei nenhuma interpretação errônea.

Naquela quarta manhã, captei alguma coisa. Estávamos fazendo uma daquelas listas. Fora uma noite tão longa que, se ocorresse hoje, a chamaríamos de guerra. Ou pelo menos de rebelião. Sem parar. Assim assado, isso e aquilo, uma tal de Dama Não Sei das Quantas, dona de 16 títulos, quatro dos quais faziam sentido. Quando os arautos terminaram de proclamar todos, os convidados já haviam morrido de velhice.

Pois bem, lá pelo meio da lista, ouvi-a ofegar levemente. Arrá!, disse a mim mesmo. Havia coisa ali. Meus ouvidos se aguçaram.

Ela continuou tranquilamente. Momentos depois, perguntava-me se não havia imaginado aquilo. A razão me disse que o nome que a sobressaltou não era o que ela havia falado. Ela andava a passos lentos, acompanhando a velocidade de minha escrita. Seus olhos deveriam estar bem adiante de minha mão.

Nenhum dos nomes que se seguiram pareceu familiar. Verifiquei a lista posteriormente, por via das dúvidas, na esperança de que ela tivesse apagado alguma coisa.

Não tive tanta sorte.

No fim da tarde, ela anunciou:

— Intervalo, Chagas. Vou tomar um chá. Você quer?

— Claro. Talvez um pedaço de pão também. — Escrevi mais meio minuto antes de perceber o que havia acontecido.

O quê? A própria Dama se oferecendo para pegar algo? Eu fazendo um pedido sem pensar? Fiquei nervoso. O quanto ela estava desempenhando um papel? O quanto estava fingindo para se divertir? Devem ter se passado séculos desde a última vez que ela foi pegar o próprio chá. Se é que alguma vez fizera isso.

Levantei-me, comecei a ir atrás, então parei do lado de fora da porta de meu quarto.

Quinze passos túnel abaixo, sob a suja e fraca luz do lampião, Otto a havia encostado na parede. Estava falando besteiras. Por que eu não havia previsto o problema, não sei. Duvidava de que, da mesma forma, ela o tivesse feito. Com certeza não era um dos que ela enfrentava normalmente.

Otto ficou agressivo. Pensei em interromper, mas hesitei. Talvez ela se zangasse com minha interferência.

Um leve passo da outra direção. Elmo. Ele parou. Otto estava muito concentrado naquilo para nos notar.

— É melhor fazer alguma coisa — sugeriu Elmo. — Não precisamos desse tipo de problema.

Ela não parecia amedrontada ou aborrecida.

— Acho que ela é capaz de lidar com isso.

Otto recebeu um "não" que não podia ser mal-interpretado. Porém não o aceitou. Tentou botar as mãos.

Recebeu um elegante tapa pelo incômodo. Isso o enfureceu. Ele resolveu agarrar o que queria. Quando Elmo e eu avançamos, Otto desapareceu numa confusão de chutes e socos que o mandaram para a sujeira do chão, segurando a barriga com uma das mãos com a outra prestando apoio. Ardath foi em frente, como se nada tivesse acontecido.

— Eu disse que ela conseguiria lidar com isso — comentei.

— Lembre-me de não sair da linha — disse Elmo. Então sorriu e deu um tapinha em meu braço. — Aposto que ela é cruel na horizontal, hein?

Maldito seja se eu não enrubesci. Dei um sorriso abobalhado para ele. Isso somente confirmou suas suspeitas. Que se dane. Qualquer coisa teria confirmado. É assim que essas coisas funcionam.

Empurramos Otto para meu quarto. Pensei que ele fosse vomitar as entranhas. Mas se controlou. Verifiquei se havia ossos quebrados. Apenas escoriações.

— É todo seu, Elmo — falei, pois sabia que o velho sargento escolhia bem as palavras.

Segurou Otto pelo cotovelo e ordenou:

— Siga para minha sala, soldado. — Ele chegou a fazer a terra acima do túnel tremer quando explicou os fatos da vida a Otto.

Quando voltou, Ardath se comportou como se nada tivesse acontecido. Talvez não tivesse percebido que havíamos assistido. Meia hora depois, porém, ela perguntou:

— Podemos fazer uma parada? Ir lá fora? Caminhar?

— Quer que eu vá com você?

Ela fez que sim.

— Precisamos conversar. Em particular.

— Está bem.

Para dizer a verdade, sempre que levantava o nariz do trabalho, eu mesmo me sentia claustrofóbico. Minha aventura rumo ao oeste me lembrara o quanto é bom esticar as pernas.

— Está com fome? — perguntei. — É sério demais para fazermos um piquenique?

Ela pareceu surpresa, depois encantada com a ideia.

— Ótimo. Vamos fazer isso.

Então fomos cozinhar e assar. Enchemos um balde e seguimos lá para cima. Embora ela não tivesse notado as pessoas dando sorrisos maliciosos, eu notei.

No Buraco havia apenas uma porta. Para a sala de reuniões, atrás da qual ficavam os aposentos particulares de Lindinha. Nem meus aposentos nem os de Ardath tinham mais do que uma cortina que podia ser fechada. As pessoas deduziram que estávamos saindo para a privacidade dos amplos espaços a céu aberto.

Só em sonho. Em cima haveria mais espectadores do que lá embaixo. Só não seriam humanos.

O sol estava talvez a umas três horas de se pôr quando pisamos lá fora, e nos atingiu direto nos olhos. Dureza. Mas eu já esperava. Deveria tê-la alertado.

Caminhamos até o riacho, respirando levemente o ar cheirando a sálvia sem dizer nada. O deserto estava silencioso. Nem mesmo a Árvore Pai se mexia. A brisa era insuficiente para suspirar no coral. Após algum tempo, perguntei:

— E então?

— Eu precisava sair. As paredes estavam se fechando. O campo negativo piorou tudo. Sinto-me impotente lá embaixo. Desgasta minha mente.

— Oh.

Contornamos uma cabeceira de coral e encontramos um menir. Um dos meus velhos amigos, acho, pois ele informou:

— Há estranhos no Vale, Chagas.

— Não brinca! Que estranhos, pedra? — Mas ele não tinha mais nada a dizer.

— Eles são sempre assim?

— Ou piores. Bem. O campo negativo está começando a enfraquecer. Sente-se melhor?

— Eu me senti melhor assim que pisei aqui fora. Aquilo lá é o portão para o inferno. Como conseguem viver daquele jeito?

— Não é muito, mas é nosso lar.

Chegamos à terra árida. Ela parou.

— O que é isso?

— A Velha Árvore Pai. Você sabe o que eles acham que estamos aprontando lá embaixo?

— Eu sei. Deixe que pensem. Chame de disfarce protetor. *Aquela* é a Árvore Pai? — Apontou para ela.

— É sim. — Avancei. — Como está hoje, ancião?

Deve ter sido a quinquagésima vez que perguntei aquilo. Quero dizer, o velhote é notável, mas apenas uma árvore. Certo? Não esperava uma resposta. Mas as folhas da Árvore Pai começaram a sacudir no momento em que falei.

— Venha aqui, Chagas. — A voz da Dama era autoritária, dura, um pouco trêmula. Virei-me e andei.

— Voltou ao seu normal? — Com o canto do olho, captei uma sombra em movimento, indo em direção ao Buraco. Concentrei-me num pedaço de coral e num arbusto próximo.

— Fale baixo. Temos um intrometido.

— Não é surpresa.

Ela espalhou um cobertor esfarrapado que havia trazido e sentou-se com a ponta dos dedos dos pés no limite da terra árida. Tirou o trapo que cobria o balde. Posicionei-me perto dela, de modo que pudesse observar aquela sombra.

— Você sabe o que é aquilo? — perguntou, acenando com a cabeça na direção da árvore.

— Ninguém sabe. É apenas a Velha Árvore Pai. Os clãs do deserto dizem que é um deus. Nunca tivemos prova disso. Caolho e Duende ficaram impressionados com o fato de que ele se encontra quase exatamente no centro geográfico do Vale.

— Sim. Suponho... Muita coisa se perdeu na queda. Eu devia ter suspeitado... Meu marido não foi o primeiro de sua espécie, Chagas. Nem a Rosa Branca foi a primeira da dela. É um grande ciclo, creio eu.

— Estou perdido.

— Muito tempo atrás, mesmo para o meu padrão de medida de tempo, houve outra guerra como aquela entre o Dominador e a Rosa Branca. A luz sobrepujou a sombra. Mas, como sempre, a sombra deixou sua mancha nos vitoriosos. Para acabar com a luta, eles convocaram algo de outro mundo, plano, dimensão, ou o que quer que seja, do modo como Duende talvez conjurasse um demônio, só que essa coisa era um deus adolescente. Algo assim. Num avatar jovem. Esses acontecimentos foram lendários apenas em minha juventude, quando muito mais do passado sobreviveu, portanto os detalhes estão em aberto para serem questionados. Mas foi uma invocação de tal proporção, de tal preço, que milhares pereceram e condados foram arrasados. Mas instalaram o deus prisioneiro na sepultura do grande inimigo deles, onde seria mantido acorrentado. Esse deus-árvore viveria um milhão de anos.

— Quer dizer que... a Velha Árvore Pai está instalada sobre algo parecido com o Grande Túmulo?

— Eu não tinha feito uma conexão entre as lendas e o Vale até ver aquela árvore. Sim. Esta terra aprisiona algo tão virulento quanto meu marido. Tanta coisa, de repente, faz sentido. Tudo se encaixa. As feras. As impossíveis pedras falantes. Recifes de corais a 1.500 quilômetros do mar. Tudo isso vazou daquele outro mundo. As tempestades mutacionais são os sonhos da árvore.

Ela continuou falando, explicando ao mesmo tempo que juntava as peças para si mesma. Fiquei embasbacado e me lembrei da tempestade mutacional que me apanhou a caminho do oeste. Era assim tão amaldiçoado a ponto de ser apanhado num pesadelo de um deus?

— Isso é loucura! — exclamei e, ao mesmo tempo, decifrei a forma que eu tentava distinguir das sombras, dos arbustos e dos corais.

Calado. Acocorado, imóvel como uma serpente aguardando a presa. Calado, que tinha me seguido por todo lado nos últimos três dias, como uma sombra extra, raramente notado porque *era* calado. Bem. Lá se fora minha confiança de que meu retorno com uma acompanhante não havia causado nenhum comichão de suspeita.

— Este é um lugar ruim para se estar, Chagas. Muito ruim. Diga àquela menina muda que ela se mude.

— Se eu fizesse isso, teria de explicar o motivo e revelar *quem* me deu o conselho. Duvido que ela se impressionaria.

— Creio que tenha razão. Bem, não vai fazer diferença por muito tempo mais. Vamos comer.

Ela abriu um pacote e tirou o que parecia ser coelho frito. Mas não há coelhos no Vale.

— Apesar de terem levado uma surra, a aventura deles em direção a Cavalo melhorou a despensa. — Avancei.

Calado permaneceu imóvel no canto de meu olho. Seu sacana, pensei. Espero que esteja babando.

Três pedaços de coelho depois, diminuí o ritmo o suficiente para perguntar:

— Essa coisa sobre o ancião é interessante, mas possui alguma importância?

A Árvore Pai estava fazendo uma barulheira. Fiquei imaginando por quê.

— Você tem medo dela?

A Dama não respondeu. Arremessei ossos pela ribanceira do riacho, depois me levantei.

— Volto num minuto. — Saí pisando forte em direção à Árvore Pai. — Ancião, você tem sementes? Brotos? Alguma coisinha que pudéssemos levar para a Terra dos Túmulos para plantar em cima do nosso próprio vilão?

Falar com aquela árvore, todas aquelas vezes no passado, era um jogo. Eu estava possuído por um respeito quase religioso por causa de sua idade, mas não por uma crença consciente nela como algo que tanto os nômades quanto a Dama afirmavam. Apenas uma velha árvore nodosa com folhas estranhas e mal-humorada.

Humor?

Quando toquei nela, buscando apoio enquanto olhava acima por entre suas folhas bizarras à procura de nozes ou sementes, ela me mordeu. Bem, não com dentes. Mas faíscas voaram. As pontas dos meus dedos foram ferroadas. Quando as tirei de dentro da boca, pareciam queimadas.

— Merda — murmurei, recuando alguns passos. — Não é nada pessoal, árvore. Achei que você pudesse querer ajudar.

Vagamente, tomei consciência de que um menir agora estava perto do local onde Calado espreitava. Apareceram mais em volta da terra árida.

Algo me atingiu com a força do lastro de uma baleia do vento largada de 30 metros acima. Desabei. Ondas de poder, de pensamentos, quebraram sobre mim. Gemi, tentando rastejar na direção da Dama. Ela estendeu a mão, mas não atravessou aquele limite...

Comecei a compreender parte daquele poder. Mas era como estar no interior de cinquenta mentes ao mesmo tempo, espalhadas pelo mundo.

Não. O Vale. E mais do que cinquenta mentes. Ele se tornava mais misturado, mais enredado... Fui tocado pelas mentes dos menires.

Tudo aquilo sumiu. O malho do poder parou de martelar em mim como se eu fosse uma bigorna. Cambaleei para a margem da terra árida, embora soubesse que aquela linha não demarcava nenhuma segurança verdadeira. Alcancei o cobertor, recuperei o fôlego e finalmente me virei para encarar a árvore. Suas folhas tiniram exasperadas.

— O que aconteceu?

— Basicamente, ele me disse que está fazendo o que pode, não por nossa causa, mas pela de suas criaturas. Que eu deveria ir para o inferno, o deixasse em paz e parasse de irritá-lo ou iria acabar comigo. Essa não.

Eu tinha olhado para trás, para ver de que modo Calado havia reagido ao meu encontro.

— Eu avisei... — Ela também olhou para trás.

— Acho que talvez estejamos encrencados. Talvez a tenham reconhecido.

Quase todos do Buraco tinham aparecido. Estavam se posicionando em fila através da trilha. Os menires eram mais numerosos. Árvores errantes formavam um círculo, conosco no centro.

E estávamos indefesos, pois Lindinha estava lá. Encontramo-nos novamente no interior do campo mágico negativo.

Ela estava vestida com sua roupa branca. Passou por Elmo e pelo Tenente e veio na minha direção. Calado se juntou a ela. Atrás vinham Caolho, Duende, Perseguidor e Cão Mata-Sapo. Estes quatro ainda tinham no corpo a poeira da trilha.

Eles estavam há dias no Vale. E ninguém me avisou...

Foi como se o alçapão de minha força se abrisse de repente. Por 15 segundos, permaneci ali, boquiaberto.

— O que vamos fazer? — perguntei então num suave guincho.

Ela me surpreendeu, segurando minha mão.

— Apostei e perdi. Não sei. Esse é o seu pessoal. Blefe com eles. Oh! — Seus olhos se estreitaram. Seu olhar fixo se tornou intenso. Então um fino sorriso esticou seus lábios. — Entendi.

— O quê?

— Algumas respostas. A sombra de meu marido está por perto. Vocês têm sido manipulados mais do que imaginam. Ele antecipou que seria descoberto por causa das tempestades. Assim que pegou seu Corvo, decidiu que iria buscar sua camponesa também... Sim. Acho que... Venha.

Meus velhos camaradas não pareciam hostis, apenas intrigados.

O círculo continuou a se fechar.

A Dama segurou novamente minha mão, conduzindo-me à base da Velha Árvore Pai.

— Que haja paz entre nós, enquanto você observa, Ancião — sussurrou. — Vem alguém de quem você se lembrará de antigamente. — Então, para mim: — Há muitas sombras antigas no mundo. Algumas recuam ao alvorecer do tempo. Como não são grandes o bastante, raramente atraem atenção como meu marido ou os Tomados. Apanhador de Almas, uma dos Tomados, tinha subalternos que prediam a árvore. Eles foram enterrados com ela. Eu disse a você que reconheci o modo como aqueles corpos foram dilacerados.

Permaneci ali sob a maldita luz do sol que desvanecia, completamente perplexo. Ela poderia até estar falando UchiTelle que teria o mesmo efeito.

Lindinha, Calado, Caolho e Duende vieram diretamente para nós. Elmo e o Tenente pararam a uma distância razoável. Mas Perseguidor e Cão Mata-Sapo meio que se misturaram à multidão.

— O que está havendo? — gesticulei para Lindinha, obviamente amedrontado.

— É o que queremos descobrir. Temos recebido relatos desconjuntados e disparatados dos menires desde que Duende, Caolho e Perseguidor chegaram ao Vale. Por um lado, Duende e Caolho confirmam tudo que você me disse... até vocês terem se separado.

Olhei para meus dois amigos — e não vi amizade ali. Seus olhos estavam frios e apáticos. Como se outra pessoa estivesse por trás deles.

— Companhia — avisou Elmo, sem gritar.

Uma dupla de Tomados, a bordo de barcos-tapetes, navegava a certa distância. Não se aproximaram muito. A mão da Dama se contraiu. Por outro lado, ela se controlou. Eles permaneceram muito longe para serem reconhecidos.

— Há mais do que um par de mãos mexendo essa panela — observei.
— Calado, vá direto ao assunto. Por enquanto, está me fazendo borrar de medo.

Ele gesticulou:
— Há um boato forte no império de que você se vendeu. Que trouxe alguém do alto escalão até aqui para assassinar Lindinha. Talvez até mesmo um dos novos Tomados.

Não pude deixar de sorrir. Os criadores de boatos não tinham ousado contar a história toda.

O sorriso convenceu Calado. Ele me conhecia muito bem. Foi por isso, acho, que *ele* estava me vigiando.

Lindinha também relaxou. Mas nem Caolho nem Duende amoleceram.
— O que há de errado com esses caras, Calado? Parecem zumbis.
— Eles dizem que você os vendeu. Que Perseguidor viu você. Que se...
— Besteira! Onde diabos está Perseguidor? Traga aquele grande e estúpido filho da puta aqui e mande-o dizer isso na minha cara!

A luz enfraquecia. O sol, aquele gordo tomate, havia escapulido para trás das colinas. Logo ficaria escuro. Senti algo formigar em minhas costas. Seria aquela maldita árvore entrando em ação?

Assim que pensei nela, senti um intenso interesse por parte da Velha Árvore Pai. E também uma espécie de raiva etérea se misturando...

De repente, menires tremularam em volta do lugar, até mesmo através do riacho onde o arbusto era denso. Um cachorro latiu. Calado gesticulou algo para Elmo. Não captei porque ele estava de costas. Elmo trotou em direção à agitação.

Os menires avançaram em nossa direção, formando um muro, prendendo alguma coisa... Ora! Perseguidor e Cão Mata-Sapo. Perseguidor parecia estupidamente intrigado. O cachorro continuava tentando fugir por entre os menires. Eles não permitiam. Nosso pessoal precisou ser ágil com os pés para evitar que seus dedos fossem esmagados.

Os menires empurraram Cão Mata-Sapo e Perseguidor para o interior de um círculo vazio. O vira-lata soltou um uivo longo, desesperador, então enfiou o rabo entre as pernas e se ocultou na sombra de Perseguidor. Eles ficaram a uns 3 metros de Lindinha.

— Oh, deuses — murmurou a Dama, e apertou minha mão com tanta força que quase gritei.

O cerne de uma tempestade mutacional explodiu no cabelo tilintante da Velha Árvore Pai.

Era enorme; era horrível; era violenta. Ela devorou todos nós, com tal ferocidade que nada pudemos fazer a não ser suportá-la. Formas se deslocaram, correram, mudaram; mas aqueles que estavam próximos a Lindinha permaneceram exatamente os mesmos.

Perseguidor gritou. Cão Mata-Sapo soltou um uivo que espalhou terror como um câncer. E eles foram os que mais mudaram, tornando-se idênticos aos monstros cruéis e violentos que vi enquanto seguia para oeste.

A Dama gritou algo que se perdeu na fúria da tempestade. Mas entendi aquilo como uma nota triunfante. Ela *conhecia* as formas.

Encarei-a.

Ela não havia mudado.

Aquilo parecia impossível. Aquela criatura para quem banquei o bobo durante 15 anos não poderia ser a mulher de verdade.

Cão Mata-Sapo se arremessou para o centro da tempestade, as terríveis presas à mostra, tentando alcançar a Dama. Ele também a conhecia. Pretendia acabar com ela enquanto estava indefesa, dentro do campo negativo. Perseguidor caminhou tropegamente para lá, tão intrigado quanto o Perseguidor na forma humana tinha ficado.

Um dos grandes galhos da Árvore Pai açoitou para baixo. Deu uma paulada no Cão Mata-Sapo como um homem faria num coelhinho. Três vezes, Cão Mata-Sapo tentou corajosamente. Três vezes falhou. Na quarta vez, o que poderia ter sido o avô de todos os relâmpagos o atingiu em cheio e o arremessou por toda a extensão até o riacho, onde ele ardeu em fogo lento e se contorceu por um minuto, antes de se levantar e ir embora, uivando, pelo deserto inimigo.

Ao mesmo tempo Perseguidor-fera avançou sobre Lindinha. Ele a agarrou e seguiu para oeste. Quando Cão Mata-Sapo-fera saiu do jogo, a atenção foi toda para Perseguidor.

A Velha Árvore Pai talvez não seja um deus, mas, quando fala, impõe respeito. Os recifes de coral se esfacelaram quando ela falou. Todos do lado de fora da terra árida taparam os ouvidos e gritaram. Para nós, que estávamos mais perto, foi menos atormentador.

Não sei o que ele disse. Não era nenhum idioma que eu conhecesse, e não se parecia com nada que já tivesse ouvido. Mas alcançou Perseguidor. Ele colocou Lindinha no chão e voltou para o interior dos dentes da tempestade, posicionando-se diante do deus enquanto aquela voz poderosa o martelava e um brilhante violeta ecoava em torno de seus ossos deformados. Ele se curvou e prestou homenagem à árvore, então *mudou*.

A tempestade passou tão rapidamente quanto tinha começado. Todos desabaram. Até mesmo a Dama. Mas a inconsciência não veio com a queda. Sob a luz pálida que restava, vi os Tomados que circundavam decidir que sua hora tinha chegado. Recuaram, ganharam velocidade, traçaram uma linha balística através do campo mágico negativo, cada um disparando quatro das lanças de 10 metros capazes de despedaçar baleias do vento. E eu me sentei no chão duro, babando, de mãos dadas com o alvo delas.

Por pura força de vontade, creio eu, a Dama conseguiu murmurar:

— Eles conseguem ver o futuro tão bem quanto eu. — O que, na ocasião, não fez sentido. — Eu deixei isso passar.

Oito hastes desceram em arco.

A Árvore Pai reagiu.

Dois tapetes se desintegraram debaixo de seus passageiros.

As hastes explodiram tão alto que nenhuma de suas cargas flamejantes caiu no chão.

Os Tomados, porém, caíram. Mergulharam em arcos perfeitos num denso recife de coral a leste de nós. Então a sonolência chegou. A última coisa de que me lembro foi da apatia ter sumido dos três olhos de Duende e Caolho.

Capítulo Quarenta e Quatro

A ACELERAÇÃO

Tive sonhos. Sonhos horríveis, intermináveis. Algum dia, se viver bastante, caso sobreviva ao que ainda está por vir, talvez me lembre deles, pois foram a história de um deus que é uma árvore, e das coisas que suas raízes enlaçam...

Não. Creio que não. Uma vida de lutas e horrores é suficiente para se relatar. E esta ainda prossegue.

A Dama se mexeu primeiro. Estendeu a mão e me beliscou. A dor enfraqueceu meus nervos. Ela arquejou, falando com uma voz tão suave que mal a ouvi.

— Levante. Ajude-me. Temos de mover sua Rosa Branca.

Isso não fazia sentido.

— O campo mágico negativo.

Eu estava tremendo. Pensei que era uma reação ao que quer que tivesse me derrubado.

— A coisa abaixo é deste mundo. A árvore não.

Não era eu quem tremia. Era o chão. Muito leve e rapidamente. E agora percebi um som. Algo distante, profundo.

Comecei a compreender.

O medo é uma motivação brutal. Eu me levantei. Acima, o tinido da Velha Árvore Pai pulsava enlouquecedoramente. Havia pânico na canção de seus sinos de vento.

A Dama também se levantou. Cambaleamos na direção de Lindinha, apoiando-nos um no outro. Cada passo vacilante acrescentava mais vida ao meu sangue quase parado. Olhei nos olhos de Lindinha. Ela estava consciente, embora paralisada. O rosto estava congelado numa expressão entre medo e descrença. Nós a erguemos, cada um envolvendo um braço em torno dela. A Dama começou a marcar os passos. Não me lembro de um esforço tão abominavelmente grande. Não me lembro de outra época em que corri tanto contando apenas com minha força de vontade.

O tremor da terra aumentou rapidamente para um estremecer como o de cavaleiros passando, em seguida para o rugido de um deslizamento de terra, então para o de um terremoto. A terra em volta da Árvore Pai começou a se contorcer e vergar. Uma gota de fogo e pó se ergueu e explodiu. A árvore soltou um grito muito fino. Um relâmpago azul revoltou seu cabelo. Aumentamos ainda mais a velocidade em nossa fuga para baixo e através do riacho.

Algo atrás de nós começou a berrar.

Imagens em minha mente. Aquela coisa que se erguia estava em agonia. A Árvore Pai a sujeitava aos tormentos do inferno. Mas a coisa continuava se levantando, determinada a se libertar.

Parei de olhar para trás. Meu terror era muito grande. Não queria ver como se parecia um Dominador velho.

Conseguimos. Deuses. De algum modo, a Dama e eu conseguimos levar Lindinha longe o suficiente para a Árvore Pai recuperar totalmente seu poder sobrenatural.

O grito agudo aumentou rapidamente em altura e fúria; caí no chão tapando os ouvidos. Então ele passou.

Após um tempo, a Dama pediu:

— Chagas, veja se pode ajudar os outros. Estamos em segurança. A árvore venceu.

Assim tão rapidamente? Depois de toda aquela fúria?

Colocar-me de pé parecia um trabalho para a noite inteira.

Um nimbo azul ainda tremeluzia entre os galhos da Árvore Pai. Era possível sentir a 200 metros a irritação daquela coisa. Seu peso crescia à medida que eu me aproximava.

O solo em volta dos pés da árvore mal parecia ter sido afetado, levando-se em conta a violência de minutos atrás. Parecia recentemente arado e aplainado, apenas isso. Alguns de meus amigos estavam parcialmente queimados, mas, pelo visto, nenhum estava machucado. Todos se mexiam, pelo menos um pouco. Rostos paréciam totalmente aturdidos. Exceto o de Perseguidor. Aquele sujeito feio não tinha voltado à sua falsa forma humana.

Ele já estava de pé, ajudando placidamente os outros, tirando o pó de suas roupas com tapinhas vigorosos e amigáveis. Nem dava para dizer que, pouco tempo atrás, havia sido um inimigo mortal. Estranho.

Ninguém precisava de nenhuma ajuda. Exceto as árvores errantes e os menires. As árvores tinham sido viradas. Os menires... Muitos deles também estavam no chão. E eram incapazes de se levantar.

Isso me causou um arrepio.

Senti outro tremor quando me aproximei da velha árvore.

Saindo do chão, tateando a casca de uma raiz, estava um antebraço humano e sua mão, um membro longo, coriáceo, esverdeado, com unhas grandes como garras agora quebradas e sangrando sobre a Árvore Pai. Aquilo não pertencia a ninguém do Buraco.

O membro se contorcia fracamente.

Centelhas azuis continuaram a estalar acima.

Algo naquela mão havia mexido com a velha fera dentro de mim. Eu queria fugir gritando. Ou pegar um machado e a mutilar. Não fiz nada disso, pois tive a nítida sensação de que a Árvore Pai me olhava furiosamente, talvez me culpando por acordar a coisa à qual pertencia a mão.

— Estou indo — avisei. — Sei como você se sente. Tenho meu próprio velho monstro para manter debaixo da terra. — E me afastei, curvando-me a cada três ou quatro passos.

— O que foi aquilo?

Virei-me. Caolho estava me olhando. Tinha um olhar do tipo "Chagas está aprontando uma das suas".

— Apenas um papo com a árvore.

Olhei em volta. As pessoas pareciam ter recuperado a habilidade de equilibrar o corpo. Algumas menos aturdidas começavam a endireitar as árvores. Para os menires caídos, porém, não parecia haver esperança. Estes tinham partido para buscar seja lá que recompensa uma pedra consciente pode esperar. Posteriormente, seriam descobertos endireitados, de pé entre os outros menires mortos perto do vau do riacho.

Voltei para a Dama e Lindinha. Lindinha estava voltando a si lentamente, ainda grogue demais para se comunicar. A Dama perguntou:

— Todos estão bem?

— Exceto o cara ali no chão. E ele chegou bem perto de ficar bem. — Descrevi a mão.

Ela fez que sim.

— Foi um erro que provavelmente não voltará a ser cometido tão cedo.

Calado e vários outros tinham se reunido em volta, de modo que pudemos dizer pouca coisa que não soasse suspeita.

— E agora? — murmurei. Ao fundo, ouvi o Tenente e Elmo berrando para que algumas tochas fossem apanhadas para haver um pouco de luz.

Ela deu de ombros.

— E os Tomados?

— Você quer ir atrás deles?

— Porcaria, não! Mas também não podemos deixá-los correndo soltos pelo nosso quintal. Sem falar que...

— Os menires vão vigiá-los. Não vão?

— Isso depende do quanto a árvore velha está chateada. Talvez depois disso esteja prestes a nos mandar para o inferno.

— Talvez você descubra.

— Eu vou procurá-los — guinchou Duende. Ele queria qualquer desculpa para colocar muitos metros entre ele e a árvore.

— Não leve a noite toda — falei. — Por que o restante de vocês não ajuda Elmo e o Tenente?

Isso me livraria de alguns caras, mas não de Calado.

Não havia como eu afastar Calado de Lindinha. Ele mantinha algumas suspeitas.

Friccionei os punhos de Lindinha e fiz outras bobagens, mas a cura só viria com o tempo. Após alguns minutos, murmurei:

— Setenta e oito dias.

— Em breve será tarde demais — respondeu a Dama.

Ergui a sobrancelha.

— Ele não pode ser derrotado sem ela. Se demorar mais, nem o cavaleiro mais resistente conseguirá levá-la até lá a tempo.

Não sei o que Calado captou daquela troca de olhares. Sei que a Dama ergueu a vista para ele e sorriu ligeiramente, com aquele olhar que usa quando lê os pensamentos de alguém.

— Precisamos da árvore. — Em seguida, acrescentou: — Não terminamos nosso piquenique.

— Hã?

Ela se afastou por algum tempo. Quando voltou, trazia o cobertor, mais sujo do que nunca, e o balde. Agarrou rapidamente minha mão e nos levou em direção à escuridão.

— Cuidado com as armadilhas — alertou-me.

Que diabo de jogo era aquele?

Capítulo Quarenta e Cinco

ACORDO FECHADO

Mais tarde, uma lua como uma canoa se ergueu. Não fomos muito longe antes de ela sair, pois não havia luz de estrelas o bastante para arriscarmos muitos movimentos. Assim que a lua saiu, a Dama me guiou num lento círculo até onde os Tomados haviam caído. Paramos numa área arenosa sem vegetação, mas sem perigo. Ela estendeu o cobertor. Estávamos fora do campo negativo.

— Sente-se.

Sentei-me. Ela se sentou.

— O que...? — comecei.

— Fique calado. — Ela fechou os olhos e mergulhou dentro de si própria.

Fiquei imaginando se Calado havia se livrado de Lindinha para nos espreitar. Se meus companheiros estavam fazendo piadas grosseiras sobre nós enquanto cuidavam das árvores errantes. Imaginando em que diabo de jogo eu me tornara uma peça.

De qualquer modo, Chagas, você aprendeu algo com isso.

Após algum tempo, percebi que ela havia voltado de onde quer que tivesse ido.

— Estou *mesmo* impressionada — sussurrou. — Quem diria que eles teriam coragem?

— Hein?

— Nossos amigos aéreos. Esperava o Manco e Sussurro, por causa de seus crimes do passado. Mas captei Desdém e Bolha. Embora devesse ter suspeitado dela, pensando bem. Necromancia é seu maior talento.

Outra rodada de seus pensamentos em voz alta. Fiquei imaginando se ela fazia aquilo com frequência. Tenho certeza de que estava desacostumada a ter testemunhas por perto, se fazia.

— O que quer dizer?

Ela me ignorou.

— Será que contaram aos outros?

Retrocedi meus pensamentos um pouco, colocando algumas coisas em ordem. As adivinhações da Dama sobre três futuros possíveis e não ter lugar em nenhum deles. Talvez isso significasse que também não havia lugar neles para os Tomados. E talvez eles imaginassem que podiam ter seu futuro nas próprias mãos se livrando de sua senhora.

Um passo leve me sobressaltou. Mas não fiquei nervoso. Simplesmente deduzi que Calado tinha optado por nos seguir. Por isso, fiquei muito surpreso quando Lindinha sentou-se com a gente, desacompanhada.

Como eu não havia notado a volta do campo mágico negativo? Estava distraído, é claro.

— Os Tomados ainda não saíram do coral — disse a Dama, como se Lindinha não tivesse aparecido. — Estão muito lentos, e ambos estão feridos. E, embora o coral não consiga matá-los, pode causar muita dor. No momento, estão apenas deitados, esperando o amanhecer.

— E daí?

— Daí que eles talvez simplesmente não consigam sair.

— Lindinha lê lábios.

— Ela já sabe.

Bem, eu já disse uma porção de vezes que a menina não é burra.

Creio que o conhecimento de Lindinha estava implícito na posição que assumira. Ela me colocou diretamente no espaço entre as duas.

Oba.

Descobri-me bancando o intérprete.

O problema é que não consigo registrar o que foi dito entre elas. Porque alguém, posteriormente, mexeu com minhas memórias. Só tive uma chance de fazer anotações, e elas agora não fazem sentido.

Ocorreu algum tipo de negociação. Ainda consigo sentir minha profunda perplexidade com a propensão de Lindinha em chegar a um acordo. A Dama também me impressionou pelo mesmo motivo.

Chegaram a um ajuste. E incômodo, certamente, pois a Dama dali por diante permaneceu bem perto e me manteve entre ela e qualquer outro enquanto estivesse no interior do campo negativo. Que bela sensação, saber que você é um escudo humano... E Lindinha se manteve perto da Dama para evitar que ela convocasse seu poder.

Mas uma vez ela a deixou livre.

Porém, estou me adiantando. Primeiro, todos voltamos sorrateiramente, sem deixar que alguém soubesse que houvera uma reunião de cúpula. A Dama e eu retornamos após Lindinha, tentando fazer parecer que tivéramos um encontro enérgico e completo. Não pude deixar de dar uma risadinha diante de certos olhares invejosos.

A Dama e eu, na manhã seguinte, saímos novamente do campo negativo, após Lindinha distrair Calado, Caolho e Duende, enviando-os para negociar com os menires. A Árvore Pai não conseguia se decidir. Fomos na outra direção. E rastreamos os Tomados.

Na verdade, havia pouco a rastrear. Eles ainda não tinham se livrado do coral. A Dama convocou o poder que mantinha sobre eles, que deixaram de ser Tomados.

Sua paciência havia terminado. Talvez ela quisesse que eles servissem de lição... De qualquer modo, busardos — busardos de verdade — estavam circundando antes de voltarmos ao Buraco.

Aquilo foi fácil, pensei. Para ela. Mas, quando tentei matar o Manco, com cada maldita coisa se metendo em meu caminho, isso se revelara impossível.

Voltamos a traduzir. Ficamos tão ocupados que não me mantive a par das notícias de fora. De qualquer maneira, eu estava mesmo um pouco vazio, porque ela havia apagado minhas lembranças do encontro com Lindinha.

De algum modo, por alguma razão, a Rosa Branca se entendeu com a Árvore Pai. A instável aliança sobreviveu.

Uma coisa notei. Os menires pararam de me atormentar por causa de estranhos no Vale.

O tempo inteiro eles estavam se referindo a Perseguidor e Cão Mata-Sapo. E à Dama. Dois de três não eram mais estranhos. Ninguém sabia o que havia acontecido com Cão Mata-Sapo. Nem mesmo os menires conseguiram rastreá-lo.

Tentei fazer com que Perseguidor explicasse o nome. Ele não se lembrava. Nem mesmo do próprio Cão Mata-Sapo. Estranho.

Ele agora era uma criatura da árvore.

Capítulo Quarenta e Seis

FILHO DA ÁRVORE

Eu estava nervoso. Tinha problemas para dormir. Os dias corriam. Para o oeste, o Rio Grande Trágico desgastava suas ribanceiras. Um monstro de quatro pernas corria para encontrar seu chefe supremo e avisar que tinha sido descoberto. Lindinha e a Dama não estavam fazendo nada.

Corvo permanecia preso. Bomanz permanecia preso dentro do grande fogo que havia conjurado sobre a própria cabeça. O fim do mundo se aproximava a passos rápidos. E ninguém estava fazendo nada.

Terminei minhas traduções. E não fiquei mais instruído do que antes, aparentemente, embora Calado, Duende e Caolho continuassem brincando com tabelas de nomes e referências cruzadas, à procura de padrões. A Dama observava por cima dos ombros deles mais do que eu. Eu lidava com estes Anais. Preocupava-me em como montar um pedido de devolução dos que tinha perdido na Ponte da Rainha. Inquietava-me. Ficava cada vez mais impaciente. As pessoas começaram a se irritar comigo. Passei a fazer caminhadas sob o luar para liberar meu nervosismo.

Certa noite, a lua estava cheia, um gordo balão laranja ainda escalando as colinas a leste. Uma bela visão, principalmente com mantas em patrulha atravessando sua frente. Por algum motivo, o deserto possuía uma luminescência lilás em todas as suas extremidades. O ar estava gelado. Havia uma poeira redemoinhando na brisa, caída naquela tarde. Uma tempestade mutacional bruxuleou no distante norte...

Um menir surgiu a meu lado. Saltei 1 metro.

— Estranhos no Vale, pedra? — perguntei.

— Nenhum mais estranho que você, Chagas.

— Temos um comediante aqui. Você quer alguma coisa?

— Não. O Pai das Árvores quer *você*.

— É? Tchau, então. — Com o coração agitado, segui em direção ao Buraco.

Outro menir bloqueou o caminho.

— Bem. Já que você insiste. — Fingindo coragem, segui riacho acima. Eles teriam me carregado. Era melhor aceitar o inevitável. Menos humilhação.

O vento estava mais cruel em torno da terra árida, no entanto, quando atravessei o limite, foi como entrar no verão. Não havia nenhum vento, embora a velha árvore estivesse tilintando. E quente como uma fornalha.

A lua havia subido o bastante para inundar a terra com uma luz agora prateada. Aproximei-me da árvore. Meu olhar se fixou naquela mão e em seu antebraço, ainda projetando-se para fora, imóvel, agarrando uma raiz, ocasionalmente denunciando uma leve contração. A raiz, porém, tinha crescido e parecia ter envolvido a mão, como uma árvore envolvia um fio de um poste preso a ela. Parei a 1,5 metro da árvore.

— Aproxime-se — disse ela. Numa voz clara. Num tom e num volume de conversa.

— Epa! — exclamei, e procurei por saídas.

Cerca de 2 zilhões de menires cercavam a terra árida. Fugir estava fora de cogitação.

— Fique quieto, efêmero.

Meus pés congelaram no chão. Efêmero, hein?

— Você pediu ajuda. Você exigiu ajuda. Você choramingou, rogou e suplicou por ajuda. Fique parado e aceite isto. Aproxime-se mais.

— Decida-se. — Dei dois passos. Mais um e eu teria de escalar a árvore.

— Eu refleti. Essa coisa que vocês, efêmeros, temem, no chão tão distante daqui, será um perigo para minhas criaturas, caso se levante. Não sinto nenhuma força significativa nos que resistem a ela. Portanto...

Detestei interromper, mas simplesmente tive de gritar. Sabem, algo me segurou pelo calcanhar. Estava apertando tanto que senti os ossos rangerem. Esmagando. Foi mal, velhote.

O universo ficou azul. Girei num furacão de ira. Relâmpagos rugiram nos galhos da Árvore Pai. Trovões ribombaram no deserto. Gritei ainda mais.

Raios azuis martelaram à minha volta, esmigalhando-me quase tanto quanto meu atormentador. Mas, finalmente, a mão me soltou.

Tentei fugir.

Dei um passo e fui ao chão. Continuei em frente, rastejando, enquanto a Árvore Pai se desculpava e tentava me chamar de volta.

Sem essa. Eu abriria caminho entre os menires rastejando, se fosse preciso...

Minha mente se encheu com um devaneio. A Árvore Pai entregando diretamente uma mensagem. Então a terra se aquietou, exceto pelo *uish* enquanto os menires sumiam.

Uma forte comoção vinda da direção do Buraco. Um grupo inteiro correu para descobrir a causa do distúrbio. Calado me alcançou primeiro.

— Caolho — falei. — Preciso de Caolho. — Ele é o único além de mim com formação médica. E, por mais do contra que seja, posso contar com ele para receber instruções médicas.

Caolho apareceu num instante, junto de mais vinte. A sentinela havia reagido rapidamente.

— Tornozelo — disse-lhe. — Talvez esmagado. Alguém traga uma luz aqui. E a porra de uma pá.

— Uma pá? Você pirou? — indagou Caolho.

— Apenas vá buscar. E alguma coisa para a dor.

Elmo se materializou, ainda afivelando fivelas.

— O que houve, Chagas?

— A Velha Árvore Pai queria conversar. Mandou as pedras me levarem. Diz que quer nos ajudar. Enquanto eu ouvia, aquela mão me agarrou. Parecia querer arrancar meu pé. A barulheira foi a árvore me dizendo: "Pare com isso. Não é educado."

— Corte a língua dele, após cuidar da perna — sugeriu Elmo a Caolho.

— O que ela queria, Chagas?

— Você ficou surdo? Ajudar com o Dominador. Disse que havia meditado. Decidiu que era de seu interesse manter o Dominador enterrado. Me ajudem a me levantar.

Os esforços de Caolho estavam funcionando. Ele havia passado em meu tornozelo uma esponja com uma de suas gororobas da mata — o inchaço já havia diminuído três vezes e ele voltava ao tamanho normal — e a dor estava sumindo.

Elmo balançou a cabeça.

— Vou quebrar a porra da *sua* perna se não me ajudar a me levantar — eu disse.

Então ele e Calado me içaram e me apoiaram.

— Tragam pás para eles — falei. Meia dúzia já havia aparecido. Eram instrumentos de entrincheiramento, não cavadoras de fossos de verdade.

— Considerando que insistem em ajudar, me levem de volta para a árvore.

Elmo rosnou. Por um momento, pensei que Calado tivesse dito alguma coisa. Olhei-o ansioso, sorrindo. Eu esperara vinte e tantos anos.

Nada feito.

Qualquer que tenha sido o juramento que havia feito, o que quer que o tenha levado a se abster de falar, isso colocara um cadeado de aço na boca de Calado. Eu já o vi tão puto da vida a ponto de roer unhas, tão nervoso a ponto de perder o controle do esfíncter, mas nada abalou sua decisão de não falar.

O azul ainda cintilava nos galhos da árvore. Folhas tilintavam. Luar e luz de tochas se misturavam no interior de estranhas sombras que as faíscas enviavam dançando...

— Em volta dele — falei aos meus "comandados". Eu não o tinha visto de fato, por isso deveria estar além do tronco.

Sim. Lá estava ele, a 6 metros da base da árvore. Um rebento. Tinha cerca de 2,5 metros de altura.

Caolho, Calado, Duende, estes caras gaguejaram e se embasbacaram como macacos assustados. Mas não o velho Elmo.

— Peguem alguns baldes com água e encharquem bem o solo — ordenou ele. — E encontrem um cobertor velho com o qual possamos envolver as raízes e a terra que está grudada nelas.

Ele entendeu direitinho. Maldito lavrador.

— Levem-me de volta lá para baixo — pedi. — Quero ver este tornozelo com uma luz melhor.

De volta, com Elmo e Calado me carregando, encontramos a Dama. Ela interpretou uma adequada cena de solicitude, depositando muita atenção sobre mim. Tive de aguentar vários sorrisinhos maliciosos.

Àquela altura, apenas Lindinha sabia a verdade. Com talvez um pouquinho de desconfiança por parte de Calado.

Capítulo Quarenta e Sete

SOMBRAS NA TERRA DAS SOMBRAS

Não havia tempo no interior da Terra dos Túmulos, apenas sombra e fogo, luz sem fonte e medo e frustração intermináveis. De onde ele estava, preso na teia de seu próprio estratagema, Corvo conseguia distinguir diversos monstros da Dominação. Conseguia ver homens e feras contidos na época da Rosa Branca para evitar que o mal que possuíam escapasse. Conseguia ver a silhueta do feiticeiro Bomanz delineada contra o fogo congelado de dragão. O velho mago ainda se esforçava para dar mais um passo na direção do coração do Grande Túmulo. Ele não sabia que havia fracassado gerações atrás?

Corvo ficou imaginando há quanto tempo ele próprio fora apanhado. Suas mensagens teriam chegado? A ajuda viria? Estaria apenas fazendo hora até a escuridão explodir?

Se havia um relógio para contar o tempo, era a crescente aflição daqueles encarregados de proteger contra a escuridão. O rio corria cada vez mais perto. Não podiam fazer nada. Não havia meio de eles convocarem a ira do mundo.

Corvo pensou que poderia ter feito as coisas de forma diferente, se tivesse ficado no comando no passado.

Vagamente, recordou-se de algumas coisas que passavam perto, sombras assim como ele. Mas não o quão antigas eram, nem mesmo o que eram. As coisas mudavam às vezes, e não se podia ter certeza de nada. O mundo tinha uma aparência completamente diferente daquela perspectiva.

Nunca estivera tão indefeso, tão amedrontado. Não gostava da sensação. Sempre havia sido o senhor de seu destino, sem depender de ninguém...

Nada havia, naquele mundo, para se fazer, a não ser pensar. Muito, com muita frequência, seus pensamentos recuavam ao que significava ser Corvo, as coisas que ele tinha feito, as que não tinha feito e as que deveria ter feito de forma diferente. Havia tempo para identificar e pelo menos enfrentar todos os medos, dores e fraquezas de seu interior, tudo o que havia criado a máscara de gelo, ferro e destemor que apresentara ao mundo. Todas aquelas coisas que custaram a ele tudo o que valorizara e que o empurraram para as garras da morte várias e várias vezes, em autopunição.

Tarde demais. Tarde demais mesmo.

Quando seus pensamentos desanuviaram e solidificaram, e ele chegou àquele ponto, Corvo soltou gritos agudos de raiva que ecoaram pelo mundo dos espíritos. E aqueles que o cercavam e o odiavam pelo que ele poderia ter desencadeado riram e se deleitaram com seu tormento.

Capítulo Quarenta e Oito

VOO PARA OESTE

A pesar de minha exoneração pela árvore, nunca de fato recuperei minha posição anterior perante meus companheiros. Sempre havia uma espécie de reserva, talvez mais por inveja pela minha súbita aparente fartura feminina do que por ainda estarem recuperando a confiança em mim. Não posso negar a dor que isso me causava. Eu estava com aquelas pessoas desde garoto. Eram minha família.

Andei pensando em andar de muletas para sair para trabalhar. Mas meu trabalho poderia prosseguir mesmo se eu não tivesse mais as pernas.

Aqueles malditos papéis. Eu os tinha encerrado na memória, transformado em música. E, ainda assim, não possuía a chave que procurávamos, nem o que a Dama esperava encontrar. As referências cruzadas estavam demorando uma eternidade. A pronúncia de nomes, nas eras pré-Dominação e da Dominação, tinha uma forma livre. KurreTelle é um desses idiomas em que várias combinações de letras podem representar sons idênticos.

Um maldito pé no saco.

Não sei o quanto Lindinha disse aos outros. Não participei da Grande Reunião. Nem a Dama. Mas a notícia se espalhou: a Companhia estava de mudança.

Um dia para nos aprontarmos.

Lá em cima, perto do cair da noite, em minhas muletas, observei as baleias do vento chegarem. Eram 18, todas convocadas pela Árvore Pai. Vieram com suas mantas e toda uma panóplia de formas sensitivas do Vale. Três baixaram até o solo. O Buraco desovou nele seu conteúdo.

Começamos a embarcar. Ganhei uma ajuda porque tinha de ser erguido, juntamente com meus papéis, equipamento e muletas. A baleia era uma das pequenas. Eu a dividiria com poucas pessoas. A Dama. Claro. Agora não podíamos ser separados. E Duende. E Caolho. E Calado, após uma maldita batalha de sinais, pois ele não queria ficar longe de Lindinha. E Perseguidor. E o filho da árvore, de quem Perseguidor era guardião e eu, uma espécie de pai postiço. Acho que os magos estavam ali para ficar de olho no restante de nós, embora pudessem fazer muito pouco se realmente surgisse um problema.

Lindinha, o Tenente, Elmo e os demais velhos operários embarcaram numa segunda baleia do vento. A terceira carregou um punhado de soldados e uma porção de equipamento.

Levantamos voo, juntando-nos à formação acima.

Um pôr do sol a 1.500 metros é diferente de qualquer coisa que você verá do chão. A não ser que esteja no topo de uma montanha muito isolada. Magnífico.

Com a escuridão veio o sono. Caolho me pôs sob efeito de um encanto. Eu ainda tinha muito inchaço e dor.

Sim. Estávamos fora do campo mágico negativo. Nossa baleia do vento voava do lado mais afastado de Lindinha. Especificamente por causa da Dama.

Ela ainda não tinha cedido.

Os ventos eram favoráveis e tínhamos a bênção da Árvore Pai. O amanhecer nos observou passando por cima de Cavalo. Foi ali que a verdade finalmente veio à tona.

Tomados subiram, todos em seus peixes-tapetes, armados até as guelras. Ruídos de pânico me acordaram. Consegui que Perseguidor me ajudasse a me levantar. Após uma olhada de relance para o fogo do sol nascente, avistei os Tomados assumindo posições de guardiões em volta de nossas baleias. Duende e os outros esperavam um ataque. Eles se acabaram de berrar. De algum modo, Caolho achou um meio de pôr a culpa de tudo sobre Duende. Continuaram com aquilo.

Mas nada aconteceu. Quase também para *minha* surpresa. Os Tomados meramente mantiveram posição. Olhei de relance para a Dama. Ela me sobressaltou com uma piscadela.

— *Todos* nós temos de cooperar, sejam quais forem as nossas diferenças — explicou ela.

Duende ouviu isso. Ignorou por um momento a gritaria de Caolho e encarou os Tomados. Após um instante, olhou para a Dama. Olhou de verdade.

Vi a luz raiar. Numa voz mais do que esganiçada, e com um olhar realmente abobalhado, ele declarou:

— Eu me lembro de você. — Ele se lembrava da única ocasião em que tivera uma espécie de contato direto com ela. Há muitos anos, quando tentou contatar Apanhador de Almas, ele a encontrara na Torre, na presença da Dama...

Ela deu a ele seu sorriso mais encantador. Aquele que derrete estátuas.

Duende colocou a mão diante de seus olhos, afastando-se dela. Olhou para mim com a mais medonha das expressões. Não pude evitar rir.

— Você sempre me acusou...

— Você não precisava sair e *fazer* isso de fato, Chagas! — Sua voz subiu de tom até se tornar inaudível. Sentou-se abruptamente.

Nenhum relâmpago o atingiu do céu. Após algum tempo, ergueu a vista e disse:

— Elmo vai se mijar de empolgação! — Soltou uma risadinha.

Elmo era o mais incansável de todos quando o assunto era me lembrar dos meus romances sobre a Dama.

Após ter acabado a graça daquilo, após Caolho esgotar o assunto também e Calado ter seus piores temores confirmados, comecei a pensar sobre meus amigos.

Todos eles estavam seguindo para o oeste sob ordens de Lindinha. Não tinham sido informados, não com todas as palavras, que estávamos aliados a nossos antigos inimigos.

Idiotas. Ou seria Lindinha? O que aconteceria assim que o Dominador fosse derrotado e estivéssemos prontos para bater de frente novamente...?

Calma aí, Chagas, Lindinha aprendeu a jogar cartas com Corvo. Corvo era um jogador implacável.

Estávamos sobre a Floresta da Nuvem ao anoitecer. Fiquei imaginando o que acharam da gente em Lordes. Passamos direto por cima. As ruas repletas de espectadores de queixo caído.

Rosas passou durante a noite. Depois as outras antigas cidades de nossos primeiros anos no norte. Houve pouca conversa. A Dama e eu mantivemos nossas cabeças juntas, a situação ficando mais tensa à medida que nossa estranha frota se aproximava de seu destino e não ficávamos mais perto de desenterrar as pepitas que procurávamos.

— Quanto tempo? — perguntei. Eu tinha perdido a noção do tempo.

— Quarenta e dois dias — respondeu ela.

— Estivemos tanto tempo assim no deserto?

— O tempo voa quando a gente se diverte.

Lancei a ela um olhar surpreso. Uma piada? E uma bem clichê, inclusive? Partindo dela?

Detesto quando bancam o humano com você. Inimigos não deveriam fazer isso.

Havia uns dois meses que ela vinha rastejando por cima de mim.

Como poderia odiá-la?

O clima permaneceu quase decente até chegarmos a Forsberg. Então se tornou azedamente miserável.

Fazia um inverno sólido lá em cima. Bons e refrescantes ventos cortantes carregados com bolotas de neve. Um belo abrasivo para um rosto delicado como o meu. Um bombardeio para limpar os piolhos nas costas da baleia também. Todos xingaram e se exasperaram e rosnaram e se aconchegaram em busca do calor que não poderia ser fornecido pelo aliado tradicional do homem, o fogo. Apenas Perseguidor parecia intocado.

— Nada incomoda aquela coisa? — perguntei.

Com a voz mais estranha que eu já a tinha ouvido usar, a Dama respondeu:

— Solidão. Se você quiser matar Perseguidor com facilidade, prenda-o sozinho e vá embora.

Senti um calafrio que nada tinha a ver com o clima. Quem eu conhecia que estivera sozinho durante muito tempo? Quem, talvez, apenas talvez, havia começado a se perguntar se pelo poder absoluto valeria a pena pagar o preço absoluto?

Eu sabia, além do brilho da dúvida, que ela tinha gostado de cada segundo de fingimento no Vale. Até mesmo dos momentos de perigo.

Eu sabia que, se tivesse tido um pouco mais de coragem, ali, nos últimos dias, poderia ter me tornado mais do que um falso namorado. Havia um crescente e silencioso desespero nela conforme se aproximava o momento em que voltaria a ser a Dama.

Parte daquilo eu poderia creditar à voz do meu ego, pois uma época bem crítica a aguardava. Ela estava sob muito estresse. Conhecia o inimigo que enfrentávamos. Mas nem tudo era ego. Creio que ela realmente gostava de mim como pessoa.

— Tenho um pedido — falei baixinho, em meio à confusão, afastando pensamentos causados por uma mulher comprimida contra meu corpo.

— Qual?

— Os Anais. São tudo o que restou da Companhia Negra. — A depressão se instalara rapidamente. — Foi criada uma incumbência eras atrás, quando as Companhias Livres de Khatovar foram formadas. Se algum de nós sobreviver a isso, deveria levá-los de volta.

Não sei se ela entendeu. Porém, respondeu:

— Eles são seus.

Quis explicar, mas não consegui. *Por que* levá-los de volta? Não tenho certeza de aonde devem ir. Por quatrocentos anos, a Companhia vagueou lentamente para o norte, crescendo, minguando, mudando seus componentes de posição. Não faço ideia se Khatovar ainda existe ou se é uma cidade, país, pessoa ou deus. Os Anais dos primeiros anos não sobreviveram ou já voltaram para casa. Não vi nada, a não ser sumários e excertos dos primeiros séculos... Não importava. Parte da incumbência dos Analistas sempre foi devolver os Anais a Khatovar se a Companhia debandasse.

O tempo piorou. Perto de Remo parecia ativamente hostil, e talvez fosse. Aquela coisa na terra sabia que estávamos chegando.

Pouco ao norte de Remo todos os Tomados caíram rapidamente como pedras.

— Que diabos?

— Cão Mata-Sapo — explicou a Dama. — Ele nos alcançou. Mas ainda não chegou ao seu dono.

— Podem detê-lo?

— Sim.

Apoiei-me na lateral da baleia. Não sei o que esperava ver. Estávamos bem alto, nas nuvens de neve.

Havia alguns clarões lá embaixo. Então os Tomados voltaram. A Dama não parecia satisfeita.

— O que houve? — perguntei.

— O monstro ficou astuto. Correu para dentro do pedaço do campo negativo que toca o chão. A visibilidade está péssima para ir atrás dele.

— Isso fará muita diferença?

— Não. — Mas ela não pareceu inteiramente confiante.

O tempo piorou. Mas as baleias permaneceram inabaladas. Chegamos à Terra dos Túmulos. Meu grupo foi para o complexo da Guarda. Lindinha se dirigiu para a Árvore Azul. O limite do campo mágico negativo chegava exatamente do lado de fora do muro do complexo.

O próprio coronel Brando nos recebeu. O bom e velho Brando, que eu julgava estar morto com toda a certeza. Ele agora mancava de uma perna. Não posso dizer que foi sociável. Mas, por outro lado, ninguém era naquela época.

O ordenança que nos designaram foi nosso velho amigo Bainha.

Capítulo Quarenta e Nove

O LABIRINTO INVISÍVEL

A primeira vez que apareceu, Bainha estava à beira do pânico. Eu ter encarnado o papel de tio bondoso não o acalmou. A Dama fez sua parte, o que quase o chutou para além da beira da histeria. Ter Perseguidor espreitando por ali em sua forma natural também não ajudou. Caolho, dentre todos, foi quem o acalmou. Mencionou Corvo e perguntou como ele estava passando, e isso resolveu a questão.

Eu também estive perto de um caso de histeria. Horas após baixarmos, antes mesmo de estar pronto para isso, a Dama trouxe Sussurro e o Manco para fazerem uma dupla verificação em nossas traduções.

Sussurro deveria verificar se faltava algum papel. Manco deveria sondar suas memórias dos velhos tempos atrás de conexões que talvez tivéssemos deixado passar. Ele, aparentemente, esteve muito envolvido no círculo social do início da Dominação.

Espantoso. Não conseguia imaginar aquele pedaço de ódio e escombros humanos algum dia ter sido qualquer coisa além da sordidez em pessoa.

Pedi a Duende que ficasse de olho naqueles dois enquanto eu saltava fora para pôr os olhos em Corvo. Todos os outros já tinham dado uma examinada nele.

Ela estava lá, encostada na parede, roendo as unhas, sem parecer em nada a grande cadela que havia atormentado o mundo por tantos anos, vejam só! Como disse antes, detesto quando eles resolvem se tornar humanos. E ela estava humana e um pouco mais. Borrando-se de medo.

— Como ele está? — perguntei. Então, percebendo seu ânimo, acrescentei: — O que aconteceu?

— Ele continua inalterado. Estão cuidando bem dele. E não aconteceu nada que alguns milagres não possam resolver.

Ousei erguer a sobrancelha.

— Todas as saídas estão fechadas, Chagas. Estou seguindo por um túnel. Minhas opções se tornam cada vez menores, e cada uma é pior do que a outra.

Sentei-me na cadeira que Bainha usava enquanto vigiava Corvo e comecei a bancar o médico. Era desnecessário, mas gostava de ver com meus próprios olhos. Meio distraído, comentei:

— Creio que seja solitário ser a rainha do mundo.

Um leve suspiro.

— Você se tornou audacioso demais.

Não era verdade?

— Desculpe. Estava pensando alto. Um hábito nada saudável, conhecido por ser a causa de contusões e hemorragia grave. Ele parece bem. Você acha que o Manco ou Sussurro vão ajudar?

— Não. Mas cada ponto de vista deve ser tentado.

— E quanto a Bomanz?

— Bomanz?

Olhei para ela. Parecia honestamente intrigada.

— O mago que a libertou.

— Ah. O que tem ele? Que contribuição um morto pode dar? Já me livrei do meu necromante... Você sabe de algo que não sei?

Sem chance. Ela me pôs sob o Olho. Entretanto...

Eu me debati por meio minuto, sem querer abrir mão do que poderia ser uma ínfima vantagem. Mas, por fim:

— Eu soube por Duende e Caolho que ele está perfeitamente saudável. Que está preso na Terra dos Túmulos. Assim como Corvo, apenas o corpo.

— Como foi possível?

Era possível que ela tivesse deixado de notar isso enquanto me interrogava? Acho que se você não faz as perguntas certas, não recebe as respostas certas.

Refleti sobre tudo o que havíamos feito juntos. Eu fizera um esboço dos relatos de Corvo, mas ela não tinha lido aquelas cartas. Aliás... Os originais, dos quais Corvo tirou sua história, estavam em meus aposentos. Duende e Caolho os levaram o caminho todo de volta até o Vale só para vê-los retornarem à Terra dos Túmulos. Ninguém os sondou porque repetiam uma história já contada...

— Sente-se — pedi, levantando-me. — Volto num instante.

Duende ficou me olhando quando entrei de volta.

— Fique mais alguns minutos. Surgiu uma coisa. — Surrupiei a caixa na qual os documentos de Corvo viajaram. Apenas o manuscrito original de Bomanz estava lá agora. Fiz o caminho de volta, ignorado pelos Tomados.

Ótima sensação, a propósito, não ser notado por eles. Pena que fosse apenas porque estavam lutando por sua existência. Como o restante de nós.

— Aqui. Este é o manuscrito original. Li rapidamente, certa vez, para verificar a tradução de Corvo. Me pareceu boa, embora ele dramatizasse e inventasse diálogos. Mas os fatos e as caracterizações são todas de Bomanz.

Ela leu com incrível rapidez.

— Pegue a versão de Corvo.

Saí e voltei, diante da cara amarrada e do rosnado de Duende ao me ver voltar.

— Quanto tempo dura alguns minutos hoje em dia, Chagas?

Ela também leu aqueles documentos rapidamente. E pareceu pensativa ao terminar.

— E então? — perguntei.

— Talvez haja alguma coisa aqui. Na verdade, algo que não está aqui. Duas perguntas. Antes de qualquer coisa, quem escreveu isso? E onde está a pedra, em Remo, que o filho mencionou?

— Suponho que Bomanz redigiu a maior parte dos originais e sua mulher o terminou.

— Ele não teria usado a primeira pessoa?

— Não necessariamente. É possível que as convenções literárias da época proibissem. Corvo frequentemente me repreendia por interferir demais nos Anais. Ele era de uma tradição diferente.

— Vamos aceitar isso como hipótese. Pergunta seguinte. Que fim levou a mulher dele?

— Ela veio de uma família de Remo. Creio que deve ter voltado para lá.

— Mesmo sendo conhecida como a mulher do homem responsável por me soltar?

— Seria mesmo? Bomanz era um nome falso.

Ela pôs de lado minha objeção.

— Sussurro obteve esses documentos em Lordes. Como um lote. Nada liga Bomanz a eles, exceto sua história. Minha sensação é a de que foram reunidos numa data posterior. Mas seus papéis... O que eles fizeram entre a ocasião em que foram deixados aqui e o momento em que Sussurro os encontrou? Alguns itens acessórios se perderam? É hora de nós consultarmos Sussurro.

O *nós*, entretanto, não me incluía.

Seja como for, uma fogueira foi acesa. Não demorou e os Tomados estavam rugindo para lugares distantes. Em dois dias, Benefício entregou a pedra mencionada pelo filho de Bomanz. Ela se mostrou inútil. Alguns homens da Guarda se apropriaram dela para usá-la como degrau para a porta de seus alojamentos.

Captei sinais ocasionais de uma busca que progredia do sul de Remo ao longo da rota que Jasmine utilizara após fugir da Terra dos Túmulos, viúva e envergonhada. Era difícil encontrar rastros após tanto tempo, porém os Tomados tinham habilidades espantosas.

Outra busca seguiu a partir de Lordes.

Tive o dúbio prazer de estar na companhia do Manco enquanto ele indicava todos os erros que havíamos cometido ao traduzir os nomes em UchiTelle e KurreTelle. Aparentemente, não apenas as pronúncias não eram uniformes naqueles dias como também não o eram os alfabetos. E alguns dos sujeitos mencionados não eram de raça UchiTelle nem KurreTelle, mas forasteiros que adaptaram os próprios nomes para o uso local. O Manco se ocupou em fazer as coisas de trás para a frente.

Certa tarde, Calado me fez um sinal importante. Ele havia espionado, vez por outra, por cima do ombro do Manco, com mais dedicação do que eu.

Tinha descoberto um padrão.

Capítulo Cinquenta

GNOMENS?

Lindinha tinha uma autodisciplina que me deixava pasmo. Durante o tempo inteiro em que estava ali, na Árvore Azul, nem uma só vez cedeu ao desejo de ver Corvo. Você podia notar a dor que ela sentia sempre que o nome dele era mencionado, porém aguentou por um mês.

Mas por fim Lindinha foi, como sabíamos que inevitavelmente o faria, com a permissão da Dama. Tentei ignorar inteiramente sua visita. E fiz Calado, Duende e Caolho também ficarem longe, embora com Calado isso tivesse sido mais difícil. Finalmente, ele concordou; era algo particular, somente para ela, e Calado não tinha por que meter o nariz.

Se eu não fosse até ela, ela viria a mim. Por um tempo, enquanto todos estavam ocupados em outro lugar. Para um abraço, para lembrá-la de que nós nos importávamos. Para algum apoio moral, enquanto ela elaborava algo em sua mente.

— Não posso negar isso agora, posso? — gesticulou ela. Então, poucos minutos depois: — Ainda tenho um lugar no meu coração para ele. Mas ele terá de conquistar seu espaço de volta. — O que era seu equivalente ao nosso pensar alto.

Naquele momento, senti mais por Calado que por Corvo. Sempre respeitei Corvo por sua obstinação e destemor, mas nunca cheguei realmente a gostar dele. De Calado eu gostava e desejava bem.

— Não fique de coração partido se descobrir que ele é velho demais para mudar — gesticulei.

Um sorriso amarelo.

— Meu coração foi partido muito tempo atrás. Não. Não tenho expectativas. Este não é um mundo de conto de fadas.

Era tudo o que ela tinha a dizer. Não levei a sério até que isso começou a iluminar acontecimentos posteriores.

Lindinha veio e se foi, em dor pela morte de seus sonhos, e não veio mais.

Sempre que suas obrigações faziam com que se afastasse, copiávamos tudo que o Manco deixava para trás e comparávamos com nossas anotações.

— Ah, sim — murmurei uma vez. — Ah, sim.

Aqui estava um lorde de um distante reino do oeste. Um tal barão Senjak que tinha quatro filhas que, segundo diziam, competiam umas com as outras em encanto. Uma delas era chamada Ardath.

— Ela mentiu — cochichou Duende.

— Talvez — admiti. — O mais provável é que ela não sabia. De fato, não poderia ter sabido. Ninguém poderia, realmente. Ainda não vejo como Apanhador de Almas poderia ter sido convencida de que o verdadeiro nome do Dominador estava aqui.

— Confundir desejo com realidade, talvez — arriscou Caolho.

— Não — falei. — Dava para perceber que ela *sabia* o que tinha em mãos. Só não sabia como desenterrá-lo.

— Assim como nós.

— Ardath está morta — afirmei. — Isso deixa três possibilidades. Mas, quando for pra valer, só teremos uma chance.

— Vejamos o que mais sabemos.

— Apanhador de Almas era uma das irmãs. O nome ainda não é conhecido. Ardath talvez fosse a gêmea da Dama. Acho que era mais velha do que Apanhador, embora tenham crescido juntas e não tenham se separado durante muitos anos. Da quarta irmã, não sabemos nada.

— Vocês têm quatro nomes, o primeiro e o de família — gesticulou Calado. — Consultem as genealogias. Descubram quem se casou com quem.

Gemi. As genealogias estavam lá na Árvore Azul. Lindinha tinha mandado que fossem colocadas na baleia de carga juntamente com tudo o mais.

O tempo era curto. O trabalho me assustava. Não dá para começar a procurar nas genealogias com apenas o nome de uma mulher e achar alguma coisa com facilidade. É preciso procurar o homem que se casou com a mulher que se está procurando e torcer para que quem fez o registro tenha pensado suficientemente nela para mencionar seu nome.

— Como vamos lidar com tudo isso? — perguntei. — Sendo eu o único capaz de decifrar essas pegadas de galinha? — Então tive uma ideia brilhante. Se posso dizer isso de mim mesmo. — Perseguidor. Vamos colocar Perseguidor nessa. Ele não tem nada para fazer, a não ser vigiar aquele rebento. Pode fazer isso lá na Árvore Azul e, ao mesmo tempo, ler alguns livros velhos.

É mais fácil falar do que fazer. Perseguidor estava longe de seu novo amo. Fazer a mensagem penetrar seu cérebro do tamanho de uma ervilha foi um enorme esforço. Mas, assim que foi feito, não houve nada capaz de detê-lo.

Certa noite, quando me encontrava aninhado debaixo das cobertas, *ela* apareceu em meus aposentos.

— Levante-se, Chagas.

— Hein?

— Vamos voar.

— Hein? Não quero desrespeitá-la, mas no meio da noite? Tive um dia difícil.

— Levante-se.

Bem, não se questiona uma ordem da Dama.

Capítulo Cinquenta e Um

O SINAL

Caía uma chuva congelante. Tudo estava vitrificado em cristais de gelo.

— Parece uma temporada quente — comentei.

Ela estava sem senso de humor naquela noite. Foi necessário um grande esforço para ignorar meu comentário. A Dama me conduziu a um tapete. Uma cúpula de cristal cobria os assentos da frente. Foi um detalhe acrescentado recentemente ao transporte do Manco.

A Dama usou um pouco de mágica para derreter o gelo de cima da cúpula.

— Verifique se está bem fechada — pediu-me.

— Para mim, parece estar tudo certo.

Decolamos.

De repente, eu estava deitado de costas. O nariz do peixe apontava para estrelas invisíveis. Subimos a uma velocidade apavorante. Vivenciei momentaneamente estar tão alto que não conseguia respirar.

Subimos bem alto. E mais alto. Atravessamos as nuvens. Então entendi a necessidade da cúpula.

Ela preservava ar para respirarmos. O que significava que as baleias do vento já não conseguiam subir mais alto que os Tomados. Sempre fazendo progressos, a Dama e sua quadrilha.

Mas, afinal de contas, o que diabos significava *aquilo*?

— Ali. — Um suspiro de decepção. A confirmação de que uma sombra havia coberto a esperança. Ela apontou.

Eu o vi. Eu o conhecia, pois já o tinha visto antes, na época da longa retirada que levou à batalha diante da Torre. O Grande Cometa. Pequeno, mas em sua inegável e singular forma de cimitarra de prata.

— Não pode ser. Não é esperado por pelo menos mais vinte anos. Corpos celestes não mudam seus ciclos.

— Não, não mudam. Isso é axiomático. Portanto, quem faz os axiomas talvez esteja errado.

Ela virou o tapete para baixo.

— Cite-o em seus escritos; fora isso, não o mencione. Nossos povos já estão suficientemente perturbados.

— Certo. — Aquele cometa exercia uma influência na mente das pessoas.

De volta àquela noite nojenta na Terra dos Túmulos. Descemos sobre o Grande Túmulo, a 12 metros de altura. O maldito rio estava perto. Os fantasmas dançavam na chuva.

Fui chapinhando para o quartel num estado entorpecido, então consultei o calendário.

Faltavam 12 dias.

O velho sacana devia estar ali, gargalhando da situação, com seu mastim favorito, Cão Mata-Sapo.

Capítulo Cinquenta e Dois

NENHUMA SURPRESA

Algo adormecido na mente abaixo de minha mente não me deixava em paz. Eu me sacudi, me virei, acordei, adormeci e, finalmente, de madrugada, ela veio à tona. Levantei-me e vasculhei os papéis.

Encontrei aquele que havia feito a Dama engolir em seco, percorri aquela interminável lista de convidados até encontrar um lorde Senjak e suas filhas Ardath, Credence e Sylith. A mais jovem, uma tal de Dorotea, anotou o escriba, não pôde comparecer.

— Rá! — vibrei. — A busca se estreita.

Não havia mais informações, mas aquilo era um triunfo. Supondo-se que a Dama era realmente gêmea, Dorotea a mais nova e Ardath estava morta, a chance agora era de cinquenta por cento. Uma mulher chamada Sylith ou uma mulher chamada Credence. Credence? Era o que dizia a tradução.

Fiquei tão empolgado que não dormi mais. Até mesmo aquele maldito cometa fora do horário abandonou meus pensamentos.

A empolgação, porém, sucumbiu entre as pedras trituradoras do tempo. Os Tomados que rastreavam a mulher de Bomanz e seus papéis retornaram sem novidades. Sugeri que a Dama fosse pessoalmente à fonte. Ela não estava preparada para o risco. Ainda não.

Nosso velho e burro amigo Perseguidor produziu outra joia, quatro dias após eu eliminar a irmã Dorotea. O grande pateta tinha lido as genealogias dia e noite.

Calado voltou da Árvore Azul com uma expressão que me revelou que algo de bom tinha acontecido. Ele me arrastou para fora, em direção à cidade, para o interior do campo negativo. Entregou-me um pedaço de papel úmido. Ele dizia, no estilo simples de Perseguidor:

Três irmãs foram casadas. Ardath se casou duas vezes, a primeira com o barão Kaden de Dartstone, que morreu em batalha. Seis anos depois, casou-se com Erin SemPai, um sacerdote sem propriedades do deus Vancer, de uma cidade chamada Funda, no reino de Viva. Credence se casou com Barthelme de Passeio, um renomado feiticeiro. Lembro-me de que Barthelme de Passeio se tornou um dos Tomados, mas minha memória não é confiável.

Aí estava uma verdade.

Dorotea se casou com Raft, príncipe em serviço, de Arranco. Sylith não se casou.

Perseguidor então provou que, embora fosse tapado, uma ideia ocasional emergia das trevas de sua mente.

Os registros de morte revelam que Ardath e seu marido, Erin SemPai, um padre sem propriedades do deus Vancer, de uma cidade chamada Funda, no reino de Viva, foram mortos por bandidos enquanto viajavam entre Torno e Ova. Minha memória nada confiável recorda que isso ocorreu poucos meses antes de o Dominador se proclamar.

Sylith se afogou na enchente do Rio Sonho alguns anos antes, carregada pelas águas diante de incontáveis testemunhas. O corpo nunca foi encontrado.

Tínhamos uma testemunha ocular. Nunca me ocorreu pensar em Perseguidor daquele modo, embora esse conhecimento estivesse ali para ser reconhecido. Talvez conseguíssemos arranjar algum meio de atingir suas memórias.

Credence sucumbiu na luta quando o Dominador e a Dama tomaram Passeio nos primórdios de suas conquistas. Não há registro da morte de Dorotea.

— Cacete — exclamei. — O velho Perseguidor serviu para alguma coisa, afinal de contas.

— Parece confuso, mas o bom senso vai nos fornecer algo — gesticulou Calado.

Mais que isso. Mesmo sem desenhar um gráfico, ligando todas aquelas mulheres, me senti suficientemente confiante para dizer:

— Sabemos que Dorotea é Apanhador de Almas. Sabemos que Ardath não é a Dama. As chances são de que a irmã que maquinou a emboscada que a matou... — Ainda estava faltando alguma coisa. Se ao menos soubesse quais eram as gêmeas...

Em resposta à minha pergunta, Calado gesticulou:

— Perseguidor está procurando certidões de nascimento. — Mas era improvável que marcasse outro ponto. Lorde Senjak não era KurreTelle.

— Uma das supostas mortes não ocorreu. Eu aposto em Sylith. Supondo-se que Credence foi morta porque reconheceu uma irmã que deveria estar morta quando Dominador e Dama tomaram Passeio.

— Bomanz menciona uma lenda sobre a Dama ter matado sua gêmea. Foi a tal emboscada? Ou algo mais público?

— Quem sabe? — falei. Estava realmente confuso. Por um momento fiquei imaginando se isso faria diferença.

A Dama convocou uma assembleia. Nossa estimativa inicial de tempo disponível agora parecia excessivamente otimista. Ela nos disse:

— Parece que nos iludimos. Não há nada nos documentos de Apanhador que denuncie o nome do meu marido. Como ela chegou a essa suposição está além de nossa compreensão por enquanto. Se há documentos faltando, não podemos ter certeza. A não ser que recebamos notícias de Lordes ou de Remo, temos de esquecer esse nome. É hora de considerarmos alternativas.

Escrevi um bilhete e pedi a Sussurro que o passasse para a Dama. Ela o leu, então me fitou com olhos apertados e pensativos.

— Erin SemPai — leu ela em voz alta. — Um padre sem propriedades do deus Vancer, de uma cidade chamada Funda, no reino de Viva. Isto vem de nosso historiador amador. O que você descobriu, Chagas, é menos interessante do que o fato de você ter descoberto. Essa notícia tem 500 anos. Foi inútil naquela época. Quem quer que Erin SemPai tenha sido antes de deixar Viva, ele fez um serviço muito bom em apagar vestígios. Quando se tornou suficientemente interessante para ter seus antecedentes investigados, havia eliminado não apenas Funda, mas cada pessoa que tinha vivido naquela aldeia durante sua existência. Em anos posteriores, foi ainda mais longe, arrasando Viva inteira. É por isso que a ideia de que aqueles papéis contivessem seu nome verdadeiro constituiu tamanha surpresa.

Senti-me pequenino e burro. Eu deveria saber que já haviam tentado desmascarar o Dominador antes. Cedi uma pequena vantagem em troca de nada. Isso é que é espírito de cooperação.

Um dos novos Tomados — não sei direito quem é quem, pois todos se vestem igual — chegou logo depois. Ele ou ela entregou à Dama um pequeno baú entalhado. A Dama sorriu quando o abriu.

— Nenhum papel sobreviveu. Mas isso sim. — Despejou umas pulseiras estranhas. — Amanhã, iremos atrás de Bomanz.

Todos sabiam do que se tratava. Tive de perguntar:

— O que são?

— Os amuletos feitos para a Guarda Eterna na época da Rosa Branca. Para que fosse possível entrar na Terra dos Túmulos sem sofrer nenhum mal.

A comoção que se seguiu ultrapassou minha compreensão.

— A esposa deve tê-los levado consigo. Mas como ela se apossou deles é um mistério. Vamos encerrar agora. Preciso de tempo para pensar. — Ela nos enxotou como uma granjeira enxotaria suas galinhas.

Voltei para meu quarto. O Manco flutuou atrás de mim. Ele não disse uma só palavra, mas voltou a mergulhar nos documentos. Intrigado, olhei por cima de seu ombro. O Tomado possuía listas de todos os nomes que havíamos desenterrado, escritas nos alfabetos das línguas de onde se originaram. Parecia estar brincando de substituição de códigos e numerologia. Intrigado, fui para minha cama, virei de costas para ele e fingi adormecer.

Enquanto ele estivesse ali, eu sabia, o sono me escaparia.

Capítulo Cinquenta e Três

A RECUPERAÇÃO

Voltou a nevar naquela noite. Neve de verdade, 15 centímetros em uma hora, e sem trégua. A algazarra da Guarda, pelejando para tirá-la das portas e dos tapetes, me acordou.

Eu tinha dormido, apesar do Manco.

Um instante de terror. Pus-me sentado num salto. Ele continuava com sua tarefa.

O quartel estava quente demais, preservando o calor, pois estava quase enterrado.

Havia uma agitação apesar do clima. Tomados tinham chegado enquanto eu dormia. Os guardas não apenas cavavam como também se apressavam para completar outras tarefas.

Caolho me acompanhou num rude desjejum.

— É, ela vai adiante — comentei. — Apesar do clima.

— Não vai adiantar nada, Chagas. Aquele cara lá fora sabe o que está havendo. — Ele parecia sombrio.

— Qual é o problema?

— Muitos, Chagas. O que esperar de um cara com uma semana de vida?

Meu estômago deu um nó. Sim. Até agora, eu tinha evitado pensar nisso, mas...

— Já estivemos em situações piores. Escada das Lágrimas. Zimbro. Berílio. E nos safamos.

— É o que digo a mim mesmo.

— Como Lindinha está?

— Preocupada. O que acha? Ela é como uma mosca entre o martelo e a bigorna.

— A Dama se esqueceu dela.

Ele bufou.

— Não deixe sua dispensa especial afetar seu bom senso, Chagas.

— Belo conselho — admiti. — Mas desnecessário. Um falcão não conseguiria vigiá-la mais rigorosamente.

— Você vai sair?

— Não perderia isso por nada. Sabe onde posso conseguir sapatos para neve?

Ele sorriu. Por um instante, o demônio de anos passados deu uma espreitada.

— Alguns caras que conheço, não vou mencionar nomes, você entende, surrupiaram meia dúzia de pares da Armaria da Guarda ontem à noite. A sentinela adormeceu no posto.

Sorri e pisquei. Bem, eu não os estava vendo o suficiente para saber o que andavam aprontando, mas isso não queria dizer que eles iam se sentar e esperar.

— Dois pares foram para Lindinha, por via das dúvidas. Restaram quatro. E apenas o esboço de um plano.

— É?

— É. Você vai ver. Brilhante, se me permite dizer.

— Cadê os sapatos? Quando vocês vão?

— Encontre-nos no defumadouro, após os Tomados terem decolado.

Vários guardas entraram para comer, parecendo exaustos, resmungando. Caolho partiu, deixando-me mergulhado em pensamento. O que estavam tramando?

Estavam fazendo o mais cuidadoso dos planos... Claro.

A Dama entrou no refeitório.

— Pegue suas luvas e os casacos, Chagas. Está na hora.

Engoli em seco.

— Você vem? — perguntou ela.

— Mas... — Fiquei à procura de uma desculpa. — Se nós formos, alguém terá de se virar sem tapete.

Ela me lançou um olhar estranho.

— O Manco ficará aqui. Vamos. Pegue suas roupas.

Obedeci aturdido, passando por Duende, ao sairmos. Fiz um gesto de perplexidade para ele com a cabeça.

Um momento antes de decolarmos, a Dama se esticou para trás, oferecendo-me algo.

— O que é isso?

— É melhor usá-lo. A não ser que queira entrar sem amuleto.

— Ah.

Não parecia grande coisa. Jaspe e jade baratos num couro frágil. No entanto, quando o afivelei no punho, senti que havia poder naquilo.

Passamos muito baixo por cima dos telhados. Eram os únicos guias visuais disponíveis. Adiante, a céu aberto, não havia mais nada. Porém, por ser a Dama, ela possuía outros recursos.

Fizemos uma volta em torno dos limites da Terra dos Túmulos. Ao lado do rio, descemos até a água ficar menos de 1 metro abaixo de nós.

— Quanto gelo — comentei.

Ela não respondeu. Estava estudando o contorno da costa, agora no interior da própria Terra dos Túmulos. Uma parte encharcada da ribanceira desabou, revelando uma dezena de esqueletos. Fiz uma careta. Em segundos ficaram cobertos de neve e foram levados embora.

— Acho que chegamos bem a tempo — observei.

— Hum.

A Dama contornou o perímetro. Por duas vezes, avistei outros tapetes circulando. Algo no chão atraiu minha vista.

— Ali embaixo!

— O quê?

— Acho que vi pegadas.

— Talvez. Cão Mata-Sapo está por perto.

Essa não.

— Agora — indicou ela, e viramos na direção do Grande Túmulo.

Pousamos na base do monte de terra. Ela saltou. Eu também. Outros tapetes desceram. Em pouco tempo havia quatro Tomados, a Dama e um velho médico apavorado parado a apenas alguns metros do desespero do mundo.

Um dos Tomados trouxe pás. Neve começou a voar. Nós nos revezamos; ninguém foi dispensado. Era um puta trabalho, que só piorou quando atingimos a vegetação rasteira. Ficou pior ao atingirmos a terra congelada. Tivemos de maneirar. A Dama informou que Bomanz estava apenas parcialmente coberto.

E prosseguimos, levando uma eternidade. Cavar, cavar e cavar. Desenterramos uma forma humanoide murcha que a Dama nos garantiu ser Bomanz.

Minha pá estalou em alguma coisa durante meu último turno. Abaixei-me para examiná-la, pensando se tratar de uma pedra. Afastei a terra congelada...

E saltei daquele buraco, rodopiando, e apontei. A Dama desceu. Uma risada se ergueu.

— Chagas encontrou o dragão. A mandíbula dele, pelo menos.

Continuei batendo em retirada, na direção de nosso tapete.

Algo imenso saltou de lá, arrastando um rugido profundo. Arremessei-me para o lado, para a neve, que me engoliu. Houve gritos, rosnados... Quando emergi, tinham acabado. Vi de relance Cão Mata-Sapo recuando do tapete, mais do que um pouco amedrontado.

A Dama e os Tomados estavam prontos para ele.

— Por que ninguém me avisou? — reclamei.

— Ele poderia ter lido você. Só lamento não termos aleijado o animal.

Dois Tomados, provavelmente homens, ergueram Bomanz. Estava duro como uma estátua, mas ainda havia nele algo que até mesmo eu consegui sentir. Uma centelha, ou coisa assim. Ninguém seria capaz de considerá-lo morto.

Colocaram-no num tapete.

A ira no monte de terra tinha sido apenas um gotejar que mal fora percebida, como o zumbido de uma mosca através de um aposento. Ela agora nos atingia, uma forte martelada fedendo a loucura. Não transmitia nem mesmo uma ínfima nota de medo. Aquela coisa possuía total confiança em sua derradeira vitória. Éramos nada além de atrasos e irritação.

O tapete que carregava Bomanz partiu. Em seguida, outro. Instalei-me em meu lugar e desejei que a Dama me levasse embora dali depressa.

Uma inundação de rugidos e berros veio da direção da cidade. Uma luz brilhante rompeu o cair da neve.

— Eu sabia — grunhi, pensando que um dos meus medos havia se concretizado. Cão Mata-Sapo havia descoberto Caolho e Duende.

Outro tapete decolou. A Dama embarcou no nosso e fechou a cúpula.

— Idiotas — disse ela. — O que estavam fazendo?

Eu não respondi.

Ela não viu. Sua atenção estava no tapete, que não se comportava como deveria. Algo parecia puxá-lo na direção do Grande Túmulo. Mas eu vi. O rosto feio de Perseguidor passou na altura de meus olhos. Ele carregava o filho da árvore.

Então Cão Mata-Sapo reapareceu, aproximando-se sorrateiramente de Perseguidor. Metade do rosto do monstro havia desaparecido. Ele corria com apenas três patas. Mas era o suficiente para destruir Perseguidor.

A Dama viu Cão Mata-Sapo. Rodou o tapete. Sistematicamente, soltou suas oito hastes de 10 metros. Não errou. E, no entanto...

Arrastando os projéteis, envolvido pelas chamas, Cão Mata-Sapo rastejou para dentro do Grande Trágico. Mergulhou e não emergiu.

— Isso *o* manterá fora do caminho por enquanto.

A menos de 10 metros, distraído, Perseguidor limpava o topo do Grande Túmulo para poder plantar seu rebento.

— Idiotas — murmurou a Dama. — Estou cercada de idiotas. Até mesmo a Árvore é uma tola.

Ela não explicou. Tampouco interferiu.

Procurei vestígios de Caolho e Duende enquanto voávamos para casa. Não encontrei nada. Eles não estavam no conjunto. Claro. Ainda não teriam tido tempo de voltar com seus sapatos para neve. Mas, como não apareceram, uma hora depois, comecei a ter problemas para me concentrar na reanimação de Bomanz.

Ela começou com repetidos banhos quentes, tanto para aquecer seu corpo como para limpá-lo. Não tive acesso às preliminares. A Dama me manteve perto de si. E só foi olhar quando os Tomados estavam prontos para a aceleração final. O ato, em si, foi anticlimático. A Dama fez alguns gestos em volta de Bomanz — que parecia comido por traças — e pronunciou umas palavras num idioma que não entendi.

Por que feiticeiros sempre usam línguas que ninguém entende? Até mesmo Duende e Caolho fazem isso. Cada um acredita que não pode usar a língua que o outro usa. Será que inventam isso?

As palavras dela funcionaram. Aquele velho destroço voltou à vida, corajosamente determinado a prosseguir contra um vento selvagem. Subiu três degraus antes de perceber sua condição alterada.

Parou. Virou-se lentamente, o rosto preenchendo-se com desespero. Seu olhar se fixou na Dama. Talvez dois minutos tenham se passado. Depois se fixou no restante de nós e examinou seu entorno.

— Explique você, Chagas.

— Ele fala...

— O idioma de Forsberg não mudou.

Encarei Bomanz, uma lenda ressuscitada.

— Eu sou Chagas. Médico militar por profissão. Você é Bomanz...

— O nome dele é Seth Greda, Chagas. Vamos estabelecer isso de uma vez.

— Você é Bomanz, cujo verdadeiro nome talvez seja Seth Greda, um feiticeiro de Remo. Quase um século se passou desde que tentou entrar em contato com a Dama.

— Conte-lhe a história inteira. — A Dama usava um dialeto das Cidades Preciosas provavelmente não compreendido por Bomanz.

Falei até ficar rouco. A ascensão do império da Dama. A ameaça derrotada na batalha em Talismã. A ameaça derrotada em Zimbro. A atual ameaça. Ele não disse uma palavra sequer nesse tempo todo. Em momento algum enxerguei nele o gordo, quase servil comerciante da história.

Suas primeiras palavras foram:

— Bem. Não fracassei totalmente. — Encarou a Dama. — E você continua contaminada pela luz, Não Ardath. — Voltou-se novamente para mim. — Você me levará à Rosa Branca. Logo após eu ter comido.

Nenhum protesto da Dama.

Ele *comeu* como um pequeno comerciante gordo.

A própria Dama me ajudou a vestir meu casaco de inverno molhado.

— Não perca tempo — alertou-me.

Mal havíamos partido quando Bomanz pareceu diminuir. Ele disse:

— Estou velho demais. Não se deixe enganar por aquilo lá atrás. Foi fingimento. Se você vai jogar com os garotos mais velhos, precisa fingir. O que posso fazer? Tenho 100 anos. Menos de uma semana para me redimir. Como vou dominar a situação assim tão depressa? O único dirigente que conheço é a Dama.

— Por que você pensou que ela fosse Ardath? Por que não uma das outras irmãs?

— Houve mais de uma?

— Quatro. — Citei-as. — Por meio de seus papéis, determinei que a tal Apanhador de Almas era uma delas, chamada Dorotea...

— *Meus* papéis?

— Assim chamados. Porque a história de você ter acordado a Dama se destaca entre eles. Sempre se supôs, até poucos dias atrás, que você os reuniu e sua mulher os levou embora quando achou que você tinha morrido.

— É preciso investigar. Eu não reuni nada. Não arrisquei nada, a não ser fazer um mapa da Terra dos Túmulos.

— Conheço bem o mapa.

— Preciso ver esses papéis. Mas primeiro, sua Rosa Branca. Enquanto isso, me fale sobre a Dama.

Tive problemas para acompanhá-lo. Ele ziguezagueava, lançando ideias.

— O que tem ela?

— Há uma evidente tensão entre vocês. De inimigos que são amigos, talvez. Amantes que são inimigos? Oponentes que se conhecem bem e respeitam um ao outro. Se você a respeita, é com razão. É impossível respeitar o mal absoluto. Ele não consegue respeitar a si mesmo.

Uau. Ele estava certo. Eu a respeitava. Então falei um pouco. E o cerne de minha história foi, quando percebi isso, que ela de fato permaneceu contaminada pela luz.

— Ela se esforçou para ser uma vilã. Mas, diante da verdadeira escuridão, a coisa debaixo do monte de terra, sua fraqueza começou a aparecer.

— É apenas ligeiramente menos difícil, para nós, extinguir a luz que temos no nosso interior do que é, para nós, dominar a escuridão. Um Dominador acontece uma vez em cada cem gerações. Os outros, como os Tomados, não passam de imitações.

— Você consegue se opor à Dama?

— Dificilmente. Desconfio de que meu destino seja me tornar um dos Tomados, quando ela tiver tempo. — Ele se pôs de pé, aquele menino velho. Parou. — Nossa! Ela é forte!

— Quem?

— Sua Lindinha. Uma incrível absorção. Sinto-me impotente como uma criança.

Chegamos à Árvore Azul e entramos por uma janela do segundo andar, de tão alta que estava a neve.

Caolho, Duende e Calado estavam no andar inferior, no salão comum, com Lindinha. Os dois primeiros pareciam meio pálidos.

— Bem — falei. — Vocês conseguiram. Pensei que Cão Mata-Sapo ia almoçar os dois.

— Não houve problema algum — observou Caolho. — Nós...

— Como assim, nós? — perguntou Duende. — Você foi tão inútil quanto seios num javali. Calado...

— Cale-se. Esse é Bomanz. Ele quer conhecer Lindinha.

— *Aquele* Bomanz? — guinchou Duende.

— O próprio.

O encontro deles foi um interrogatório rápido. Lindinha assumiu o controle imediatamente. Quando percebeu que ela o estava conduzindo, Bomanz interrompeu a conversa.

— O próximo passo — disse-me ele. — Ler minha suposta autobiografia.

— Não é sua?

— Improvável. A não ser que minha memória seja pior do que imagino.

Voltamos em silêncio para o conjunto. Ele parecia pensativo. Lindinha causa esse impacto naqueles que a encontram pela primeira vez. Para nós, que a conhecemos desde sempre, ela é simplesmente Lindinha.

Bomanz percorreu o manuscrito original, ocasionalmente perguntando sobre passagens específicas. Não estava familiarizado com o dialeto UchiTelle.

— Você não teve nada a ver com eles, então?

— Não. Mas minha mulher foi a fonte primária. Uma pergunta: a garota Enxerida foi rastreada?

— Não.

— Devem procurá-la. É a única sobrevivente significativa.

— Eu direi à Dama. Mas não há tempo para localizar a garota. Em poucos dias, o inferno estará à solta lá fora. — Fiquei imaginando se Perseguidor tinha plantado o rebento. Que grande bem isso faria quando o Grande Trágico alcançasse o monte de terra. Um gesto corajoso, porém idiota, Perseguidor.

Os efeitos de seu esforço, entretanto, logo ficaram aparentes. Quando fui transmitir a sugestão de Bomanz sobre Enxerida, a Dama perguntou:

— Você notou o tempo?

— Não.

— Está melhorando. O rebento deteve a habilidade do meu marido de moldar o clima. Tarde demais, é claro. Vão se passar meses antes de o rio recuar.

Ela estava deprimida. Apenas fez que sim quando contei o que Bomanz dissera.

— É tão ruim assim? Estamos derrotados antes mesmo de usarmos as listas?

— Não. Mas o preço da vitória aumentou demais. Não quero pagá-lo. Não sei se consigo.

Fiquei parado ali, perplexo, esperando uma ampliação do assunto. Nada surgiu.

— Sente-se, Chagas — disse-me ela após um tempo.

Sentei-me na cadeira que a Dama indicou, ao lado de uma fogueira crepitante diligentemente cuidada pelo soldado Bainha. Após algum tempo, ela mandou Bainha embora. Ainda assim, nada foi explicado.

— O tempo aperta o laço da forca — murmurou ela em determinada ocasião, e, em outra: — Receio desfazer o nó.

Capítulo Cinquenta e Quatro

UMA NOITE NO LAR

Dias se passaram. Nenhum aparentemente importante. A Dama cancelou todas as investigações. Ela e os Tomados se reuniam com frequência. Eu era excluído. Bomanz também. O Manco só participava quando era chamado dos meus aposentos.

Desisti de tentar dormir ali. Mudei-me para o quarto de Duende e Caolho. O que mostra o quanto os Tomados me estressavam. Dividir um cômodo com aqueles dois é como viver no meio de um tumulto contínuo.

Corvo, como sempre, não mudou nada e permanecia quase esquecido por todos, menos pelo leal Bainha. Calado ia olhá-lo de vez em quando, em nome de Lindinha, mas sem entusiasmo.

Só então percebi que Calado sentia por Lindinha mais que lealdade e afeto protetor, e que não tinha meios de expressar esses sentimentos. O silêncio que impunha sobre si mesmo era mais que um juramento.

Não consegui descobrir quais irmãs eram gêmeas. Como antecipei, Perseguidor nada encontrou nas genealogias. Foi um milagre ele ter achado o que achou, tendo em vista o modo como feiticeiros ocultam seus rastros.

Duende e Caolho tentaram hipnotizá-lo, na esperança de explorar suas antigas memórias. Foi como espreitar fantasmas numa densa neblina.

Os Tomados se movimentaram para retardar o Grande Trágico. O gelo acumulou ao longo da margem ocidental, alterando a força da corrente. Mas eles exageraram e se criou um desfiladeiro, que ameaçava elevar o nível do rio. Um esforço de dois dias nos fez ganhar dez horas, talvez.

Ocasionalmente, surgiam grandes sulcos em volta da Terra dos Túmulos, que logo desapareciam debaixo da neve carregada pelo vento. Embora o céu tivesse clareado, o ar ficou mais frio. A neve nem derretia nem formava uma crosta. Obra dos Tomados. Um vento do leste agitava continuamente a neve.

Bainha passou para me avisar:

— A Dama quer falar com você, senhor. Imediatamente.

Interrompi o jogo a três de Tonk com Duende e Caolho. Até então as coisas estavam indo lentas — exceto o fluxo do tempo. Não havia mais nada que pudéssemos fazer.

— Senhor — alertou Bainha quando saímos e os outros não podiam nos ouvir —, tome cuidado.

— Hum?

— Ela está de péssimo humor.

— Obrigado. — Diminuí o passo. Meu próprio humor já estava suficientemente péssimo. Não precisava ser alimentado pelo dela.

Seus aposentos haviam sido redecorados. Tapetes tinham sido trazidos. Cobriam todas as paredes. Uma espécie de canapé estava diante da lareira, na qual uma fogueira queimava com um crepitar reconfortante. A atmosfera parecia estudada. O lar como sonhamos que seja, em vez de como realmente é.

Ela estava acomodada no sofá.

— Venha se sentar comigo — disse ela, sem olhar para trás para ver quem tinha entrado. Comecei a me dirigir a uma das poltronas. — Não. Aqui, comigo. — Então me instalei no sofá.

— O que foi?

Seus olhos estavam fixos em algo muito distante. Seu rosto revelava sofrimento.

— Tomei uma decisão.

— Sim? — Esperei nervosamente, incerto do que ela queria dizer, e muito menos do que eu fazia ali.

— As opções se reduziram. Posso me render e me tornar uma Tomada. Era um castigo menos medonho do que eu havia esperado.

— Ou?

— Ou posso lutar. Uma batalha que não pode ser vencida. Ou vencida apenas na sua derrota.

— Se não pode vencer, por que lutar? — Eu não teria perguntado isso a alguém da Companhia. Eu saberia qual seria a resposta deles.

A dela não era a mesma que a nossa.

— Porque o resultado pode ser moldado. Não posso vencer. Mas posso decidir quem vence.

— Ou, pelo menos, garantir que não seja ele?

Uma lenta confirmação com a cabeça.

Sua tristeza começava a fazer sentido. Eu já tinha visto isso no campo de batalha, com homens prestes a executar uma tarefa provavelmente fatal, mas que devia ser tentada de qualquer forma para que outros não perecessem.

Para disfarçar minha reação, escorreguei do sofá e acrescentei três pequenas achas à fogueira. Para nosso estado de espírito, seria agradável ficar ali no calor revigorante, observando a dança das chamas.

Fizemos isso por algum tempo. Senti que não deveria falar.

— Vai começar com o nascer do sol — declarou ela finalmente.

— O quê?

— O conflito final. Pode rir de mim, Chagas. Vou tentar matar uma sombra. Sem esperança de que eu mesma sobreviva.

Rir? Nunca. Admirar. Respeitar. Ainda era minha inimiga, contudo, incapaz de, no final, extinguir aquela última centelha de luz para então morrer de outra maneira.

Tudo isso enquanto permanecia ali, empertigada, as mãos cruzadas sobe o colo. Olhava para o fogo como se tivesse certeza de que ele finalmente acabaria por revelar a resposta para algum mistério. Ela começou a tremer.

Essa mulher, que nutria um terror voraz da morte, havia escolhido morrer a se render.

O que aquilo fez à minha confiança? Nada de bom. Absolutamente nada de bom. Talvez me sentisse melhor se visse as coisas do seu modo. Mas ela não falou sobre isso.

Numa voz muito, muito suave, ela pediu:

— Chagas? Você pode me abraçar?

O quê? Não cheguei a dizer isso em voz alta, mas, com uma certeza dos diabos, pensei.

Eu não falei nada. Desajeitadamente, indeciso, fiz o que ela pediu.

A Dama começou a chorar em meu ombro, suavemente, baixinho, sacudindo-se como um filhote de lebre aprisionado.

Passou-se um longo tempo até ela dizer alguma coisa. Não me atrevi a falar.

— Ninguém faz isso desde que eu era bebê. Minha babá...

Outro longo silêncio.

— Nunca tive um amigo.

Outra longa pausa.

— Estou com medo, Chagas. E sozinha.

— Não. Todos nós estaremos com você.

— Não pelos mesmos motivos.

Então se calou de vez. Abracei-a por um longo tempo. O fogo se extinguiu e sua luz sumiu do aposento. Lá fora, o vento começou a uivar.

Quando finalmente achei que ela tinha caído no sono e comecei a me separar, a Dama me apertou com ainda mais força, então parei e continuei a abraçá-la, apesar de metade dos músculos de meu corpo estarem doloridos.

Finalmente ela se desprendeu, levantou-se e reacendeu o fogo. Sentei-me. Ela ficou parada atrás de mim, observando um instante as chamas. Então pousou a mão no meu ombro por um momento. Numa voz distante, disse:

— Boa noite.

Foi para outro aposento. Fiquei sentado uns dez ou 15 minutos antes de colocar a última acha e caminhar de volta para o mundo real.

Eu devia estar com uma expressão estranha. Nem Duende nem Caolho me perturbaram. Enfiei-me em meu saco de dormir, de costas para eles, mas demorei um longo tempo para pegar no sono.

345

Capítulo Cinquenta e Cinco

PRIMEIROS ASSALTOS

A cordei sobressaltado. O campo mágico negativo! Eu estava fora dele havia tanto tempo que sua presença me perturbava. Levantei-me rapidamente e descobri que estava sozinho no quarto. Não apenas lá, mas praticamente no quartel inteiro. Havia alguns guardas no refeitório.

O sol ainda não estava alto.

O vento continuava uivando em volta do prédio. Havia um frio marcado no ar, embora as fogueiras estivessem queimando bem alto. Engoli um pouco de aveia cozida e fiquei imaginando o que estava perdendo.

A Dama entrou quando terminei.

— Encontrei-o. Pensei que teria de partir sem você.

Quaisquer que tivessem sido seus problemas da noite anterior, ela estava esperta e confiante agora, pronta para agir.

O campo negativo enfraqueceu enquanto eu pegava meu casaco. Passei rapidamente no meu quarto. O Manco ainda estava lá. Saí com a testa enrugada por meus pensamentos.

Para o tapete. Tripulação completa hoje. Cada tapete estava totalmente tripulado e armado. Mas eu estava mais interessado na ausência de neve entre a cidade e a Terra dos Túmulos.

O vento uivante a tinha soprado para longe.

Subimos quando houve luz suficiente para se enxergar. A Dama elevou o tapete até a Terra dos Túmulos parecer um mapa se formando à medida que as sombras se vaporizavam. Ela nos levou num passeio fazendo um pequeno círculo. O vento, notei, havia sumido.

O Grande Túmulo parecia prestes a desabar no rio.

— Cem horas — disse ela, como se tivesse adivinhado meus pensamentos. Então havíamos chegado ao estágio de contar as horas.

Olhei em volta do horizonte. Lá estava.

— O cometa.

— Eles não podem vê-lo, lá do solo. Mas esta noite... Tomara que esteja nublado.

Embaixo, figuras minúsculas caminhavam apressadas em volta de um quarto da área desimpedida. A Dama desenrolou um mapa semelhante ao de Bomanz.

— Corvo — falei.

— Hoje. Se tivermos sorte.

— O que eles estão fazendo lá embaixo?

— Inspecionando.

Estava acontecendo mais do que isso. O pessoal da Guarda tinha saído, todos usando equipamento completo de batalha e formando um arco em volta da Terra dos Túmulos. Mas alguns homens estavam, de fato, inspecionando e instalando fileiras de lanças com esvoaçantes bandeirolas coloridas. Não perguntei por quê. Ela não explicaria.

Uma dúzia de baleias do vento pairava sobre o leste, mais além do rio. Eu pensava que haviam partido muito tempo atrás.

O céu ali ardia com o grande incêndio do amanhecer.

— Primeiro teste — avisou a Dama. — Um monstro fraco. — Ela franziu a testa em concentração. Nosso tapete começou a brilhar.

Um cavalo e um cavaleiro brancos vieram da cidade. Lindinha. Acompanhada por Calado e o Tenente. Lindinha cavalgou por um corredor de bandeirolas. Parou ao lado da última.

A terra se rompeu. Algo que poderia ter sido um primo em primeiro grau de Cão Mata-Sapo, e um parente ainda mais próximo de um polvo, irrompeu para a luz. Correu pela Terra dos Túmulos, em direção ao rio, longe do campo negativo.

Lindinha galopou em direção à cidade.

A fúria dos magos choveu dos tapetes. O monstro virou cinzas em segundos.

— Um — contou a Dama. Lá embaixo, homens começaram outro corredor de bandeirolas.

E assim foi, lenta e deliberadamente, o dia inteiro. A maior parte das criaturas do Dominador saiu bruscamente para o rio. Os poucos que atacaram na outra direção encontraram uma barricada de projéteis antes de sucumbirem aos Tomados.

— Há tempo para eliminarmos todos? — perguntei enquanto o sol estava se pondo. Eu sentia comichões, após ter ficado sentado no mesmo lugar por horas.

— Mais do que suficiente. Porém não continuará tão fácil assim.

Arrisquei, mas ela não se estenderia além do que já tinha dito.

Pareceu um plano esperto para mim. Simplesmente abatê-los e continuar abatendo-os, então ir atrás do grandão após todos terem sido derrubados. Por mais durão que pudesse ser, o que poderia fazer envolvido no campo mágico negativo?

Quando entrei cambaleante no quartel e fui para meu quarto, encontrei o Manco ainda trabalhando. Os Tomados precisavam de menos descanso do que nós, mortais, mas ele tinha de estar à beira da prostração. O que diabos estava fazendo?

E havia Bomanz. Ele não havia aparecido hoje. Que truque ele tentaria tirar da manga?

Eu comia um jantar muito parecido com o desjejum quando Calado se materializou. Sentou-se à minha frente, segurando uma tigela com mingau como se fosse uma caneca de esmolas. Parecia pálido.

— Como foi para Lindinha? — perguntei.

— Ela quase gostou — gesticulou ele. — Arriscou-se onde não deveria. Uma daquelas coisas quase a atingiu. Otto se machucou, aparando-a.

— Ele precisa de mim?

— Caolho deu conta do recado.

— O que você faz aqui?

— É a noite para trazermos Corvo de volta.

— Oh. — Novamente eu tinha me esquecido de Corvo. Como podia me incluir entre seus amigos se parecia tão indiferente ao seu destino?

Calado me seguiu até o quarto que eu dividia com Caolho e Duende. Os dois se juntaram a nós logo depois. Foram convencidos. Desempenhariam papéis importantes na recuperação de nosso velho amigo.

Fiquei mais preocupado com Calado. A escuridão havia descido sobre ele. Estava combatendo-a. Seria forte o bastante para vencer?

Parte dele não queria que Corvo fosse resgatado.

Parte de mim também não.

Uma Dama muito fatigada veio perguntar:

— Você vai participar?

Fiz que não.

— Só iria atrapalhar. Me avise quando acabar.

Ela me olhou duramente, então deu de ombros e foi embora.

Bem tarde, um fraco Caolho me acordou. Levantei-me sobressaltado.

— E aí?

— Conseguimos. Não sei o quanto fomos bem. Mas ele está de volta.

— Como foi?

— Dureza. — Enfiou-se em seu saco de dormir. Duende já estava no dele, roncando. Calado os tinha acompanhado. Estava encostado à parede, enrolado num cobertor emprestado, dormindo profundamente. Quando acordei completamente, Caolho ressonava com o restante.

No quarto de Corvo, nada havia para ver, a não ser Corvo roncando e Bainha com a aparência preocupada. A multidão havia se dispersado, deixando para trás um fedor azedo.

— Ele parece bem? — indaguei.

Bainha deu de ombros.

— Não sou médico.

— Eu sou. Vou dar uma examinada.

A pulsação estava bem forte. A respiração um pouco acelerada para alguém adormecido, mas nada perturbador. Pupilas dilatadas. Músculos tensos. Suado.

— Não parece ter motivos para nos preocuparmos. Continue o alimentando com caldo de carne. E me chame assim que ele estiver falando. Não deixe que se levante. Seus músculos vão parecer de argila. Ele pode se machucar.

Bainha confirmou repetidamente com a cabeça.

Voltei ao meu saco de dormir, fiquei deitado ali um tempão, pensando alternadamente em Corvo e no Manco. Uma lâmpada ainda queimava no meu antigo quarto. O último dos antigos Tomados prosseguia em sua missão monomaníaca.

Corvo se tornou a maior preocupação. Ele ia exigir uma prestação de contas de nossos cuidados com Lindinha. E eu com uma disposição para contestar seu direito.

Capítulo Cinquenta e Seis

TEMPO ACABANDO

O amanhecer se antecipa quando você quer que demore. As horas voam quando você quer que se arrastem. O dia seguinte foi outro de execuções. A única coisa incomum foi o Manco sair para olhar. Pareceu satisfeito por estarmos fazendo as coisas direito. Voltou para meu quarto — e deitou-se na minha cama.

Meu exame noturno em Corvo mostrou pouca mudança. Bainha informou que, várias vezes, ele quase chegara a acordar, e havia murmurado durante o sono.

— Continue o alimentando com sopa. E não tenha receio de gritar se precisar de mim.

Não consegui dormir. Tentei vagar pelo quartel, mas reinava um quase silêncio. Alguns guardas insones assombravam o refeitório. Calaram-se com minha chegada. Pensei em ir à Árvore Azul. Mas lá não teria uma recepção melhor. Eu estava na lista de todo mundo.

E a tendência era apenas piorar.

Eu soube o que a Dama quis dizer com solidão.

Gostaria de ter coragem para visitá-la, agora que *eu* precisava de um abraço.

Voltei para o meu saco de dormir.

Dessa vez, adormeci; tiveram de me ameaçar com lesões corporais para que eu acordasse.

Liquidamos os últimos bichos de estimação do Dominador antes do meio-dia. A Dama ordenou folga pelo resto do dia. Na manhã seguinte fomos ensaiar para o grande espetáculo. Ela estimou que tínhamos cerca de 48 horas antes de o rio abrir o túmulo. Tempo para descansar e para praticar, e muito tempo até para a primeira porrada.

Naquela tarde, o Manco saiu e voou um pouco por ali. Ele estava animado. Aproveitei a oportunidade para visitar meu quarto e fuçar por lá, mas tudo o que consegui encontrar foram umas raspas de madeira pretas e sinais de pó prateado, e pouquíssimo das duas substâncias para deixar vestígios. Ele havia limpado tudo apressadamente. Não toquei. Não saberia dizer que coisas curiosas poderiam ocorrer se o fizesse. Por outro lado, não descobri nada.

O treino para o Evento foi tenso. Todos apareceram, inclusive o Manco e Bomanz, que se mantivera tão fora de vista que quase todos o tinham esquecido. As baleias do vento se emparelharam acima do rio. Suas mantas planavam e mergulhavam. Lindinha avançou para o Grande Túmulo por um corredor preparado, parando um pouco antes do limite. Os Tomados e a Guarda se postaram com suas respectivas armas.

Tudo parecia correr bem. Parecia que ia funcionar. Então por que eu estava convencido de que íamos nos meter numa grande enrascada?

No momento em que nosso tapete tocou no chão, Bainha estava a seu lado.

— Preciso de sua ajuda — disse-me, ignorando a Dama. — Ele não me escuta. Continua tentando se levantar. Já caiu de cara no chão duas vezes.

Olhei para a Dama. Ela fez um gesto com a cabeça para que eu seguisse em frente.

Corvo estava sentado na beira da cama quando cheguei.

— Soube que você está sendo um pé no saco. Qual é o sentido de termos tirado o seu traseiro da Terra dos Túmulos, se vai cometer suicídio?

Seu olhar se ergueu lentamente. Não pareceu me reconhecer. Droga, pensei. Sua mente já era.

— Ele falou, Bainha?

— Alguma coisa. Nem sempre faz sentido. Acho que não faz ideia de quanto tempo se passou.

— Talvez seja melhor prendê-lo.

— Não.

Surpresos, olhamos para Corvo. Ele agora me reconheceu.

— Nada de me prender, Chagas. Eu me comporto. — Deixou-se cair de costas, sorrindo. — Quanto tempo, Bainha?

— Conte a história a ele — pedi. — Vou preparar um medicamento.

Eu queria apenas me afastar de Corvo. Com a alma recuperada, ele parecia pior. Cadavérico. Um lembrete exagerado da minha própria mortalidade. E essa era uma coisa que eu não precisava ver reforçada em minha mente.

Preparei duas poções. A primeira resolveria os tremores de Corvo. A outra o derrubaria, se começasse a dar muito trabalho a Bainha.

Corvo me lançou um olhar sombrio quando voltei. Não sei até que ponto Bainha tinha ido.

— Não me venha com sua arrogância — falei a ele. — Você não faz ideia do que aconteceu desde Zimbro. Aliás, não sabe de muita coisa desde a Batalha de Talismã. Você ter bancado o corajoso lobo solitário não ajudou. Beba isto. É para os tremores. — Dei a outra mistura para Bainha, com instruções cochichadas.

Numa voz um pouco acima de um sussurro, Corvo perguntou:

— É verdade? Lindinha e a Dama vão atrás do Dominador amanhã? Juntas?

— Sim. É isso ou morrer. Para todos.

— Eu quero...

— Fique quieto aí. Você também, Bainha. Não queremos que Lindinha se distraia.

Eu tinha conseguido abolir minhas preocupações quanto às emaranhadas ramificações inerentes aos confrontos de amanhã. Agora elas novamente me assolavam. O Dominador não seria o fim daquilo. A não ser que perdêssemos. Se ele caísse, a guerra com a Dama seria retomada instantaneamente.

Eu queria demais falar com Lindinha, estar por dentro de seus planos. Não ousava fazer isso. A Dama me mantinha numa coleira. Ela poderia me interrogar a qualquer momento.

Trabalho solitário. Trabalho solitário.

Bainha veio fazer relatórios. Depois Duende e Caolho passaram para contar as coisas de suas perspectivas. Até mesmo a Dama apareceu. Ela me fez um gesto com a cabeça.

— Sim? — perguntei.

— Venha.

Segui-a aos seus aposentos.

Lá fora, a noite tinha caído. Dentro de umas 18 horas o Grande Túmulo se abriria por conta própria. Antes disso até, se seguíssemos o plano.

— Sente-se.

Sentei-me.

— Estou ficando obcecado por isso — eu disse. — Meu estômago está monstruosamente embrulhado. Não consigo pensar em outra coisa.

— Eu sei. Costumava considerar você uma distração, mas comecei a me importar demais.

Bem, isso *me* distraiu.

— Talvez uma de suas poções?

Fiz que não.

— Não há nenhuma especificamente para medo em meu arsenal. Sei de magos que...

— Esses antídotos custam um preço muito alto. Precisaremos de nossas faculdades mentais. Não vai ser como no treino.

Ergui a sobrancelha. Ela não se estendeu no assunto. Suponho que a Dama esperava muita improvisação de seus aliados.

O sargento do refeitório apareceu. Sua equipe trouxe uma enorme refeição que foi arrumada em uma mesa colocada lá especialmente. Um último banquete para os condenados? Após a multidão se dispersar, a Dama disse:

— Ordenei o melhor para todos. Inclusive para seus amigos da cidade. A mesma coisa com o desjejum. — Ela parecia bastante calma. Porém estava mais acostumada a confrontos de alto risco...

Bufei para mim mesmo. Lembrei-me de quando pedira um abraço. Ela estava com medo como qualquer um.

Ela viu meu gesto, mas não perguntou — dica suficiente de que estava concentrada em si mesma.

A comida foi um milagre, levando-se em conta o material que os cozinheiros tinham para trabalhar. Mas também não foi uma maravilha. Não conversamos durante a refeição. Acabei primeiro, pousei os cotovelos sobre a mesa, mergulhado em pensamentos. Ela acabou logo depois. Tinha comido muito pouco. Após alguns minutos, foi para o quarto dela. Voltou com três flechas pretas. Cada uma tinha incrustações em prata na escrita KurreTelle. Eu já tinha visto algo parecido. Apanhador de Almas deu uma a Corvo na ocasião em que emboscamos o Manco e Sussurro.

— Use o arco que lhe dei — disse ela. — E fique próximo.

As flechas pareciam idênticas.

— Quem?

— Meu marido. As flechas não podem matá-lo. Precisariam de seu nome verdadeiro. Mas vão retardá-lo.

— Não acha que o restante do plano vai funcionar?

— Qualquer coisa é possível. Mas todas as eventualidades devem ser levadas em conta. — Seus olhos encontraram os meus. Havia algo ali... Desviamos o olhar. Ela sugeriu: — É melhor você ir. Durma bem. Quero você alerta amanhã.

Dei uma risada.

— Como?

— Será providenciado. Para todos, menos para o pessoal que está de guarda.

— Ah. — Feitiçaria. Um dos Tomados colocaria todos para dormir. Levantei-me. Fiquei indeciso por alguns segundos, colocando achas na fogueira. Agradeci pela refeição. Finalmente, consegui expressar o que estava em minha mente.

— Quero desejar sorte a você. Mas não consigo colocar todo o meu coração nisso.

Seu sorriso saiu com dificuldade.

— Eu sei.

Ela me seguiu até a porta.

Antes de sair, cedi ao impulso final e me virei — encontrei-a bem ali, esperançosa. Abracei-a por meio minuto.

Amaldiçoei-a por ser humana. Mas eu também precisava daquilo.

Capítulo Cinquenta e Sete

O ÚLTIMO DIA

Tivemos permissão para dormir bastante, depois uma hora para o desjejum, fazer as pazes com nossos deuses, ou fosse lá o que tivéssemos de fazer antes de entrar na batalha. O Grande Túmulo supostamente resistiria até o meio-dia. Não havia pressa.

Fiquei imaginando o que a coisa lá dentro da terra estava fazendo.

A chamada para a guerra foi às oito. Não houve ausências. O Manco pairou em volta em seu pequeno tapete, o caminho aparentemente cruzando mais do que o necessário com o de Sussurro. Eles compartilhavam alguma ideia. Bomanz se escondia atrás de tudo, tentando permanecer invisível. Eu não o censurava por isso. No lugar dele, teria fugido para Remo... No lugar dele? O meu era mais confortável?

O homem era vítima de seu senso de honra. Acreditava que tinha uma dívida a pagar.

Uma batida de tambor anunciou a hora de tomarmos nossas posições. Segui a Dama, notando que o restante dos civis seguia pela estrada para Remo com as posses que conseguiam carregar. A estrada iria se tornar uma confusão. As tropas que a Dama havia convocado surgiram do nosso lado de Remo, vindo aos milhares. Chegariam tarde demais. Ninguém pensou em dizer que deveriam ficar onde estavam.

As atenções tinham diminuído. O mundo exterior já não existia. Observei os civis e, por um momento, imaginei que dificuldades enfrentaríamos se tivéssemos de fugir. Minha preocupação, porém, não persistiu. Não podia me preocupar com nada além do Dominador.

As baleias do vento tomaram posição acima do rio. Mantas procuravam correntes de ar ascendentes. Os tapetes dos Tomados decolaram. Mas hoje meus pés permaneceram no chão. A Dama pretendia encontrar seu marido de igual para igual.

Muito obrigado, minha amiga. Havia um Chagas na sombra dela com seus insignificantes arco e flechas.

Todos os guardas em posição, entrincheirados, atrás de paliçadas baixas, valas e artilharia. Bandeirolas posicionadas, para guiar cuidadosamente a cavalgada de inspeção de Lindinha. A tensão aumentou.

O que mais havia a fazer?

— Permaneça atrás de mim — lembrou-me a Dama. — Mantenha suas flechas prontas.

— Sim. Boa sorte. Se vencermos, pago um jantar nos Jardins de Opala. — Não sei o que me levou a dizer aquilo. Uma desvairada tentativa de autodistração? A manhã estava gelada, mas eu suava.

Ela pareceu assustada. Em seguida, sorriu.

— Se vencermos, vou cobrar a promessa. — O sorriso foi fraco. Ela não tinha motivos para acreditar que sobreviveria a mais uma hora.

A Dama começou a caminhar em direção ao Grande Túmulo. Como um cachorrinho fiel, eu a segui.

A última centelha de luz não morreria. Não se renderia para se salvar.

Bomanz nos deu uma dianteira, depois nos acompanhou. O Manco fez o mesmo.

O plano central não previa ação de nenhum dos dois.

A Dama não reagiu. Forçosamente, também deixei para lá.

Os tapetes dos Tomados começaram a espiralar. As baleias do vento pareciam um pouco animadas, e as mantas um pouco frenéticas em sua busca por ar favorável.

O limite da Terra dos Túmulos. Meu amuleto não zuniu. Todos os antigos fetiches do lado de fora do coração da Terra dos Túmulos foram retirados. Os mortos agora permaneciam em paz.

Terra úmida foi sugada para minhas botas. Tinha problemas para me equilibrar, para manter uma flecha armada no meu arco. Eu estava com uma flecha preta encaixada na corda, as outras duas presas na mão que segurava o arco.

A Dama parou perto do buraco de onde tínhamos arrastado Bomanz. Tornou-se alheia ao mundo, quase como se estivesse conversando intimamente com a coisa debaixo do solo. Olhei para trás. Bomanz havia parado um pouco ao norte, a cerca de 15 metros de mim. Estava com as mãos nos bolsos e um olhar que me desafiava a protestar contra sua presença. O Manco havia se instalado onde ficava o fosso, quando havia um ao redor da Terra dos Túmulos. Não queria cair quando o campo mágico o varresse.

Olhei para o sol. Cerca de nove horas. Três horas de margem, se quiséssemos usá-la.

Meu coração atingia recordes por ainda estar batendo. As mãos tremiam tanto que parecia que os ossos iam chocalhar. Duvido que conseguisse acertar uma flecha num elefante a 1,5 metro.

Como fui ter a sorte de me tornar o pau-mandado dela?

Repassei minha vida. O que tinha feito para merecer aquilo? Tantas escolhas que eu poderia ter feito de modo diferente...

— Como?

— Pronto? — perguntou ela.

— Nunca. — Estampei um sorriso amarelo.

A Dama tentou retribuir o sorriso, porém estava mais apavorada do que eu. Ela sabia o que enfrentava. Acreditava ter apenas momentos de vida.

Tinha coragem, aquela mulher, por seguir em frente quando não havia nada que pudesse ganhar, a não ser, talvez, uma pequena redenção aos olhos do mundo.

Nomes lampejaram em minha mente. Sylith. Credence. Qual deles? Em instantes a escolha poderia ser crucial.

Não sou um homem religioso. Mas despachei uma prece silenciosa aos deuses de minha juventude, pedindo que eu não precisasse completar o ritual da denominação dela.

A Dama ficou de frente para a cidade e ergueu o braço. Trombetas soaram. Como se ninguém estivesse prestando atenção.

Seu braço baixou.

Sons de cascos. Lindinha vestida de branco, com Elmo, Calado e o Tenente, os três a seguindo, galopou na travessa marcada pelas bandeirolas. O campo mágico negativo se aproximaria subitamente, então congelaria. O Dominador teria permissão para escapar, mas não com seu poder intacto.

Senti o campo. Ele me atingiu com força, tão desacostumado que eu estava. A Dama também cambaleou. Um gemido de medo saiu de seus lábios. Ela não queria ser desarmada. Não agora. Mas era o único jeito.

O chão tremeu uma vez, delicadamente, depois jorrou para cima. Recuei um passo. Tremendo. Observei o jato de sujeira dispersar... e fiquei surpreso ao ver não um homem, mas o dragão...

O maldito dragão! Eu não tinha pensado nisso.

Ele alcançava 15 metros de altura, fogo chamejando em volta da cabeça. Rosnou. E agora? No campo negativo, a Dama não podia nos proteger.

O Dominador fugiu de minha mente inteiramente.

Preparei uma flecha para sua cabeça, mirando na boca aberta da fera.

Um grito me impediu. Virei-me. Bomanz se empinou e guinchou, bradando insultos em KurreTelle. O dragão girou os olhos até ele. E se lembrou de que os dois tinham um assunto inacabado.

Atacou como uma cobra. Chamas voaram na frente dele.

O fogo envolveu Bomanz, mas não o afetou. Ele havia ocupado sua posição no interior do campo negativo.

A Dama se desviou uns poucos passos à direita, para ver além do dragão, cujas patas dianteiras agora estavam livres e balançando para arrastar e soltar o restante do corpo imenso. Eu não conseguia ver nada de nossa presa. Mas os Tomados voadores estavam em seus percursos de ataque. Pesadas lanças incendiárias já estavam voando. Rugiram abaixo e queimaram.

Uma voz trovejante anunciou:

— Sigam para o rio.

A Dama se apressou adiante. Lindinha voltou a se movimentar, levando o campo negativo na direção da água. Fantasmas praguejavam e pulavam à minha volta. Eu estava perturbado demais para responder.

Mantas desceram rapidamente em pares escuros, dançando entre os relâmpagos lançados pelas baleias do vento. O ar ficou quebradiço, com um cheiro seco e estranho.

De repente, Perseguidor estava conosco, murmurando algo a respeito de ter de salvar a árvore.

Ouvi um crescente zurrar de corneta. Esquivei-me de uma pata de dragão que descia, desviei-me de sua asa e olhei para trás.

Uma porção de esqueletos humanos esfarrapados saiu da floresta no rastro de um coxeante Cão Mata-Sapo.

— Eu sabia que voltaríamos a ver esse sacana. — Tentei atrair a atenção da Dama. — As tribos da floresta. Estão atacando a Guarda. — O Dominador tinha escondido pelo menos um ás na manga.

A Dama ignorou meus esforços.

O que os membros das tribos e a Guarda faziam não nos dizia respeito no momento. Tínhamos uma presa em fuga e não ousávamos nos preocupar com mais nada.

— Na água! — trovejou aquela voz no ar.

Lindinha se movimentou um pouco mais. A Dama e eu nos movimentávamos com dificuldade naquela terra ainda abalada pelos esforços do dragão em se libertar. Ele nos ignorava. Bomanz tinha toda a sua atenção.

Uma baleia do vento baixou. Seus tentáculos sondaram o rio. Apanharam alguma coisa, então soltaram água de lastro.

Uma figura humana se contorcia no aperto da baleia, berrando. Meu ânimo aumentou. Tínhamos conseguido...

A baleia subiu bem alto. Por um instante, ergueu o Dominador para fora do campo negativo.

Erro mortal.

Raios. Relâmpagos. Terror repentino. Metade da cidade e um trecho perto do limite do campo negativo tremeram, espalharam-se, queimaram e enegreceram.

A baleia explodiu.

O Dominador caiu. Ao mergulhar em direção tanto à água quanto ao campo negativo, ele bradou:

— Sylith! Eu pronuncio seu nome!

Disparei uma flecha.

Na mosca. Um dos melhores disparos em objeto em movimento que eu já tinha dado. Acertou-o no flanco. Ele soltou um grito agudo e agarrou a haste da flecha. Então caiu na água. Raios disparados pelas mantas fizeram o rio ferver. Outra baleia desceu e enfiou os tentáculos por baixo da superfície. Por um longo momento, aterrorizei-me com a possibilidade de o Dominador permanecer no fundo e escapar.

Mas ele emergiu, novamente em poder de um monstro. Essa baleia, também, subiu bem alto. E pagou o preço, embora a magia do Dominador tivesse ficado mais enfraquecida, provavelmente pela minha flecha. Ele disparou um encanto enlouquecido, que se desviou e provocou incêndios no complexo da Guarda. Os guardas e os membros das tribos estavam se enfrentando ali perto. O feitiço causou dezenas de mortes em ambos os lados.

Não preparei outra flecha. Estava paralisado. Tinham me assegurado de que a citação de um nome, assim que tivessem sido observados os rituais apropriados, não poderia ser detida pelo campo negativo. A Dama, porém, não havia vacilado. Permaneceu a um passo do limite da terra, olhando para a coisa que fora seu marido. A citação do nome Sylith não a perturbara de maneira alguma.

Não era Sylith! Duas vezes o Dominador a havia chamado pelo nome errado... Restava apenas um para tentar. Porém meu sorriso foi vazio. *Eu a teria chamado de Sylith.*

Uma terceira baleia do vento pegou o Dominador. Essa não cometeu erros. Carregou-o para a praia, na direção de Lindinha e seus acompanhantes. Ele se debatia furiosamente. Pelos deuses! A vitalidade daquele homem!

Atrás de nós, homens gritavam. Armas se chocavam. A Guarda não tinha sido tão surpreendida quanto eu. Continuava defendendo seu terreno. Os Tomados que voavam se apressaram para oferecer apoio, despejando uma tempestade de feitiços mortais. Cão Mata-Sapo era o centro de suas atenções.

Elmo, o Tenente e Calado pularam para cima do Dominador assim que a baleia do vento o largou. Foi como saltar sobre um tigre. Ele jogou Elmo a uma distância de 10 metros. Ouvi o estalo quando ele quebrou a espinha do Tenente. Calado se afastou depressa. Enfiei outra flecha nele. O Dominador cambaleou, mas não caiu. Aturdido, começou a vir na direção da Dama e de mim.

Perseguidor o encontrou no meio do caminho. Colocou de lado o filho da árvore e agarrou o homem, iniciando um combate corpo a corpo de proporções épicas. Ele e o Dominador guincharam como almas atormentadas.

Quis correr e cuidar de Elmo e do Tenente, mas a Dama gesticulou para que eu ficasse. Seu olhar percorria todos os cantos. Ela esperava algo mais.

Um grito alto e agudo sacudiu a terra. Uma bola de fogo oleosa subiu ao céu. O dragão se agitou como uma minhoca ferida, gritando. Bomanz tinha desaparecido.

Eu deveria ter visto o Manco. De algum modo, ele se arrastou para cerca de 3,5 metros de mim, sem que eu notasse. Meu medo foi tão grande que quase esvaziou os intestinos. Sua máscara tinha sumido. Seu rosto mutilado estava descoberto e brilhava com malícia. Em um momento, pensava ele, ajustaria todas as dívidas comigo. Minhas pernas viraram geleia.

Ele apontou uma pequena besta, sorrindo. Então sua mira desviou para o lado. Vi que sua seta era prima da flecha que estava atravessada em meu arco.

Aquilo finalmente me despertou. Apontei para a cabeça dele.

— Credence, o ritual está completo — grunhiu ele. — Eu pronuncio seu nome!

Então disparou.

Soltei a flecha no mesmo instante. Eu não tinha conseguido disparar mais rápido, maldito seja. Minha flecha golpeou seu negro coração, derrubando-o. Mas era tarde demais. Tarde demais.

A Dama gritou.

O terror se transformou numa ira irracional. Arremessei-me sobre o Manco, trocando o arco pela espada. Ele não se virou para enfrentar meu ataque. Apenas se ergueu apoiando-se num cotovelo e olhou boquiaberto para a Dama.

Eu realmente enlouqueci. Acho que, nas circunstâncias adequadas, todos somos capazes disso. Mas eu era um soldado havia eras. Muito tempo atrás eu tinha aprendido que não se faz esse tipo de coisa e permanece vivo por muito tempo.

O Manco estava no interior do campo negativo. O que significava que ele se apegava a um traço de vida, mal conseguindo se sustentar, completamente incapaz de se defender. Fiz com que pagasse por todos os anos de medo.

Meu primeiro golpe cortou seu pescoço pela metade. Continuei golpeando até terminar o serviço. Em seguida, espalhei alguns membros em volta, cegando minha lâmina e minha loucura naqueles ossos velhos. A sanidade começou a voltar. Virei para ver o que tinha acontecido com a Dama.

Ela estava caída sobre um joelho, o peso do corpo apoiado no outro. Tentava arrancar a seta do Manco. Avancei e afastei sua mão.

— Não. Deixe-me fazer isso. Depois. — Dessa vez, fiquei menos espantado pela citação do nome não ter funcionado. Dessa vez, convenci-me de que nada era capaz de frustrá-la.

Ela deveria estar morta, cacete!

Cedi a um demorado ataque de tremores.

Os golpes dos Tomados no povo da floresta surtiam efeito. Alguns selvagens tinham começado a fugir. Cão Mata-Sapo estava envolto em dolorosos feitiços.

— Aguente firme — falei para a Dama. — Já passamos a pior parte. Vamos superar. — Não sei se eu acreditava naquilo, mas era o que ela precisava ouvir.

Perseguidor e o Dominador continuavam a rolar por ali, rosnando e praguejando. Calado saltitava ao redor deles com uma lança de lâmina larga. Quando surgiu a oportunidade, cortou nosso grande inimigo. Nada seria capaz de sobreviver eternamente àquilo. Lindinha observava, permanecendo perto, longe do caminho do Dominador.

Corri de volta até os restos do Manco e arranquei a flecha que havia enfiado em seu peito. Ele olhou para mim. Ainda havia vida em seu cérebro. Chutei sua cabeça para a vala deixada pelo dragão ao se erguer.

A fera tinha parado de se debater. Ainda nenhum sinal de Bomanz. Nunca haveria nenhum sinal de Bomanz. Ele encontrou o destino que temia na segunda tentativa. Matou o monstro por dentro.

Não vejam Bomanz como alguém desimportante porque manteve a cabeça baixa. Creio que o Dominador esperava que o dragão mantivesse Lindinha e a Dama ocupadas naqueles poucos momentos de que precisaria para fechar o campo mágico negativo. Bomanz acabou com essa possibilidade. Com a mesma determinação e superioridade com que a Dama enfrentou o inevitável destino *dela*.

Voltei para a Dama. Minhas mãos tinham alcançado sua firmeza de batalha. Desejei estar com meu estojo. Minha faca teria de servir. Deitei-a de costas e comecei a desencavar. A seta se enterrava mais nela até eu tirá-la. Diante de toda a dor, ela conseguiu exibir um sorriso de agradecimento.

Uma dúzia de homens cercava Perseguidor e o Dominador agora, todos esfaqueando. Alguns não pareciam particularmente interessados em saber quem atingiam.

As areias do tempo estavam se esgotando para o antigo demônio.

Embalei e amarrei o ferimento da Dama com tecido rasgado de suas próprias roupas.

— Trocaremos isso assim que pudermos.

Os membros das tribos foram fustigados. Cão Mata-Sapo saiu se arrastando na direção do terreno alto. O velho vira-lata tinha tanto poder para se manter de pé quanto seu dono. Guardas liberados da luta correram em nossa direção. Traziam madeira para a pira funerária da antiga ameaça.

Capítulo Cinquenta e Oito

FIM DO JOGO

Então avistei Corvo.

— O maldito idiota.

Ele estava apoiado em Bainha, mancando. Carregava uma espada desembainhada. A expressão era determinada.

Encrenca, certamente. Seu passo não era tão débil quanto fingia.

Não era necessário um gênio para adivinhar o que ele tinha em mente. Em seu modo simples de ver as coisas, ia acertar as contas com Lindinha liquidando o maior inimigo dela.

Os tremores voltaram, mas dessa vez não por medo. Se alguém não fizesse alguma coisa, eu ia ficar bem no meio. Exatamente onde teria de fazer uma escolha e agir, e nada que eu fizesse deixaria os outros felizes.

Tentei me distrair, conferindo o curativo da Dama.

Sombras caíram sobre nós. Ergui a vista para os olhos frios de Calado e para o rosto mais compassivo de Lindinha. Calado dirigiu um sutil olhar de relance para a caminhada de Corvo. Ele também estava no meio.

A Dama apertou meu braço.

— Levante-me — pediu.

Fiz isso. Ela estava tão fraca que tive de sustentá-la.

— Ainda não — disse a Dama para Lindinha, como se ela pudesse ouvi-la. — Ele ainda não está acabado.

Tinham decepado uma perna e um braço do Dominador. Os membros foram jogados na madeira empilhada para a fogueira. Perseguidor o segurava, de modo que pudessem trinchar o pescoço do Dominador. Duende e Caolho estavam ali por perto, à espera da cabeça, prontos para correr como o vento. Alguns guardas plantaram o filho da árvore. Baleias do vento e mantas pairavam acima. Outros, junto dos Tomados, fustigavam Cão Mata-Sapo e os selvagens através da floresta.

Corvo se aproximava. E eu não estava nem perto de saber que posição tomaria.

O filho da puta do Dominador era durão. Matou uma dúzia de homens antes de terminarem de trinchá-lo. Mesmo assim, não morreu. Como a de Manco, sua cabeça continuava viva.

Hora de Duende e Caolho agirem. Duende pegou a cabeça que ainda vivia, sentou-se, prendeu-a firmemente entre os joelhos. Caolho martelou um cravo de prata com 15 centímetros na testa, atingindo o cérebro. Os lábios do Dominador continuavam formando palavrões.

O prego capturaria sua alma deteriorada. A cabeça iria para o fogo. Após ser queimada, o cravo seria recuperado e enfiado no tronco do filho da árvore. Com isso, o espírito sombrio ficaria preso por um milhão de anos.

Guardas também trouxeram as partes de Manco para a fogueira. Contudo, não acharam sua cabeça. As paredes encharcadas da vala por onde o dragão havia saído tinham desabado sobre ela.

Duende e Caolho acenderam a pilha de madeira com uma tocha.

O fogo saltou como se estivesse ansioso para cumprir sua missão.

A seta do Manco havia errado o coração da Dama por 10 centímetros, entre o seio esquerdo e a clavícula. Confesso sentir certo orgulho por ter conseguido retirá-la sob circunstâncias tão terríveis, sem haver matado a Dama. Contudo, seria melhor se eu tivesse incapacitado seu braço esquerdo.

Ela ergueu aquele braço e alcançou Lindinha. Calado e eu ficamos intrigados. Mas apenas por um momento.

A Dama puxou Lindinha para si. Ela não tinha forças, portanto, de certo modo, Lindinha deve ter se deixado puxar.

— O ritual está completo — sussurrou a Dama. — Pronuncio seu verdadeiro nome, Tonie Fisk.

Lindinha gritou sem som.

O campo negativo começou a se deteriorar.

O rosto de Calado escureceu. Pelo que pareceu uma eternidade, ele permaneceu ali, obviamente atormentado, dividido entre um juramento, um amor, um ódio, talvez a noção de seu compromisso com um dever mais alto. Lágrimas começaram a escorrer por suas faces. Consegui ver um antigo desejo ser realizado, e estava prestes a chorar também quando isso aconteceu.

Calado falou.

— O ritual está encerrado. — Ele sentiu dificuldade em dar forma às palavras. — Pronuncio seu verdadeiro nome, Dorotea Senjak. Pronuncio seu verdadeiro nome, Dorotea Senjak.

Pensei que ele fosse desmaiar depois disso. Mas não desmaiou.

As mulheres, sim.

Corvo estava se aproximando. Senti uma dor que superava todas as outras.

Calado e eu olhamos um para o outro. Desconfio que meu rosto parecia tão atormentado quanto o dele. Então ele balançou a cabeça em um sim em meio às lágrimas. Havia paz entre nós. Ficamos de joelhos e separamos as mulheres. Ele pareceu preocupado enquanto eu sentia o pescoço de Lindinha.

— Ela vai ficar bem — disse-lhe. A Dama também, mas ele não ligava para isso.

Fiquei imaginando que expectativas cada mulher tinha naquele momento. O quanto cada uma delas se sujeitou ao destino. Aquilo marcou o fim delas como poderes do mundo. Lindinha não tinha mais o campo mágico negativo. A Dama não possuía mais sua magia. Elas haviam anulado uma à outra.

Ouvi gritos. Choveram tapetes. Todos aqueles Tomados tinham sido Tomados pela própria Dama e, depois do que havia acontecido no Vale, ela se certificara de que seu destino fosse o destino deles. Portanto, agora estavam desfeitos e logo mortos.

Não restava muita magia naquele campo. Perseguidor também já era, espancado até a morte pelo Dominador. Creio que morreu feliz.

Mas ainda não era o fim. Não. Havia Corvo.

A 15 metros de distância, ele largou Bainha e se aproximou como a punição personificada. Seu olhar estava fixo na Dama, embora se pudesse perceber, pelos seus próprios passos, que estava em um palco, que iria executar uma proeza para conquistar Lindinha de volta.

E então, Chagas? Vai deixar isso acontecer?

A mão da Dama tremeu na minha. Seu pulso estava fraco mas presente. Talvez...

Talvez ele estivesse blefando.

Apanhei meu arco e a flecha retirada de Manco.

— Pare, Corvo.

Ele não parou. Não creio que tivesse me ouvido. Merda. Se ele não parasse... a situação ia sair do controle.

— Corvo. — Curvei o arco.

Ele parou. Olhou-me como se tentasse se lembrar de quem eu era.

O campo de batalha inteiro ficou em silêncio. Cada olhar estava fixado em nós. Calado parou de afastar Lindinha, apanhou uma espada e se certificou de que estava entre ela e o perigo em potencial. Era quase divertido, nós dois ali, como gêmeos, protegendo mulheres cujos corações nunca poderíamos ter.

Caolho e Duende começaram a caminhar em nossa direção. Não fazia ideia de que lado estavam. De qualquer modo, não queria que se envolvessem. Aquilo tinha de ser Corvo contra Chagas.

Merda. Merda. Merda. Por que ele simplesmente não ia embora?

— Acabou, Corvo. Não haverá mais matança. — Acho que minha voz começou a aumentar e ficar aguda. — Está ouvindo? A batalha foi perdida e ganha.

Ele olhou para Calado e Lindinha, não para mim. E deu um passo.

— Você *quer* ser o próximo cara morto? — Cacete, ninguém nunca conseguiu blefar com ele. Será que eu conseguiria? Talvez sim.

Caolho parou a cuidadosos 3 metros de distância.

— O que está fazendo, Chagas?

Eu estava tremendo. O corpo todo, menos mãos e braços, embora os ombros tivessem começado a doer por causa do esforço de manter a corda do arco tensionada.

— Como Elmo está? — perguntei, a garganta com um nó de emoção. — E o Tenente?

— Nada bem — respondeu, dizendo-me o que eu já sabia em meu coração. — Mortos. Por que não baixa o arco?

— Quando ele largar a espada. — Elmo tinha sido meu melhor amigo por mais anos do que conseguiria contar. Lágrimas começaram a borrar minha visão. — Eles estão mortos. Isso me deixa no comando, certo? Oficial mais antigo sobrevivente. Certo? Minha primeira ordem é: que comece a paz. Imediatamente. *Ela* tornou isso possível. *Ela* se sacrificou para isso. Agora ninguém toca nela. Não enquanto eu estiver vivo.

— Então vamos mudar isso — retrucou Corvo. Começou a se movimentar.

— Maldito idiota teimoso! — guinchou Caolho. Arremessou-se na direção de Corvo. Atrás de mim, ouvi Duende correr. Tarde demais. Ambos tarde demais. Corvo tinha muito mais ímpeto dentro de si do que qualquer um imaginava. Estava muito mais do que um pouco louco.

— Não! — berrei, então soltei a flecha.

Ela acertou Corvo na coxa. Exatamente do lado em que ele fingia estar aleijado. Exibiu um ar de assombro ao cambalear. Caído ali no chão, sua espada a 2,5 metros de distância, ele ergueu a vista para mim, ainda incapaz de acreditar que, no fim das contas, eu não estava blefando.

Eu mesmo tive dificuldade em acreditar nisso.

Bainha berrou e tentou pular sobre mim. Praticamente sem olhá-lo, eu o golpeei na lateral da cabeça com o arco. Ele se afastou e foi se ocupar de Corvo.

Silêncio e tranquilidade novamente. Todos olhavam para mim. Pendurei o arco no ombro.

— Cuide dele, Caolho.

Manquei até a Dama, ajoelhei-me e a levantei. Ela parecia incrivelmente leve e frágil para quem tinha sido tão terrível. Segui Calado na direção do que havia sobrado da cidade. O quartel ainda queimava. Formamos um estranho desfile, nós dois carregando aquelas mulheres.

— Reunião da Companhia esta noite — comuniquei aos sobreviventes da Companhia. — Quero todos lá.

Eu não teria acreditado que seria capaz de fazer aquilo até fazê-lo. Carreguei-a o caminho todo até a Árvore Azul. E meu tornozelo não doeu até eu baixá-la.

Capítulo Cinquenta e Nove

ÚLTIMA VOTAÇÃO

Manquei para o interior do salão comum do que restou da Árvore Azul, a Dama apoiada sob um braço, o arco sendo usado como muleta. O tornozelo estava me matando. Eu pensara que ele tivesse quase sarado.

Pousei a Dama numa cadeira. Estava fraca, pálida e apenas semiconsciente, apesar de minhas melhores tentativas e as de Caolho. Ele estava determinado a não a perder de vista. Nossa situação ainda era repleta de perigo. O pessoal dela não tinha mais motivos para ser bonzinho. E a própria Dama corria risco — provavelmente mais por ela mesma do que por Corvo ou meus companheiros. Ela mergulhara num estado de completo desespero.

— Todos aqui? — perguntei.

Calado, Duende e Caolho estavam presentes. E Otto, o imortal, ferido como sempre após uma batalha da Companhia, com seu eterno ajudante Hagop. Um jovem chamado Murgen, nosso porta-bandeira. Três outros membros da Companhia. E Lindinha, é claro, sentada ao lado de Calado. Ela ignorou completamente a Dama.

Corvo e Bainha estavam mais atrás, no bar, presentes sem terem sido convidados. Corvo exibia uma expressão sombria, mas parecia sob controle. O olhar dele estava fixo em Lindinha.

A aparência dela era implacável. Havia se recuperado emocionalmente melhor do que a Dama. Mas havia vencido. Ignorou Corvo mais implacavelmente do que ignorou a Dama.

Houvera um confronto final entre eles, e ouvi por acaso a parte dele. Lindinha deixara bem claro seu desprazer com a inabilidade dele em lidar com comprometimento emocional. Ela não tinha rompido com ele. Não o havia banido de seu coração. Mas ele não tinha se reabilitado diante dos olhos dela.

Corvo então dissera coisas muito desagradáveis sobre Calado, por quem, obviamente, Lindinha sentia afeto, mas nada além disso.

E isso a deixara realmente irritada. Eu dera uma espiada nesse ponto. Ela havia discorrido longa e furiosamente sobre não ser um prêmio no jogo de alguns homens, como uma princesa num tolo conto de fadas, em volta de quem anda um grupo de pretendentes fazendo coisas idiotas e perigosas, enquanto competem por sua mão.

Assim como a Dama, ela havia chefiado um grupo tempo demais para aceitar agora ser uma mulher padrão. Por dentro, continuava sendo a Rosa Branca.

Portanto, Corvo não estava muito feliz. Não tinha sido excluído, mas *tinha* sido informado de que teria um longo caminho se quisesse fazer qualquer reivindicação.

A primeira missão que ela dera a ele foi a de se acertar com os filhos.

Quase senti pena do sujeito. Ele conhecia apenas um papel: o de durão. E tinha sido despojado dele.

Caolho interrompeu meus pensamentos.

— É isso aí, Chagas. Isso é tudo. Vai ser um grande funeral.

Seria.

— Devo presidi-lo como oficial mais antigo sobrevivente? Ou quer exercer sua prerrogativa como irmão mais velho?

— Você faz isso. — Ele não tinha ânimo para mais nada, além de remoer o ocorrido.

Eu também não. Mas ainda havia dez de nós vivos, cercados por inimigos em potencial. Tínhamos decisões a tomar.

— Está bem. Essa é uma convocação oficial da Companhia Negra, a última das Companhias Livres de Khatovar. Perdemos nosso capitão. A primeira questão é eleger um novo comandante. Depois teremos de decidir como vamos dar o fora daqui. Alguma indicação?

— Você — declarou Otto.

— Sou um médico.

— Você é o único oficial de verdade que sobrou.

Corvo começou a se levantar.

— Sente-se e fique quieto — ordenei a ele. — Você nem mesmo pertence a isso aqui. Faz 15 anos que deu o fora, lembra? Vamos lá, pessoal. Quem mais?

Ninguém falou. Ninguém se apresentou. E também ninguém fez contato visual comigo. Todos sabiam que eu não queria.

— Tem alguém contra Chagas? — guinchou Duende.

Ninguém foi contra mim. É maravilhoso ser amado. É formidável ser o menor dos males.

Eu quis recusar. Não havia essa opção.

— Está bem. Assunto seguinte. Correr pra caralho para longe daqui. Estamos cercados, pessoal. E, muito em breve, a Guarda vai se reagrupar. Temos de sair antes que comecem a procurar ao redor por alguém para dar porrada. Tudo bem, a gente se manda, e depois?

Ninguém opinou. Aqueles caras estavam tanto em estado de choque quanto o pessoal da Guarda.

— Está bem. Eu sei o que *eu* quero fazer. Desde tempos imemoriais, um dos trabalhos do Analista tem sido devolver os Anais a Khatovar, no caso de a Companhia ser dispersada ou arrasada. Nós fomos arrasados. Proponho que votemos para nos dispersar. Alguns de nós assumiram obrigações que vão nos colocar em desacordo assim que não tivermos alguém mais perigoso para importunar. — Olhei para Calado, que fez contato visual comigo. Ele havia movido seu assento, ficando ainda mais no espaço entre Lindinha e Corvo, um gesto entendido por todos, menos pelo próprio Corvo.

Eu havia me indicado como guardião da Dama temporariamente. Não poderíamos manter aquelas duas mulheres na companhia uma da outra por muito tempo. Esperava que pudéssemos manter o grupo junto até Remo. Ficaria satisfeito em chegar ao limite da floresta. Precisávamos de cada um. Nossa situação tática não poderia ser pior.

— Vamos dispersar? — perguntei.

Isso causou uma agitação. Todos, menos Calado, penderam para a negativa.

— Essa é uma proposta formal — eu intervi. — Quero que aqueles que tenham motivos pessoais sigam seus próprios caminhos sem o estigma da deserção. Isso não significa que *tenhamos* de nos separar. O que estou propondo é que, formalmente, deixemos de lado o nome Companhia Negra. Eu seguirei para o sul, com os Anais, à procura de Khatovar. Quem quiser, pode vir junto. Sujeito às regras de costume.

Ninguém quis abandonar o nome. Seria como renunciar a um sobrenome de trinta gerações.

— Tudo bem, não vamos abandoná-lo. Quem não quer ir à procura de Khatovar?

Três mãos se levantaram. Todas pertencentes a soldados de cavalaria que haviam se alistado ao norte do Mar das Tormentas. Calado se absteve, embora quisesse seguir o próprio caminho em busca de seu sonho impossível.

Então outra mão disparou acima. Tardiamente, Duende havia notado que Caolho não se opôs. Eles começaram uma de suas discussões. Cortei-a no ato.

— Não vou insistir para que a maioria arraste todos juntos. Como comandante, posso dispensar quem quiser seguir outro caminho. Calado?

Ele era um irmão da Companhia Negra havia mais tempo do que eu. Éramos seus amigos, sua família. O coração dele estava dividido.

Finalmente, fez que sim. Seguiria seu próprio caminho, mesmo sem promessas de Lindinha. Os três que se opuseram a seguir para Khatovar também fizeram que sim. Registrei suas dispensas nos Anais.

— Vocês estão fora — disse a eles. — Cuidarei de suas quotas de pagamento e equipamento após passarmos o limite sul da floresta. Até lá, continuaremos juntos. — Parei aí, ou acabaria indo até Calado, o abraçaria e choraria até cansar. Havíamos passado por muita coisa juntos.

Virei-me para Duende, a pena de escrever levantada.

— E então? Coloco seu nome?

— Vá em frente — disse Caolho. — Depressa. Faça isso. Livre-se desse cara. Não precisamos de gente da laia dele. Nunca fez nada, a não ser criar problema.

Duende fez uma careta para Caolho.

— Só por causa disso, não vou sair. Vou ficar, viver mais do que você e transformar os dias que lhe restam em lições de sofrimento. E espero que viva outros 100 anos.

Eu sabia que eles não iam se separar.

— Ótimo — falei, contendo um sorriso. — Hagop, leve dois homens e arrebanhe uns animais. O restante de vocês juntem tudo que puder ser útil. Dinheiro, por exemplo, se virem algum caído por aí.

Eles me encararam com olhos ainda embotados pelo impacto do que havia acontecido.

— Vamos dar o fora, pessoal. Assim que pudermos cavalgar. Antes que mais problemas nos alcancem. Hagop. Não economize animais de carga. Quero levar tudo que não estiver pregado.

Houve conversas, discussões e não sei mais o que, porém encerrei o debate oficial naquele ponto.

Diabinho esperto que sou, consegui que o pessoal da Guarda fizesse nossos enterros. Fiquei diante das sepulturas da Companhia com Calado, derramando mais do que algumas lágrimas.

— Nunca pensei que Elmo... Ele era meu melhor amigo. — Aquilo tinha me atingido. Finalmente. Agora que eu cumprira todos os deveres, não havia nada para conter a emoção. — Ele foi meu padrinho quando vim para cá.

Calado ergueu a mão, pressionando delicadamente meu braço. Era exatamente o tipo de gesto que eu esperava.

Os guardas prestavam suas últimas homenagens ao seu pessoal. O aturdimento deles estava passando. Em breve começariam a pensar em continuar seu trabalho. Como perguntar à Dama o que deviam fazer. De certo modo, eles tinham ficado desempregados.

Não sabiam que sua senhora fora desarmada. Rezei para que não descobrissem, pois pretendia usá-la como nossa passagem de saída.

Eu temia o que poderia acontecer se sua perda passasse a ser de conhecimento geral. No máximo, guerras civis para atormentar o mundo. No mínimo, tentativas de vingança contra ela.

Algum dia, alguém começaria a desconfiar. Eu queria apenas que o segredo se mantivesse até abrirmos uma boa distância do império.

Calado segurou novamente meu braço. Ele queria ir embora.

— Um segundo — pedi. Saquei a espada, saudei nossas sepulturas, depois repeti o antigo cumprimento de despedida. Então o segui até onde os outros esperavam.

O grupo de Calado cavalgaria conosco durante um tempo, como eu desejava. Nossos caminhos se separariam quando nos sentíssemos a salvo da Guarda. Não ansiava por esse momento, por mais que fosse inevitável. Como manter duas pessoas como Lindinha e a Dama juntas quando não havia o imperativo da sobrevivência?

Balancei na sela, praguejando contra meu maldito tornozelo dolorido. A Dama me olhou com reprovação.

— Bem — comentei. — Você está demonstrando um pouco de ânimo.

— Você está me sequestrando?

— Quer ficar sozinha com todo o seu pessoal? Com nada mais do que uma faca, talvez, para manter a ordem? — Em seguida, forcei um sorriso.

— Nós temos um compromisso. Lembra-se? Jantar nos Jardins de Opala?

Por apenas um momento, houve uma centelha de travessura por trás de seu desespero. E a lembrança de um momento junto à lareira, quando nos aproximamos. Então a sombra retornou.

Inclinei-me para perto, tremendo diante do pensamento.

— E preciso de sua ajuda para tirar os Anais da Torre. — sussurrei. Eu não tinha contado a ninguém que ainda não os tinha comigo.

A sombra se dissipou.

— Jantar? Isso é uma promessa?

A bruxa podia prometer muita coisa, apenas com um olhar e aquele tom de voz.

— Nos Jardins — grasnei. — Sim.

Fiz o sinal tradicional. Num determinado ponto, Hagop começou a se afastar. Duende e Caolho foram atrás, discutindo como sempre. Em seguida, Murgen com a bandeira, depois a Dama e eu. Então a maioria dos demais, com os animais de carga. Calado e Lindinha seguiam na retaguarda, bem distantes de nós.

Ao impelir minha montaria adiante, olhei de relance para trás. Corvo permanecia apoiado em sua bengala, parecendo mais desamparado e abandonado do que deveria. Bainha ainda tentava explicar as coisas a ele. O rapaz não tinha problemas de compreensão. Imaginei que Corvo entenderia, assim que superasse o choque de não ter ninguém por perto se apressando para fazer as coisas à sua maneira, assim que superasse o choque de ter descoberto que o velho Chagas era capaz de cumprir seu blefe, se fosse preciso.

— Sinto muito — murmurei em sua direção, não sei por quê. Então encarei a floresta e não voltei a olhar para trás.

Tive a sensação de que, muito em breve, ele estaria novamente na estrada. Se Lindinha realmente significasse tanto para ele quanto Corvo queria que pensássemos.

Naquela noite, pela primeira vez em sabe-se lá havia quanto tempo, o céu do norte estava completamente claro. O Grande Cometa iluminava nosso caminho. Agora quem morava lá saberia o que o resto do império sabia havia semanas.

Ele já estava em declínio. A hora da decisão havia passado. O império esperaria atemorizado as notícias que pressagiava.

Sempre para o norte. Três dias depois. Na escuridão de uma noite sem luar. Uma fera com três pernas saiu mancando da Grande Floresta. Assentou-se sobre as ancas nos restos da Terra dos Túmulos, arranhando a terra com sua pata dianteira. O filho da árvore criou uma minúscula tempestade mutacional.

O monstro fugiu.

Mas voltaria outra noite, e outra, e mais outra depois disso...

Este livro foi composto na tipografia
ITC Stone serif Std em corpo 9,5/16, e impresso em
papel off-white no Sistema Digital Instant Duplex
da Divisão Gráfica da Distribuidora Record.